中公文庫

夜の果てへの旅（上）

新装版

セ リ ー ヌ
生 田 耕 作 訳

中央公論新社

目次

下巻目次

夜の果てへの旅　上

この世は旅さ
冬の旅、夜の旅
一筋の光も射《さ》さぬ空のもと
俺たちゃ道を探して進む

「法王庁衛兵の歌」一七九三年

旅に出るのは、たしかに有益だ、旅は想像力を働かせる。

これ以外のものはすべて失望と疲労を与えるだけだ。僕の旅は完全に想像のものだ。それが強みだ。

これは生から死への旅だ。ひとも、けものも、街《まち》も、自然も一切が想像のものだ。小説、つまりまったくの作り話だ。辞書もそう定義している。まちがいない。

それに第一、これはだれにだってできることだ。目を閉じさえすればよい。

すると人生の向こう側だ。

⁂

ことの起こりはこうだ。言いだしっぺは僕じゃない。とんでもない。僕に水を向けたのは、アルチュル・ガナートだ。アルチュルも、やっぱり学生、同じ医学生で、友人だ。クリシイ広場で、またばったり出会ったものさ。昼飯のあとだった。先方は、話があるという。こっちは聞き役。「立ち話もなんだ」とやっこさん。「中へ入ろう！」ついてはいった。まずは、こんな次第だ。「このテラスは」とやっこさんが切り出す。「ブルジョワの集まるとこさ！　奥にはいろう！」さて、気づいたことは、暑さのせいで、表通りには、人っ子ひとりいない。まるっきり、車一台。寒さがきびしいときも、やっぱり同じ。通りはがらんどう、とくる。そのことで、こう言いだしたのは、紛れもない、奴のほうだ。「パリの人間は年じゅう忙しそうな面《つら》をしてるがね。ほんとは、朝から晩まで、ぶらぶらしてるだけさ。その証拠に、暑かったり寒かったり、散歩に向かん日になると、さっぱり姿を見せん。みんなすっこんで、ミルク・コーヒーかビールでもちびちびやってるのさ。そんなもんさ！《スピード時代》が聞いてあきれるよ！《偉大なる変化》だって！謳《うた》い文句もほどほどに願いたいね！　実際のとこは、何ひとつ変わっちゃいない。相も変わらぬ連中の自惚《うぬぼ》れ、それだけさ。そういや、こいつも昨日今日に始まったことじゃない。言葉だけさ、いや言葉だって、どれほども変わっちゃいない！　数にすりゃ知れたものさ、それも、どうでもいい言葉だけ……」さて、憂国の名言を吐いてすっかりご機嫌《きげん》になった僕たちは、腰をすえてカフェの婦人客に見とれだした。

　そのあと、話題はポワンカレ大統領のことになった、ちょうどその日は、午前中、大統領の臨席のもとに子犬の品評会が催される予定だった、いつのまにか、その記事を載せた『ル・タン』紙のことに話題は移っていた。「さすがは、一流新聞だよ、『ル・タン』紙は！」ついでに、ちょっかいをだしたのは、やっこさん、アルチュル・ガナートのほうだ。

「フランス国家を護ることにかけちゃ、まずこの新聞の右に出るものはないね！」――

「ご苦労な話さ、フランス国家なんてありゃせんのに！」こっちはすかさずやり返す、学のあるところを見せる気で。

「ばか言え！　なくてどうする！　すばらしい国家さ！」やっこさんもあとへはひかない。

「それどころか、世界じゅうさがしたって、こんなすばらしい国家があるもんか、文句のある奴は、大馬鹿野郎さ！」やっこさん、青筋を立ててまくし立てる。もちろん、こっちも負けちゃいない。

「でたらめ言うな！　国家なんて、君が言う国民なんて、もとをただせば、おれたちみたいな、いくじなし野郎の寄合いさ。目やにをため、虱《しらみ》をわかし、ぶるぶる震えてた連中さ。世界の方々で打ち負かされ尻尾《しっぽ》をまいて逃げだしてきた連中さ。飢えと、疫病と、皮膚病と、寒気に追いたてられ、この土地に流れついてきた連中だよ。海のせいで先へ行けなかった、それだけのことさ。フランスなんて、そんなものさ、フランス人なんて、そんなとこさ」

「バルダミュ」すると、やっこさん、厳粛な悲壮な面もちで言い返したもんだ。「おれたちの先祖はどこへ出したって恥ずかしくないご先祖だよ、悪口はよせ……」

「そのとおりさ、アルチュル、まったく、仰せのとおりさ！　陰険で、腰抜けで、強姦《ごうかん》されようが、ふんだくられようが、はらわたをえぐり出されようが、からっきしいくじなし、そういう点は、おれたちにそっくりだね、まったくどこへ出しても恥ずかしくないご先祖様だよ！　君の言うとおりさ！　おれたちはちっとも変わってないよ！　靴下から、ご主人から、意見まで。たまに変わったときは手おくれ、それじゃ変わらんもいっしょとくるさ。生まれつき奉公人根性で、主人のためには命も惜まん！　ただ働きで、兵隊に引っぱり出され、一人残らず英雄に祭り上げられ、物まね猿《ざる》みたいに、空々《そらぞら》しい文句をたたき込まれ、《疫病神》のお気に入りの家来そっくりさ、おれたちは。そいつにおれたちは取り憑《つ》かれているのさ。神妙にせんことには、絞め殺される……首のまわりにはそいつの指がからみついてる、年がら年じゅう、そいつが邪魔っけで、言いたいことも言えん、食わんがためには用心しなくちゃ……なんでもないことで、縛り首に……こんなものが人生と言えるかい……」

「愛があるさ、バルダミュ！」

「愛は無限とおいでなすったね、アルチュル、そんなものなら犬にだってあるさ。俺の自尊心が許さんね！」こっちはやり返す。

「大きくでたな！　アナーキストだよ、おまえさんは。要するに、それだけのことさ！」

どんな場合にも、ちょっぴり天《あま》の邪鬼《じゃく》を気取りたいだけ、見えすいてる、それに進歩的意見と名がつけばなんでも結構とくる。

「よく言ってくれたよ、いかにも、おれはアナーキストさ！　れっきとした証拠を見せてやろう、おれがつくった文章だ。いうなれば社会に対する復讐《ふくしゅう》の祈りさ。耳の穴をほじくってよっく聞くがいい。《黄金の翼》という題だ！……」そして奴の面前で朗読して聞かせた。

《一分きざみ、一銭きざみで勘定する神。情欲に狂った、豚《ぶた》のようにうめく、なりふりかまわぬ神。ところきらわず舞い降り、下腹を投げ出し、愛撫《あいぶ》に身をゆだねる、黄金の翼を生やした豚、そう、こいつがおれたちの神様さ。さあ、みんなして乳繰り合おうぜ！》

「そんなちゃちな文章が実際になんの効果があるもんか、おれは、既成秩序の味方だね、それに政治は性《しょう》に合わん。むろん、祖国のために一命を投げ出せと言われた日には、喜び勇んで応ずるつもりさ」――やっこさんこう答えたもんだ。

　おりもおり気がつかない間に戦争が僕たち二人のほうに向かって歩み寄っていたのだ、それに僕の頭はすでにどうかなっていたのだ。この僅かの間だが激しいやりとりで疲れきって。おまけに、チップの額がもとで給仕からうさんくさい目つきで見られ気が立っていたせいもある。結局、僕たちは、アルチュルとは、最後に、すっかり仲直りした。ほとんど意気投合にまでこぎつけ。

「そりゃそうさ、結局は、そういうことさ」こっちは、折れて出た。「だけど、要するに、おれたちはみな、でっかい懲役船に繋がれて、ありったけの力で漕《こ》がされてるようなもんさ、これだけは間違いないね！……針のむしろに坐らされて、死物狂いで漕ぎまくっているようなもんさ！　おまけに、報酬ときたらどうだ？　ひでえもんさ！　棍棒《こんぼう》でどやされるのがおちだ。みじめな暮らしに、嘘《うそ》八百、そのうえ、ぺてんのおまけとくる。作業開始！　奴らのお声がかかる。そいつが、奴らの仕事が、輪をかけてえげつないしろものとくる。下の船底じゃ、はあはあ息をきらし、悪臭にまみれ、睾丸《きんたま》から油汗をにじませてさ、ところがどうだい！　上の甲板じゃ、涼しい場所に、ご主人さまたちがたむろして、おれたちの苦労なんかどこ吹く風で、香水でふくらんだ薔薇《ばら》色の別嬪《べっぴん》連をお膝《ひざ》の上にのっけてござる。おれたちは甲板に呼び出される。すると、やっこさんたち、山高帽を頭にのっけて、がなり立てる。『なにをぼやぼやしとる、戦争だ！』とおいでなさる。『ただちに攻撃開始、目標はナンバー・ツー祖国のやくざども。脳天をぶっ飛ばせ！　行け、行け！　要《い》るものはみな甲板にそろえてある！　みんなで喚声をはり上げるんだ！　威勢のいいところを聞かすんだ、敵の野郎が震えあがるように！　《ナンバー・ワン祖国、万歳！》遠くまで聞こえるようにな！　いちばん大声でどなった奴には、ご褒美《ほうび》に、勲章と、イエス様おくだしの鉄砲玉だ！　いいか！　海上でくたばりたくない奴は、陸上でくたばらしてやる、そのほうが、うんと手っ取り早く片づくからな！』」

「まったくそのとおりさ！」アルチュルの奴、いやに神妙に、相槌《あいづち》をうつ。

　ところが、突然そこを、僕たちがテーブルについているカフェの真ん前を、軍隊の行進が通りかかったというわけだ。先頭には連隊長が馬にまたがって、おまけに、大佐のすばらしく颯爽《さっそう》たる勇姿！　こっちは、ひとたまりもなく、愛国の情熱に取り憑かれてしまった。

「ようし、実地検査だ！」アルチュルに向かってこう叫ぶと、僕は、いきなりその場から、志願兵の群の中へ飛び込みに駆けだした。

「ばかな真似はよせ……フェルディナン！」やっこさん、アルチュルは、怒鳴りつけた。僕の勇敢な行動がまわりの連中のあいだに生みだした効果に、ご機嫌をそこねたんだろう。

そんなふうにとられたのは心外だった、がこれくらいのことでは気は変わらなかった。腹の中で考えた、駆けだしたてまえ、《いまさら、あとにひけるかい！》。「いまにわかるさ、どっちがばかか！」それでも大佐と軍楽隊を先頭に立てた部隊のあとについて町角を曲がる前に、奴に向かってこう怒鳴り返すだけのゆとりはあった。これがいきさつだ。

それから、長い行進がつづいた。街路はあとからあとから続き、おまけに沿道には市民や女房連が出て僕たちに声援を送り、花束を投げ、露台からも、駅の前でも、人であふれた教会の中からも。たいへんな人数だった、愛国者は！　そのうちこれは、愛国者の数は、へりだした……雨が降りだした、それからはますます少なくなり、やがて声援はまるきり、沿道には、人声ひとつ聞こえなくなった。

おや、もうおれたちだけか？　前も後ろも？　軍楽はやんでいた。（結局）と、一部始終を見てとったとき、考えた。（あとは面白そうにない！　もういちど始めからやり直しだ！）引っ返しにかかった。しかし時すでに遅し！　知らぬ間に僕たち市民を呑み込んで門が閉じられてしまっていた。万事休す。袋の鼠《ねずみ》だ。

⁂

一度入れば、抜けられっこない。僕たちは馬に乗せられた、ところが、馬の背中にふた月もいたかと思うと、また地面に降ろされた。たぶん経費がかさみすぎたんだろう。そのうち、或る朝、大佐の乗馬が見えなくなった、伝令が持ち逃げしてしまったのだ、かいもく行くえが知れなかったが、おおかた、どっかの雪隠《せっちん》へでも逃げ込んだんだろう。そこなら、道のど真ん中みたいにそうやすやすと弾丸《たま》は飛んでこない。それというのも、よりによってそこへ、道のど真ん中へ、ついに僕らは、大佐と僕は飛び出す羽目《はめ》になってしまったのだ、僕は大佐が命令を書き入れる伝令簿の携帯係だ。

遥かむこう、目のとどくぎりぎりのあたり、土手道のど真ん中に、黒い点が二つみえる、一見僕たちと変わりないみたいだが、こいつはもう小半時も前から射撃に余念ない二人のドイツ兵だ。

連隊長殿は、この二人がなんのために撃《う》っているのかたぶんご存じなんだろう、ドイツ兵のほうもおおかたご存じなんだろう、ところが、僕には、かいもく、わからなかった。いくら古い昔のことを思い返してみても、僕は奴らから、ドイツ人から、恨みを買う覚えはなかった。いつも仲好く親切にふるまってきたつもりだ。奴らとは、ドイツ人とは、まんざら知らぬ仲でもない、奴らのところで学校へ通っていたこともある、子供のころ、ハノーヴァの近くでだ。奴らの言葉も話した。そのころは、狼の目みたいな色あせたおどおどした目つきの、騒々しい腕白《わんぱく》小僧の集まりだった。学校がひけると連れ立って近くの森へ女の子にいたずらをしに出かけたものだ、そして、弓や、ときには四マルクはりこんで買ったピストルで撃ち合いごっこをやったもんだ。甘口《あまくち》のビールも飲んだ。ところが、あの時分と現在の僕らとでは、こうして、いきなり挨拶《あいさつ》ぬきで、道のど真ん中で、どたまをねらい合っている僕たちとでは、ひらきが、いや断絶がありすぎる。あんまりな違いようだ。

戦争は要するにちんぷんかんぷんの最《さい》たるものだ。こんなものが長続きするわけがない。するとこの連中のなかでなにか異常な事柄でも起こったのか？　僕なんかには感じ取れん、さっぱり感じとれんような事柄が。そいつを僕は見過ごしちまったのにちがいない……

連中に対する僕の気持は依然として変わらなかった。それでもなんとかして彼らの残忍さを理解したい望みのようなものは残っていた、だがますますもって僕は逃げだしたかった、見栄《みえ》も張りもなく、是が非でも、それほど、ふいに、僕には何から何まで恐ろしい誤解の結果に思えだしたのだ。（まったく、手のほどこしようがない、逃げるにしかずだ）結局、肚《はら》の中で考えた……

僕らの頭上には、額からほんの二ミリ、いや一ミリばかりのところに、焼けつくような真夏の空気の中を、僕らの命をつけねらう弾丸が描きだす誘惑的な鋼鉄製の長い線条が次から次へと唸りながらやってくるのだった。

この弾丸の嵐《あらし》と照りつける日光の中でほど、僕は自分を役立たずな人間に感じたことはなかった。いわば大がかりな、世界をあげての悪ふざけ。

僕はまだ二十《はたち》になったばかりだった。遠くのほうには人っ子ひとりいない畑、あけっぱなしのがらんどうの教会、まるで百姓たちは、まる一日、村を留守にして一人残らず、在所のはずれのお祭りにでも出かけ、自分たちの持ち物を一つ残らず僕たちに安心して預けていったみたいだ、野原も、梶棒《かじぼう》が宙に浮いたままの荷車も、田畑も、屋敷も、道路も、藪《やぶ》も、おまけに乳牛から、鎖につないだまんまの飼犬まで、要するに、一切合切。留守のあいだ、どうなりと勝手にお使いくださいといわんばかり。なんともご親切なはなしだ。（せめてあの連中でもよそへ出かけなければ！――思わず僕はひとりごちるのだった――人目があれば、いくらなんでもこんなひどい振舞いはできなかっただろう！　こんな恥知らずな！　みんなの前じゃ気がひけただろう！）だけど、もはや僕らを監視する人間は一人もいなかった！　あとには僕らだけ、みんなが退散したあといやらしい行為にとりかかる新婚夫婦みたいな。

また僕はこうも考えるのだった（一本の樹の後ろに身をひそめて）、やっこさんをここへ引きずってきてやりたいものだ、さんざん評判を聞かされたあのデルレード（愛国詩人。一八四六〜一九一四）とかいう野郎を。どてっ腹に一発くらったとき、やっこさんならどうするか教えてもらいたいもんだ。

　路上にはいつくばって頑強《がんきょう》に撃ちまくっているドイツ兵は、射撃の腕前こそ下手《へた》くそだが、弾丸《たま》は掃いて捨てるほどあるみたいだ、たぶん兵器庫に何杯もつまってるんだろう。戦争はこのぶんじゃ、終わりそうにもない！　大佐殿は、まったく、あいた口がふさがらんほどの勇敢ぶりを発揮していた！　道のど真ん中を、しかも弾道の真《ま》っ只中《ただなか》をあちこち行ったり来たり、まるで駅のホームで友人を待ち受けているのとちっとも変わらないごく普通の態度で、ほんのちょっぴりいらいらしている程度だ。

　僕のほうは、もともと田舎が、こいつははじめに断わっておかねばならないが、田舎というものが我慢ならない性分ときているのだ、いつもうら寂しい気分に誘われて。果てしないぬかるみといい、人のいたためしのない家屋といい、どこまで行ってもきりのない小道といい。だけどこいつにさらに戦争が一枚加わったときには、もうたまったものじゃない。土手の両側から、風が、猛烈なやつが、吹きだした、むこうからやってくる短い乾いた物音にポプラ並木が木の葉の突風を混じえだした。見知らぬ兵士たちの射撃の腕前はいっこうに上らない、だけど僕たちのまわりはバタバタ倒れ、まるで、死骸の山を衣にまとったみたいな格好だ。もう僕は身動きする勇気もなかった。

この大佐は、すると、人間じゃないんだ！　もう間違いない、犬より始末が悪いことに、奴には自分の死が想像できんのだ！　同時に僕にはわかった、僕らの軍隊にはこいつのような奴が、勇敢な連中が、大勢いるのにちがいない、そして、お向かいの軍隊にも、たぶん同じだけ。何人いるかだれにわかろう？　全部でおそらく、百万、二百万？　たちまち、僕のおじけはパニックに変わった。こんな奴らといっしょでは、この地獄のばか騒ぎは永久に続きかねない……奴らがやめるわけがあろうか？　人間世界のやりきれなさをこれほど痛切に感じたのは初めてだった。

　するとおれはこの世でたったひとりの臆病者《おくびょうもの》なのか？　そう考えると、恐ろしさに身がちぢんだ！……英雄気取りの、猛《たけ》り狂った、ものものしく武装した二百万の人間の仲間に迷い込んじまったのか？　鉄兜《てつかぶと》をかぶった奴、かぶらない奴、馬のない奴、オートバイに乗った奴、わめきちらす奴、自動車に乗った奴、ラッパを吹く奴、撃つ奴、たくらむ奴、空を飛ぶ奴、ひざまずく奴、地面を掘る奴、蔭にかくれる奴、道の上をちょろちょろする奴、花火をしかける奴、気違い病院のかわりに戦場に監禁され、一つ残らずぶっこわすのだ、ドイツも、フランスも世界じゅう、息のあるものは一つのこらず、ぶっこわすのだ、狂犬よりもいっそう狂った自分たちの狂気を崇《あが》めまつり（こいつは犬ならやらんこった）、千匹の犬よりも百倍、いや千倍も狂暴な、おまけにうんと悪質な狂気！　お見事なもんだ！　まちがいない、僕にはわかった、僕は「黙示録《もくしろく》」そこのけの十字軍に乗り込んじまったのだ。

情欲に童貞があるように《恐怖》にも童貞があるもんだ。クリシイ広場をあとにしたとき、どうしてこの恐怖が想像できただろう？　戦争の真っ只中に実際に飛び込むまでは、人間どもの勇敢で不精で穢れた根性の中にひそんでいるものを、だれが見抜けるだろう？いまや僕は、大量殺戮《さつりく》と戦火めざしての総退却の中に巻き込まれてしまったのだ……こいつは根深いところからやってくるものだ、そしてそいつはついにやってきたのだ。

大佐は相変わらずびくともしない、僕の目の前で、土手の上に突っ立ったまま、将軍からの簡単な指令を受け取っては、弾雨の中で、悠々と読み終えて、直ちに細かく破り捨てるのだった。するとその手紙にはどれにも、この忌わしい行動を即刻中止せよという命令は書いてないのか？　すると誤解だったと上から言ってきたんじゃなかったのか？　忌わしい過失だったと？　カードの配り違いだったと？　まちがいだと？　冗談の演習のつもりで、殺人の意志はなかったと！　ばか言え！　《続けるのだ、大佐、今のままでいいのじゃ！》たぶんこれがデ・ザントレイ将軍が、師団長が、僕たちみんなの親玉が書いてよこした文句なんだろう。将軍からは大佐のもとへ、五分ごとに封筒が届けられる、そして、そいつを運んでくる伝令は恐怖で毎回すこしずつ血の気を失い竦《すく》み上がっていくみたいだ。

この男を僕は臆病風の兄弟分にしたかった。だけど友情を固めている暇などない。

すると間違いじゃないのか？　こんなぐあいに、お互い顔も知らずに、撃ち合っているのは。禁《と》められてもいないのか！　こいつはこっぴどくどやされずにやっていいことの一部なのだ。それどころかまじめな連中から公認され、たぶん奨励されているのだろう、富《とみ》籤《くじ》や、婚約や、狩猟みたいに！……何をか言わんやだ。戦争の全正体を僕は一挙に見抜いてしまったのだ。童貞を失ったのだ。そいつを、そのあまの面《つら》を、正面から横顔から、存分に見きわめるためには、いまの僕のように、ほとんどひとりぼっちでそいつと向かい合わなくちゃだめだ。僕らとおむかいの連中との間で戦《いくさ》に火がともされ、いまやすさまじい勢いで燃え上っていた！　アーク燈の中の、炭火と炭火の間の気流のように。そしてこいつは、炭火は、いっこうに燃えつきそうにない！　いずれみなそこに飛び込んじまうのだ、大佐もほかの連中も、どれほど食えん面をしていようが、向こうのほうからやってきた気流が両肩の間にぶち当たったとたんに、そいつの老いぼれ肉もおれと変わりない焼き肉に変わっちまうのだ。

　死刑を宣告されるにもまったくいろんなやり方があるものだ。ああ！　この瞬間僕はここにいるかわりに監獄に入っていられるものなら、どんな代償だって差し出したことだろう、おれはなんて間抜けなんだ！　たとえば、いくらでもできたときに、まだ間に合ううちに、先見の明でもって、どこかで、なにか盗みでもやらかしておれば。人間というやつは目先のきかんものだ！　監獄からは、生きて出られるが、戦争からはそうはいかない。戦争にくらべればほかのことはすべて、絵空事《えそらごと》だ。

せめていまからでも間に合えば、だがもう間に合わなかった！　今は盗もうにも盗むものがない！　こぢんまり落ち着いた牢獄の中はどんなに居心地いいことだろう、そんなふうにまでも考えるのだった、そこなら弾は飛んでこない！　絶対に飛んでこない！　おあつらえ向きのを一つ知っていた、日当たりのいい、温《ぬくと》そうな！　憧れは、そう、サン＝ジェルマンの監獄だ、森のついそばの、そいつを僕はよく知っていた、昔、よくその前を通ったものだ。人間は変わるものだ！　その時分は僕はまだ子供で、そいつが、牢屋が、おっかなかったものだ。僕はまだ人間を知らなかったのだ。今後は連中の言うことなど、奴らの考えることなど、こんりんざい信用するもんか。どんなおりにも、恐ろしいのは人間、人間だけだ。

こいつは、奴らの狂気は、いつまでつづかなくちゃならないのか、奴らが、あの怪物どもが、ついにくたくたになってやめるには？　いったいいつまでこんな発作《ほっさ》がつづくのか？　数カ月？　数年？　どれだけの期間？　おそらく、一人残らず、気違いどもが一人残らず死に絶えるまで？　最後の一人まで？　ともかく万事がこう、やけくその方向にいっちまったからには、いよいよ最後の、一《いち》か八《ばち》かの手段を試みるしかない、そう覚悟を決めた、自分の力で、僕ひとりの力で、戦争を中止させるのだ！　せめて自分のいるこの一隅だけでも。

大佐は僕の目の前を行きつ戻りつしている。彼にむかって僕は話しかけるつもりだった。

これまで一度だってそんなことをしたためしはなかった。思いきってやってみることだ。どうなったところで、おそらくこれ以上悪くなりようはない。（何の用か？　と聞くにちがいない）今から想像がつく（僕の大胆な差し出口にびっくり仰天して。そうすりゃこっちの思っているとおりのことを言ってやろう。相手の、やっこさんの、考えもわかるというもんだ。人生で大事なのは話し合いだ。二人でかかれば一人きりよりも解決が早いというもんだ）。

　まさにこの思いきった手段に出ようとしていた、すると、そのとき、こっちへ向かってよちよち駆け寄ってきた奴がいる、疲れきったぶざまな格好の徒歩騎兵だ（そのころはこんな名称があった）。盲《めくら》乞食《こじき》に落ちぶれたベリサリウス（東ローマ帝国の将軍）みたいに、鉄兜を逆さに持って、おまけにがたがた震え、すっかり泥《どろ》にまみれ、顔面はといえば先ほどの伝令よりもさらに血の気がない。口の中でなにかもぐもぐ唱え、前代未聞《みもん》のぐあいのよくない様子だ、この騎兵は、墓場から出てきたばっかりで、胸の中はまだそのむかつきでいっぱいと見える。するとこの男も、この亡者も、鉄砲玉は好きじゃないんか、やっぱり？　この男も僕のように鉄砲玉の恐ろしさが予想できるのか？

「どうした？」うるさそうに、荒っぽく、大佐は男に声をかけた、この亡者の上に鋼鉄《はがね》の目つきをなげつけて。

　男のさまを見て、この恥っさらしな騎兵が、こんなだらしない服装で、おまけに興奮でねじがきかないのを見て、大佐殿はすっかり立腹してしまったのだ。彼にはこいつが、恐怖が、まったくお気に召さなかったのだ。目に見えていた。ましてや、山高帽みたいに片手にぶらさげた鉄兜が、わが攻撃連隊に、戦争に突貫する連隊に及ぼす被害の甚大さにおいてをや。やっこさんときたら、この徒歩騎兵ときたら、まるで、敷居ぎわで、戦争に向かってお辞儀でもしているみたいだ。

この恥辱《ちじょく》の視線のもとで、たるんでいた伝令は《気をつけ》の姿勢に返った。そのような場合にしなきゃならんようにズボンの縫い目に小指をあてて。その姿勢で、しゃちこばって、土手の上で、ゆらゆら揺れていた、汗が帽子の顎紐《あごひも》を伝って流れ、上下の顎はがたがた震え、夢を見ている子犬みたいに、中途半端な小さな悲鳴をあげるのだった。僕らに話しかける気なのか、泣いているのか見当もつかない。

道路の向こう端にうずくまったドイツ兵たちは道具を取り替えたところだ。今では機関銃で愚行の続きをやっている。マッチの大きな束のようなやつをぱちぱちいわせ、そして、僕らのぐるり全体に、蜂《はち》みたいに尖《と》んがった、怒り狂った弾丸の群れが押し寄せてくる。

男はそれでもやっと口からなにか言葉らしいものを吐き出すことに成功した。

「バルース軍曹が殺《や》られました、大佐殿」一気に言った。

「それで？」

「デ・ゼトラップ街道へ糧秣《りょうまつ》車を迎えに行く途中殺られました！」

「それで？」

「砲弾で吹っ飛ばされました！」

「それで、早く言わんか！」

「以上であります！　連隊長殿！……」

「それだけか？」

「はい、それだけであります、連隊長殿」

「で食糧は？」連隊長はたずねた。

　これが最後のやりとりだった。彼がちょうど「で食糧は？」というだけの時間があったことを、僕ははっきり覚えているからだ。それっきりだった。あとは、ただ火炎と、それにともなう音響だけ。それもこの世にまさかこんなものがあろうとは想像もつかぬほどの大音響だった。いきなり、そいつを、割れ鐘のような響きを、目にも、耳にも、鼻にも、口にも、いっぱいくらって、僕は、てっきりこれが最後だ、自分まで火炎と響きと一つになってしまったものと観念した。

　やがて、そうじゃなかった、火炎は消え、響きはいつまでも僕の頭の中に残った、それに手も足も、まるでだれかに後ろから揺すぶられてでもいるみたいにがたがた震え。手足はいまにも僕からちぎれていきそうだった、それでもそいつらは、手足は、僕に残った。相変わらず目にひりひりする硝煙の中に、世界じゅうの南京虫と虱を一匹のこらず退治できそうな火薬と硫黄の鋭い臭《にお》いが漂っていた。

　つづいて、真っ先に思い出したのは、木端微塵《こっぱみじん》になったと聞かされたバルース軍曹のことだ。吉報だった。ありがたい！　さっそく僕はこう考えるのだった（連隊からいまいましい野郎が一人減ったわけだ！　あいつは缶詰《かんづめ》一個のことで僕を軍法会議にまわそうとしやがったもんだ。戦争もいろいろだ！）。腹の中で思った（その点は、認めなくちゃならん、たまにはこいつもなにかの役に立つみたいだ、戦争も！）。似たりよったりの奴を連隊の中にまだ三、四人は知っていた、バルースみたいに鉄砲玉をくらう手伝いをしてやりたいような、くそいまいましい連中を。

　大佐のほうは、この男には、僕はべつに恨みはなかった。ところがやっこさんもやっぱりくたばっていた。最初のうちは、もう影も形も見えなかった。というのは、炸裂弾《さくれつだん》によって土手の上へ吹っ飛ばされ横倒れにのびていたからだ、徒歩騎兵と抱き合って。この伝令兵も、やっぱり息絶えていた。いまでは、そして永劫《えいごう》に、二人は抱き合っていた、ところが騎兵にはもう首がなかった、頸筋《くびすじ》の上に穴が一つあるきり、その中では血が鍋《なべ》の中のジャムみたいにごぼごぼ煮えたぎっていた。大佐のほうは腹を引き裂かれ、面《つら》を醜くゆがめていた。そいつは、その一発は、ぶち当たったとたん、よっぽどこたえたものにちがいない。お気の毒に！　最初の鉄砲玉で逃げだしておれば、こんなことにはならなかったものを。

あたりに散らかった肉がいっしょくたになってすさまじい血をたらしていた。

鉄砲玉がまだ舞台の右左に炸裂し。

僕は未練なくその場を後にした、退散するのにこんなおあつらえむきの口実が手にはいったことが無性にうれしかった。思わず鼻歌を口ずさんだくらいだ、よたよた歩きながら、まるでボート遊びに興じすぎて足どりがぐらつくみたいに。（たったの一発で！　それにしてもあっさりけりがついてしまうとは、たったの一発で！）道々ひとりごちるのだった。（いやはや！　まったく！）同じことを何度も口ずさんで、（いやはや！　まったく！……）。

もう道路のはずれにはだれもいなかった。ドイツ兵たちも引き揚げ。だけど、これからは木蔭しか歩いてはいけないことを今度のことで僕は骨身にしみて学んだのだ。早く露営地へ引っ返して連隊の連中でほかにもまだ偵察《ていさつ》に出て殺された奴がいないか調べたかった。それに捕虜になるうまい手立てがあるかもしれん！　とも考えるのだった……あちこち鼻をつく煙の切れっぱしが地面の小高いところにひっかかっていた。（ひょっとすると奴らはいまじぶん皆殺しにされちまってるんじゃ？）頭の中で考えるのだった。（奴らにはまるきりわかろうとする気がないんだから、そのほうが手っとり早いとこ世の中のためだろう、あっさり皆殺しにされちまったほうが……この調子じゃすぐにでも片がつきそうだ……家にもどれそうだ……クリシイ広場へ凱旋《がいせん》行進としゃれこめそうだ……連隊中で生き残りはたった一人か、二人……願いどおり……将軍さまのすぐ後ろには、粋《いき》な、たくましい若衆、ほかの奴らはみんなくたばっちまって、大佐みたいに……バルースみたいに……《もう一人のいまいましい野郎》ヴァナイーユみたいに……その他おおぜいもみんないっしょに。こっちは勲章と花束におおわれて、凱旋門をくぐり抜け。レストランに入ると、金を払わなくても料理《ごちそう》が出る、もう勘定なんか払わんでいい、一生払わんでいいのだ！　英雄だ！　勘定のときにそう言えばいい……《祖国》の擁護者！　それで十分！……金の代わりに小さなフランス国旗を差し出すだけで！……それどころか勘定係の娘は、勇士の金を辞退して、こっちが彼女の支払台《カウンター》の前を通りぬけるときむこうから釣銭をくれる、接《せっ》吻《ぷん》のおまけを添えて。長生きする値打ちがあるというもんだ）。

　逃げながら気がついたが、腕から血をたらしていた、ただしほんのちょっぴり、傷といえるほどのものじゃない、すりむき程度だ。また初めからやり直しだ。

　またしても雨が降りだした、フランドルの野原は汚水のよだれを垂らしはじめた。それからまた長い時間、だれにも出会わなかった、風とそしてやがて太陽のほかには。ときどき、どっからとも知れず、弾丸が、陽光と空気を突き抜けて、威勢よく僕をひっとらえにやってくるだけ、この孤独の中にまでしつこく僕を、僕の命をつけねらって。なんの恨みがあって？　これからさき百年生き延びようが、もう僕はこんりんざい田舎をぶらつく気にはならないだろう。

どんどん歩きながら、前日の儀式のことを思い出すのだった。狭い野原で、丘のかげで行なわれたもんだ、その儀式は。大佐がいつものどら声で連隊を叱咤《しった》して。《勇猛果敢！》こうおいでなすったものだ。《……勇猛果敢、突撃あるのみ！　フランス万歳！》想像力の持ち合わせがない場合は、死ぬこともたいした問題じゃない、そいつを持ち合わせているときは、死ぬことはたいへんなことだ。これが僕の意見だ。一時にこれほどたくさんのことを学んだのは初めてだった。

あの大佐にいたっては想像力を持ち合わせたためしがないのだ。あの男の災難はすべてそこから来ているのだ。それ以上に、僕らの災難は。すると僕はこの連隊で想像力を持ち合わせているただ一人の人間なのか？　同じ死ぬなら、僕は自分流の遅まきの死を選びたかった……二十年先か……三十年先か……ひょっとすると、もっと先で……いますぐ無理死させられるのは御免こうむりたい、炸裂で耳まで裂け、口ばっかりに変わり、口いっぱいに、フランドルの泥を頰《ほお》ばらされるなんて。だれだって自分の死について意見を持つ権利ぐらいはあるはずだ。ところでどっちへ行ったものか？　このまままっすぐ？　敵に背中を向けて。もしも憲兵にこんなところを、ほっつき歩いているところをとっつかまりでもしたら、たぶん一巻の終わりだろう。その夜のうちに、あっさり、簡単に、裁判にかけられ、どっかの小学校の教室で。そいつが、からっぽの教室が、山ほどあった、僕たちの通り過ぎる先々に。僕を相手に裁判ごっこをやらかすにちがいない、先生が帰ったあと生徒たちでふざけまくるみたいに。教壇の上には金筋入りが腰かけ、こっちは立たされ、小さな机に向かいあって両手に手錠をはめられ。暁方《あけがた》には、銃殺とくるだろう。十二発、それとおまけに一発。その先は？

もう一度大佐のことを考えた。あの男の勇猛ぶりをもってすれば、鎧兜《よろいかぶと》と口髭《くちひげ》姿で、僕が見たように砲煙弾雨の下を行きつもどりつしているところを、ミュージックホールの舞台ででも見せれば、そのころの「アルハンブラ座」を満員にできるだけの場面は受け合いだった、やっこさんにかかっちゃフラグソンまでかすんじまったことだろう、当時は、フラグソンといやあ、たいした人気役者だったもんだが。こんなふうなことを頭の中で考えるのだった。勇猛果敢は、そっちにまかせたよ！

人目を避け用心を重ね何時間も何時間も歩きまわったあげく、ようやくとある農村の前で味方の兵隊の姿を見かけた。味方の前哨《ぜんしょう》、そこに宿営している中隊の前哨だ。奴らのところじゃ殺された奴は一人もいないという、これが聞かされた情報だ。みんな、ぴんぴん！　ところが、こっちは重大ニュースの持主のつもりで、哨所の近くまで来るなり、奴らにむかってがなり立てたものだ。「連隊長が亡《な》くなったぞ！」「連隊長の後釜ぐらい掃いて捨てるほどあらあ！」いきなり、どなり返したのはピスチル伍長だ、この男もちょうど当番で、おまけに雑役係をやらされていたのだ。

「大佐の後釜が見つかるまで、そら、このとんま野郎、アンプイユとケルドンキュフの尻にくっついて肉の配給でも受け取りに行ってきな、それから、一人で袋は二つ持っていくんだぞ、場所は教会の裏手だ……あそこに見えとるな……それから、また昨日みたいに骨のとこばかりつかまされるんじゃないぞ。それから日暮れまでには中隊にもどるように、要領よくやるんだ、このまぬけ野郎！」

三人連れでまたお出かけだ。

（これからは、この連中には何ひとつ言ってやるもんか！）憤慨して僕は考えるのだった。身にしみたのだ、奴らには、この連中には、なにを言ったところで骨折り損だということが、僕が目撃したような大事件も、こんなやくざ連にはなんの価値もないことが！　こんなことがまだ興味を引くにはすでに時機おくれだったのだ。ところが、これが二週間前なら、新聞はきっと四段ぶち抜きで大佐の死を、僕の写真入りで、くわしく報道したにちがいないのだ。阿呆どもの集まりめ。

一個連隊全体の肉の配給場所はそんなわけで夏の炎天ぼしの野っ原だった——陰らしいものといっては桜の木だけ、それも夏の終わりの日光で炙《あぶ》りつけられた。袋の上や敷きひろげたテント布の上や、それに、じかに草叢の上まで、おびただしい量の臓物《ぞうもつ》が並べられていた、あたりの草原の中へいくつもの小さな流れになって巧みににじみ出ている黄色や薄青色の綿のかたまりのような脂肉、腹を裂かれて内臓をさらけ出した羊の群れ、丸ごと真っ二つに切断され、木につるされた牛、その上では、連隊の四人の屠殺《とさつ》屋が口ぎたなく罵りながらこまごました臓物を取り出すために奮闘の真最中だ。脂肉、とりわけ腎臓をめぐって部隊同士の間で猛烈な怒鳴り合いが行なわれていた、こんなときでしか見られんような蠅《はえ》の群れの真っ只中で、おびただしい、小鳥みたいな音楽的な蠅の真っ只中で。おまけに、どっちを見ても血の海、草原はいたるところ、適当な傾斜を求めて淀んだり合流したりしている水溜りでいっぱい。ほんの二、三歩先きでは、最後に一匹残った豚の屠殺が始まっていた。早くも四人の兵士と一人の賄《まかない》係のあいだでこれから出る臓物の奪い合い。

「この売国奴野郎、貴様だな！　昨日《きのう》腰肉をくすねた奴は！……」

よろよろと木の幹にもたれかかりながらも、食物の喧嘩《けんか》のほうをもう一度僕は横目でうかがうだけのゆとりがあった、そしてそのあと、猛烈な吐き気に襲われたものにちがいない、それもちょっとやそっとのものじゃなく、気が遠くなるまでの。

奴らは僕を担架にのせて宿営地まで連れもどしてくれるだけの親切心を持ち合わせていた、だけど、この機会を利用して、僕の軍用布袋を二つともかっぱらうことも忘れなかった。

また耳もとで伍長に怒鳴りつけられながら僕は我にかえった。

戦争はまだ終わりそうになかった。

⁂

何が起こるかわからんものだ。同じ八月の末にはこんどは僕が伍長になる番だった。何度も部下五名を連れて、連絡係として、デ・ザントレイ将軍の命令を受けに派遣された。この親方は、小柄なむっつり屋で、一見したところ、冷酷にも勇敢にも見えなかった。ところが油断は禁物だ……これは自分の安楽な生活を後生《ごしょう》大事に守っている男だった。いや寝てもさめても、念頭にあるのは、そのことだけ、安楽な暮らしのことだけ、そのため、わが軍はもうひと月以上も前から退却におおわらわだというのに、それでも、どの露営地でも、宿舎に着きしだい、こざっぱりした寝床と近代的設備の台所を従卒が彼のために見つけて差し出さない場合は、一同の上に雷が落ちるのだった。

四本金筋の参謀長には、この設営の苦労が一仕事だった。世帯に対するデ・ザントレイ将軍のやかましい要求にいらいらのしつづけだ。よりにもよってこの男は、黄色い顔色をした、ひどい胃病もちの糞《ふん》づまりで、食い物のことにはまるっきり関心がないときていた。それでも将軍の食卓で半熟卵のお相手をつとめ、ついでに将軍の苦情を聞かされねばならない。兵隊稼業もつらいもんだ。だけど、僕はこの男に同情する気持にはなれなかった。将校としてとびきり鼻持ちならん野郎だったからだ。いい気味さ。そんなわけで、道から丘へうまごやしから人参《にんじん》へと日が沈むまで、えっちらおっちら歩きまわったあげく、将軍さまの臥所《ふしど》を見つけるために、やっと一服の号令がかかる。奴のために探しまわり、部隊がまだ宿営していない、十分安全で、静かな村を見つけて差し出す、そしてたとえそいつが、部隊がそこに、その村にすでに入ってしまっている場合でも、その部隊は大急ぎで退散だ、有無《うむ》をいわせず追い立てだ。野宿などなんなとしな。すでに叉銃《さじゅう》を組んでしまっていようがおかまいなし。

　村は司令部の専用みたいなものだった、司令部と、その馬と、酒保《しゅほ》と、行李《こうり》と、それにくそ忌々しい司令官の。こいつは、このやくざ野郎は、パンソンという名前だった、パンソン司令官。今時分はこいつもおおかた完全にくたばっちまっていることだろう（どうせ安楽な往生はできっこない）。だが、そのころは、この話のころは、奴はまだおそろしくぴんぴんしていた、パンソンの野郎は。毎日夕方になると僕たちを、連絡係の連中を集合させ、それから僕たちを前線に追い返そうと、僕たちの士気をかき立てようとがなり立てたものだ。僕らを遠くに追い立てようと、一日じゅう将軍の尻《けつ》についてうろつきまわった僕たちを。馬から降り！　馬に乗り！　また馬から降り！　そんなぐあいに奴のために命令を、運び廻ったものだ、あっちこっち。用済みになれば僕らを河にたたき込んであの世送りにしちまうくらい平気だったろう。そのほうがお互い身のためだったかもしれない。

「みんな帰れ！　貴様らの連隊にもどるんだ！　ぐずぐずせずに！」こうがなり立てる。

「どこにおりますか連隊は、司令官殿？」僕らがたずねる……

「バルバニイにおる」

「どこでありますか、バルバニイというのは？」

「あっちだ！」

あっちには、彼が指し示した方向には、暗闇《くらやみ》以外には何もなかった、周囲一帯と見分けのつかない、僕たちの二歩前方で道路を飲み込んでいる巨大な暗闇、それにそいつからは、暗闇からは、舌先ほどの大きさの道路の小っちゃな先っちょがちらとのぞいているだけ。

言われたとおりバルバニイを世界の果てまで探しに出かけてごろうじろ！　そいつを、奴が言うバルバニイを見つけ出そうと思えば、少なくとも一個部隊を一兵残らず犠牲にしなくちゃならないだろう。それも勇敢な一個部隊を！　ところがまるきり勇敢ではなく、また勇敢にならねばならない理由をさっぱり認めない僕には、奴が言うバルバニイを見つけ出す気などはさらに人一倍なかった、おまけに奴ご自身にしたって、完全に行き当たりばったりに口にしたまでのことにちがいないのだ。まるで大声でどなりつけることによって僕に自殺への欲望をうえつけようという魂胆みたいに。そんな気持は持てと言われて持てるわけのものじゃない。

肩よりすこしでも高く持ち上げれば腕も見分けられなくなるような濃い暗闇全体の中で、僕にわかっていることと言えばたった一つだけだった、しかしそれはまちがいなく確実なことだった、つまりその暗闇が巨大なはかり知れぬ殺意を含んでいるということ。

参謀長のどなり声は夜にはいると止まる間がなかった、僕たちを死地へ追い立てようとして。そしてときによるとこいつは日没から彼に取り憑《つ》くこともあった。ずぼらを徹底させ、いくらか刃向かってみたところで、奴の言うことが理解できないふりをとおしてみたところで、居心地のよい宿営地になんとか、できるかぎりしがみついてみたところで、所《しょ》詮《せん》は木立ちの姿が見分けにくくなるころには、最後は、やっぱり命をちぢめに出かけることを承知しないわけにはいかない。将軍の晩餐《ばんさん》のお支度ができあがる時刻だ。

それから先は一切、運まかせだ。そいつは見つかることもあれば、見つからないこともある、連隊と、奴の言うバルバニイとは。見つかるのは勘ちがいに基づく場合のほうが多い、僕らが近づいたところへ味方の歩哨《ほしょう》が射撃を浴びせかけてきたりすることがあるもんで。そんな方法でもなければ互いに知らせ合う手はないのだ。そして、その夜はたいていさまざまな労役の中で過ごされることになる。おびただしい糧秣袋や用水バケツを運ばされ、睡魔の上に加えて、しびれるほど怒鳴りつけられ。

夜が明ければ、また出発だ、連絡班は、デ・ザントレイ将軍の本部めざして、五人うちつれ、戦争をつづけるために。

だがたいていそいつは、連隊は、見つからない、そんなときは、人の立ち退《の》いた部落と不気味な林との境目の、見知らぬ道の上を村のまわりをぐるぐる廻って夜明けまでの時間をつぶすより仕方ない。ドイツ軍の斥候《せっこう》のせいで村へはせいぜい近づかないことにしていたからだ。がそれにしたところで朝まで待つにしたところでどこかに身を置かないわけには、暗がりのどこかに身をおかないわけにはいかない。それまで避けるわけにはいかない。このとき以来、僕には野原の兎《うさぎ》の気持がじつによくわかるようになった。

　同情というやつはまったくひょんなことから生まれるものだ。もしもパンソン司令官に面と向かって貴様は卑怯者《ひきょうもの》のただの人殺しだと怒鳴りつけようものなら、それこそやっこさんに途方もない喜びを授けることになるだろう、つまり僕らを即座に銃殺に処す喜びを、憲兵隊長を使って、しょっちゅう奴のそばに虱みたいにへばりついている、まったくそのこと以外頭にない憲兵隊長を呼びつけて。奴が、憲兵隊長が憎んでいる相手は、ドイツ兵なんかじゃないのだ。

　こうして僕らはくる夜もくる夜もばかばかしい伏兵の危険をくぐり抜けねばならなかった、いつかは戻れるかもしれぬというますます儚《はかな》い希望ひとつを支えに、それしかなかった、それとも一つ、万一もどれたところで、今度のことだけは一生、こんりんざい忘れるものかという覚悟がささえだった、要するに、体のつくりは僕や諸君といっしょだが、鰐《わに》や鮫《さめ》よりもはるかに凶悪な人間がこの世にいるということを知ったのだ。ハバナの沖合で、やつらの餌《えさ》になる芥《ごみ》や腐肉を投げ捨てにやってくる船のぐるりに、波のあわいから大きく裂けた口を突き出すあの鰐や鮫も顔負けの。

完全な敗北とは、要するに、忘れ去ること、とりわけ自分をくたばらせたものを忘れ去ること、人間どもがどこまで意地悪か最後まで気づかずにあの世へ去っちまうことだ。棺《かん》桶《おけ》に片足を突っ込んだときには、じたばたしてみたところで始まらない、だけど水に流すのもいけない、何もかも逐一報告することだ、人間どもの中に見つけ出した悪辣《あくらつ》きわまる一面を、でなくちゃ死んでも死にきれるものじゃない。それが果たせれば、一生は無駄じゃなかったというものだ。

僕にすれば、鮫にくれてやってしまいたかった、パンソン司令官の野郎を、奴の憲兵もいっしょくたに、思い知らせてやるために。それから、ついでに僕の馬も、こっちのほうは一思いに苦痛を取り除いてやるために。というのは、こいつのはもはや背中なんてものではなかったからだ、不憫《ふびん》なやつ、それほどそいつは背中は参ってしまっていた、鞍《くら》の下に、代わりに残っているのは、汗をにじませた、赤むけの、僕のてのひらくらいの大きさの二枚の肉切れだけ、そこから膿《うみ》が幾筋も尾を引いて毛布の縁から膕《ひかがみ》のあたりまで滴り。こんなありさまでも駆け出さないわけにはいかない、一《おいっち》、二《にい》……身をくねらせながらも駆けつづける。だけど馬というやつは人間よりもうんと忍耐強い。ふらつきながらも駆けまわる。いまでは戸外にしか置くわけにはいかなかった。納屋の中では、傷口から出る臭《にお》いのせいで、そいつがあんまりひどく匂いすぎるので、こっちの息がつまってしまうのだ。背中に乗ると、そいつは苦痛にたまりかね、意気地なく、しゃがみ込んで、腹が膝にへばりつく始末。そのため驢馬《ろば》にでもよじ登るような格好だった。このほうが好都合だったが、じつのところは。こちらも疲れきってしまっていたからだ、頭といわず肩といわずぎっしり重たい古鉄を背負わされ。

デ・ザントレイ将軍のほうは、貸切りの家の中で、晩餐の御馳走が並ぶのをお待ちかねだ。食卓は整い、ランプはしかるべき位置におかれ。

「みんな消えうせろ、おい」パンソンの野郎がもう一度僕たちを督促《とくそく》する、角燈を僕たちの鼻先でふりまわし、「お食事の時間だ！　もうこれ以上言わんぞ！　出て行けと言っとるにわからんか、このくそたれども！」吠《ほ》え立てんばかりの剣幕だ。また僕たちをくたばらせに追い立てる、かんかんに怒って、日ごろの青瓢箪《あおびょうたん》が、頬《ほ》っぺたに、珍しく血の気までのぼせて。

　ときどき将軍の炊事兵が僕らの出かけぎわにちょっぴりお余りをまわしてくれることがあった、奴は、将軍は、ひとりでは食いきれないほど持っていたのだ、それというのが規定によってたったの一人前として四十人分の割当を受けていたからだ！　もう若いと言える年でもなかったのに、この男は。それどころか退役間近のはずだった。歩くときは、膝が傾くくらいで。口髭だって染めていたにちがいない。

　彼の動脈は、こめかみの部分で（こいつは出がけにランプの光でよく見えた）、パリを出たあたりのセーヌ河みたいにぐねぐねうねっていた。彼の娘たちはもういい齢だが、まだ結婚しておらず、それに彼と同様、裕福でないという噂《うわさ》だった。たぶんそういう娑婆の思い出のためだろう、この男がひどく気むずかしい小言屋《こごとや》に見えたのは。たとえていえば長いあいだの習慣をかき乱された老犬が、戸をあけてくれる家を見つけしだい、さっそく以前の座蒲団《ざぶとん》敷きのバスケット籠を見つけ出そうとやっきになるみたいなもので。

　この男は美しい庭と薔薇《ばら》の木がお好きだった、部隊の通る先々でそいつを、薔薇園を、一つだって見のがしたことがなかった。将軍さまほど薔薇のお好きな人種はいない。周知の事実だ。

　ともかく出かけないわけにはいかない。やつらを、瘦せ馬どもを、駆けさせるのが、一苦労だ。そいつらはおびえて一歩も先へは進もうとしない、まず第一に傷のせいで、次には僕たちを恐れて、そしてまた暗闇を恐れて、要するに、何もかもにおびえて！　僕たちだって同じことだ。何度も奴に、司令官に道を尋ねに引っ返し。そのたんびに奴は僕らをしようのないぐうたらのさぼり屋呼ばわりし。結局、拍車をすりへらしたあげく最前哨を越え、奴らに、伝令たちに、伝言を残し、それから一思いに忌わしい冒険の中へ、だれのものとも知れん国の暗闇の中へ飛び込んでいくことになる。

　闇から闇へうろつきまわっているうちには、いくぶん見当がついてくるものだ、少なくともそんな気がするものだ……雲の切れ間があると、たちまち何か見えたような気が……だけどこだまの往復のほかは、馬の駆け足のこだま、僕たちの息をつまらせ肝を冷やさせるとてつもない響きのほかは、行く手には確実なものは何ひとつなかった。そいつらときたら、僕らの馬ときたら、天まで駆け登りそうな、まるで地上のあらゆるものに呼びかけて、僕たちを皆殺しにさせようと願ってでもいるみたいだ。おまけにやろうと思えば片手でことたりるのだ、騎兵銃一挺《いっちょう》あれば、木の陰で、僕らを待ち伏せしてそいつに力をこめるだけで。頭の隅っこにしょっちゅう不安がひっかかっていた、最初に目にはいる火が鉄砲の火の見おさめになるだろうという不安。

こいつが、戦争が続いてまだ四週間にしかならないというのに、みんなすっかり疲れ、すっかりみじめな心境で、僕にいたっては疲労のあまり恐怖をいくらか途中に置き忘れてしまったような格好だった。奴らに、下士官連、とりわけ、下っぱの連中、ますます輪をかけて下品、愚鈍、性悪になっていく連中に夜昼けじめなくせつかれる責苦、そのためにどれほど忍耐強い人間もしまいには生きつづける気力まで薄らぎ。

ああ！　逃げ出したい！　ぐっすり眠るために！　とにかく先ず！　ぐっすり眠るために逃げだす手段がもう本当に残されていないとすれば、生きる望みもひとりでに消え失せるというものだ。ここに人生に留まっているかぎりは連隊を探しているようなふりをいつまでもしつづけねばならないのだ。

腰抜けの脳味噌に血が巡るためには、そいつの身にたくさんのことが、それもよっぽどつらいことが振りかからなくちゃだめだ。生まれてはじめて僕にものを考えさせた、本当に考えさせた人間、実際に役に立つほんとに自分のものといえる思想を授けてくれた人間、そいつは紛れもなくパンソン司令官、この拷問面《ごうもんづら》だ。そこで僕はせいぜい奴のことに精神を集中することにきめるのだった、馬上にゆらゆら揺られながら、物々しい、この現実ばなれした国際芝居に登場するのにふさわしい扮装《いでたち》、鎧兜の下に押しつぶされながら、もっとも僕は感激にかられて自分から進んでそこへ飛び込んでいったわけだが……そいつは認めねばならんが。

　行く手の闇は一メートルごとにこの世におさらばする可能性をひそめていた、だけどどんなぐあいに？　この問題で予想できないのは死刑執行人の制服だけだった。そいつはこっち側の制服だろうか？　それともお向かいさんのか？

　僕は奴に何もしでかした覚えはなかった、このパンソンの野郎に！　ドイツ人にたいしても同じことだが、こいつにたいしても！……まるでくさった桃みたいな面《つら》をしくさって、頭から臍《へそ》までいたるところ四本の金筋をぴかぴか光らせ、ざらざらした口髭、とがった膝小僧、頸からは牛の鈴みたいな双眼鏡をぶらさげ、千分の一の地図まで携えて。僕には不思議だった、いったいどういう狂気に取り憑かれて、こいつはほかの連中をくたばりに追い立てるのか？　地図も持たないほかの連中を。

　路上には僕たち騎兵五名だけだった、が僕らの立てる物音は、一個連隊の半分にも相当するほどだった。僕らが来る気配は、四時間も前からわかっていたにちがいない、でないとすれば聞く気がないかだ。それも考えられないことではなかった……もしかすると奴らも、ドイツ兵も、僕らを恐れていたのか？　そうでないとだれに言えよう？

　双方のまぶたの上にひと月分の眠気、それが僕らの荷物だった、さらに頭の後ろにも同じだけの、おまけに何キロもの屑鉄《くずてつ》。

　奴らは、僕の道連れの騎兵たちは、めったに自分の気持を語らなかった。要するにほとんど口をきかなかった。兵役のためにブルターニュの奥地からやってきた若者たちで、知っていることと言えば学校で覚えたことは一つもなく、連隊で身につけたものだけ、といった連中。その晩、僕はわきにいるケルシュゾンという男と、バルバニイ村のことをちょっぴり話題にしようと思った。

「なあ、ケルシュゾン」話しかけた。「このへんはたしかアルデンヌ地方だったな……先のほうに何か見えんか？　おれは、どうも、さっぱりだめだが……」

「尻《けつ》の穴みたいに真っ黒でさあ」ケルシュゾンの答え。それっきりだった……

「なあ、昼間バルバニイのことを聞いたことはないか？　どのあたりだとか？」重ねて尋ねた。

「ないです」

　こんな調子だ。

　結局、問題のバルバニイは見つからなかった。

　朝までぐるぐる廻りつづけただけで、あげくの果ては別な村に出てしまった、そこで僕たちを待ち受けていたものは例の双眼鏡の男だった。奴のほうは、将軍のほうは、僕たちが着いたとき、村長の家の前の四阿《あずまや》で朝のコーヒーを召しあがっているさいちゅうだった。

「ああ！　元気なもんじゃ、若い連中は、なあパンソン！」僕たちが通りかかるのを見つけて、奴は、爺《じじい》は、参謀長に大声で感想を述べた。そう言うと、立ち上がって小便をしに出かけた。それから、後ろ手を組んで、前かがみの姿勢であたりを行ったり来たりしはじめた。今朝はたいへんお疲れだ、と従卒が僕の耳に囁いた。十分お寝《やす》みになれなかったのだそうだ、将軍は、膀胱《ぼうこう》の調子になやまされて。

　ケルシュゾンは夜間僕が尋ねるときはいつも判で押したように同じ答えをするのだった、しまいに僕は面白い癖でも眺めるみたいにこいつを気晴らしの道具に使うようになった。奴はその後も二、三度闇《やみ》と尻《けつ》の話をくりかえし、そして死んでしまった、殺されたのだ、それから間もなく、村を出たとたんに。忘れもしない、その村を別の村と勘違いし、僕たちを別な人間と勘違いしたフランス軍の手にかかって。

　ケルシュゾンが死んでほんの二、三日たってからだ、僕たちは考えたあげく、これ以上暗闇の中で迷わなくてすむように、ちょっとした、うまい方法を見つけ出した。

　つまり、宿営地から追い立てを食らったとする。結構。もう僕らは何も言わない。ぼやきもしない。「消え失せろ！」奴が怒鳴りつける、例によって、蠟細工面《ろうざいくづら》が。

「承知しました、司令官殿！」

さっそく僕たちは砲声の轟く方角に向かって出発する、しつこく言われるまでもなく、五人うち連れて、さくらんぼ摘みにでも出かけるみたいに。そっちの方角はまさしく丘あり谷ありだ。ラ・ムーズ河が流れ、近くの丘々には葡萄《ぶどう》の木が茂り、まだ熟しきらない葡萄の実に、秋の景色、おまけに三月《みつき》続きの夏によって十分に乾かされ、そのためすっかり燃えやすくなっている木造りの村々。

そのことに気づいたのだ、僕たちは、或る晩どっちへ出かけたものかまったく途方にくれていたときに。砲声の方角には、いつも村が燃えていた。あんまり近寄らないで、近づきすぎないようにして、十分離れたところから、その村をただ眺めている、そうすることに決めたのだ、いわば見物人のような格好で、たとえば十キロばかりのところから。それに毎晩つづいて、この時期には、ずいぶん多くの村が地平線上で燃え上がった、繰り返しくりかえし、まるで火炎でもってまわりを取り囲まれているみたいな格好だった、前方も左右も、天にも冲《ちゅう》する火炎を上げて燃えさかる、近郷近在こぞっての奇妙な祭典のたいそう大きな環《わ》によって。

その中に、炎の中に、すべてが呑みこまれていくのが見えた。教会も、納屋も、次々に、ひときわ活発なひときわ高い火炎を上げる稲塚も、それに光の海の中へ墜落する前に火の粉の髭を生やして夜空にぬっくと突っ立つ梁材《はりざい》も。

よく見えるものだ、そいつが、村が燃え上がるさまは、二十キロも離れた場所からでも。陽気な眺めだ。昼間は、小さなやぼったい野原の陰になって人目にもつかん、とるにたらん小さな部落、ところが、夜になって、そいつが燃えだしたときは、どれほどの効果を生むか、想像もつかんほどだ！　ノートル＝ダム寺院そこのけ！　たっぷり一晩燃えつづける、一つの村が、小さな村でさえ。最後は巨大な花のようになり、次いで、ただの蕾《つぼみ》に、そしてやがて、跡形もなくなってしまう。

煙がくすぶり、そのうちに夜明けだ。

馬は、そばの野原に鞍をつけたまま置きっぱなしにしておいても、身動《みじろ》ぎもしない。僕たちは、草原の中へ順ぐりに、高鼾《たかいびき》をかきにいく、一人だけ、歩哨に残して、こいつばかりは仕方がない。それでも、眺める火事があるときは夜はうんと早くたちやすい、もはや苦行でもなければ、孤独でもない。

残念なことに、こいつは、村は、長続きしなかった……ひと月もすると、郡全体で、もはや村は一つもなくなった。森も、犠牲になった、大砲の弾の。こっちのほうは、森は、一週間ももたなかった。こいつもみごとな燃えっぷりだ、森も、だがほとんど長持ちしない。

そのころを境に、砲兵部隊と避難民はわれ先に退却を開始し出した。

結局、僕らはもはや、進みも、退きもできなかった。現在位置にとどまるより仕方なかった。

ばたばた倒れていった。将軍もいまでは兵隊のいない宿営地を見つけ出すことはできなかった。しまいには僕たちはみんな野原のど真ん中で寝るようになった。将軍だろうとなかろうと。いくらか士気をとどめていた連中も、そいつを失ってしまった。この頃からだ、軍規を引き締めるために分隊単位で兵士の銃殺が始まったのは。そして例の憲兵が《日々命令》で表彰されだした、奴の小さな戦《いくさ》の遂行ぶりによって、腰を入れた、正真正銘の戦《いくさ》。

＊＊＊

一息ついたと思えば、数週間後には、また馬に乗って、《北》に向かって再出発だ。寒気も僕らといっしょにやってきた。砲声はもう僕たちのそばを離れなかった。だが、偶然の機会をのぞいては、ドイツ軍とぶつかることはめったになかった、ときおり黄や緑の、美しい色彩の、軽騎兵や狙撃《そげき》兵の一隊に出くわすぐらいで。奴らを捜しているふりはしているが、姿を認めるなり、こっちは遠くへ退《ひ》いてしまうという寸法だ。ぶつかるたびに、騎兵が二人か三人あとに残った。あるときは奴らの側の、あるときはこちらの側の。そして自由になった敵の馬は、ぴかぴか光る鐙《あぶみ》をぶら下げ、からっぽのままで走り出し、はるか彼方からこっちへ向かって駆け降りてくる、後部が奇妙なかたちに反り上がった、真っさらの財布みたいな艶々した革の鞍をのっけて。僕らの馬の仲間入りしにやってくるのだ、そしてすぐに仲よくなってしまう。運のいい奴！　僕たちのほうはそうはいきそうになかった！

　或る日のこと、それもまだ朝っぱらから、偵察から戻ってくるとさっそく、ド・サン＝タンジャンス中尉は、自分の話が大風呂敷でない証拠を仲間の将校連の前でご披露に及ぶのだった。「いまさっき奴らを二人ぶった斬ってきたところだ！」周囲に向かって先ずこう報告すると、佩剣《はいけん》を鞘から引き抜いて見せるのだった、そこには、なるほど、そのため用の小さな溝《みぞ》に血のりがべったり溜まっていた。

「いやあ、じつにすごいもんだ！　おみごと、サン＝タンジャンス！　見せたかったよ、諸君！　あの大立ちまわりときたら！」オルトラン大尉が証人役を買って出る。

　オルトランの中隊での出来事だったのだ。

「この目でとくと拝見におよんだよ！　それも間近でね！　前方右手へ、喉もとめがけて一突き！……ぶすり！　最初の奴が倒れる！……胸板に真っ正面からもう一突き！……お次は、左へ！　背中まで突き通るやつを！　まるで模範試合さ！……いやすごかった、サン＝タンジャンス！　槍騎兵《そうきへい》二人血祭り！　ここから一キロほど離れた地点でね！　若い衆はお二人ともまだそのへんにころがってるはずさ！　畑のど真ん中に！　奴らにとっちゃもう戦争もおしまいさ、なあ、サン＝タンジャンス？　なんという早業《はやわざ》！　きゃつらは兎みたいに肝をつぶしたにちがいないね」

サン＝タンジャンス中尉は、馬で長いあいだ駆けてきたあとだというのに、同僚の讃辞と祝辞を謙遜しながらかき集めるのにおおわらわだ。オルトランが武勲証人役を買って出たので、やっと彼は安心したのだろう、その場から立ち去っていった、まるで障害物競走のあとみたいに、集まった部隊の連中のまわりをひと巡りしてから、彼の牝馬《めうま》をゆっくり引き廻しながら干秣《ほしまぐさ》のところまで連れて行くのだった。

「ただちにあそこへ、別の偵察隊を派遣しなくちゃいかん、同じ方角へ！　ただちに！」すっかり興奮した面もちでオルトラン大尉があわただしく言い出した。「あの二人はこっちへ迷い込んできた奴にちがいない、だけどまだあとにほかの連中がつづいているはずだ……よし、君だ、バルダミュ伍長、君は部下四名を率いてそっちの方角へ行ってくれ！」

　中隊長のお声がかりだこの僕に。

「そして奴らが撃ってきたときは、そうだ、奴らの居場所をよく見定めて、そしてただちに奴らの位置をおれのところに報告にもどるのだ！　おおかたブランデンブルグ部隊兵にちがいない！……」

　現役の連中の話では、平時の内務班においては、こいつは、オルトラン大尉は、さっぱりさえない存在だった。そのかわり、いまや、戦場では、この男の名誉挽回《ばんかい》ぶりはすさまじかった。文字どおり、不撓《ふとう》不屈。この男のはりきりようは、向こう見ず揃いの連中のあいだでも、日ましに注目の的だった。コカイン嗅ぎだという噂もあった。目のふちにくまのできた蒼白い顔をして、いつも馬から降りたとたんは、危なかしい足の上で安定がさだまらず、最初のうちはふらふらしている、がそのうちに自分を取りもどすと、壮烈な武勲めざして、戦場を阿修羅《あしゅら》のような勢いで踏み越えて行く。こいつなら、お向かいの大砲の筒先からじかに火玉を食らいに僕たちを追い立てることだってやりかねなかった。こいつは死神と手を組んでいたのだ。まるで死神はオルトラン大尉と契約を取り結んでいるみたいだった。

奴の前半生は（僕が聞き込んだところでは）、乗馬試合の中で、その中で肋骨《ろっこつ》を折ることで過ごされた、年に何度か。奴の足ときたら、こいつもやはり、折りすぎたために、それと、もはや歩行に使用しなくなったためとで、完全に肉づきを失ってしまっていた。いまではこいつは、オルトランは並べた丸太棒の上でも渡るような神経質な危なげな足どりでしか歩くことができなかった。地上では、だぶだぶの外套《がいとう》にくるまって、雨に打たれてちぢこまっている様子など、競走馬の亡霊の後ろ姿とまちがいかねないほどだった。

ところで気違い沙汰も最初のうちは、八月の月には、いや九月までも、まだ何時間かは、ときにはまる何日かは、道路の一部や、森の一隅が死刑囚にとっては依然として救いの神だった……そこなら、おおむね安全という幻影に身をまかせて、たとえばパンに添えて缶詰を一缶、これが最後のものになるかもしれぬという懸念《けねん》にさほど苛《さいな》まれることなく、平らげることもできた。ところが十月以後はそいつとも、このささやかな凪間《なぎま》とも完全におさらばだった、霰《あられ》はますます本降りになり、大砲玉と鉄砲玉をまぜ物にますますこってりさを加えだした。本式の嵐の訪れは間近だった、見るまいと努めているものが、そのときは目の前に躍《おど》り出してくるのだ、そのうちもはやそれ以外には目にはいらなくなるだろう。つまり自分の死以外。

　夜が、最初のうちはあれほどおっかなかった夜が、それにつれて、次第に有難みを加えだした。ついにはそれを待ち受け、熱望するまでになった。夜のほうが昼間よりも弾丸《たま》に狙われにくい。そしていまじゃこの相違以外に問題になるものはなかった。

　戦争みたいな問題でも、本質に到達するのは容易なことじゃない、幻影はなかなか退散しない。

　火に怯えすぎた猫はけっきょく水の中に飛びこんでいくという。

　暗がりの中でときたま僕たちはすばらしい平和時代を偲ばせるひと時を掘り当てるのだった、今からすれば本当とは思えないような時代、万事が寛大で、なにもかもし放題みたいな時代、そのほかにもいろんな事柄が、今ではことごとく手のとどかぬ楽しい夢に変わってしまった事柄が実際に実現されていた時代。生きたビロードみたいな、平和の時代……

　ところが暫くすると日が暮れてからも、毎夜毎夜、情け容赦なくこき使われる番がやってきた。飯にありつき、暗がりの中で睡眠のわずかばかしのおこぼれにありつく、ただそれだけの目的のために、たいてい必ず夜は夜でさらに疲労に鞭《むち》打って、余分の苦しみを味わわなければならない。そいつが、おまんまが、前線にご到着になる、重そうに、地べたを這うような情けない格好で、びっこを引いたぼろ馬車の長い行列をいくつも連ね、肉や捕虜や負傷者や燕麦《えんばく》や米や憲兵を満載して、その上に葡萄酒《おみき》を、大瓶《おおびん》入りの葡萄酒を、猥《わい》談《だん》を連想させるがたごと揺れる太鼓腹の葡萄酒瓶を満載して。

　徒歩で、鍛冶屋《かじや》とパン屋の車のあとから落伍《らくご》兵と、それから囚人、敵味方の囚人が、手錠をかけられ、それぞれ罪を宣告され、ごたまぜに、手首を憲兵たちの鐙に結わえつけられ、何人かは明日にも銃殺の身の上だが、他の連中にくらべて特別悲しそうな顔もしていない。輜重《しちょう》隊がもう一度出発するのを待ちながら、道ばたで、彼らも、この連中も食事にとりかかる、割当のおそろしくこなれの悪い鮪肉《まぐろ》（どうせこなしている暇はないわけだが）――それと最後のパンを、いっしょの鎖につながれた一人の非戦闘員と分かち合って。この男はスパイだということだが、ご当人にはなんのことかさっぱりわからない。われわれにしたって同じことだ。

　連隊の拷問はこんどは夜間型に変わって継続する、明かりも表情もない村のでこぼこ路をまるで手さぐりで、体重よりも目方の重い糧秣袋の下でたわみながら、知らない納屋から納屋へ、左右から、がなられ、おどされ、見る影もなく、脅迫と肥溜《こえだめ》のなか以外で命を終える望みはまるっきりなく。おまけに、この世にいるかぎりわけもわからず殺《ばら》し殺される以外に、突然なにひとつできなくなってしまった兇悪な気違い集団に血が滴るまで苛まれたぶらかされるやりきれない思いをいだいて。

肥溜と肥溜のあわいの地面にころがったかと思うと、怒声の攻撃と長靴の足蹴《あしげ》でたちまち金筋入りの連中にたたき起こされ、またしても別な輜重隊の荷物下ろしの仕事へと追い立てられる、またしても。

村はこいつを食糧と部隊をおさめきれず、暗闇は脂肪と馬鈴薯と燕麦と砂糖でふくれあがり、そしてこっちはこの重たい荷物をえっちらおっちら運びまわり、途中、部隊と行き当った先々で店開きというわけだ。なんでもかんでも積み込んでくるのだった、輜重隊は、退却命令以外のものなら。

疲れきって、使役部隊は馬車のまわりにばたばたぶっ倒れる、すると給養係の下士官が現われてこの蛆虫《うじむし》みたいな連中の上にカンテラ燈を照らしつける。どんなごたごたの最中でも水飼い場を見つけ出さずにはおかない二重顎のお傑方《えらがた》。お馬さまの水だぞ！　ところが僕が見たところでは、四人の男が、深い水の中に、尻《けつ》ごと首までつかって、睡魔に意識をなくして居眠りの最中だ。

馬の水飼いが終わると、またあれを、さきほど通ってきた小道を、分隊をたしかそこへ置いてきたように思う農家を見つけ出さねばならない。見つからないときは、もう一度壁にもたれてへたり込むしかない、ほんの小一時間、まだうつらうつらする時間が残されているとしての話だが。この殺され屋稼業《かぎょう》の中では、気むずかしいことは言っておれない、まだ人生が続いているみたいなふうに振舞わなければならない、こいつがいちばんつらい仕事だ、この欺瞞が。

　そしてやつらは後方へ引き揚げて行く、輜重隊のほうは。夜明けから逃れるみたいに、輸送隊はもと来た道を引っ返して行く、ゆがんだ車輪全体で軋みながらこいつは立ち去っていく、僕の願いを載せて、そうとも敵兵に襲われ粉微塵にされちまえばいい、要するに今日じゅうにでも焼き払われちまえばいい、戦争版画でよくお目にかかるように、略奪されちまえばいい、輜重隊なんか、きれいさっぱり。ゴリラ憲兵も、お馬さまの蹄鉄《ていてつ》も、カンテラ下げた再役兵も、一行《いっこう》ごとごっそり、中にぎっしり詰め込まれた雑役も、それに炒りつくせるわけがない山のような眉児豆《ふじまめ》もメリケン粉も、積荷ごとごっそり、もう二度とこいつを拝まんですむように。おんなじ疲労でくたばるにしたって、暗闇がそいつでもって埋まるくらいおびただしい数の糧秣袋をえっちらおっちら担ぎまわって往生するくらい苦痛なくたばり方がほかにあるもんか。

（奴らをあのやくざ野郎をこの式で車軸までばらしちまえば、少なくとも僕らをそっとしといてくれるだろう）こんなふうに僕は考えるのだった（そして、たとえ一晩にしろ、ともかく一遍は思う存分眠れるだろう）。

この糧秣補給というやつは、悪夢のおまけ、戦争という大きな怪物の上にさらに一枚加わった、小さな煩わしい怪物だった。前も左右も後ろも、獣ばっかし。奴らはいたるところそういう連中ばかり配置していた。処刑を延期された死刑囚みたいに、いまでは僕らはぐっすり眠りたいという望みから抜け出せなかった、おまけになにもかもが苦労に変わっていった、飯の時間まで、それにありつく算段まで。小川の見覚えのある個処とか、壁の一角とか……分隊が屯《たむろ》している部落を見つけ出すのに僕たちは嗅覚に頼るしかなかった、見捨てられた村々の戦場の暗闇の中で犬の群に変わって。いちばん優秀な道案内は、糞《くそ》の匂いだ。

給養係の特務曹長、連隊じゅうの憎まれ者が、現在のところは世界の支配者だ。未来のことを口にする奴は大馬鹿野郎だ、問題は現在だ。後世に頼るのは、蛆虫の群に向かって演説をぶつようなものだ。特務曹長は戦場の村の夜に新開店した大屠殺場のために、人間獣を飼い養ってるみたいなもんだ。それこそ王様だ、この特曹ときたら！　死神王！　クルテル特務曹長！　まったく！　これ以上の権力は手に入るものじゃない。これ以上羽ぶりのきく人間はいない、敵さんの、お向かいの特務曹長をのけたら。

村には何ひとつ残っていなかった、命をそなえたものといえば、おびえた猫だけ。家具類は真っ先に壊《こわ》しつくされ、炊事用の火をつくるために消え去っていた、椅子も長椅子も、戸棚も、いちばん軽いものからいちばん重いものまで。そして背中にのっかるものは一つ残さず、いっしょに持ち去っていた、僕たちの戦友は。櫛《くし》から、小型の電気スタンドから、茶碗から、くだらんこまごました品物まで、それどころか花嫁の冠まで、何からなにまで巻添えをくい。まるでこのさき何年も生き延びられるみたいに。気晴らしのためにかっぱらうのだった、まだ先が長いふりを装うために。いつの時代も変わらぬ願望。

大砲もこの連中にとってはただの物音にすぎなかったのだ。これだから戦争みたいなもんが長続きできるのだ。それを行なっている連中にとってすら、それを行なっている真最中の連中にとってすら、その姿が想像できないのだ。どてっ腹に大砲の弾をくらっても、奴らはまだ道に落ちている古靴を、《まだ使える》やつを、拾いつづけるにちがいない。ちょうど羊が、野原に横たわって、死に瀕《ひん》しながらも、まだ草を食《は》みつづけるみたいに。ほとんどの人間はいまわの際にならなければ死なないのだ。残りの人間だけが二十年も前から、ときにはもっと前から死に始め、そのことにだけかかりきりだ。この世の不幸な連中。

僕の場合はけっして頭のいいほうじゃない、それでも完全な卑怯者になるだけの融通は持ち合わせていた。たぶんこの覚悟のせいで僕はたいそう沈着な男みたいな印象を与えたのだろう。ともかく僕のそんなところが、皮肉にも僕らの中隊長に、よりによってオルトランに、信頼を抱かせることになってしまったのだ、そこで彼はその晩この難儀な使命を僕にまかせる気になったのだ。目的は、彼が内密に説明してくれたところでは、僕たちが宿営している村から十四キロのところにある紡績都市、ノワルスール＝シュル＝ラ＝リスまで夜が明けないうちに馬で駆けつけること。任務は現場でじかに敵のありかを確かめること。この問題については、今朝来、偵察隊は互いに矛盾した報告にしか達していなかった。デ・ザントレイ将軍はそのためいらいらしていたのだ。偵察に出かけるにあたって、僕は小隊じゅうでいちばん膿《うみ》の出のすくない馬の中から一頭選ぶことを許された。久しく僕はひとりきりになったことがなかった。まるで旅行にでも出かけるような気分だった。ところがどっこいこの解放感はくわせものだった。

　出発早々、疲労のあまり、これから殺されに出かけるというのに、自分の姿もはっきりつかめない有様で。木陰を選《よ》って進んで行った、身にまとった古鉄の騒音の中を。僕の結構なサーベルはこれひとつでも、かまびすしさの点で、ピアノ一台に匹敵するくらいだった。たぶん僕は惨めと言うべきだったろう、がどう見ても滑稽な感じを免れなかった。

　いったいデ・ザントレイ将軍は何を考えているのだろうか、僕をこんな姿で、体じゅうシンバルを着込んだような格好で、この静寂の中へ派遣するなんて？　僕のことを考えていたのでないことだけは確かだ。

　アズテック土人は、聞くところによれば、雨乞《あまご》いの祈りに、雲の《神様》の犠牲《いけにえ》に供えるために、彼らの「太陽神」の神殿で、平時でも週に八万人もの信徒の腹を切り裂いたということだ。戦場へ出向くまでは信じられない話だった。ところが一歩そこへ踏み込めば、なにもかも納得がいく。アズテック土人のことも、他人の肉体にたいする彼らの蔑みも、結局こいつは僕らの賤《いや》しい臓腑《ぞうふ》に対してセラド・デ・ザントレイ将軍が抱いているにちがいない蔑みと同じものだ、この男もまた、昇進の力でいうなれば目に見える「神」に、むごたらしい要求をする一種の小型「太陽神」に変わったようなものだ。

僕には一縷《いちる》の望みしか、捕虜になる望みしか残されていなかった。そいつも心細いものだった、その望みも、ほんの糸一筋ほどの。暗闇の中の一筋の糸、だいいち悠長《ゆうちょう》に挨拶なんか交わしておれる場合じゃない。帽子を脱ぐ間もあらばこそ鉄砲玉のお見舞いとくる。おまけに、そいつに向かって、ヨーロッパの向こう端からわざわざ僕を殺害しにやって来た、敵愾心《てきがいしん》に燃えた兵士に向かって言うべきどんな言葉があるのだ？……かりにそいつが一瞬ためらったとして（ほんの一秒で充分だが）その男に向かって僕はどう言うつもりなのか？……だいいちそいつは実際にどういう人間なのか？　どこかの店員か？　再役職業軍人か？　それとも墓掘り人夫か？　非戦闘員か？　炊事係か？……馬たちのほうがまだしも幸運だ、やつらもやっぱり、僕らと同じように、戦争を押し付けられるにしても、それに賛成することを、それを信じるふりをすることを求められたりしないだけでも。気の毒な、だけど自由な馬たち！　愛国心は、嘆かわしいことに！　ただ僕たちだけしか相手にしないのだ、この淫売女は！

そのとき僕にははっきり目にはいったのだ、道路が、それから丘の斜面の黄土の上に据えられている、壁が月光で晒された大きな四角な家々の集まり、まるで青白いかたまりをなして静まり返っている、まちまちな大きさの、でっかい氷の断片のような家々が。これがこの世の見おさめなのか？　奴らが僕をやっつけたあと、僕はここで、この孤独の中で、どれだけの時間を過ごすことになるのか？　息を引きとるまでに？　どの溝の中で？　あの壁のどれを背に？　奴らは僕にとどめを刺すだろうか？　銃剣の一突きで？　ときによると奴らは手や、目や、その他をえぐり取ることもあった……それについていろんなことが語り伝えられていた、あんまり愉快でない話が！　わかるもんか？……馬をひと足……もうひと足……それでお陀仏にならないとは？　馬どもの駆けっぷりときては、どいつもこいつも、まるで鉄靴をはいた二人の男をいっしょに縛《つな》いだみたいなおかしなちぐはぐな足どりだった。

冷汗をかいた僕の心臓は、兎みたいに、肋骨の小さな柵の後ろで、跳ねたり、うずくまったり、とほうにくれたり。

エッフェル塔のてっぺんから一思いに飛び降りたときは、ちょうどこんな感じがするのにちがいない。空中で後戻りしたくなるような。

こいつは僕の前に危険な罠をひそめていた、この村は、だけど、それだけでもなかった。とある広場の中央には、ちっぽけな噴水が噴き上げていた、僕ひとりのために。

なにもかも僕のもの、僕ひとりのものだった、今夜は。要するに僕は所有者だった、月の、村の、ぞっとする恐怖の。もう一度僕は馬を走らせようとした。ノワルスール＝シュル＝ラ＝リス、そこまではまだ少なくとも一時間の道のりがあるはずだ、するとそのとき一軒の戸口の上部から用心深く遮蔽《しゃへい》された明かりが漏れているのが目にはいった。その明かりに向かって僕はまっすぐ近づいて行った、つまり僕は自分の中に一種の大胆さを見出したのだ、へっぴり腰にはちがいないにせよ、以前の僕には考えられないことだ。ほの明かりはすぐに消えてしまった、が見えたことは確かだ。僕は入口をノックした。ねばった、さらにノックを繰り返し。両方の場合のために、半分はドイツ語で、半分はフランス語で、代わるがわる、暗がりの奥にすっ込んでいる見知らぬ人間に向かって、大声で呼びかけた。

入口がやっと細目に開かれた、片方の扉だけ。

「どなたです？」声がした。こっちは命びろいしたわけだ。

「竜騎兵部隊だ……」

「フランスの？」――しゃべっている女、その姿がかいま見れた。

「そうだ、フランス軍だ……」

「さっきドイツの竜騎兵部隊がやってきたもんですから……やっぱりフランス語をしゃべったもんで、その連中も……」

「そうか、でもおれは、本当のフランス人だってば……」

「はあ！……」

疑っている様子だ。

「連中はいまどのへんにいるんだ？」尋《き》いてみた。

「八時ごろノワルスールのほうへ引き揚げて行きました……」そう言って女は北の方角を指さすのだった。

若い娘の姿も、肩掛けをした白いエプロン姿も暗がりから出てきて、戸口に顔をのぞかせた。

「やつらに何かされたかね？」彼女に尋ねてみた。「ドイツ兵にだよ？」

「ええ、役場の近くで家を一軒焼き払いました、それからここにもやって来て弟を殺しました、槍で腹を突きさして……《赤橋》の上で遊んでいて、あいつらの通るのを眺めてただけなのに……ほら！」女は僕に指さしてみせた……「あれです……」

女は泣いてもいなかった。さきほど僕がその明かりに目をとめた蠟燭に彼女はもう一度火をともした。そして僕には目にはいった――なるほど――奥のほうに、藁蒲団《わらぶとん》の上に水兵服を着た一つの小さな死体が寝かされていて、四角形の青い大きな襟《えり》から、蠟燭の明かりにも劣らず蒼白い頸筋と頭がはみ出しているのが。縮こまっていた、腕も足も背中も折り曲げて、少年は。槍の一撃は死神の心棒のように少年のどてっ腹に突きささったのだ。少年の母親のほうは、激しく泣きじゃくっていた、わきに、ひざまずいて、父親もいっしょに。やがて、二人はまた声を揃えて嘆き出した。だけど僕のほうはおそろしく喉が渇いていた。

「酒をわけてくれんかね？」尋ねてみた。

「母さんに言ってください……残ってるかもしれないわ……さっきドイツ兵がごっそり持ってっちまったけど……」

そこで、母娘《おやこ》は僕の要求にどう応じるか打ち合せにとりかかった、ひそひそ声で。

「ないそうです！」告げに戻ってきた、娘のほうが。「ドイツ軍がみんな持ってっちまいました……こっちから進呈したのに、それも沢山……」

「そう、その場で、みんな飲んじまって！」母親が口をはさんだ、同時に、泣きやんでしまって。「奴らときたら目がありませんからね……」

「それも百瓶以上、確実に」親父《おやじ》が言い足した、こっちは、相変わらずひざまずいたまま。

「じゃ一本も残ってないのか？」ねばってみた、諦めきれずに、それほど僕は水気にかつえていた、とくに白葡萄酒、ごく辛口《からくち》の、ちょっぴり眠気ざましになるやつに。「金は払うよ……」

「いちばん上等のしか残ってませんよ。一瓶五フランもしますよ……」母親が応じた。

「かまわん！」僕はポケットから虎の子の五フラン、でっかい銭《ぜに》を取り出した。

「一瓶持ってきてちょうだい！」猫なで声で娘に言いつけた。

娘は蠟燭を取り上げ、すぐに隠し場所から一リットル瓶をさげてもどってきた。

飲み物は出たし、あとは退散する以外用はない。

「奴らは戻って来そうかね？」尋ねてみた、また心配になって。

「戻って来るかもしれませんよ」三人同時に口を揃えて答えた。「でもこの次はなにもかも焼き払っちまいますよ……帰りぎわに約束していきましたからね……」

「偵察に出かけてくるよ」

「ほんとに勇敢なお方じゃ……あっちの方角です！」父親は僕に指し示してくれた、ノワルスール＝シュル＝ラ＝リスの方向を……おまけに道路にまで出て僕が立ち去るのを見送ってくれた。娘と母親のほうは怯えて小さな死体のそばに居残ったまま夜伽《よとぎ》をつづけ。

「戻ってらっしゃい！」家の中から女たちの呼ぶ声が聞こえた。「おはいりなさいったら。ジョゼフ、あんたが表に出てなんの役に立つの、あんたが……」

「ほんとに勇敢なお方じゃ」もう一度僕に向かって言うと、親父は、僕と握手を交わした。

僕はまた馬を走らせた、「北」への道を。

「わたしたちがまだここに残っていることは、あいつらに出会っても言わないでくださいね！」娘がもう一度戸口に出て来て僕に向かって叫んだ。

「奴らは自分で見に来るさ、明日にでもな」怒鳴り返してやった。「おまえさんがまだいるかどうか見にな！」虎の子の五フラン銀貨をふんだくられたことで腹の虫がおさまらなかったのだ。僕たちの間にはこの端金《はしたがね》が横たわっていた。それだけで十分だった、わずか五フランの端金で、憎しみを植えつけるには、奴らがみんなくたばっちまえと願う気持になるには。この世の中で愛情の無駄遣いなんてありうるわけがないのだ、金銭問題が割り込む限り。

「明日だって！」連中は復唱するのだった、信じられない面持で……

　明日だって、彼らにとってもやはり、そいつは遠い先のことで、たいして意味はなかったのだ、明日なんてものは。結局、僕たちみんなにとっては一時間でもよけいに生き延びることだけが問題で、一切が殺戮《さつりく》にしぼられてしまった世界ではほんの一時間がすでに珍しいしろものだったのだ。

　目的地はもうすぐだった。木陰を選《よ》って馬を進めていった、いまにも呼び止められるか、射殺されるか、どちらかだと覚悟をきめていた。結局、何ごとも起こらなかった。

　真夜中の二時をいくらか廻った時分だったろうか、並み足で、とある丘の頂に出た。そこから不意に眺め下ろすことができた、眼下に幾列も幾列もつづいている灯のともったガス燈、さらに、前景には、汽車や食堂までそろった、あかあかと照らされた停車場、もっともそこからはなんの物音も昇ってこなかったが……まるっきり。街路、並木道、街燈、さらにいくつもの光の平行線、幾区画全体にわたって、そしてあとは周囲全体、もはや闇ばっかり、街をとりまいて貪欲《どんよく》な空虚、長々と寝そべっていた、そいつは、街は僕の前に身を投げ出して、まるで置き忘れられたかのように、夜のど真ん中にあかあかと灯をつけて広がっていた。僕は馬を降りて、小さな土塚の上に腰をおろして、しばらくこのありさまを見つめていた。

それでもドイツ兵がノワルスールに入ったかどうかは、依然として分らなかった、しかしその場合には、奴らは火を放つのがお定まりだから、もし奴らが街に入っているとすれば、そしてさっそく火をつけないとすれば、それはたぶん奴らが尋常でない考えをいだいている証拠にちがいない。

砲声も聞こえない、こいつも怪しかった。

僕の馬もやはり横になりたがっていた。手綱をさかんに引っぱるので、僕は後ろを振り向いた。もう一度街のほうに向き直ったとき、前方の土塚の様子がさきほどとはどこか変わっていた、もちろん、ほんのわずかだが、それでも僕は誰何《すいか》せずにはおれなかった。

「おい！　誰だそこにいるのは？……」影の配置の変化はすぐ目の前で起こったのだ……だれかいるにちがいない……

「そう大声でがなりなさんな！」答えたのは太いしわがれた男の声だ、まちがいなくフランス人の声。

「おまえさんも落伍組かい？」同じ口調で尋ねかける。

いまでは、そいつの姿を見ることができた。歩兵だった、その男は、帽子の庇《ひさし》を《学生風に》くしゃくしゃに折り曲げた。何年もたった今でも、この瞬間のことを僕は、まるで昔の縁日で射的場の標的が、兵隊姿の標的が飛び出してくるみたいに草叢の中から現われ出たこの男の輪郭を、まざまざと思い浮かべることができるくらいだ。

相手方から歩み寄った。こちらは片手に拳銃を握りしめて。僕のほうは危く引き金に手を掛けるところだったのだ。

「どうだい」むこうから尋《き》いてきた。「奴《やっこ》さんたちに出会えたかい、おまえさんのほうは？」

「いいや、わざわざ会いに来たんだがね」

「おまえさんは四十五竜騎兵隊かい？」

「そうだよ、おまえさんは？」

「おれかい、おれは予備兵さ……」

「ほう！」思わず唸った。驚きだった、予備兵がいたとは。この男は僕が戦場で出会った最初の予備兵だった。顔は見えなかったが、声つきからして僕たちとは違っていた、なんといえばいいのかいっそう陰気で、したがって僕たちの声よりも重みがあり。そんなわけで、こちらはこの男にちょっぴり信頼を寄せずにおれなかった。なかなかのくせものだ。

「もう飽きあきしたね」男はつづけて、「これからドイツ野郎どもにとっつかまりに行くつもりだ……」

ざっくばらんだ。

「どんなふうにやるつもりかね？」

こちらは、俄然、興味を覚えだした、とくに、彼の計画に。うまくとっつかまるためにこの男はどんな手を使うつもりなのか？

「まだわからんよ……」

「うまくずらかったみたいだが……とっつかまるほうはそう簡単にいくもんか！」

「大丈夫、降服すりゃいいのさ」

「おっかなくなったのか？」

「おっかないとも、それに聞かれたから言うがね、馬鹿らしくなったのさ、ドイツ人のことなんかどうでもいいんだ、おれにとっちゃ、奴らからなにひとつされた覚えはねえし……」

「やめろよ、奴らに聞かれたらどうする……」

ドイツ人たちに対して失礼にあたるのではないかと恐れたのだ。やっこさんが、この予備役兵がここにいるあいだに、こちらは教えを乞いたいくらいだった、僕にも勇気がないわけを、ほかのみんなと違って、戦争をやらかす気がないわけを……がやっこさんなにも教えてはくれなかった、ただ飽きあきしたと繰り返すだけで。

代わりにやっこさん、前の日の明け方、自分の連隊が潰走《かいそう》したときの模様を話してくれた、原因は味方の猟歩兵で、まちがって野原のむこうから彼の部隊に射撃を浴びせてきたのだ。その時刻に現われるとは予期していなかったもので。予定の刻限より三時間も早く到着したために。だもんで猟歩兵部隊は、疲れきっているところへもってきて、不意をつかれ、盲めっぽう撃ちまくってきたというわけだ。よくある話だ、以前に僕もやられたことがある。

「おれは、もちろん、この機会《チャンス》を利用したさ！」とやっこさんはつづけて、「ロバンソン、と自分に言ってきかせたね！　おれの名前はロバンソンてんだ！……ロバンソン・レオンだよ！　逃げだすんならいまの機会をはずしちゃだめだ、こう自分に言い聞かせて！……当り前よな？　それで藪蔭に沿って歩きだしたってわけだ、するとそこで、なんと、おれたちの中隊長とぱったり鉢合わせさ……大尉さんずたずたにやられて、木に倚《よ》りかかり！……これがお陀仏ってとこさ……両手でズボンを抱えて、げえげえやってる最中さ……目の玉をぎょろつかせて全身血まみれ……介抱する人間なんてひとりだっておるもんか。年貢の納め時さ……『おかあちゃん！　おかあちゃん！』くたばりながら、小便みたいに血をたらして泣いてやがるじゃないか……

『よしやがれ！』おれは言ってやったよ。『おかあちゃんだと！　おめえのことなんぞ構っちゃおれないとさ！……』こう怒鳴りつけてやったさ、通りすがりに！……いやみたっぷりに……いい見せしめさ！……だって、そうだろう！……ざらにあるこっちゃねえもんな、そうだろう、思っていることを言ってやれるなんて、隊長に向かってさ……この機会をつかまなくちゃ。めったにないことさ！……それからおれは一刻も早くずらかれるように、装具一式、ついでに鉄砲もいっしょにほうり投げちまったね……そばにあった家鴨《あひる》の泳いでいる沼の中によ……考えてもみなよ、ごらんのとおり、人殺しなんておれの柄じゃねえからな、そんなことは教わった覚えはねえや……もともと喧嘩は嫌いなほうでね、平和んときでもな……ずらかることに決めたってわけだ……わかるだろう。娑婆《しゃば》にいたころは、これでもかたぎに工場通いをやってみたこともあるがね……印版工もかじってみたよ、だけどどいつも性に合わなかったね、喧嘩沙汰ばっかりで、新聞の夕刊でも売ってるほうが無難さ、顔の売れた安全な界隈《かいわい》でね、《フランス銀行》のそば……くわしくいやあヴィクトワール広場さ……プチ＝シャン通り……あそこがおれの縄張りさ……ルーヴル通りと、それからもう一方はパレ＝ロワイヤルより先へは絶対に繰り出さなかったもんさ……朝のうちはあちこちの店の使い走り……午後はときによっちゃ荷物運び、それこそ手当たり次第……まあいやあなんでも屋ってとこさ……それでも殺しの道具だけはまっぴらだね！……武器を持っているところをドイツ人に見《め》っかってみろ？　助かりっこなしさ！　ところが変わったなりをしてれば、今の俺みたいにさ……なにも手にせず……ポケットの中もからっぽで……そうなりゃ捕虜にするのはわけないと、やっこさんたちだって気づくだろう、ちがうかね？　奴らだって相手を見らあね……素っ裸でドイツ兵のところへ行けりゃ、それに越したことはねえんだが……馬みたいにな！　そのときはどっちの軍隊の人間か見分けもつかんからな……」

「なるほどね！」

年齢は確かに思想にとってむだでないことを僕は悟ったのだ。世渡りの知恵が身につくだけでも。

「あそこか、奴らがいるのは？」僕らは目を凝らした、そして静まりかえった街が僕たちの前に差しのべているでっかい光り輝く図面から、トランプ占いでもやるみたいに二人して自分たちの運勢を見積もり自分たちの行く末を探るのだった。

「行ってみるか？」

まず鉄道線路を越さねばならなかった。歩哨がおれば、狙われるだろう。おらんかもしれん。そのときはそのときだ。トンネルの上を渡るか中を抜けるか。

「急がなくちゃ」ロバンソンがつけ加えた……

やるとしたら夜のうちさ、昼間は、お仲間がおおぜいお出ましになるからな、みんな目立ちてえのさ、昼間は、戦場だって、縁日みたいな混みようだ……おい、そのおんぼろ馬を引っぱってく気かい？　僕は一緒に連れて行くことに決めた。ひどいあしらいを受けた場合に素早くずらかれる用意に。やがて踏切りのところへ出た、そいつは赤白の大きな腕を持ち上げていた。こんなのを見たのは初めてだった、こんな形の踏切りは。こんなのにはお目にかかれない、パリの近辺では。

「奴らは街に入ってると思うかね？」

「きまってらあね！」とやっこさん……「まあ、さっさと歩きな！……」

いまではいやでも勇者なみに大胆にならざるをえなかった、僕たちのあとから平気で歩いてくる馬のせいで、それこそ足音で僕たちを急《せ》き立てているみたいな。耳にはいるのはそればかり、ぱっか！　ぱっか！　その蹄《ひづめ》で、こだまの戸口をまともにノックするのだった、まるっきり平気の平左《へいざ》で。

ロバンソンの奴、逃げだすのに本気で暗がりをあてにしていたのか？……からっぽの道のど真ん中を僕らは勇ましい足どりで進んで行った、なんの策略も弄《ろう》せず、調練のときのように、歩調をとって。

奴の言うとおりだ、ロバンソンの言うとおりだ。日中は情け容赦ない、地から天まで。こうして僕たちが大通りを闊歩して行くところは、終始まったく無事安全な、気楽なようすにすら見えただろう、まるで休暇からご帰館みたいな。「第一軽騎兵隊がごっそり捕虜になった話は聞いたかい？……リールでさ？……奴らもこんなぐあいに入っていったって話だ、知らぬが仏というやつさ！　連隊長を先頭に立ててね……目抜き通りを！　まんまと通せんぼうときたね……前からも……後ろからも……どっちを向いても、ドイツ兵ばかり！……どの家の窓にも！……どこもかしこも……まんまと図に当ったってわけさ……袋の鼠！……まるきり鼠！　うまくやったもんさ！……」

「うん！　畜生！……」

「うーむ！　うーむ！……」僕らは感嘆これ久しゅうするのだった、この見事な、水際立った一網打尽に……暫くこの話に夢中になって。店は一軒のこらず鎧戸をしめていた、しもた屋も、こちらのほうは前に小さな庭があって、全体が小綺麗な感じだった。ところが「中央郵便局」を通り過ぎたあたりで、そんなふうなしもた屋の一つで、ほかよりもいちだんと白い色の目立つ家が、二階といい中二階といい、窓という窓に煌々《こうこう》と明かりを照らしているのが目についた。僕たちは近づいて戸口をノックした、馬を相変わらず後ろに従えたまま。口髭をはやしたずんぐりした男が戸をあけに出た。「わたしはこの街の、ノワルスール市の市長です――こちらが聞きもしないうちに相手はさっそく名乗りをあげた――ドイツ軍をお待ちしておりました！」そう言うと彼は、市長は、僕たちの様子をうかがいに月明かりの中へ出てきた。僕らがドイツ軍でないことに、なんと、まだフランス兵にまちがいないことに気がつくと、相手は勿体ぶるのをやめて、打ちとけた態度に変わった。それに困惑している様子だった。明らかに、もう僕たちを期待していなかったのだ、彼がととのえていたらしい準備と覚悟にいささか食い違って僕たちはやってきたのだ。ドイツ軍は今夜ノワルスールに入る予定になっており、この男は事前に知らされ、県庁とも万端手続きをすませていたのだ、ドイツ軍の連隊長はあそこへ、病院車はここへ、といったぐあいに……それにもしいま奴らがこの場にやってきたら？　僕たちがいるところへ？

きっと厄介なことになるだろう！　取り返しのつかんことに……はっきり口には出さなかったが、やっこさんがこのことを気にしているのは明白だった。

やがて奴はその場で、暗がりの中で、僕たちが迷いこんだ静寂の中で、僕たちを前に公《おおやけ》の利益について一席ぶちだした、ひたすら公の利益について……共同体の物質的財産について……彼の責任に委ねられているノワルスールの文化的遺産について、この上なく重大な、神聖な責務について……なかでも十五世紀の教会……もしも奴らがこの十五世紀の教会を焼き払うことにでもなれば？　お隣のコンデ＝シュル＝イゼールの教会みたいに！　そうでしょう？……ただつむじを曲げたばっかりに……僕たちの姿を見つけた憤りから……われわれに振りかかりかねない重大な責任を彼は僕たちに思い知らせるのだった……いくらお若いとはいえなんという無分別な軍人さんだ！　まだ敵の兵隊がうろついている胡散《うさん》くさい街がドイツ軍のお気に召すわけがない。察しがつきそうなもんだ……

彼がこんなふうに声をひそめて僕たちに話しかけているあいだ、彼の女房と二人の娘、ぽっちゃり肥えた色気たっぷりの金髪娘がときどき言葉を挟んでさかんに親父《おやじ》を応援するのだった……追い立てをくらったわけだ、僕たちは、結局。僕たちのあいだに、突然生き生きと、感傷的・考古学的価値が立ちこめ、だってそれにたいして異議を唱える人間はノワルスールじゅう探したってもはや一人も残っていなかったからだ……言葉で招き呼び出せる愛国的・道徳的亡霊、そいつを呼び寄せようと一生懸命だった、市長のやつは、が、そんなものはたちまち霧散してしまうのだった、こちらの側の恐怖心と自分本位と、それに見えすいた真相にたたきのめされて。

懸命の努力を傾けるのだった、ノワルスールの市長は。僕たちを説得しようとして、僕たちの《務め》は、あとのことは成り行きにまかせて退散することであると。奴ほど狂暴ではないが、こいつはこいつでまた、うちのパンソン司令官に負けない強情野郎だ。

見えすいた話、こういうお偉方をむこうにまわして刃向かおうにも、こちらには僕たち二人のささやかな願い以外になにひとつ持ち合わせてはなかった、ただ死にたくない、焼かれたくないという願い以外。こんなものはたいして役には立たない、ましてや戦場ではこういうことは大きな声で口にできないとあっちゃ、なおさら。で僕たちは別な人気《ひとけ》のない通りへと引き揚げた。まったく今夜出会う奴は性根まるだしの野郎ばっかりだ。「ついてねえな！」立ち去りぎわに、やっこさん、ロバンソンは、こうもらすのだった。「なあ、おまえさんがドイツ兵だったらなあ、おまえはいい奴だから、きっとおれを捕虜にしてくれるにちがいないさ、そうすりゃ万事解決なんだがな……戦場じゃ自分の身のふり方ひとつままになんねえ！」

「そしておまえさんが」とこちらも言い返すのだった。「おまえさんがドイツ兵だったら、おまえさんもおれを捕虜にしてくれただろうな。そうすりゃ今ごろおまえさんは奴らの勲章をいただいてるとこさ！　ドイツ語できっと変てこな名前がついてんだろうな、奴らの勲章は?」

僕たちを捕虜にしてくれる人間に途中一人もでくわさなかったので、結局、僕たちはとある小さな辻公園のベンチへ出かけて腰を下ろした、そしてロバンソン・レオンが朝方からポケットに持ちまわって温《あつた》めていた鮪《まぐろ》の缶詰をぱくついた。はるか遠くで、今では砲声が聞こえた、が本当に遥か遠くだった。めいめい自分のところに留まっていてくれれば、敵も味方も、そして僕らをここにそっとしといてくれれば!

つづいて、河岸に沿って歩いた。そして半分荷を降ろしかけたままの艀《はしけ》のそばで、水中へ、長い抛物線《ほうぶつせん》を描いて放尿した。相変わらず手綱《たづな》をにぎって馬を後ろに従えたままだった、まるで、とほうもなくでっかい犬を従えてでもいるみたいに。ところが橋のそばまできたとき、一間《ひとま》きりの、渡し守の小屋の中に、やっぱり藁蒲団の上に、またもう一人死人が横たわっているのが目にはいった、ひとりぼっちで、フランス人だった、猟騎兵隊の司令官だ、それにこの男はすこしロバンソンの奴に似ているように思えた、面《つら》つきが。

「ぞっとしないね!」ロバンソンが感想を述べた。「どうも死人は虫が好かねえ……」

「それより面白いね!」こっちは言い返した。「おまえさんにすこし似てるじゃないか。鼻の長いところなんかそっくりだね、それにおまえさんのほうがいくらも老《ふ》けちゃいない……」

「そう見えるとすりゃ、疲れてるせいさ、当然みんなちょっとばかし似てくるのさ、だがなあ、以前のおれと出会ってりゃあ……日曜たんびに自転車を乗りまわしてた頃のよ！……ぱりっとした若い衆。足なんかもたくましいもんさ！　運動になるからな！　ともかくよ！　腿の付け根まで発達しやがる……」

もう一度表へ出た、男を眺めるためにつけたマッチの火は消えてしまっていた。

「ほら、もう手おくれさ、見ろ！……」

灰緑色の長い一筋の帯が遠くのほうで、暗闇の中に、早くも街はずれの丘の頂を際立たせていた。《夜明け》だ！　また一日増えたのだ！　また一日減ったのだ！　ほかの日と同じように、またこいつをくぐり抜けることに苦労しなきゃならない、ますます狭まっていく環金みたいな、弾道と機関銃の炸裂で満たされた毎日。

「もういっぺんここへ戻ってこんか、また別の晩によ？」別れぎわに奴が尋ねた。

「別の晩なんてあるもんか！……自分を将軍さまだとでも思ってんのかい？」

「なにも考えんことに決めとるんでね、おれは」最後に奴はこう言うのだった……「なにもね、いいかい！　おれが考えるのは、生き延びることだけさ……それで十分さ……自分にこう言ってきかせて、一日かせげば、一日ふえるんだと！」

「そのとおりさ……じゃ、あばよ、好運を祈るぜ！……」

「おまえさんもうまくやんなよ！　また会えんともかぎらんさ！」

それぞれ戦争の中へ引っ返して行った。それからさまざまな事柄が、じつにさまざまな出来事があった、が、今じゃ話して聞かすのも易しいことじゃない、今日《こんにち》の人間にはもはや理解できそうにもないからだ。

＊＊＊

好感を持たれ皆《みんな》から奉《たてまつ》られるためには、街の連中といっときも早く仲よしになることが必要だった、なんせ、奴らは、後方の連中は、戦《いくさ》が進むにつれて、ますます悪性ぶりを発揮しだしたからだ。パリに戻る早々僕はこのことに気がついた、そのうえ、女どもはお尻をむずむずさせ、爺《じじい》連はこの時とばかりにでっかい面《つら》で、尻《けつ》は抱くわ、金はかき集めるわ、いやはや八面六臂《ろっぴ》の大活躍。

後方の連中までが戦闘員にかぶれてしまっていた、勝利の栄光を目指して、辛抱強く勇敢に耐え忍ぶ見上げた態度を我れ勝ちにひけらかし。

母親たちまで、看護婦になったり、愛国者になったり、いまでは陰気くさい喪服を肌身離さず、それと大臣が頃合いを見はからって市役所の役人に命じて彼女たちのもとへ届けさせるささやかな表彰状。要するに、戦時体制だった。

盛大な葬儀場ではみんなひどくしめっぽい面《つら》をして、そのくせ考えているのは、遺産のこと、次の休暇のこと、かわいい、そのうえ好き者だという評判の後家《ごけ》のこと、そして自分のほうは、反対に、いつまでも長生きすること、これから先まだまだ、ひょっとすると永久に……冗談ではなく。

そんなわけで葬式に参列すると、だれもかれも威儀を正し脱帽して見送ってくれる。いい気分だ。そのときは行儀よくしなくちゃならん、うわべは神妙に、言葉に出してはふざけずに、ただ腹のうちだけで楽しんでいればいいんだ。それなら許される。うちでならなんでも許されるのだ。

戦時中は、中二階の踊り場に代わって、地下室が踊り場になった。戦闘員たちもそれを大目に見逃し、むしろ歓迎していた。戻って来るとさっそくこいつを求め、そしてだれ一人このやり方に疑問をいだくものはいなかった。いかがわしいものなんて、結局は勇気だけだ。おれたちの肉体に対して勇敢になれとおっしゃるのか？　それなら蛆虫に対してももっと勇敢に奮闘しろと命令すりゃどうなんだ、こいつもほんのり赤みを帯びて、白っぽく、ぶよぶよして、おれたちとそっくりだ。

僕としては、もはや不平はなかった。それどころか負傷やなにやかやでせしめた勲章のおかげで、前線から抜け出せそうだった。療養中に、そいつが届けられたのだ、勲章が、病院まで。そしてその日さっそく、僕は劇場へ出かけて行ったものだ、幕間《まくあい》に街の連中にそいつを見せびらかすために。すごい効き目だった！　パリではまだ勲章が珍しい時分だったので。一騒動だった！

ほかでもない、このおりだ、「オペラ・コミック座」の休憩室で僕がアメリカ生まれのかわいいローラに出会ったのは、そして僕が世間を知ったのも、この女のせいだ。

似たりよったりの味気ない歳月の連続の中にも、こんなふうな格別重要な日付けがいくつかあるものだ。「オペラ・コミック座」でのこの勲章日は僕の日付けの中で決定的なものだった。

この女の、ローラのせいで、僕は「合衆国」に非常な興味を燃やすようになったのだ、こっちがさっそくしむけた様々な質問に、彼女がろくすっぽ答えてくれなかったために。いちど放浪癖がつけば、戻れるのはいつの日か、どんなふうにしてか、見当もつかなくなるものだ……

当時は、パリでは、だれもかれも制服に憧れたものだ。それを着ていないのは、中立国の人間かスパイぐらいのものだった、そしてそういう連中は、ほとんどいっしょくたに見られていた。ローラも自分用の公式の制服を持っていた、それもすごくかわいいやつを。袖のところにも、それからカールした髪の上にいつもあだっぽくはすにのっけている揃いの小型略帽の上にも、いたるところ赤い小さな十字架を飾り立てた。彼女は僕たちがフランスを救うのを手伝いにやって来ていたのだ（ホテルの支配人に彼女が打ち明けたところでは）。か細い女手のおよぶ範囲で、だが一意専心！　僕らはすぐ意気投合した。もっとも、完全にしっくりというわけにはいかなかった、それというのが勇気の高揚に対して僕のほうはすごく不愉快な印象をいだいていたからだ。手っとり早いとこ、肉体の高揚のほうを選ぶことに決めていた。感情というやつはできるだけ警戒せねばならぬ、そのことを僕は思い知らされていたのだ、いやというほど！　戦場で。骨身にしみて。

　ローラの感情はやさしく、可憐で、おまけに感激性だった。肉体はかわいく、愛嬌たっぷりで、だから僕は彼女をまるごとごっそり頂戴せずにおれなかったのだ。要するにいい娘《こ》だった、ローラは。ただ、僕たちの間には戦争が立ちはだかっていた、恋人同士だろうがなかろうが、人類の半分の尻をひっぱたいてもう半分を屠殺場へ送り込むようにしむける、忌わしい、途方もない錯乱が。そうなればどうしたって、こいつは、この気違いざたは、男女の関係にも水をささないわけにはいかない。療養期間を引き延ばすことに懸命で、火炎につつまれた墓場みたいな戦場へ引っ返す順番を待つ気など毛頭ない僕には、街の中を歩くたびに、僕らの殺戮のばかさかげんが、けばけばしく、目につくのだった。巨大なインチキが到るところで幅をきかせていた。

　けれども僕にはこいつから逃れる機会は手にはいりそうになかった、ずらかるために欠くべからざる縁故関係というやつが僕には皆無だった。知り合いといえば貧乏人ばかりで。つまり死のうがどうなろうが問題にならん連中ばかり。ローラはどうかといえば、後方勤務にまわるのに彼女をあてにするのは、お門《かど》違いというものだった。看護婦として、この可愛い娘以上に戦闘意欲に燃えた人間は、おそらくオルトランを除けば、ほかに考えられないほどだった。勇敢な行為の泥沼にまみれる以前なら、彼女のかわいいジャンヌ・ダルク気取りは僕を感動させ、帰依《きえ》させたかもしれなかった、が今では、クリシイ広場で軍隊に飛び込んで以来、言葉にしろ実際にしろ、一切の英雄行為に対して、おじけをふるうようになっていた。僕は卒業したのだ、完全に卒業したのだ。

アメリカ《派遣部隊》のご婦人たちの便宜をはかるために、ローラの参加している看護婦団には「パリッツ・ホテル」が宿舎にあてがわれていた、そして一行を、とりわけ彼女を歓待するために（彼女には縁故があったから）、そのホテルにおいて、或る特殊奉仕機関の運営が彼女の手に委ねられていた。市内の各病院むけに揚げ林檎を作る仕事だ。つまり毎朝そいつが何千ダースとなく配られるのだ。この慈善的任務をローラは殊勝に遂行していた、やがてそいつが自分にとって仇《あだ》になろうとはつゆ知らず。

ローラは、じつを言えば、生まれてこのかた揚げ物など作った覚えはなかったのだ。そこで彼女は何人かの料理人を雇い入れた、そして揚げ物は、何回かの試作ののち、黄金色《こがねいろ》に、形よく、こってり砂糖をきかせて、支障なく配達される態勢がととのった。あとはローラは、結局、方々の病院の奉仕機関へ発送する前に味見すればよいだけだ。毎朝ローラは、十時には床を離れ、一風呂浴びてから、地下室の底の酒倉のわきにある台所をめざして降りて行く。これを、なんと、毎朝欠かさず繰り返すのだった、出発の前の晩サンフランシスコの男友だちから贈られた黄色と黒色のまざった日本の着物を一枚ひっかけて。

要するに万事申し分なく運んでいた、そして僕らは一路勝利へ向かって邁進《まいしん》していた、ところが或る日のこと、昼食の時間に、彼女が打ちしおれて、一皿も食事に手をつけようとしないのに気がついた。不幸な事件でも起こったのか、それとも突然ぐあいでも悪くなったのかと、こちらは心配でいたたまれなくなった。親身に彼女のことを案じているこの僕に、なにもかも打ち明けてくれるように頼んだ。

まるまるひと月のあいだ几帳面《きちようめん》に揚げ物の味見をやったために、ローラはたっぷり二ポンドも肥《ふと》ってしまったのだ！　おまけに彼女のかわいいバンドまでが、一つの穴で、その災害を証拠立てていた。愁嘆場《しゆうたんば》になった。なんとか、彼女を慰めようと、僕らは、興奮の余勢をかって、タクシーで、あらこちに散らばっている、薬局を何軒も駆け巡った。運悪く、情け容赦なく、どの秤《はかり》もその二ポンドが完全に獲得されてしまったことを裏書きするのだった、厳然たる事実だ。そこで僕は彼女の愛国的奉仕を同僚の手に委ねることを提案してみた、同僚たちは、彼女と違って、《もうけ》を当て込んでいたからだ。この妥協案にローラはまるきり耳をかそうとはしなかった、それは彼女にとって一種の恥辱、彼女としては降伏にも等しいことだったのだ。おまけに、この機会に彼女が教えてくれたところでは、彼女の大伯父の父親というのが、やっぱり、一六七七年にボストンに上陸した、永遠に歴史に輝く、かの《メイフラワー号》の乗組員の一人ときていたのだ、したがって、このようなご先祖の手前からしても、彼女たるもの、この揚げ物の義務から逃げだすなどということは考えもつかないというわけだ。ささやかなものにせよ、これもまた神聖な義務ということには変わりないのだから。

それはともかく、この日以後、もう彼女は揚げ物の味見はもっぱら歯の先だけで行なうようになった、もっとも彼女の歯並みはとってもきれいで、可愛いときていたが。肥る心配はとうとう彼女のあらゆる楽しみに影を投じるまでになってしまった。日に日にやつれだし。またたくまに彼女は僕が鉄砲玉をこわがるのと同じくらい揚げ物を恐れるようになった。今では揚げ物のおかげで、暇さえあれば、僕たちは、河岸や、並木道を、行ったり来たり体のための散歩に出かけるのだった、しかしもう「カフェ・ナポリタン」には足を踏み入れなかった、アイスクリームのせいで、こいつもやはりご婦人方に脂肪をつけることになるからだ。

彼女の部屋みたいに居心地よい住まいは想像したこともなかった、全体が薄青色で、わきには浴室がついて。いたるところに、献辞入りの、男友だちの写真、女はほとんどなく、男がいっぱい、美しい若者たち、褐色のちぢれ髪の、彼女のお好みの型《タイプ》、その連中の目の色について彼女は僕に語って聞かせるのだった、それからやさしい、厳粛な、そしてどれもこれも、思いつめたような献辞について。最初のうちは、礼儀からしても、このおびただしい肖像に囲まれて、僕はどうにも落ち着かない気分だった。が、そのうち慣れっこになるものだ。

僕が抱きやめるとさっそく、彼女は話しだし、僕は勝手にしゃべらせておくのだった、戦争の話題か、揚げ物の話題にきまっていた。僕らの話の中ではフランスが大きな位置を占めていた。ローラにとって、フランスという国は空間的・時間的にはっきりした境界のない、いうなれば騎士道の精髄のようなものだったのだ、おまけにそれはいま現に危険な傷手を負わされており、そのために悲壮さは弥増《いやま》すわけだった。僕のほうは、フランスの話が出るたびに、どうしても自分の命のことに頭がまわるのだった、いきおい愛国熱に関してはうんと控え目だった。だれにだって苦手はあるものだ。しかし、彼女はセックスの面で親切だったので、僕は黙って傾聴することにきめていた。もっとも魂の問題では、僕のほうは彼女にほとんど満足を与えなかった。勇気にあふれた神々《こうごう》しい軍人、それこそ彼女が僕に求めているものにちがいなかった、ところがこちらは、僕のほうは、なんのためにそんな状態に、崇高な状態にならねばならぬのかさっぱり合点がいかぬ始末、それどころかまったく正反対の心がけを押しとおす理由、どれもこれもれっきとした理由をわんさと見出していたわけだ。

　ローラは、要するに、幸福と楽観のたわごとを並べ立てていただけのことだ、人生の恵まれた側に、特権と、健康と、安泰の側にいる、そしてまだまだ長生きできる見込みのある人間はすべてみなそうだが。

　彼女は魂の問題で僕をうるさく攻めたて、そのことばかり喋りまくるのだった。魂というものは、肉体がぴんぴんしているうちはその装飾にもなれば快楽にもなる、ところがいったん肉体が病気にかかるかそれとも情勢険悪となれば、魂は肉体からおさらばしたい気持にかられるものだ。世間の奴らは、二つの態度のうちそのときどき自分に都合のいいほうを身につける、それだけのことだ！　両方から選べるうちは、まだ問題ない。ところが僕には、もはや選ぶ力はなかった、僕の勝負はついてしまったのだ！　真相の中に僕はしんまで漬りきっていた、それどころかいわば自分の死に一歩一歩あとを付けまわされているようなものだった。執行猶予中の死刑囚みたいな自分の運命のことがたえず頭にこびりついて離れなかった、しかもその運命を世間の奴らは僕にとってまったく当たり前のことのように考えているのだ。

　いわばおあずけをくった断末魔のようなものだ、意識もはっきりしているし、体もぴんぴんしている、そのくせこの厳然たる事実以外に何ひとつ頭にはいる余裕はない。この苦しみを体験した人間でなければ、いくら言葉を並べ立てたところで僕の気持は理解できんだろう。

　要するに、ドイツ軍がここまで攻め入って、殺戮、略奪のかぎりを尽くし、何から何まで、ホテルも、揚げ物も、ローラも、チュイルリ宮殿も、大臣も、その取巻きも、学士院も、ルーヴル宮も、百貨店も、何からなにまで焼き払おうが、街になだれ込み、ここに、この汚れきった掃《は》きだめみたいな、腐りきった市場みたいな大都会に、天罰の雷をおっことそうが、地獄の業火《ごうか》をぶっ放そうが、僕にとっては、しかし正直なところ何ひとつ損害はないわけだ、何ひとつ、むしろありがたいことだらけだ。

家主の持家が焼けたところで、こっちにはたいして損害はない。どうせ代わりの奴が現われるまでだ、おんなじ奴じゃないにしろ。ドイツ人かフランス人か、それともイギリス人か支那人か、ただそれだけの違いだ、受取りをくれる相手が……マルクで払おうがフランで払おうが、払うだんには……

要するに、士気は最低だった。もし僕がローラに、戦争についてどう考えているか打ち明けたなら、彼女は僕をあっさり人間の屑ときめ込んで、親愛の情をすっかり引っこめてしまったことだろう。だから僕はそいつを、彼女にこの告白を行なうことを控えるように心がけていた。それに僕は、別に、いくつもの難問と競争相手を抱え込んでいた。将校連が僕からローラをくすねようとかかっていたからだ、連中との鞘当《さやあ》ては恐ろしかった、奴らには、武器があったからだ、レジオン・ドヌール勲章の誘惑という武器が。アメリカの諸新聞でこの名高いレジオン・ドヌール勲章のことがさかんに喧伝《けんでん》されだしたやさきだったし。おりよくこの浮気女が僕のすばらしい使い道を見つけ出したからよかったようなものの、でなければ二度三度彼女を寝とられたあげくに僕らの関係はすっかり危機に陥ってしまったことだろう、僕の使い道というのは毎朝彼女に代わって揚げ物の味見をする役だ。

この土壇場《どたんば》での特技によって僕は救われることになったのだ。こちらが申し出た代役を、彼女は承知したのだ。僕だって勇敢な戦士のはしくれ、したがってこの使命を委ねるにふさわしい相手じゃないか？　それからは、僕たちはもはや単なる恋人同士ではなく、仕事の相棒だった。近代の始まりも要するにこんなとこからだ。

彼女の肉体は僕にとって尽きせぬ悦びの泉だった。そいつを、このアメリカの肉体を遍歴することに、僕はあきることがなかった。まったくしようのないド助平野郎だ。いまもって変わらんが。

それどころか僕は次第にこんなふうな心強い楽しい確信をいだくようになっていった、かくも大胆な魅力と、かくも誘惑的な精神の高揚をそなえた肉体の生産に適した国であれば、ほかにもまだいろいろすばらしい、むろん生物学的意味でだが、新発見を提供してくれるにちがいない、という期待である。

ローラの愛撫に熱中するあまり、僕は決心するにいたったのだ、将来いつか合衆国への旅に乗り出すことを、聖地でも詣《もう》でるような気持で、いっときも早く。じじつ、心の落着くひまもなかったのである。（現実には、似ても似つかぬ悩みだらけの日々を送りながらも）この遠大な冒険を、神秘的・解剖学的冒険をやりおおせるまでは。

そんなわけで僕はローラの尻にへばりついて新世界からのメッセージを受け取ったのだ。早合点してもらっちゃ困る、もちろんローラは肉体だけが財産ではなかった、彼女はまた可愛い、そして野生の猫の目のような、心もち目じりのつり上がった灰色がかった青い目のせいで、いくぶん残酷そうにみえる小柄な顔で飾られていた。

彼女の顔を見ているだけで、口もとに生唾《なまつば》がこみ上げてくるのだった、辛口《からくち》の葡萄酒か火打ち石のかすかな匂いみたいに。要するにきりっとした目つき、国産のほとんどすべての目に見られるような東方的フラゴナール的な、おしとやかな玄人《くろうと》風抜け目なさのまったくない。

僕らはよくわきのカフェで待ち合わせるのだった。通りには松葉杖の負傷兵がますます数を増し、だらしのない姿が目立った。その連中のための募金の催しが行なわれ、だれのための《日》、彼のための《日》といったぐあいに、だけど結局は、《日》の発起人のために。嘘をつくこと、性交すること、死ぬこと。それ以外のことに手を出すことはとめられてしまっていた。だれもかれも必死で嘘をつきまくっていた、想像を絶して、滑稽《こっけい》と不条理を通り越して、新聞の中でも、ビラの上でも、徒歩でも、馬上でも、車上でも。みんながそれにかかりきっていた。まるで嘘つき競争。まもなく、街じゅうどこも真実は影をひそめ。

一九一四年にはまだいくらかそこに見いだされた真実、それすらいまではみんながひた隠しするようになってしまっていた。手に触れるものは何からなにまで偽物、砂糖も、飛行機も、上履《うわば》きも、ジャムも、写真も。読むもの、食うもの、しゃぶるもの、賞讃するもの、発令するもの、攻撃するもの、擁護するもの、何からなにまで、一切合切、憎悪の妄想、こしらえ物、架空物ばかり。売国奴までが偽物だった。嘘をつきそれを真《ま》に受ける錯乱は疥癬《かいせん》みたいにうつるものだ。可愛いローラが知っているフランス語といえばほんの二言三言、それがみんな愛国的台詞《せりふ》ときていた。《いまに見ていろ……》とか、《おいでよ、マデロン！……》とか。見上げたもんだ。

こんな調子でしつこく、おせっかいに、彼女は僕たちの死をのぞき込むのだった、もっとも女は誰でもみな同じだが、他人に代わって勇敢になることが流行《はや》りだせば。

ところが僕のほうは僕を戦争から遠ざけてくれるものならなんでも大歓迎ということに気づきだしたところだった。ローラにむかって僕は彼女のアメリカのことを何度も尋ねてみた、だけどそれに対して彼女は、気取った明らかにでまかせと思える、しごく漠然とした説明でしか答えようとはしなかった、僕の心にすばらしい印象を与えようというねらいみたいだった。

がいまでは僕は印象というものを警戒するようになっていた。いっぺん、印象というやつにだまされたあとだ、もうだれがなんと言おうと、口車には乗るものか。

彼女の肉体は信用していたが、精神のほうは信用していなかった。この女を、ローラの女郎《あま》を僕は、戦争の陰に、人生の陰にひそんだ、お色気たっぷりの女伏兵に見立てていたからだ。

この女は僕の悩みを週刊誌の読者なみの心理《おつむ》でかきみだすのだった。《意気な将校さん》、

《軍楽隊》、《わがローレエーヌ》、《白い軍手》……一方こちらはますます頻繁に彼女のもとへ通いつめるのだった、それが痩せる目的に役立つと彼女に言いふくめて。ところが彼女のほうはその目的のためには、むしろ二人連れ立っての長い散歩のほうを選ぶのだった。こっちは、僕のほうは、この長い散歩が閉口だったが。彼女は承知しなかった。

　そんなわけで僕たちは、一《ひと》運動しに、ブーローニュの森《ボワ》へしげしげと足を運ぶのだった、毎日、午後何時間か《池めぐり》。

　自然というやつは恐ろしいものだ、《森《ボワ》》のように、厳重に飼いならされている場合でも、やっぱりこいつは生粋《きっすい》の都会人に一種の動揺を呼びさます。僕らはついしんみりした気分に誘い込まれる。じとじと湿って、鉄格子《てつごうし》で囲まれ、油じみ、禿《は》げちょろけてはいるが、それでもブーローニュの森に及ぶものはない、木立ちのあいだを散歩する都会人の胸に、想い出を、やみがたい想い出をあふれさせることにかけては。ローラもこのメランコリックなしっとりした感動から免れることができなかった。そんなわけで二人連れ立ってそぞろ歩きながら、彼女はほとんど誠実に近いさまざまな事柄を僕に物語るのだった、ニューヨークでの彼女の暮らしについて、向こうでのなつかしい友だちについて。

　彼女の生活がそれで充満しているように思える、ドルと婚約と離婚と、着物と宝石の買物との複雑な網目の中から、どれが本当の話なのか完全に見分けることは不可能だった。

　この日僕らは競馬場のほうへ出かけてみた。その界隈ではまだたくさんの馬車を見かけた、それに驢馬の背に乗った子供たち、そのほか埃をあげて遊びまわる子供たち、それから、帰休兵を満載した自動車、その連中は、乗車のあいまを見ては、いっそうすさまじい埃をあげて、全速力で、あちこちの小道に連れのない女をさがしまわるのだった、夕飯を食いに出かけ、そして一発やらかすことで気がせき、興奮し粘液でべとつき、虎視眈々《こしたんたん》、容赦ない時間の経過と生命の欲求でじりじりしている。情欲とさかりで汗べっとり。

森《ボワ》はふだんよりも手入れがゆきとどかず、なおざりにされ、管理も宙に浮いていた。

「戦争前はきっときれいなところだったんでしょうね？……」ローラが感想をもらした。

「社交場だったの？……お話しして、フェルディナン！……ここは競馬場だったのね？……アメリカの、ニューヨークの競馬場みたいだったのかしら？……」

じつを言えば、僕は、ここへは、競馬場へは、戦前、一度も足を向けたことがなかった、だが彼女を喜ばすために、僕はその場でその話題についてさまざまな潤色した場景を創作して聞かせた、方々で耳にはさんだ話の助けをかりて。ドレス……いきな女たち……ぴかぴか輝く箱馬車……スタート……勇ましい軽快なラッパのひびき……小川の跳び越え……共和国大統領……掛け金の興奮、などなど。こいつは、僕の理想的描写は、すっかり彼女のお気に召したみたいだった、そしてこの物語のおかげで僕らの気持はぐんと接近するのだった。このとき以来、彼女はローラは、僕たちが少なくとも一つの共通した趣味を持っていることを発見したような気分になったのだ、つまりそれは、僕の場合は心の奥底深く隠されてはいるが、上流階級の仕きたりに対する好みというやつだ。そのために彼女は感動のあまり思わず僕に接吻したくらいだ、正直なところ、こんなことは彼女にはめったにないことだった。それに過ぎ去った流行への哀愁が彼女の心に触れたのだ。人はそれぞれの仕方で過ぎ行く時を嘆くものだ。ローラの場合は彼女が歳月の経過に気づいたのは死に絶えた流行をとおしてだったのだ。

「フェルディナン」彼女は尋ねた。「そのうちまたここで競馬が行なわれる時がくるかしら?」

「たぶん、戦争が終わればね、ローラ……」

「あてにできないわね?……」

「うん、あてにはできないさ……」

ロンシャンでもう二度とふたたび競馬はないかもしれぬという見込みが彼女を動揺させたのだ。世界の悲哀が人間を捉えるまでにはなかなか時間がかかる、がそうすることにほとんど常に成功するみたいだ。

「もしもまだ戦争がつづくとしたら、フェルディナン、たとえば何年も……そのときはもうわたしには手おくれだわ……もう一度ここへやって来るには……わたしの気持わかる、フェルディナン?……わたし大好きなの、わかるでしょう、こういう綺麗な場所……すごく社交的な……すごくしゃれた……手おくれだわ……永久に手おくれだわ……きっと……その時分はわたしもうお婆さんよ、フェルディナン……集まりがもう一度開かれるころは……わたしはもうお婆さんだわ……わかるでしょう、フェルディナン、手おくれよ……手おくれになるみたいな気がするわ……」

そして彼女は嘆きのあまり顔をそむけてしまった、二ポンドのせいのときと同じように。彼女を安心させるために僕は考えつくかぎりの気やすめを持ち出すのだった……彼女はまだほんの二十三だ……戦争はすぐすむだろう……すばらしい時代が戻ってくるだろう……以前みたいな、以前よりもすばらしい……他人はともかく彼女にとっては……彼女みたいな可愛い人には……失われた時間！　そんなものは損失なく取りもどせるだろう！……崇拝……讃美がそんなに早く消え失せるわけがない……彼女はもうくよくよするのはやめるふりをした、僕に免じて。

「まだ歩くの？」彼女のほうから尋ねた。

「痩せるんじゃないの？」

「ああ！　そうだ、忘れるとこだったわ……」

僕らはロンシャンをあとにした。子供らの姿はあたりから消えていた。あとは埃ばかり。帰休兵たちはまだ《幸福》を追いかけまわしていた。がいまでは茂みの外へ舞台を移していた、そいつは狩り出されたみたいだった、《幸福》は、マイヨ門の築山《つきやま》のあたりへ。僕たちは河べりぞいにサン＝クルーのほうへ向かって歩いて行った、立ちこめる秋の夕《ゆう》靄《もや》のゆらめく光暈《こううん》に包まれて。橋のそばでは、何艘《なんそう》かの伝馬船《てんません》が樹の幹に鼻面《はなづら》をすりつけていた、石炭の重みで水中に、深く、船べりまでめり込んで。

鉄格子の上方に公園の巨大な樹林が扇子のように拡がっていた。その木立ちは逞しくやさしい大きな豊かな夢をたたえていた。しかし樹木に対しては、その伏兵におびえて以来僕は樹木というものに対しても警戒心を燃やすようになっていた。どの樹の背後にも死が潜んでいるように思え。薔薇の植込みのあいだを広い道が一筋泉水のほうへ登っていて、売店の片わきにソーダ水売りの老婆が気ながに夕闇をスカートのまわりに呼び集めていた。その先の、脇にはいった道のあたりでは、地味な色の布を張り渡した大きな立方体や長方形がいくつも風にはためいていた、その場所で戦争に急襲され、ふいに沈黙で満たされた縁日の小屋掛けだ。
「みんな去《い》っちまってもう一年になりますよ！」ソーダ水売りの老婆は僕たちに思い起こさせるのだった。「いまじゃ、ここへは日に二人も通りかかりません……習慣で来ているようなものですよ、わたしなんかも……たいへんな人出でしたのに、このあたりは……」

それにこの老婆には何が起こったのかまるきりわかっていないのだ。ただこのこと以外。ローラはそのからっぽのテントのほうへ行ってみようと言いだした、変にしめっぽい望みを起こしたものだ。

僕らはそれを二十ほども数えた、窓ガラスのはまった間口の広いのから、ずっと数の多い、小さいのまで、露天菓子屋、富籤台、風が吹き抜け放題の小さな芝居小屋まで。木立ちの合間ごとにそれがあった、いたるところに、小屋掛けが、広い道の近くの、そのうちの一つは、もはやカーテンさえもなくなっていた、古い神秘のように風にさらされて。

すでに落葉と泥土《どろつち》のほうへ傾《かし》いでいた、このテントの群れは。僕たちは最後のテントのそばで足をとめた、それはほかのものよりもさらに頭を垂れ、風の中で、杭にゆわえられて上下に揺れていた、まるで船のように、狂おしく帆をはためかせ、いまにも最後の綱まで断ち切りそうに。ぐらつき、真ん中の布は吹き上げる風の中で揺れ、屋根の上で空のほうへ向かって揺れ。この小屋掛けの正面には緑色と赤色で以前の名前が読まれた。射的小屋だったのだ。《国民射的場》。

もはや番人の姿は見えなかった。そいつもたぶんほかの連中といっしょに引き金を引いてるんだろう、ここの持主も、今時分は、お客といっしょに。

小屋の中の小さな標的はどれほどたくさん鉄砲玉を受けたことか！　どれもこれもいちめん白い小さな斑点だらけ！　ふざけた結婚式の場面になっていた。前列には、ブリキでできた、花で飾られた花嫁、付添人、軍人、でっかい赤ら顔の新郎、後列にもさらに招待客、こいつらは幾度も殺されたにちがいない、こいつが、縁日がまだ盛んだったころには。

「あなた射撃の腕前はすばらしいんでしょう、フェルディナン？　お店が開いていたら、腕くらべするんだけど！　射撃の名人なんでしょう、フェルディナン？」

「なに、知れてるさ僕の腕前なんて……」

結婚式の最後列には、けばけばしい色で塗りたてた背景、国旗を掲げた市役所。その市役所の中へも撃ち込んだにちがいない、こいつが盛んだったころは、命中したときにベルのかわいた響きをたてて開く窓の中へも、ブリキ製の小さな国旗の上にも撃ちまくったのだ。それから市役所の横手の坂道を行進して行く、クリシイ広場を行進する僕の部隊にそっくりの（ただ違うところは、こっちのほうは標的代わりの幾つものパイプと小さな風船のあいだをぬって行進して行く）部隊の上にも、何から何まで奴らは撃てるかぎり撃ちまくったのだ、そしていままでは奴らは僕に狙いをつけて撃ちまくっていた、昨日も、そして明日も。

「殺されるよ、ローラ！」思わず彼女に向かって泣き声で訴えずにはおれなかった。

「行きましょうよ、さあ！」彼女はたしなめた……「ばかなこと言わないで、フェルディナン、それに風邪《かぜ》をひきそうだわ」

僕たちは、泥濘《ぬかるみ》をよけながら、広い道を、ロワイヤル通りを、サン＝クルーの方へとくだって行った、彼女は僕の手を握りしめて、彼女の手はとっても可愛いかった、が僕はもう向こうの小道の暗闇の中に置き去りにしてきた《射的場》のブリキ製の結婚式のこと以外、なにひとつ考えることができなかった。彼女を、ローラを抱くことすら忘れ、意志の力ではどうにもならなかった。自分でもまったく妙な気分だった。ちょうどこのあたりからだ、頭の中の考えを鎮めることがひどく困難になりだしたのは。

サン＝クルーの橋までたどり着いたときは、すっかり暗くなってしまっていた。

「フェルディナン、デュヴァルのお店で晩御飯にしましょうよ。デュヴァルがお気に入りでしょう、ねえ、あなた……気分が変わってよ……いつも賑やかだし……わたしのお部屋であがってもかまわないけど」……彼女はとっても思いやりがあった、要するに、この晩は。

結局デュヴァルの店に決めた。ところがテーブルにつくなりこの場所は僕の目には気違いじみたものに見えだした。僕らのまわりに幾列も腰かけている連中、彼らもやはり一人残らず、ぱくついているあいだも、到るところから襲いかかる鉄砲玉を待ち受けているように思えるのだった。

「みんな逃げるんだ！」大声で僕は警告を喚き立てた。「逃げるんだ！　撃たれるぞ！　殺《ばら》されるぞ！　みんな殺《ばら》されるぞ！」

有無を言わさず、僕はローラのホテルへ連れ戻された。行く先々でも僕は同じものが目に入るのだった。「パリッツ・ホテル」の廊下を行き来する連中は一人残らず撃たれに出かけて行く途中のように思えたし、それに大きな帳場を背にした従業員たちまでが、やっぱり、お誂《あつら》えむきの標的のように、さらに「パリッツ」の一階の、空のように青い制服を着こんで太陽みたいに金ぴかに飾られた、玄関番と呼ばれる男までが、おまけにこいつほどはりっぱじゃないが、同じように制服を着込んだ、軍人たち、ぶらぶら行き来している士官や、将軍連まで、到るところにでっかい逃れようのない標的が目に入るのだった。もはや冗談ではすまされない。

「撃たれるぞ！」連中に向かって僕は喚き立てるのだった、ありたけの大声で、広いロビーのど真ん中で。「撃たれるぞ！　みんな逃げろ！……」おまけに窓から顔を出してまで喚き立てた。こいつが僕に取り憑いてしまったのだ。文字どおり恥さらしだった。「なさけない兵隊だ！」みんなは言い交わすのだった。玄関番は僕をバーのほうへ引きずっていった、いたわるようにして。酒を飲ませてくれた、僕は立てつづけに呷《あお》るのだった。そのうちにとうとう僕を連れに憲兵がやって来た、この連中のほうはもっと手荒に。《国民射的場》の中にもやっぱりこいつが、憲兵がいた。さきほどお目にかかったばっかりだ。ローラは僕に接吻するのだった、そして奴らが手錠をはめて僕を連れて行くのを手伝った。

　それから僕は病気で倒れ、発熱し、発狂したのだ、病院の説明では、恐怖が原因で。考えられないことじゃない。そうじゃないか、こんな世界にいるかぎり、いちばんいいのは、そこから抜け出すことじゃないか？　狂気だろうと、恐怖だろうと、かまっておれるか。

⁂

一騒動もちあがった。こんなふうに言いだす者もいた。「そんな奴は、アナーキストにまちがいない、銃殺にしちまえ、ちょうどいい機会だ、すぐやっちまえ、遠慮することはない、ぐずぐずしていてはだめだ、なにしろ戦争なんだ！……」しかし、なかにはもっと気の長い連中もいた、その連中の意見では、僕はただの梅毒病みで、正真正銘の気違いなんだから、したがって戦争がすむまで、あるいは、何カ月か閉じこめておけばいいというのだ、それというのが、奴ら気違いでない連中は、自分では完全に正気を保っているつもりで、自分たちだけで戦争を継続して、そのあいだ僕を治療するつもりだったのだ。これでもわかるように、正気に思われるためには、思いきり厚かましく出るにかぎるのだ。ずうずうしく出ればそれで十分、そうすれば、まず何ひとつ許されないことはない、まったくなにひとつ。たいていの人間はこっちの側につく、そして、気違いとそうでない者とを決めるのは、この大多数の人間だ。

　ところで僕の症状はどうもはっきりしなかった。そこで当局者はしばらく僕を監視することに決めた。ローラはときどき見舞いに来ることを許された、それから僕のお袋と。これで全部だ。

僕たち意識の乱れた患者たちの宿舎には、イシィ＝レ＝ムリノオの、一《いち》中学校の校舎が当てられていた。そこは専《もっぱ》ら僕みたいに愛国的理想が危険にさらされた程度の兵隊から完全にだめになった兵隊までを収容し、症状に応じて、穏やかに或いは手荒に、自白へ追い込むよう周到に組織されていた。僕たちの扱いはとびきりひどいというわけではなかった、しかしともかく四六時中、巨大な耳をそなえた口数の少ない看護人の一団の目が光っているように感じられた。

このような監視の下にしばらく置かれたのち、患者はひそかにここを出て行くのだった、或る者は気違い病院へ、或る者は前線へ、おまけに死刑台へ出かける連中も珍しくはなかった。

このうさんくさい場所に集められた仲間のうち、現在は食堂でひそひそ囁き合っているが、このうちのだれが幽霊の仲間入りをしつつあるのか僕にはそれがたえず気がかりだった。

入口の、鉄柵のそばにある、小さな一軒家に、門番の女が住んでいた。この女は僕たちに大麦糖やオレンジや、そのほかボタンつくろいに必要なものなどを商《あきな》いしていた。それと彼女にはもう一つ商品があった、快楽という商品だ。下士官には、十フランだった、快楽の代金は。だれでも買えた。ただそういうときについやりがちな打ち明け話は警戒する必要があった。高くつく危険があるからだ、そういう気を許した内緒話は。聞き出した話を、女は主治医に報告する、こと細かに、するとそいつは軍法会議の一件書類に記載されるというわけだ。この手で、彼女は打ち明け話のむくいに何人もを銃殺へ送り込んだものだ、ほぼ証拠があがっているだけでも、二十歳《はたち》にみたないアフリカ土人兵の騎兵伍長、胃病になるために釘を何本も飲み込んだ《工兵隊》の予備兵、そのほか、前線において身体不随の発作を芝居した一件を彼女の前でばらした神経衰弱患者……僕にたいしても、さぐりを入れる目的で、或る晩この女は、すでに死亡した六人子持ちの父親の家族手帳を世話しようと持ちかけたこともあった、後方配置に役立つだろうというわけだ。要するに、悪《わる》だった、たとえばベッドでは、すごい腕前だった、みんな通いつめたものだ、そして大いに楽しませてもらった。売女《ばいた》としては、本物だった。それによく楽しませるためにはこういう手合いが必要なのだ。この台所では、尻《けつ》の台所じゃ、あばずれは、いうなれば、上等のソースの中の胡椒《こしょう》みたいなものだ、欠くべからざるものだ、ソースの味を濃くするために。

中学校の建物は、木立ちに囲まれた、夏のあいだは金色に輝く、広々した高台の上にあった。そこからはパリの街のすばらしい景色が、輝かしい眺望となって眺められた。ここへ、木曜日になると面会客がやって来た、ローラもその一人で、几帳面に菓子と忠告と煙草を持って現われるのだった。

医師のほうは毎朝診断にやって来た。親切に質問してくるが、腹の底はもうひとつつかめなかった。奴らは、親切面《づら》で、僕らのまわりをうろつくのだった。《死刑》が徘徊《はいかい》しているようなものだ。

ここに監視されている連中の中でもとくべつ神経過敏な患者の多くは、この真綿で首を締められるような環境の中で、焦燥のあまり、夜も眠れず、起き上がって、寝室の中をあちこち行ったり来たりし、まるで危険な岩壁に立たされでもしたように、希望と絶望のあいだでいらだち、自分の苦しみを大声で訴えるのだった。こんなふうに何日も何日も苦しんだあげく、或る晩ついにがっくりきて、主治医に自分の一件の真相を洗いざらい告白に及ぶ。すると連中の姿はもはや見られなくなる、二度と再び。僕もまた、平気ではおれなかった。が気弱になったときに力をつける一番いい手は、おっかない相手から、こちらがややもすれば認めがちな権威を完全に剝ぎとってしまうことだ。その連中をありのままに、ありのまま以下に、つまり、あらゆる角度から観察する術《すべ》を身につけることだ。この方法は僕らを救出し、解放し、意外なほど防禦《ぼうぎょ》してくれる。これは僕らにもう一人の僕らを与えてくれるからだ。つまりこっちが二倍になるのだ。

そうなればもう、連中の行動は、僕らを怯《ひる》ませおろおろさせる忌々しい神秘的魅力を失ってしまう、そして連中の芝居は、最低のゲスの正体を暴露し、こちらの精神的向上にとって、まるきり有難くも面白くもないものに成り下がる。

僕の隣のベッドには、同じ志願兵伍長が寝ていた。この男は、八月までは、トゥレーヌの或る中学校の教師で、歴史と地理を教えていたそうだ。戦場に出て数カ月もすると、手癖の悪いところを発揮し出したものだ、この先生は、しかも前代未聞の。連隊の輜重車から、経理隊のトラックから、中隊の貯蔵庫から、そのほか見つけしだい、いたるところから、この男が缶詰を盗み出すのをだれひとり止めることはできなかった。

　僕たちといっしょに彼もここへ流れ着いたわけだ、軍法会議の判決を待つあいだ。ところが、家族の者が、彼は砲弾によって正気を失い道徳感をなくしてしまったのだというふうに証明しようと努めていたため、軍法会議は判決を月々延ばしてきたのだ。この男は僕ともあまり口をきかなかった。何時間もかけて顎鬚《あごひげ》を櫛でとき、ところが口を開けば、たいていいつもひとっこと、自分の発見にかかる女房に子供をつくらせない方法のことばかり。本当に気が狂っていたのだろうか？　世界が逆立ちする時代がやってきて、なんのために自分が殺されるのか質問することが気違い沙汰ということになれば、気違いで通すのにそれほど手間はかからない。もっとも実行ということになれば、一苦労だが。無残な死にざまを避けるためとあれば、一部の連中の頭の中でとてつもない想像力の努力がなされるものだ。

　興味深いことはすべて暗闇の中で起こるものだ、それが通り相場だ。人間の本性なんてわからんもんだ。

　プランシャール、と自分で名乗っていた、先生は。いったいどんな深いたくらみを潜めていたのだろう、この先生は、自分の頸動脈を、肺臓を、視神経を救うために？　これこそはいちばん肝心な問題、人間らしさを失わないために僕らが人間同士お互いに検討し合うべき問題だ。ところが、僕らはそれどころではなかったのだ、ばかげたスローガンの中でよろめき、気違いじみた戦争好きの俗物どもに監視され、いぶし出された鼠みたいに火を噴く船の中から、狂ったように、逃げ出そうとあがいてみても、なにひとつ共通計画も、相互信頼も持ち合わさず、戦争に狼狽《ろうばい》して僕らは別種類の狂人に変わってしまったのだ、つまり恐怖症に。戦争の表と裏。

それでもこの共有の錯乱を通して、僕に一種の好意を示すのだった、このプランシャールは、もちろん、一方では僕を警戒しながらだが。

僕らのいる場所では、僕たち一同が宿を借りていた部隊では、友情も信頼も存在しえなかった、めいめい自分の保身に都合がいいと思えることだけを口にし、待ちかまえているいぬどもがなにもかも告げ口するからだ。

ときどき、仲間の一人が姿を消すことがあった、つまりそいつの事件がまとまり、軍法会議か、アルジェリア懲役部隊か、最前線か、運のよい奴でクラマールの気違い病院送りで決着がついたことを意味していた。

代わりに得体の知れない兵隊が続々流れ込んで来た、方々の部隊から、ごく若いのから、ほとんど年寄りに近いのまで、恐怖でちぢみ上がった奴、虚勢をはる奴、そして木曜日には、連中の女房や両親が訪問にやって来るのだった、それと、目を丸くした子供たちもいっしょに。

大の男が一人残らず、廊下で、ことに夕暮れ、おいおい泣きじゃくるのだった。訪問を終わって、女房や子供がガス燈で蒼《あお》ざめた廊下を通って、重い足どりを引きずりながら帰って行ったあと、戦時の無力な連中がそこへ泣きに集まってくるのだ。泣き男の集まりだった、その連中は、女々《めめ》しい輩、要するにそれだけのことだ。

ローラにとっては、この監獄の一種へ僕に面会にやって来ることも冒険の数のうちだった。僕たちはどちらも、泣いたりはしなかった、どこにも涙を見出す場所を持たなかったからだ。

「本当なの？　フェルディナン、あなたはほんとに気が狂っちまったって」

　或る木曜日ローラはこう尋ねた。

「そのとおりだよ！」

　僕は正直に言った。

「それで、ここで治《なお》してくださるの？」

「ローラ、恐怖はなおせるもんじゃないよ」

「そんなに恐ろしいの？」

「そんなどころじゃないさ、ローラ、わかるかい、恐ろしいのなんのって、僕が死んでも、火葬だけはご勘弁ねがいたいくらいさ！　土の中にそっとしといて、そこで、墓場で、静かに腐らせてほしいんだ、いつでも生き返れる姿勢でね……万に一つということもあるからね！　ところが焼いて灰にされちまえば、わかるかい、ローラ、もうおしまいさ、完全におしまいさ……骸骨《がいこつ》のほうが、なんといっても、まだしも人間に近いからね、灰よりはまだ生き返りやすい……灰になればおしまいだよ！　ちがうかい？……だからさ、戦争が……」

「まあ！　そいじゃ、あなたは本当に腰抜けなのね、フェルディナン！　なさけない人、どぶ鼠みたいな人ね……」

「そうだよ、ほんとの腰抜けさ、ローラ、僕は戦争を否定するね、それに戦争のお添え物も、何からなにまで……戦争に弱音をはいたりはせんよ……諦めんよ、僕は……めそめそ泣いたりはしないさ……戦争をきっぱり否定するのさ、そいつに荷担する連中も、なにもかも、そういう連中とも、戦争とも、僕はなんのかかり合いも持ちたくない。たとえ奴らが七億九千五百万人で、僕のほうは一人ぼっちでも、間違っているのは奴らのほうさ、ローラ、そして正しいのは僕のほうだ、だって僕の願いは僕にしかわからんのだから。死ぬのだけはごめんだ」

「でも戦争を否定したりはできないわ、フェルディナン！　祖国が危機に瀕しているときに、戦争を否定するなんて、気違いか、腰抜けぐらいよ……」

「そんなら、気違いと腰抜け万歳さ！　いや気違いと腰抜けだけ生き残れだ。たとえばだよ、ローラ、君は百年戦争のあいだに殺された兵隊のうちの一人でもその名前を思い出せるかい？　そういう名前の一つでも知ろうという気を起こしたことが今までにあるかい？……ないだろう、どうかね？……君は一度だってそんな気になったことはなかっただろう？　その連中は君にとっては、この文鎮のいちばん小さい粒や、君の毎朝のうんちと同じくらい、名もない、興味もない、それよりもっと無縁な存在だ……だからわかるだろう、奴らは犬死したんだ、ローラ！　まったくの犬死さ、ばかな奴らさ！　断言していいね！　こいつは証明ずみさ！　値打ちのあるのは命だけさ、今から一万年もすれば、賭《か》けてもいいね、この戦争だって、今はどんなに重大な出来事に見えても、完全に忘れられてしまうだろう……十人ほどの学者がたまに機会があれば、論議するぐらいが関の山さ、この戦争の名を高めた主な殺戮の日付けについてね……数世紀後、数年後、いや数時間後に、この問題について世間の奴らが発見する記憶に値するものといったら、それくらいのものさ……僕は未来なんて信じないね、ローラ」

僕がおのれの恥ずべき状態をぬけぬけとひけらかす人間に変わったのを知ったとき、ローラは僕にたいする同情をすっかり引っ込めてしまった……男の風上にも置けぬ奴と判断したのだ、きっぱり。

彼女は即座に僕と手を切る決心を固めた。薬が効きすぎたのだ。その日の夕方、収容所のくぐり戸まで送って行ったとき、僕に接吻ひとつしなかった。

死刑を宣告されると同時に使命に目ざめないということが、彼女には合点のいかないことだったのだ。僕らの揚げ林檎の近況を尋ねたときも、返事ひとつしなかった。

部屋に戻って来ると、プランシャールが窓ぎわで、兵隊たちに取り囲まれて、ガス燈の光に向かって眼鏡を試しているところだった。彼の言うところによれば、これは夏休みに海岸で思いついたことなのだそうだ、そしてちょうど夏だから、日中、庭でその眼鏡をかけてみようというわけだ。そこは、その庭はずいぶんだだっ広い庭だったが、もちろん油断のない看護兵の一隊できびしく見張られていた。さてその翌日、プランシャールはこのすばらしい眼鏡をためしたいから高台まで一緒につき合ってほしいと言いだした。午後の太陽が曇りガラスで保護されたプランシャールの上に、キラキラ照り輝いていた、彼の小鼻のあたりがほとんど透きとおり、せわしい息づかいを示しているのに僕は気がついた。

「ねえ君」と彼は打ち明けだした。「時が経とうが、わしにとってはどうこういうことはないさ。……わしの良心に後悔が寄りつく気づかいはないからな、ありがたいことに！　そういう臆病風から、とっくに解放されちまっとるからな……この世で問題になるのは犯罪じゃない……犯罪に対して世間はとっくの昔に匙《さじ》をなげてしまっている……問題はへまをやらかすことさ。そしてわしはそいつをやらかしちまったみたいだ……まったく取り返しのつかんへまを……」

「缶詰を盗んだことかい？」

「さよう、自分では巧妙に立ちまわっているつもりだったがね、なんてことだ！　この手を使って、戦場から抜け出す魂胆だった、恥をさらそうが、とにかく命だけは保って、終戦まで持ちこたえ、そして帰還するつもりだった、さんざん溺れた果てに、命からがら海の表面へ浮かび上がるみたいに……もすこしでうまくいくところだった……ところが戦争が続きすぎたんだ……戦争が長びきだすと、祖国に嫌われるほど穢らわしい奴なんて、有りえないことになる。どんな御供物《おくもつ》だろうと、そいつがどこから来ようと、どんな肉だろうと、見境なしに受け入れだしたというわけだ、祖国の野郎はね。殉教者の選択におそろしく寛大になり！　今じゃもう、武器を手にする資格のない兵隊なんてものは考えられない、ましてや武器の下で、武器によってくたばる資格のない兵隊なんて……あきれたもんさ、わしまで英雄に仕立てようてんだから！……皆殺しの病がよっぽど重症になったにちがいないね、缶詰泥棒を赦《ゆる》しにかかるとは！　いや、水に流すなんて！　もっとも、わしたちは常日頃、とほうもない大泥棒を讃《ほ》めたたえることに慣れとるがね、わしたちだけじゃない、世界じゅうが、そういう連中の金満家ぶりを崇《あが》めたてまつっとるありさまさ、ちょっと目を配れば、そういう連中が毎日の暮らしが犯罪の連続であることぐらい見すかせそうなものだ、ところがそういう連中が栄誉と、敬意と、権力を享受し、やつらの大罪は法律によって承認されとるんだから、それに引きかえ、古来からの歴史を調べてみるに

——わしは歴史でめしを食っとるのだから——はっきりわかっておることは、ささいな盗み、とりわけ、パンとかハムとかチーズとかいった、しみったれた食い物の盗みは、それを行なった人間にかならず由々《ゆゆ》しき汚名を招くことになる、社会の冷酷な迫害、厳重な懲罰、避けがたい不名誉、取り返しのつかぬ恥辱。そしてそれには二つの理由が考えられる、まず第一の理由は、このような罪を犯す人間は、一般に貧乏人で、そしてその境遇はそれ自体が最大の恥辱を意味しておるからだ、いま一つの理由は、その男の行為は社会に対していわば暗黙の非難を含んでいるからだ。貧乏人の盗みは、個人の悪意ある奪回行為というわけだ、わかるかね……つまりどういうことになる？　そんなわけで、こそ泥に対する弾圧は、いいかね、どの国でも、極端な厳格さで行なわれている、これはただ社会を守るためだけじゃない、それ以上にすべての不幸な連中に対する厳重な勧告の手段として行なわれているわけだ、自分の地位と身分におとなしくちぢこまって、この先何千何百年いや永久に、貧困と空腹でくたばることに甘んじておれというわけさ……それでも今日《こんにち》までのところ、フランスではこそ泥たちにはまだ一つだけ利点が残されていた、愛国の武器を取る名誉を剝奪《はくだつ》されるという利点がね。ところが明日《あす》からは、状勢が一変しそうだ、このわしが、泥棒のわしが、明日から、もう一度原隊復帰さ……そういう命令なんだ。お偉方が、わしの《出来心》と名づけたものを抹殺《まっさつ》することに決めたのだ。そしてそれは、いいかね、奴らが同時にわしの《家族の名誉》と命名したものを考慮したうえで行なわれたのだ。なんとも思いやり深いことさ！　君におうかがいするがね、敵のものとも味方のものとも見分けがつかん鉄砲玉で蜂の巣になりに出かけるのは、いったいわしの家族だとでもいうのかね……わしだけさ、そうだろう？　それにわしが死んだときには、家族の名誉がわしを蘇《よみがえ》らせてくれるとでもいうのかね？　いいかね、わしには、今から目に見えとるんだ、わしの家族の姿がね、戦争が終わっちまったあとの……どんなもんでもいつかは終わるときがくるさ……そのとき楽しそうに跳ねまわっている家族の姿がね、ふたたび巡りきた夏の芝生《しばふ》の上で、そうわしには今から目に見えとるんだ、或る晴れた日曜日……ところがその三尺下では、このパパさんが、蛆虫でどろどろにとけ、祭日の大きな糞よりもまだ臭《にお》って、裏切られたでっかい図体ごと、この世のものとも思えん姿で腐りはて……名も知れんどん百姓の畑の肥やしになること、それが真の兵士の真の行く末というやつさ！　ああ！　君！　世の中の仕組みなんてまったく人をこばかにしたもんさ！　あんたはまだ若い。今のうちにしっかり肝に銘じておきたまえ！　わしの言うことをよく聞いとくんだ、そして、そいつの持つ意味の重大さをようっく頭にたたきこんで、今後はそいつを絶対に通用《パス》させんことだ、わしらの《社会》の殺人的偽善のすべてを飾り立てている麗々しい旗印、つまり《哀れな連中の運命と境遇への同情》という旗印だ……君たちお人好し連中にわしは言っておきたいのだ、打ちのめされ、しぼり取られ、年じゅう汗水たらした人生の腰抜けどもにね、君たちにわしは警告したいのだ、世間のお偉方が君たちを愛しはじめたときは、そのときは連中は君らを戦場のソーセージに変えようとねらいをつけていると思えば間違いない……そしてこいつがそのときの旗印さ……いつもきまっている。最初はまず愛情というやつからだ。ルイ十四世は、その点まだしも、善良な民衆なんぞはまるきり問題にしなかったね。ルイ十五世にしても、同じことだ。民衆なんて尻の穴をよごすもの程度に考えていた。なるほどその時代だって暮らしは楽じゃなかった、貧乏人はいつの世だってよい暮らしのできたためしはないさ、だけど、まだ民衆をぶち殺すことに現代の暴君たちみたいにやっきになったりはしなかったね。下っぱが休息できるのは、いいかね、お偉方たちに軽蔑されているあいだくらいのものさ。欲得とサディズムをとおしてしか、民衆のことは考えられん連中ときているんだから……啓蒙哲学者と言われる奴らだよ、このこともついでによく覚えておきたまえ、善良な民衆に最初に歴史を語りだした奴らは、そいつらさ……教理問答しか知らなかった民衆に！　奴らはとりかかったのだ、ご自分でおっしゃるところじゃ！　民衆教育の大事業に……ああ！　奴らは、民衆に啓示する真理なるものをいっぱいお持ちあそばしていたというわけさ！　それもすばらしいやつを！　生きのいい！　はでな！　目もくらむばかりのやつを！　善良な民衆は叫びだした、まさしくこれだ！　待ちに待ったのは！　こいつのためにみんなで命を投げ出そう！　いつでも死ぬことしか願わんものさ、民衆って奴は！　そういうもんだ。『ディドロ万歳！』みんなしてわめき立て、もう一つおまけに、『でかした、ヴォルテール！』。たいした哲学者もあったものさ！　ついでに勝利をお膳立《ぜんだ》てしたカルノー（フランスの政治家。一八〇一〜八八）も万歳！　だれも彼も万歳！　ともかく善良な民衆を無知と事大主義の中に見殺しにしない感心な連中だ！　自由への道を教えてくれるのだ、この連中は！　解放してくれるのだ！　それに大して時間はかからない。まず手はじめに一人残らず新聞が読めるように！　それが救いへの道だ！　なにをぐずぐずしとる！　急げ！　明き盲の追放だ！　もうそんなものに用はない！　必要なのは国民皆兵だ！　投票し！　字が読め！　そして戦争をやらかす奴だ！　出陣する奴！　別れの接吻を送る奴！　この促成栽培のおかげで、たちまち民衆は成長をとげてしまった。そうなると解放への熱狂をこんどは何かに振り向けなくちゃならん。ダントンの雄弁は徒《あだ》や酔狂じゃなかったわけだ。いまも耳に残る、泣きどころを心得た熱弁で、奴はたちまち民衆を動員してしまった！　これが解放された気違い部隊の初陣《ういじん》というわけだ！　選挙権とひきかえに、国旗をかつがされ、風穴をあけられに、デュムリエ（フランスの軍人。一七三九〜一八二三）の野郎にフランドルの野原へ引っぱり出された阿呆連のはしり。デュムリエご本尊は、珍しさ半分、この理想主義の遊戯におくればせながら参加してみたものの、結局は金に目がくらんでとんずらをきめ込んでしまった。こいつがフランス国最後の傭兵《ようへい》ってわけさ。ただ働きの兵隊、こっちのほうは新発見だった……まったく前代未聞のしろものだったので、ゲーテでさえ、さすがのゲーテでさえ、ヴァルミイ（フランス革命戦争中、フランス軍がプロシア・オーストリア連合軍をはじめて破った場所）に到着したとたんに目を見はったものさ。祖国愛という前代未聞のこしらえ物を防衛する目的で、進んでプロシア王にはらわたをえぐられにやって来た、情熱に燃え立つ、ぼろをまとった一団を目のあたりにして、ゲーテは、まだまだ学ぶべきことがらがたくさんあるという感慨をいだいたものだ。『今日から』と、さすがに天才らしく彼は叫んでいる、『新時代が始まる』とね。ほんとの話さ！　それからは、この方式が便利しごくとわかって、英雄の大量生産がおっ始まった、そしてますます安上がりになり、この方式の完成のおかげでね。みんなが重宝したわけだ。ビスマルク、両ナポレオン、バレス（二十世紀初頭のフランスの文学者・政治家。右翼的傾向を持つ）、女騎兵エルザ（ピエール・マッコルランの同名小説の女主人公。ロシア革命の女闘士）。軍国への信仰がまたたくまに、神の国への信仰に取って代わってしまった、いまじゃ神の国なんて、宗教改革でぺしゃんこになり、とっくの昔に司教さんの貯金箱程度にちぢこまっちまった古ぼけた雲片《くもきれ》みたいなもんさ。以前は狂信が流行《はや》りだすと、『キリスト万歳！　異端者を火あぶりにしろ！』ときたものさ、だけど結局、異端者といったって数は知れているし、それに自分から進んでそうなった連中だった……ところが、現在じゃ、巨大な群衆が異口同音《いくどうおん》に叫び立て。『死刑にしろ、腰抜けどもを！　弱虫どもを！　屁理屈《へりくつ》屋どもを！　全員、右へならえ！』この手で使命感を呼びさまそうというわけだ。切ったはったはいやだ。人を殺《あや》めるのはいやだという連中は、汚らわしい平和主義の連中は、ひっとらえ、磔《はりつけ》にしろ！　八つ裂きにしろ、思いきり痛めつけろ！　思い知らせるために、まずはらわたをえぐり取れ、次には目玉を、それからやつらの汚れきった命を何年かからちぢめるのだ！　十把《じっぱ》一からげに、片っぱしからくたばらせ、シュークリームみたいにおしつぶし、生き血をしぼり取り、硫酸をぶっかけ、焼き殺せ。なにもかも、祖国がさらに愛され、さらに楽しく、さらに住み心地よくなるためだ！　こんな見上げた事柄を理解しようとしない穢らわしい連中が祖国にいるときは、そいつもほかの奴らといっしょに墓の中に眠らせるまでだ、もちろん、まともな眠り方じゃない、墓場の隅《すみ》っこで、理想を持たない臆病者という不名誉な墓碑銘の下で、なぜなら、墓地の中心に入札で建立された共同墓碑の陰に、やすらかにお眠りあそばすごりっぱな死者たちのお仲間入りする名誉ある特権を、こいつらは、こういう穢らわしい連中は失ってしまったのだから、それだけじゃない、日曜ごとに知事の官邸へ小便しにやって来て、昼飯のあと墓石の群れに向かって金切り声をふりしぼる大臣閣下のこだまのおこぼれをちょうだいする権利までも……」

　ところが庭の奥でプランシャールを呼ぶ声が聞こえた。主治医が当番看護兵に大急ぎでプランシャールを呼びに来させたのだ。

「すぐ行きます」と答えておいてプランシャールは、僕を相手に予行演習したばかりの演説台本を慌てて僕にことづけるのだった。とんだ大根役者だ。

　この男を、プランシャールを、僕はその後二度と見かけなかった。この男もインテリの弱みをそなえていたのだ、あんまり知識を詰め込みすぎて、まとまりがつかなくなり。奮い立ち、決断するにもいろいろな手管《てくだ》が必要だったのだ。

思えば、彼が姿を消した夕べは、すでに遠い昔のことだ。それでもそのときのことを僕ははっきりと覚えている。僕らの庭をくぎった郊外の家々が、もう一度、くっきりと、浮かび出ていた、夕闇につつまれる前にすべての物の姿がそうなるように。木々は薄暗がりの中で大きさを増し、空中にそびえて夕闇とまざり合い。

　彼の消息を聞き出すために僕はなにひとつ手を打たなかった、みんなが噂していたように、こいつは、プランシャールの奴は、《消されてしまった》のかどうか、探り出してみようという気も起こらなかった。どっちにせよこの男は消えてしまったほうがよかったのだ。

⁂

　おなじみの騒々しい平和が早くも戦争の中に芽ばえ出していた。

そいつが、このヒステリー女が、どんな姿をとるかは想像できた、「オリンピア座」の酒場で早くもそいつがうごめきだしているさまを目にするだけで十分だった。百枚もの鏡をはめこんだ藪睨《やぶにら》みのような奥行の深い地下踊り場で、そいつは、ニグロ・ユダヤ・サクソン音楽に合わせて、濛々たる埃とやけくそ気分の中で足を踏み鳴らしていた。イギリス人も黒人もごちゃまぜ。近東人やロシア人の顔も見えた、隅からすみまでそういう連中が、煙草をふかし、わめきたて、鬱陶しい軍服姿で、深紅色のソファーの端から端まで埋めつくし。今じゃもう思い出すこともむずかしい、こういう軍服が今日《こんにち》の芽生えだったのだ、そしてこいつは現在もまだ育ちつづけており、当分のあいだは朽ち枯れそうにもない。

毎日僕たちは「オリンピア座」で数時間過ごして欲望へのウォーミングアップを十分に行なったあと、一団となって下着屋兼手袋屋兼書籍商エロット夫人のところへ繰り込むのだった。この店は「フォリイ・ベルジェール座」の裏手、今はもうなくなってしまったベルジナ袋小路にあり、ここは鎖につながれた犬どもが子犬たちを引き連れて大小便をたれにやって来る場所だ。

そこへ僕らは、全世界が嵐となって脅かす幸せを、手さぐりで探し求めに出かけるのだった。こんな劣情を恥ずかしく思ったが、どうにもならなかった！　情欲を断ち切ることは、生命を断ち切るよりもむずかしいものだ。この世では人間は殺害と愛欲に時を過ごすのだ、おまけにそれを同時に行なう。「おまえが憎い！」か、「おまえが好きだ！」か。自分を守り、自分を育て、万難を排し、必死で、自分の生命を次の世紀の二足獣へ譲り渡す、まるで自分を持続することがそれほど楽しいことでもあるみたいに、そうすることで、要するに、自分を永遠に保てるみたいに。やりたい気持というのは我慢できんもんだ、かゆみと同じで。

僕の頭のぐあいは快方に向かっていた。しかし、軍隊での位置はやはり宙ぶらりんだった。ときどき街へ外出を許された。ところで、僕らのなじみの下着屋さんの名前はマダム・エロットといった。生《は》え際のせまった額のひどく狭い女で、最初のうちは、向かい合うと、なんとなく気分が落ち着かなかったが、そのかわり口もとはじつに肉感的で愛嬌たっぷりで、いつのまにかその魅力から逃れられなくなるのだった。たいそう口達者な、変わり者めいた気質のかげに、しごく単純な、商売気たっぷりの根性をひそめており。

数カ月のあいだにもうすでに彼女は一財産つくりかけていた、連合軍のおかげで、それにもまして彼女の下腹部のおかげで。卵巣をやっかいばらいしてしまっていたからだ、前の年の卵管炎の手術の結果。この去勢で彼女は解放され、これが一財産築いたのだ。女の淋病というやつはかえって思いがけない幸運につながる場合が多いものだ。たえず妊娠を恐れている女なんて片輪も同然だ、大成はおぼつかない。

いまでもまだ年寄りに限らず若者のあいだでも、以前は僕もその一人だったが、本屋兼下着商の店裏で、安上がりに女を抱く手があると思い込んでいる連中がいる。二十年ぐらい前までは、確かにそうだった、だけどそれ以後、もはや不可能になっちまったものがいっぱいある、これなんかもその最も楽しいことのうちの一つだ。英国風清教主義が日増しにわれわれをかさかさにして、こいつのおかげで店裏の即席の戯れもほとんど影をひそめてしまった。すべてが結婚と生真面目の方向を目指して。

当時はまだ立ったままで安上がりにやる手が大目に見られていた、エロット夫人はそいつをうまく利用するすべを心得ていたのだ。或る日曜日のこと、一人の価格査定官が彼女の店の前を通りかかって、中に入った、そしてそのままこの男は店に居ついてしまった。もうろくしていたといえば、もともとがそうだった、だが、それからというものはもうこの男はもうろくのしっぱなしだった。二人の幸せは世間の目にはつかなかった。最終的・愛国的犠牲を喚き立てる狂った諸新聞のかげで、暮らしはしごく着実に、先見の明を詰め込んで続いていた、ますますもって抜け目なく。一つのメダルの裏と表はこんなものだ、日なたと影みたいなもので。

　エロット夫人の査定官は、夫人の顧客の中で特別馴染みの連中の財産を、信用を得るとさっそく、あいだに立ってオランダ向けに投資してやるのだった、やがてエロット夫人もこの投資に一役買うようになった。ネクタイ、ブラジャー、シャツ、なにからなにまで彼女のところに揃っていないものはなかったので、男女を問わず客を引きつけ、店はいつも大繁昌だった。

　ここの薔薇色の半カーテンの薄暗がり、女主人のひっきりなしのお喋りの中で、おおぜいの外国人やフランス人が出くわした。口達者で、色気たっぷり、ぽうっとなるほど香水をふりかけたこの女にかかっては、しなびきった肝臓病みでもつい好き心を起こしてしまったことだろう。こんなごった返しの中でも、彼女は取り乱すどころか、ちゃんと帳じりを合わせることを怠らないのだった、なによりもまず金銭の面で、つまり情緒を販《ひさ》いで上がりからぴんをはねていたのだ、おまけに、色事に囲まれて暮らせるのだから。男女のあいだを取りもつことにも、中傷、ほのめかし、裏切り、その他さまざまな打撃で男女の仲を引き裂くことにも、彼女は等し並みの喜びを感じ取るのだった。

この女は幸福と破綻をたえず頭の中で想像しては、情熱の暮らしを営んでいたのだ。そのため商売は繁盛する一方だった。

プルーストという男は、生きているうちから亡霊みたいな人間で、上流社会の連中にまつわる役に立たない煩雑な儀式・振舞の中に異常な執拗さで溺れ込んでいったわけだが、そもそも上流社会の連中なんてものは、からっぽの人間、欲望の抜け殻、相も変わらずワットー（十八世紀フランスの画家。宮廷風俗を典雅な様式で描いた。「シテール島への上陸」が代表作）を待ち受けているにえきらないぐうたら、ありもしないシテール島をべつに気乗りもせずに探し求めているような連中にすぎない。その点、エロット夫人のほうは、生まれつき庶民的・実質的で、愚かには違いないにせよ逞ましい欲望で大地にしっかり足をつけていた。

人間もし気立てが悪くなることがあるとすれば、考えられる原因はおそらくたった一つ、苦労をなめたが故だ、ところが苦労が終わった時点から、その人間が善良に戻るまでのあいだには長い期間が必要だ。エロット夫人の物心両面での輝かしい成功も、まだ彼女のけわしい気質を和らげるだけの時間を経過していなかった。

隣近所のしがない商店のかみさん連にくらべて、彼女は特別がさつな性格というわけでもなかった、なのにそれを包み隠すのに懸命だった。彼女の身分としては、無理もなかった。彼女の店は、逢引きの場所であるだけでなく、さらに加えていうなれば奢侈と富裕の世界へこっそり忍び込む入口でもあったからだ、この世界へは強い憬《あこが》れにもかかわらず、僕はまだ脚をふみ入れたことがなかった、つまりそこへ、たった一度こっそり忍び込んだまではいいが、たちまちさんざんな目にあってたたき出されてしまったというわけだ、生まれてはじめて後にも先にも一度こっきりの体験だったのに。

パリの金持連中はひと所に集まって暮らし、奴らの区域は、かたまって、ちょうどケーキのひと切れのような形の街を造っている、そしてその尖った先端はルーヴル宮殿に達し、もう一方の円形の縁はオートイユ橋とポルト・デ・テルヌとの中間の並木通で終わっている。これだ、これだ、これがパリの上等のひと切れだ。ほかはすべて生活苦と掃き溜めばかりで。

金持連の住宅のあたりを通り過ぎても、ちょっと見にはほかの地域とそれほど変わったところはない、ただ街路が多少こぎれいなだけのことで。ところがその連中とその品々の内側にまで足をのばそうとすれば、僥倖か縁故に頼るしかない。

エロット夫人の店を通して、この禁止区域にいくらかなりとも入り込めるというわけだ、この特権地域から天降《あまくだ》って来る南米人たちのおかげで。彼女の店で連中はパンツやシャツを買い込み、ついでに、エロット夫人がその目的でたぐり寄せている選《よ》りすぐりの女性群、容姿のいい野心に燃えた、女優や音楽家の卵にも手をつけるからだ。

そういう女たちのうちの一人に、いうなれば若さ以外に提供すべき何物も持たぬ僕が、身のほど知らずにも思いを寄せるようになったのである。仲間うちでミュジーヌちゃんと呼ばれている女だった。

ベルジナ小路では、永年のあいだ二つの大通りのあわいにとじ込められて、まるで狭い田舎町みたいにどの店も軒並み互いに顔なじみ同士だった、つまり互いにさぐり合い、人間味をむき出しにして頭が変になるほど悪口をぶつけ合っていた。

物質面でも、戦前からこの界隈の商人たちは、みじめな、ひどくしみたれた暮らしを競い合っていた。貧乏世帯の苦労は、いくらもあったが、店主たちの慢性的悩みの種は、店頭の品物のために、夕方の四時にはもうガス燈の助けを借りねばならないことだった。が、そのかわり、表通りから引っ込んでいるために、きわどい取引きには好都合な環境に出来上がっていた。

ほとんどの店は戦争のせいで傾いてしまっていたのに、エロット夫人の店だけは若い南米人や、小金持の将校連や、そのうえ例の価格査定官のおかげで、飛躍的に繁盛していた。そして案にたがわず、近所じゅうから忌わしい陰口をたたかれていた。

たとえば同じころ、百十二番家屋の老舗《しにせ》菓子屋は動員のとばっちりで美しいご婦人の得意客を一度に失ってしまった。長手袋をはめた常連の甘党たちは、馬をすっかり徴発されたため歩いて出かけねばならなくなり、さっぱり足が跡絶《とだ》えてしまったのだ。二度と戻って来る見込みはなかった。楽譜装幀商のサンパネのほうは、兵隊を相手に男色してみたいという、かねていだいていた欲望に抗しきれなかった。一夜の思いきった行為が、運悪く、取り返しのつかぬ失敗に終わった、愛国者連がさっそく彼のことをスパイだと言って告発したからだ。店を閉めねばならなかった。

それにひきかえ、二十六番家屋のエルマンス嬢は、これまで、各種ゴム製品を専門に扱っていたから、時流に乗じて、調子よくやれたはずだった、ところがあいにくとドイツから仕入れていた《衛生サック》の補充が困難をきわめることになってしまった。

店同士のあいだで夥しい匿名の手紙がやりとりされた、それも汚ない文句の。エロット夫人はどうかといえば、それよりも彼女は、憂さ晴らしに、お偉方連のもとへそういう手紙を送ることにきめていた。この点一つ取り上げても、この女の気性の根底を形造っている大きな野心のほどがうかがわれるというものだ。たとえば総理大臣のもとにそいつを送るのだった、彼が寝取られ男だということを言ってやるために。それにペタン元帥にも出した、英語の手紙を、字書と首っぴきで。元帥がかんかんに怒るような手紙を。匿名の投書なんて。そんなものを気にしておれるか！　自分あてにもエロット夫人は毎日そいつを、匿名の手紙をごっそり受け取るのだった、むろん、下劣な手紙だ。最初十分間ばかりは、肝をつぶし、思案にくれる、が、すぐに平静を取りもどすのだった、無理に理屈を見つけてでも、ともかく毎回、そして以前にもまして、しっかり立ち直るのだった。彼女の内的生活には惑いの入りこむ余地はなかったのだ。ましてや、真実の入りこむ余地など。

　女性客や、住み込み女にまじって、相当な数の芸人の卵が、着物よりも借金のほうを多く身につけて彼女のもとに出入りしていた。だれに対してもエロット夫人は相談役を引き受け、そして女たちはそれを恩に着ていた、ミュジーヌもその一人で僕にはみんなの中でいちばん可愛い女に思えた、文字どおり音楽の天使、ヴァイオリン弾きの恋の神《キューピッド》、たとえばおませな恋の神《キューピッド》ぶりを、僕に向かって発揮するのだった。もっとも彼女は天上ならぬ地上で成功したいという固い覚悟をいだいていたわけだが。僕が知った当時は、「ヴァリエテ座」の舞台で、いまじゃすっかり忘れられてしまった、しごく都会的な、しゃれた寸劇に出て、暮らしを立てていた。

　ヴァイオリンを携えて、歌と音楽とからなる即興風の芝居で前座をつとめ。すばらしく手のこんだ出し物。

　彼女に寄せる気持とともに僕の毎日は気違いじみ、病院と楽屋口とのあいだの往復で過ごされるのだった。ところで彼女を待っている人間はいつも僕ひとりではなかった。地上の軍人たちが彼女の略奪に腕をふるっていた、おまけに空中の連中までが、こちらはいっそう有利な立場で。だけど、誘惑者のピカ一はなんといっても南米人だった。奴らの冷凍肉の商売は、新たな輸入割当の激増のおかげで、めざましく繁盛していた。かわいいミュジーヌはこの好景気をうまく利用したわけだ。うまくやったものだ、今じゃもう南米人なんて影も形もない。

僕は盲だったのだ。あらゆる物に、あらゆる人間にたいして、女に、金に、そして思想に、たぶらかされていたのだ。たぶらかされ悩まされ。現在でもときどき、ミュジーヌとぱったり出会うことがある、二年に一度くらい、昔なじみとよく出会うみたいに。僕らにとって必要なのは、この二年という歳月の隔たりなのだ、甘美な時期においてさえその中に含まれていたにちがいない醜《みにく》さを、もはや間違うことない一瞥《いちべつ》で、本能的に、見きわめるためには。

一瞬その前で後退《あとじさ》りするみたいだが、やがて僕たちはその変わり果てた姿を、その面《つら》を受け入れる、容貌全体のますます増大する見苦しい不均整もいっしょに。受け入れないわけにはいかないのだ、二年の歳月によって入念に徐々に刻み込まれたその戯画を前にして。時間というものを、つまりそのわれわれの肖像画を受け入れないわけには（最初見たときには受け取るのをためらう外国紙幣みたいに）。そして僕たちはまざまざと次のことに気づくのだ、つまり僕たちは、道を間違わなかったことを、互いに打ち合わせなどしなかったが、正しい道をさらに二年間歩んできたことを、踏み迷うことのない道、老朽への道を。それだけのことだ。

ミュジーヌも、そんなふうに、偶然僕に出会ったときには、僕のむくつけき面《つら》に恐れをなすあまり、なんとか僕から逃げだそうと思うらしかった、よけるなり、顔をそむけるなり、なんなりとして……僕の匂いが鼻持ちならないことは明らかだった、腐れ縁の匂いが。だが、とうの昔から彼女の年齢《とし》を心得ている僕を相手では、いくらやっきになってみたところで、彼女はもう絶対に僕から逃げられっこはないのだ。僕の存在を前にして彼女は当惑した様子でたたずむのだ、化け物を前にしたみたいに。あれほど世慣れた女が、おどおどと間の抜けたことを問いかけてみたりするのだ、過失を見つけられた女中みたいに。女というものはみな女中の性質を持っているものだ。だけどひょっとすると彼女はこういう反撥をほんとうに感じているというよりも、頭の中でこしらえているだけかもしれない。そう考えるのが僕に残されたせめてもの慰めだ。もしかするとけがらわしい奴ということぐらいしか念頭にないのかもしれない。その分野でたしかに僕は芸術家だ。考えてみれば、どうして美の中と同様、醜さの中にも芸術が存在してはいけないのか？　そっちのほうはまだ未開拓の分野、ただそれだけのことだ。

　長いあいだ、僕はこの女を、かわいいミュジーヌを頭のからっぽな女だと思っていた、しかしこれはふられ男の負け惜しみにすぎなかったのだ。ご承知のように、戦前は、だれもかれも、今よりもさらに輪をかけてもの知らずで、自惚《うぬぼ》れが強かったものだ。だいたい世間のことなぞほとんどなにもご存じなかった、要するに無自覚だったのだ！　僕みたいな若造は今よりもずっと幼稚なまちがいを犯しやすかった。こんなにかわいいミュジーヌに惚れれば、もりもり力がつくような気がしたのだ、まずなによりも自分に欠けている勇気が。彼女はあんなに美しく、それにかわいい音楽家ときているのだ、僕のかわいい恋人は！　恋は酒のようなものだ、酔っぱらって無力になればなるほど、自分が強く賢くて、なんでも手にはいるような気がしてくるものだ。

　エロット夫人は、親戚に戦没勇士がいっぱいおり、路地を出るときは、いつも正式喪服で身をつつむのだった。もっとも、情夫の価格査定官がとても嫉妬深いために、めったに街には出かけなかったが。僕とミュジーヌとの逢引き場所は店の奥の食堂だった、そこは好景気を反映して、ちょっとした応接間《サロン》の様相を呈していた。ここへみんなが集まって、ガス燈の下で行儀よく、楽しく、おしゃべりし、気晴らしするのだった。かわいいミュジーヌは、ピアノで、クラシック音楽をひいて僕たちをうっとりさせ。クラシック音楽に限られていた、かかる苦悩に満ちた時代にふさわしく。この部屋で僕たちは、毎日午後から、価格査定官を囲んで、打ちとけて、たがいに秘密や、不安や、希望を慰めあうのだった。

　エロット夫人のところの最近雇われたばかりの女中は、だれとだれはいつになったら結婚に踏みきるのかと大いにやきもきするのだった。彼女の田舎では、自由結婚など想像もつかなかったのだ。ここに集まる南米人や、将校連、どれもこれももの欲しげな常連客は彼女のうちにほとんど動物的な不安を呼びさますのだった。

　ミュジーヌは南米の客たちに呼ばれる回数がだんだん増えていった。そんなわけで、しょっちゅう使用人部屋へ恋人を待ちに出かけたために、これら紳士諸君の台所と僕はすっかりおなじみになってしまった。おまけにこの紳士連の家僕たちは僕をひも扱いするのだった。そのうちに、だれもかれもが僕をひも扱いしだした。ミュジーヌ本人までが、同時にたぶんエロット夫人の店の常連までが一人残らず。僕にはどうしようもなかった。それに、どうせ遅かれ早かれこうなるのだ、人間はみんな何かのレッテルをはりつけられるのだ。

軍当局から僕はさらに二カ月間の病気休暇を手に入れることが出来た、退役させるという話まであった。ミュジーヌとビアンクール（パリ近郊）で世帯をかまえることに決まった。本当は僕をまくための手段だったのだ、というのは住まいが遠いことを利用して、家に帰る回数が彼女はだんだん稀になったのだ、いつもパリにとどまるための新しい口実を見つけて。

ビアンクールの夜は甘美だ、ときどき飛行機とツェッペリンのあどけない警報で賑《にぎ》わい、おかげで市民たちは大っぴらに戦慄を味わうこともでき。恋人の帰りを待ちながら、日暮れになると、僕はグルネル橋のあたりまでぶらつきに出かけるのだった、そこでは河面から立ちのぼる宵闇がしだいに地下鉄《メトロ》の陸橋を包んでいく景色が見られた、暗がりの中に張りわたされた数珠《じゅず》状に連なる明かりも、パッシイ河岸の大きな建物のどてっ腹へ雷鳴をとどろかせて躍り込んでいく巨大な古鉄の車体も、なにもかもしだいに暗闇に包まれ。ばかばかしいくらい醜い、ほとんどだれひとり寄りつかないようなこういう一隅が、どこの都会にもあるものだ。

ミュジーヌはとうとう週に一度きりしか僕たちの同棲世帯へ戻らなくなった。ますます頻繁に南米人の邸で歌手の伴奏をつとめるようになり。その気になれば映画館の楽士としてやっていくこともできただろう、そこなら僕としてもずっと迎えに行きやすかった、が、南米人は陽気で金払いがよいのにひきかえ、映画館は陰気なうえに、給料も少なかった。そうなれば選ぶほうはきまっている。

弱り目に祟り目は、《軍隊慰問劇団》の設立だった。さっそく、陸軍省とわたりをつけ、彼女は、ミュジーヌは、だんだん頻繁に前線兵士の慰問に出かけるようになった、それも数週間ぶっとおしで。行く先々で、軍隊では、彼女の脚がよく見えるかぶりつき席に陣取った幕僚連の前で、ソナタやアダジオをたっぷり演奏して聞かせ。隊長連の後ろの階段座席に押し込められた兵士たちには妙《たえ》なる音色のこだましか味わえないというわけだ。あとは云わずと知れたこと、駐留地域の宿屋で乱痴気騒ぎの一夜がお膳立てされているという寸法。或る日彼女は意気揚々と僕のもとへ引きあげてきた、お偉い将軍連のうちの一人が署名した武勲賞状を誇らしげに携えて、そしてこの証明書が彼女の華々しい出世の踏み台になったのだ。

南米植民地で、たちまち彼女は非常な人気者にのし上がり。ちやほやされ。だれもかれもが彼女に、僕のミュジーヌに、夢中になり、こんなにかわいい従軍ヴァイオリニスト！

潑剌《はつらつ》とした、巻毛の、おまけに愛国女性。南米人は一宿一飯の義理に堅い連中だ、僕たちのお偉方を彼らはまるで神様みたいに崇めまつっていた、そこで、本物の証明書と、可憐な顔と、栄誉に輝くかわいい敏捷《びんしょう》な指を携えて、彼女が、僕のミュジーヌがご帰館あそばしたとき、連中はわれ先に、競売みたいに、彼女を愛しにかかったのだ。勇ましい詩というものは、戦場へ行かない連中を、ましてや戦争によってぼろ儲《もう》けしている連中をころりと参らせるものだ。それが通り相場だ。

ああ！　いきな愛国心、なんていかすことか！　この可愛い娘の前にリオ・デ・ジャネイロの船主たちは彼らの家名と株券を山のように積み上げるのだった、軍国フランスの勇気を彼女はこの連中向きに美しく女性化して見せたからだ。それにミュジーヌは、戦場でのすばらしい体験談を一揃えちゃんとこしらえ上げていた、いきな帽子みたいな、うっとりするほど彼女によく似合うやつを。たびたび彼女はその抜け目なさで僕まであきれさせるのだった、そして僕のほうは、正直なところ、彼女の話を聞いていると、でたらめさという点では、彼女にくらべると、自分はほんの駆け出しみたいな気がするのだった。自分の発明物を彼女は一種の劇的遠景の中に据える才能をそなえていた、そうすればどんなものでもたいそう値打ちのある胸にしみるものに変わるからだ。初めて思い当たったことだが、僕たち兵士はいまもって、ほら話にかけては、がさつで、その場きりで、おまけに具体的ときている。ところが彼女のほうは、僕の愛人は、永久的背景の中で芝居していたのだ。この点は、クロード・ローラン（十七世紀フランスの風景画家）の言うとおりだ、絵の前景というものは常に忌わしいもので、芸術的要請からしても作品の興味は遠景のうちに、とらえにくいものの中に据えなくてはならない、そこに虚偽が、すなわち現実からかすめ取った夢が、人間の愛するたった一つのものが逃避するのだ。僕らの哀れな本性を慮《おもんぱか》ることを心得ている女性は、簡単に、僕たちのいとしいひと、欠かせない最高の希望になれるのだ。女性に対して僕らは、自分たちの偽りの存在理由をとりのけておいてくれることを望むのだ。おまけに、いっぽう女のほうはこの魔法の機能を行使することによって、たっぷり暮らしの糧《かて》をかせげるというわけだ。ミュジーヌもその点は本能的にぬかりなかった。

　彼女の南米人たちは、テルヌの近辺、とりわけブーローニュの森のはずれに、周囲から孤立した、立派な、こぢんまりした一戸建ちの屋敷に住まっていた、そこはこの真冬の季節にまことに心地よい温《ぬく》もりがゆきわたっていて、戸外からそこへ一歩足を踏み入れたとたんに、こっちの気分まで、つい楽天的に変わってしまうのだった。

　さきほども言ったように、絶望にわななき、恥も外聞もなく、女の帰りを待ちに僕は召使い部屋へ通いつめるのだった。ときには明け方まで、辛抱強く待ちつづけることもあった、眠くても、嫉妬心で落ち着かず、それに召使いたちがたっぷりふるまってくれる白葡萄酒のおかげで、目をあいておれたのだ。主人《あるじ》の南米人とはめったに顔を合わさなかった。連中の歌声、騒がしいスペイン語、それにいつまでも止まないピアノの音が聞こえるだけだった、でもピアノを弾いているのは、ほとんどの場合、ミュジーヌの手ではなかった。するとそのあいだいったいなにをしていたのか、この売女《ばいた》めは、彼女の手で。

　明け方、門前でもう一度顔を合わせると、僕を見つけたとたんに彼女は渋い顔をするのだった。このころはまだ僕は獣みたいに素直だったのだ。こいつを、僕のかわいい女を、くわえ込んだ骨みたいに、手離したくなかったのだ、ただそれだけのことだ。

　青春の大部分は不手ぎわのうちに空費されるものだ。彼女が、僕の恋人が、やがて僕を完全に捨て去ることは目に見えていた。僕はまだ知らなかったのだ、世の中にはまったく異なった二つの人種、金持と貧乏人が存在することを。自分の階級にとどまらなければいけないことを、品物でも人間でも、値段を尋《き》いたうえでしか、けっして手を触れてはいけないことを、ましてや執着してはならないことを学ぶためには、僕に限ったことではないが、二十年の歳月と戦争が必要だったのだ。

　つまり、召使いたちといっしょに、彼らの部屋で体を暖めながら、僕にはわかっていなかったのだ、自分の頭上で踊っているのが、南米の神々だということが。ドイツの神々だろうと、フランスのだろうと、支那《しな》のだろうと同じことだった、そんなことは、およそどうでもいいことだ、要するに、神様、金持だった、それこそ心得ていなくてはならないことだ。ミュジーヌといっしょに奴らは階上に、僕は階下に、何ひとつ持たず。ミュジーヌはまじめに将来のことを考えていたのだ、だからそいつを、神々と一緒に築き上げるほうを選んだのだ。僕にしたところで、もちろんそいつを、未来のことを考えないわけではなかった、だけど、そいつは気違いじみた考え方だった、だって僕はたえず、頭のすみっこに、戦争の中で殺される不安、さらに平和の中で飢え死する恐怖を抱いていたからだ。執行猶予の死刑囚の身で、恋をしていたようなものだ。これは悪夢とばかり決めきれなかった。僕たちからそうも隔たっていないところ、百キロたらずのところで、厳重に武装し訓練された数百万の勇敢な男どもが、僕の一件を片づけようと手ぐすねひいて待ち構えているのだ、おまけに、僕が自分の肉体をお向かいの連中の手でずたずたに血まみれにされるのをきらう場合には、そいつを自分たちの手で始末してしまおうと、フランス人までが待ちかまえているのだ。

この世で貧乏人に許される死に方は二つしかない、平和時に同胞の完全な冷たさによってくたばるか、さもなくば戦争の到来とともに同じ連中の殺人熱によってくたばるか。奴らが僕たちのことを考えだしたときは、そいつらが、他人が、まず考えつくことは、僕らを拷問にかけること、それだけだ。血まみれの人間にしか興味はないんだ、ろくでなしどもは！　この点はまったくプランシャールの言うとおりだ。屠殺場を眼前に控えると、人間はもう未来のことなどほとんど考えておれなくなる、残された期間、色気以外のことはほとんどなにも考えなくなる、これがもうすぐ皮を剝ぎ取られる自分の体のことをすこしでも忘れ去る唯一の方法だからだ。

彼女に、ミュジーヌにすげなくされたために、僕は自分のことを理想主義者みたいに思い込むのだった、つまり自分のみみっちい本能を大げさな言葉で装って僕たちはこんなふうに名づけるだけのことだ。帰休期間は終わりに近づいていた。新聞は戦えるすべての戦闘員に対して呼集太鼓を打ち鳴らしており、もちろん、真っ先に妻子のない連中にたいして。もはや戦争に勝つこと以外考えてはならぬというのが、通り相場となり。

ミュジーヌも、ローラと同様、僕がただちに前線へ引き揚げ、二度とふたたび戻って来ないことを切望していた、そこで、僕が渋っている気配があるのを見て取ると、彼女は早急にけりをつける肚をかためたのである、ふだんの彼女に似つかわしくないことだが。

或る晩、僕たちが珍しく二人連れ立ってビアンクールに帰って来たとき、だしぬけに警笛をひびかせて消防車が通り過ぎ、僕らと一つ家の連中は一人残らず目に見えぬツェッペリン号を迎えて地下室へ駆け込むのだった。

界隈じゅうが寝巻姿で、ろうそくを先に立て、ほとんどまったく想像上の危険からのがれるために鶏みたいにくっくっ騒ぎながら、地面の底へもぐり込むのだった。この恐慌のいっときを見れば、或る者はおびえた鶏みたいな、或る者は愚かないくじなしの羊みたいな、この連中の腰抜けぶり、無能ぶりが知れるというものだ。こうまでひどい陰ひなたぶりを見せつけられては、いかに辛抱強い、いかに頑固《がんこ》な世間びいきでも、永久に愛想をつかさずにはおれないだろう。

最初の警報が鳴りだすや、ミュジーヌは《軍隊慰問劇場》において勇敢な行動を認められたばかりだということをきれいさっぱり忘れ去ってしまったみたいだ。僕にむかっていっしょに地下室へ駆け込むようせがむのだった、地下鉄の中でも、どぶの中でも、どこでもいい、ともかく安全なところへ、思いきり深いところへ、それもいますぐ！　連中が、借家人が、一人残らず、太ったのも小さいのも、軽薄なやつも謹厳なやつも、あわてふためいて、命の綱の穴の中へ駆け降りて行くのを見ると、僕としてはもうどうでもよい気分になるのだった。卑怯者《ひきょうもの》とか勇者とか言ってみたところで、たいして意味はない。ここでは間抜け、むこうでは英雄、どっちも同じ人間、ここでだってむこうでだって血のめぐりの悪いことに変わりはない。金儲け以外のことはこの連中にはさっぱり理解できんのだ。生きる死ぬの問題すらまるきり頭に入らないのだ。自分の死にざまについてすら、見当はずれのでたらめな想像しかできないのだ。金もうけと世間体のことしか理解できん連中だ。

僕がさからうので、ミュジーヌは泣きだした。ほかの借家人たちも一緒について来るようせきたてるのだった。とうとう僕も我を折った。どこの地下倉庫に逃げ込むか、いろいろ異なった提案が出された。結局、肉屋の地下倉庫が大多数の賛成を得た、ほかのどれよりも深いというわけだ。入口から早くもどぎつい、僕にはおなじみの強烈な悪臭が鼻につきだした、たちまち僕はどうにも耐えられなくなった。

「降りて行くかい、ミュジーヌ、天井から肉切れがぶらさがってるようなとこへ？」尋《き》いてみた。

「いけないの？」

けげんな面もちで答えるのだった。

「そうかい、だけど僕はいろいろ憶い出すことがあるもんでね、やっぱり上に残ることにするよ……」

「じゃ行っちまうの？」

「終わったら、すぐもどっておいで！」

「でも長くつづくかもしれないのよ……」

「上で待ってるほうがいいんだ。肉は苦手でね、それにじきすむさ」

　警報の間じゅう借家人たちは、地下室で安心して、陽気な挨拶を交わし合うのだった。部屋着のままの幾人かの婦人が、おくれてやって来て、お上品にとりすまして、かぐわしい天井へ向かって急いで行った、肉屋の親爺《おやじ》とおかみは婦人たちを請《しょう》じ入れ、商品保存のためにどうしても欠かせない人工冷却のことでぺこぺこ恐縮するのだった。

　ミュジーヌもほかの連中といっしょに姿を消してしまった、僕は上で、僕たちの家で彼女を待った、一晩じゅう、まる一日、まるまる一年……二度と彼女は僕のもとへは戻ってこなかった。

　この時期を境にして僕のほうは日増しに鬱憤がつのりだした。そしてもはや二つのことしか頭になかった。自分の命を救うこと、それとアメリカへ向かって出発すること。だけど戦場から逃げ出すだけでもすでに大変な苦労だった、そのために僕は何カ月ものあいだ息づまるような思いをせねばならなかったのだ。

「大砲を！　兵力を！　軍需品を！」愛国者たちはあきもせずに叫び立てていた。不幸なベルギー、罪もない可憐なアルザスが、ドイツの軛《くびき》から救出されないかぎり、安らかに眠れないみたいだった。このことが気がかりで、国民のうちの心ある者は、連中みずから公言するところによれば、呼吸も、食欲も、性欲もさっぱりだめになっちまったそうだ。それでいてこのことは、奴らの、生き残った連中の商売の妨げになりそうな気配もうかがえなかったが。要するに、銃後の士気は旺盛《おうせい》だった。

　僕たちの連隊も早急に補充する必要があった。ところが僕は、いきなり最初の診察から、まだはるかに標準を下まわっており、別の病院へまわす必要があると判定されたのだ、こんどはやせこけた神経質な連中を収容する病院へ。或る日、朝早く、僕たち六名の傷病兵、砲兵三名、騎兵三名は、失った勇気、だめになった反射神経、折れた腕などをなおしてくれるというその場所をたずねて、留守部隊を出発することになった。当時の傷病兵のしきたりどおり、まず僕たちは登録のためにヴァル＝ド＝グラスに立ち寄った、そこは木立ちの髭で一面おおわれた、いかめしい、下腹の出っ張った城砦《じょうさい》で、廊下は乗合馬車のような匂いが鼻についた、今日では永久に失われてしまった匂い、人間の足と藁束《わらたば》と石油ランプの入り混じったような匂い。ヴァルでは僕たちはそれほど手間取らなかった。面接早々、二人のくたびれきった頭垢《ふけ》だらけの管理将校に、しかるべく怒鳴りつけられ、軍法会議にまわすと脅かされ、とどのつまりは別の行政官によって、ふたたびもとの路上に放り出されてしまった。おまえたちを収容する余地などないと言い渡され、漠然とした行先を教えられただけで。街の周辺地域のどこかにある稜堡《りょうほ》の一つらしいが。

酒場から稜堡へ、アブサン酒からミルク・コーヒーへと遍歴を重ねながら、仕方なく僕たちはいい加減な指図を頼りに、ゆきあたりばったりに出発した、僕たちみたいな能なしの兵士の治癒《ちゆ》が専門らしい、新しい避難所をさがし求めて。

僕たち六人の中で財産らしい物を持っているのは一人だけだった。といってもそいつはペルノのビスケットの小さなブリキ缶の中にすっかり収まるくらいのしろものだった、ペルノというのは今じゃもう聞かなくなったが、当時は有名な銘柄だった。その箱の中に、その男は、僕たちの戦友は、煙草とそれに歯ブラシをしのばせていた、こいつは当時としては珍しいことだったので、この男が歯の手入れを怠らないのを見て、僕たちはみんな笑いものにして、このとっぴな身だしなみのせいで、この男を《色男》扱いするのだった。

やっと、さんざん迷ったあげく、真夜中近くに、闇の中に盛りあがったビセートルの稜堡に近づいた、そいつは《四十三号》と呼ばれるやつだった。これがたずねる場所だった。

軽傷患者や老人を収容するために新築されたばかりで、庭なんかまだ出来上がってもいない。

僕たちが到着したとき、軍用部分には、住んでいる人間といってはまだ管理人の女一人しかいなかった。雨がどしゃ降りだった。僕たちに、僕たちの気配に門番の女は震え上がった。ところが、僕らはさっそく彼女の体のしかるべき部分を撫でまわして、大笑いさせるのだった。「ドイツ兵かと思ったわ！」「敵さんならまだ遠くさ！」「あんた方《がた》どこが悪いの？」不安げに尋ねる。「どこもかも、だけどおちんこだけは丈夫さ！」砲兵が受けて答えた。うまい答えを見つけたもんだ、おまけにこの女の、管理人のお気に召したようだ。この稜堡にはいずれそのうち生活保護の老人たちが一緒に住まうことになっており、彼ら用に、何キロにも及ぶガラス窓を備えた新しい建物が急造中だった、その中に彼らを、戦争が終わるまで、虫けらみたいに餌だけ与えて閉じ込めておこうというわけだ。周囲を取り巻く低い丘の上には、ちっぽけな分譲地が幾つもせめぎ合い、建ち並ぶ掘立て小屋のあいだに収まりきらない泥んこの土地の奪い合いを続けている。掘立て小屋の陰には、時たまちさいが一本、赤蕪《あかかぶ》が二三本といったぐあいに芽を出し、そして、ときおりどういう風の吹きまわしか、なめくじが家主に敬意を表して不味《まず》いのをこらえてご馳走《ちそう》になりにお出ましになるのを見かけることがある。

僕たちの病院は清潔だった、こういうものは大急ぎで、一、二週間のうちに、出来たてのうちに見ておかなくちゃだめだ、なぜなら物の保存ということには、フランス人はさっぱり無関心で、それどころかこの点に関して不潔この上ないからだ。僕らは、そんなわけで、間に合わせの金属ベッドで、月明かりに照らされて一夜を過ごし。新しすぎてまだ電気もきていなかったのだ。

目をさますと、新しい主治医が自己紹介にやって来た、僕らを迎えていかにも嬉しそうに、親愛の情をみなぎらせ。彼としてはうれしがる理由があったのだ。少佐に昇進したばかりで。おまけにこの男は、まるでビロードで出来ているみたいな、ちょっとそこいらにない綺麗な目の持ち主で、四人の可愛い志願看護婦の心を射止めるためにこの目を大いに利用している真最中だったからだ、それに看護婦のほうも行き届いた世話と無言のそぶりで医師を取り巻き、主治医から片時も目をそらさないという上《のぼ》せよう。交渉が開始されると早速、前もって通知していたとおり、この男は僕らの士気掌握に乗り出すのだった。単刀直入に、なれなれしく僕らの肩に手をかけて、親父《おやじ》気取りで揺すぶり、そして喜び勇んで面《つら》をぶち割られに戻って行けるように、励ますような調子で、そのための訓練と近道を説いて聞かせるのだった。

出身階級のいかんを問わず、誰も彼も頭の中にあるのは一つことだけ。よっぽど楽しいことでもあるみたいに。困った風潮になったもんだ。「友よ、フランスは諸君らを信頼している、フランスは、いうなれば女性、いとも美わしい女性である！」歌うような調子でこの男も演説をぶつのだった。「彼女は諸君の英雄的精神に望みを託している！　彼女は卑劣きわまる忌わしい侵略の生贄となったのである。息子たちの手で積年の恨みをはらす権利が彼女には残されている！　もとどおり完全な姿の領土を取り戻す権利を有しているのである、たとえいかなる高価な犠牲を払おうとも！　われわれ一同もここで、われらの職域において、われらの責務を果たす覚悟でいる、友よ、諸君もまた諸君の責務を遂行していただきたい！　われわれの医術を諸君のために役立ててもらいたい！　これは諸君らのものである！　あらゆる手段を尽くしてわれわれは諸君の治療に当る覚悟である！　諸君のほうでも進んでわれわれを援助していただきたい！　私にはわかっておる、きっと諸君はわれわれの期待に応えてくれるだろう！　そしてきっと諸君は一人残らず、前線に居残っている諸君の親しい戦友のわきに引っ帰せる日が、諸君の神聖な職場へ戻れる日がやがてやって来るだろう！　われらがいとしき国土を守らんがために！　フランス万歳！　いざ進まん！」よく心得ていたのだ、こいつは、兵卒への話し方を！

　僕たち一同は、寝台のわきで気をつけの姿勢をして、拝聴するのだった。彼の後ろでは、美わしい看護婦団の中のひとり栗色髪《ブリュネット》の女性が、感きわまって泣きじゃくり出した。同僚の、他の看護婦たちは、すぐさま傍《わき》から、「ねえ！　ねえ！　大丈夫よ……そのうち、きっと戻ってくるわよ！」

　いちばん親身になだめていたのは彼女の従姉《いとこ》にあたるぽっちゃり型の金髪娘だった。彼女を抱きかかえて、僕らのそばを通り過ぎるとき、この女が、ぽっちゃり小肥りした女が僕にこっそり教えてくれたところでは、彼女の可愛い従妹《いとこ》がこんなふうに取り乱したのは、最近、許婚者《いいなずけ》が海軍に徴兵されて行ってしまったことが原因らしいのだ。愛国心あふれる主治医は、この思いがけない出来事に慌てふためいて、自分のぶった名演説が引きおこした素晴らしい悲劇的効果を今度は揉み消す側に廻わる始末。彼女の前に平謝《ひらあやま》りに恐縮して。感受性と愛情の権化《ごんげ》のような、見るからに傷々《いたいた》しい、美わしい心にあまりにもむごたらしい不安を目ざめさしてしまったのだ。「こんなことになるとわかっていましたら！」金髪の従姉はまだ小声でつぶやいていた。「先生のお耳に入れておいたんですが……このひとたちそりゃほんとに深く愛し合ってたんですもの、先生もご存知でしたら！……」看護婦の一団と〈先生〉とは、なおも喋りつづけ、がやがやざわめきながら、廊下づたいに姿を消してしまった。僕たちのことなどもはや問題ではなかったのだ。

　たったいま、奴が、あのすばらしいお目めをした男がぶった演説の中味をもう一度頭の中でおさらいしてみた、ところが、僕の場合は、悲壮な気分になるどころか、反省してみて、こいつの、この説教のおかげで、ますます死ぬのは真っ平ご免だという気持ちに誘い込まれるのだった。ほかの連中の意見もやっぱり同じ、もっとも僕とは違って彼らはこの演説の中に侮蔑と挑戦の下心まで読み取るようなことはなかったが、周囲の状況すらまともに見抜けない連中の寄り合いなんだから。彼らが気づいていることといえば、それもうすうす程度だが、ここ数カ月、全世界の狂乱が日ましに増大し、この調子で進めば、もはや自分たちの生命《いのち》を支える地盤はどこにも見出せなくなるということくらいのもので。

この病院でもフランドルの夜とまったく同じで死にさらされていることが僕らの悩みの種だった、ただここでは、死神はもっと遠くから僕たちを脅かしているというだけの違いで、もちろん、死が避けられないということでは、向こうもここもまったく違いはなかった、いったん《政府》の手が僕らの震えおののく図体《ずうたい》に向かって死神をけしかけたからには。

ここでは、なるほど、僕らは怒鳴られたりすることはなかった、それどころか優しげな言葉づかいで話しかけられ、死が話題にのぼることはめったになかった、けれども死の宣告は、僕らが署名を求められる書類の一つ一つの片すみに、僕らに払われる配慮の一つ一つの中に、はっきりと姿を見せていた。勲章の中にも、腕章の中にも、わずかな休暇の中にも、あらゆる勧告の中にも……僕たちは明日の出動人員の大予備軍の中に数えられ、監視され、番号を付されているのを感じていた。だから当然、僕らに比べると、回りの軍人でない病院関係の連中は、のんきな態度を持していた……看護婦たち、この売女《ばいた》どもは、僕たちと運命を分かち合ってなぞいなかった。彼女たちは、反対に、長生きすることしか考えていなかった。もっともっと長生きし、恋をし（こいつは顔にかいてあった）、散歩し、そして千遍も万遍も男に抱かれることしか。この天使たちは、懲役囚みたいに、股間に潜めた、未来のためのちっちゃな計画に執着していたのだ、つまりこっちが泥んこの中でとんでもない死にざまを遂げたあとの情事の計画に。

　そのときは、彼女たちは諸君のために特有の愛情のこもった懐旧の吐息をもらすことだろう、そしてそれは彼女たちの魅力をいっそう引き立てることになるだろう。感動的沈黙のなかで、彼女たちは戦争中の悲劇的時期を、亡霊たちのことを思い起こすだろう……「ねえあなた、あのバルダミュって兵隊のこと覚えてらっしゃる？」夕暮れどき、彼女たちは僕のことを思い出して言うだろう。「咳《せき》をとめるのにずいぶん苦心したわね……さっぱりいくじなしの兵隊だったけど、かわいそうに……今ごろはどうなってるかしら？」

　場所がらを心得た詩的嘆息というものは、女にとって、月光にかすんだ髪のようによく似合うものだ。

　彼女たちの言葉や気づかいの一つ一つのうらに、今では次のような意味を読み取らないわけにはいかなかった。「いい子ね、兵隊さん、あんたは死ぬのよ……死ぬのよ……それが戦争ってものよ……人にはそれぞれ生き方があるのよ……それぞれの役割が……それぞれの死に方が……私たちはあんたの苦しみを分かち合うふりをしているわ……でも他人の死を分かち合ったりなんぞできるものじゃないわ……健康な肉体と精神にとっては、なにもかも気晴らしのなかに入るのよ、ただそれだけのことよ、そして私たちは、いい家《うち》の、育ちのよい、健康で、丈夫で綺麗な若い娘たちですもの……私たちにとっては、なにもかも、ひとりでに生理的現象に、楽しい光景に変わり、喜びになっちまうのよ！　私たちの健康が要求することなの！　じめじめした悲しみなんて私たちには起こりようがないのよ……私たちに必要なのは刺激、刺激だけよ……可愛い兵隊さん、あんたたちはどうせすぐに忘れられてしまうのよ……ですから聞きわけをよくして、早くたばってちょうだい……そして戦争がすんで、あんたたちのやさしい将校さんのうちのだれかと結婚できるようにしてちょうだい……栗色髪のひとがいいわ！　パパがいつもおっしゃってたとおり、祖国万歳よ！　あのひとが戦争から戻ってきたら、恋はどんなにすばらしいでしょう！……勲章をいただくのよ、私たちの夫は！　さぞかしりっぱでしょうね！　そのときまで、もしまだあんたが生きているようだったら、兵隊さん、私たちの晴れの結婚式の日にあのひとのきれいな長《ちょう》靴《か》を磨かせてあげるわ……ねえ兵隊さん、そうすれば私たちの幸福のおこぼれで、あんたも幸せになれないともかぎらないわ……」

毎朝毎朝、主治医は看護婦たちを引き連れ、やって来るのだった。学者だ、と聞かされた。僕らの専用病室のまわりを、隣の救済院の老人たちが意味もなくひょこひょこ歩きまわりにやって来た。彼らは部屋から部屋へ、陰口を虫歯のかけらといっしょに吐きちらして行くのだった、とうの立った噂話と中傷の切れっぱしを持ち廻って。どぶ池の底みたいな公認貧乏の中に閉じ込められて、この老朽労働者たちは永年の屈従生活の果てに魂にこびりついた糞《くそ》を食らって生きているのだ。小便くさい共同病室の怠惰の中ですえきった無力な憎《ぞう》悪《お》。老い衰えた最後のエネルギーを傾けて、彼らはひたすら、今生の名残りにお互い傷つけ合い、わずかに残された快楽と呼吸の中で互いに撃破し合うことに専念しているのだ。

いまわのきわの快楽！　彼らの硬化した骨髄の中には、心底から悪意で満たされていない分子は一つとして残されていなかったのだ。

僕たち兵隊が稜《りよう》堡《ほ》の施設をこの老人たちと分け合うことに決まったときから、彼らは一致団結して僕たちを憎みはじめた、そのくせ一方では、窓べりに沿って点々と連なっている煙草の吸いがらや椅子の下に落ちて堅くなったパンくずをたえず拾い漁《あさ》りにやって来るのだった。食事時間になると僕らの食堂のガラス窓に連中の渋紙のような顔が圧《お》しつけられるのだ。垢《あか》じみた皺《しわ》だらけの鼻の行列のあいだに、もの欲しげな古鼠のような視線がのぞいていた。このよぼよぼ爺《じじい》連の中にひときわ狡賢く、したたか者の老人がいた。そいつは僕たちの気晴らしに若いころの小唄《こうた》を歌いにやって来るのだった。ビルエット爺さんと呼ばれていた。この爺《じじい》は煙草をやりさえすればどんなことでも引き受けるのだった、どんなことでも、ただ一つ稜堡の死体置場の前を通ることだけは嫌がったが。というのはそこは空《か》らになったためしがなかったからだ。面白い悪戯《いたずら》は、散歩しようと言って、この爺を死体置場のそばまで連れ出すことだった。「入ってみんかい？」その扉のまん前まで来たときにこうたずねる。すると彼は、ぷりぷり怒って、すさまじい速さで遠くの方へ逃げ出し、少なくとも一両日は姿を見せないのだった、このビルエット爺さんは。こいつは死を垣間《かいま》見ていたのだ。

美しい目をした僕らの主治医ベストンブ教授は、僕らの魂を再生させるために、火花を散らす電気器具の複雑きわまる装置一式を備え付けていた。彼に言わせれば強壮効果がある、この放電治療を、僕たちは定期的に受けさせられ、そして言いなりにならない場合は、罰としてここからたたき出されるのだった。よっぽど金持ちにちがいなかった、このベストンブは、こんな高そうな電気死刑道具を一式買い込んでいるところをみると。彼の女房の親父が、政界の大物で、政府の土地買い上げにからんで、莫大《ばくだい》なごまかしをやらかし、そのおかげで彼はこんな気前のよいことが出来たのだ。

使えるものは使うことだ。世の中はうまくできてるもんだ。罪と罰。こんなふうだったが、この男のことを僕らはきらってはいなかった。彼はたいそうたんねんに僕らの神経組織を調べ、うちとけた丁重な言葉づかいで僕たちに質問するのだった。この念の入った完成されたお人好しぶりは、彼の配下のお上品ぞろいな看護婦たちに甘美な喜びを授けていた。毎朝、この可愛らしい女たちは彼のすばらしいやさしさの発露を味わえる瞬間を心待ちにしているのだった。ともかくその味はすばらしかった。思いやり深く、人当たりのよい、心底から人道主義的な学者の役割をこの男がベストンブが演じることに決めた芝居の中で、結局、僕らは一人残らずお付き合いさせられているようなものだった、要するに円満にやることだった。

この新しい病院で、僕は再役兵のブランルドル軍曹と同室になった。こいつは、ブランルドルは、あちこちの病院で古顔だった。何カ月も前から四つの異なった病院へ、穴のあいた内臓をひきずって歩いていたのだ。

　この男はながの病院生活を通じて、看護婦たちの積極的同情を引きつけ、それをつなぎとめるこつを学び取っていた。こいつは、ブランルドルは、しょっちゅう吐き、血尿や、血便を出していた、また、呼吸もかなり困難だった、だけど、これだけでは、そんなものをほかにいくらも見慣れている看護婦たちの特別の好意を獲得するに十分とはいかなかっただろう。そこで、苦しい息の合間から、医師か看護婦が通りかかるのを見ると、「勝ちぬくんだ！　勝ちぬくんだ！　おれたちは勝ちぬくんだ！」と大声でブランルドルは叫ぶか、それとも場合によっては、とぎれとぎれに、或いは胸の中からしぼりだすような声で同じようなことをつぶやくのだった。こんなふうな時宜をえた演出効果で、熱狂的好戦文学に調子を合わせて、ブランルドルは最高の勇者の評判をほしいままにしていた。こいつはちゃんと心得ていたのだ、要領を。

《劇場》はいたるところにあったのだから芝居をしなければ嘘《うそ》だった。つまりブランルドルは正しかったわけだ。まちがって舞台に上がったやる気のない観客ほど、考えてみれば、間のぬけた腹立たしい見世物はない。いったん舞台に上がったからには、調子を合わせ、張り切って、演技し、覚悟を決めてかかるか、さもなくば、あっさり退《ひ》きさがるかだ。女性は特に見せ物を求めていた、彼女たちは、売女《ばいた》どもは、おどおどした素人《しろうと》に対しては情け容赦ないものだ。戦争は、どうやら、子宮にくるもんらしい、女たちは英雄を要求していた、だから英雄とおよそ縁遠い人間は、そいつを気取るか、さもなくば、この上なく屈辱的な運命を耐え忍ぶか二つに一つだ。

この新しい病院で一週間ばかり過ごしたあと、僕たちは早急に態度を改める必要のあることをさとった、そしてブランルドル（軍隊に入る前はレース布のセールスマンだったとか）のおかげで、やって来た当初は屠殺場での屈辱的憶い出に憑《つ》きまとわれ、おびえて小さくなっていたその同じ連中が、いずれもみな勝利を確信した、驚くなかれ、一騎当千の士気と強硬な言葉で武装した、おっかない荒武者の一団に早変わりしてしまったのである。実際、荒っぽい言葉が僕らの常習になってしまった、それどころか、あまりの露骨さに貴婦人たちはときどき顔を赤らめるほどだった、それでも彼女らはけっして苦情を言わなかった、兵隊というものは、勇敢である一面、無頓着《むとんじゃく》で、ともすれば不作法で、そして不作法であればあるほど、それだけ勇敢であるということが、通り相場になっているからだ。

初めのうちは、一生懸命ブランルドルを真似てみても、僕たちのささやかな愛国的態度はまだ十分堂に入っていなかったし、真に迫ってもいなかった。調子を、ぴったりの調子を身につけるためには、たっぷり一週間、いや二週間の猛練習が必要だった。

僕らの医師、大学教授資格者ベストンブ教授、この学究肌の男は、僕らの道徳的資質のめざましい向上を認めると、さっそく僕らを励ます意味で、まず両親の訪問を手始めに、いくつかの訪問を許可することに決めたのである。

聞くところによれば、生まれつきの軍人は、戦闘に加わったとき、一種の陶酔を、激しい快楽をすら感じるものらしい。僕のほうはこの別誂《べつあつら》えの快楽を想像してみようとすると、たちまち一週間は気分が悪くなるのだった。人を殺《あや》めるなど思いもよらないことで、そんな了見はきっぱり思い諦めたほうがはるかにましに思えるのだった。体験が不足していたわけではない。それどころか僕にその嗜好を植えつけようとあらゆる手段が施されたものだ。が僕にはその才能が欠けていたのだ。おそらく、もっと気長な指導が必要だったのだろう。

とうとう僕は肉体と精神の両面で感じている勇敢になることのむずかしさをベストンブ教授に打ち明ける決心を固めた、僕としてもできるだけ勇敢になりたかったし、確かに今はそれが必要な非常時でもあった。ちょっと気がかりなのは、図々しい生意気な差し出口屋ととられることだった……ところがどうして。案ずるよりは産むがやすし。僕が自分の魂の悩みを突然このように素直に彼のもとへ打ち明けに来たことで、医者は大喜びだった。「君は快方に向かってるんですよ、バルダミュ君！　快《よ》くなってきた、それだけのことですよ！」――これが彼の結論だった。――「君がこうしてまったく自発的に私のところへ打ち明けにやってきたということはだね、私の目からすれば、バルダミュ君、君の精神状態のめざましい回復の非常に頼もしい徴候だと思いますね……ヴォーデカンも、このひとは「帝政時代」の兵士たちに見られた士気衰退現象の、地道な、しかしなかなか鋭い観察者ですがね、現代の研究者には不当に無視されているが、今日ではすでに古典化している論文の中で、一八〇二年に早くもこの種の観察を要約しています、その中で、いいですか、非常な的確さと精密さをもって、いわゆる《告白》発作について記しています。この発作は、精神の回復期に現われる特にめざましい徴候だというわけです……それからさらに約百年後、われらが偉大なるデュプレは、この同じ徴候について、今も有名な分類表の作成に成功したわけですが、その中でこれと同じ発作が《記憶の召集》発作という名称のもとに現われており、この発作は、著者によれば、治療がうまく行なわれたとき、不安な観念作用の大幅な解消と、意識の分野の完全解放とにすこし先立って現われるはずであるとされています。要するに、精神の回復途上における副次的現象であるわけです。デュプレはまた別に、持ち前のきわめて具象的な術語を用いて、患者のうちにきわめて旺盛な幸福感を伴うこの発作に、《解放の思惟的下痢》という名称を授けていますが、この発作には、対人感覚の積極性の非常にめざましい復活、とりわけ睡眠のきわめて顕著な回復を伴い、突然数日間も睡眠がつづくこともあるくらいです、さらにいま一つの段階では、生殖機能のきわめて顕著な活動過敏が見られ、以前は不感症だった同じ患者に文字どおりの《色情渇望》が認められることも稀ではないほどです。ここから例の公式が生まれるわけです。

《病人は回復に入っていくのではない、突入するのである！》という。この種の回復の勝利を示した絵に描いたようなすばらしい比喩じゃないですか、これは前世紀フランスのもう一人の偉大な精神分析学者、フィリベール・マルジュトンが、回復期にある恐怖症患者の勝利の回復、正常な一切の活動をめざましく取り戻すさまを示すのに用いた言葉です。君についていえば、バルダミュ君、だから今後はもう、君は完全に回復に向かっているとみていいでしょう。こういう満足な結論に落ち着くわけです、ところでバルダミュ君、私はちょうど明日「陸軍心理学協会」へ人間精神の基本的資質に関しての小論文を提出することになっているんですが、興味がおありでしょうか？　自分ではうまく書けた論文のつもりなんですがね……」

「もちろんですとも、先生、そういう問題には大いに興味があります……」

「つまり、要するにですね、バルダミュ君、そこで私が述べていることは、戦前は精神病医にとって人間は閉ざされた未知の存在、人間精神の資源は謎《なぞ》であった……」

「生意気を申すようですが先生、僕もご高説に賛成です……」

「ところが、バルダミュ君、戦争は、神経組織をテストする比類ない手段をわれわれに授けてくれることによって、人間《精神》のすばらしい現像液のような働きを果たしてくれます！　このような最近の病理学的啓示は、幾世紀もの研究資料にも相当するくらいです、幾世紀もの熱心な研究にも……正直に認めましょう……私たちはこれまでは人間の感情ならびに精神の豊饒《ほうじょう》さにうすうす気づいていた程度でした！　ところが今や、戦争のおかげでそれも終わりを告げたのです！……苦しいものには違いないが、科学にとっては重大な、天佑《てんゆう》的侵入を通じて、私たちは精神の内部へ入り込めたわけです！　最初の啓示に接して以来、現代の心理学者および人間性探求者《モラリスト》たちの務めは、このベストンプの目に、もはやまったく疑いの余地がなくなりました！　心理的概念の完全な改革が急務です！」

　そいつはまさしく僕の、このバルダミュの意見でもあった。

「まったくです、先生、実際……」

「ああ！　君も賛成ですね、バルダミュ君、君の言いたいことはわかっています！　人間の中には、善と悪とがいっしょに住んでいる、一方に利己主義、いま一方に博愛主義……すぐれた人々にあっては、利己主義よりも博愛主義のほうがまさっている。そうでしょう？　違いますか？」

「おっしゃるとおりです、先生、まったくそのとおりです……」

「そこで、バルダミュ君、君に尋ねますが、すぐれた人間の場合、その人の博愛主義をあおり、それをその博愛主義を確実に発揮するようにしむける、われわれに知られている最高の理念とは、なんでしょうか？」

「愛国心です、先生！」

「ああ！　自分からそれを言いだしましたね！　君は私を完全に理解しました……バルダ

ミュ君！　愛国心とそれに付帯するもの、わかりやすく言えば、名誉心こそ、そのあかしです！」

「おっしゃるとおりです！」

「ああ！　われらの武士《もののふ》たちは、いいですかね、戦火の最初の試練をくぐるやいなや、一切の理屈と付随概念、特に保身の理屈を進んでふり切ることを心得ております。彼らは本能的に、直ちに、われわれの真の存在理由、祖国と一つになるのです。この真実に到達するためには、知性は余計なものであるばかりでなく、バルダミュ君、邪魔ものですらあります！　祖国というものは、心情の真理です、本質的真理はすべてそうしたものですが。民衆はちゃんと見抜いています！　なまじっかな学者の間違いをしでかすところです……」

「すばらしいお言葉です、先生！　とてもすばらしい！　ローマ時代の文章にそっくりです！」

僕の両手をほとんど愛情こめて握りしめるのだった、ベストンブの奴は。

親父《おやじ》ぶった口調で、僕のために彼はさらにこうつけ加えるのだった。

「この方法で私は患者を治療するつもりですよ、バルダミュ君、肉体に対しては電気療法、精神に対しては愛国心の大量投薬と、士気という強壮剤の実物注射でね！」

「おっしゃることはよくわかります、先生！」

僕は実際だんだんわかり始めていたのだ。

彼と別れると僕は、さっそくその足で回復した仲間たちと一緒に出来上がったばかりの礼拝堂へ彌撒《ミサ》の儀式に連らなりに出かけて行った。すると大きな扉の陰にかくれてブランルドルが盛んな勇士ぶりを発揮している姿が目にはいった。門番の小娘を相手に体操の授業の真っ最中だったのだ。誘われるがままに、さっそく僕も応援に駆けつけた。

午後、僕らがここにやって来て以来初めて、身内《みうち》の者がパリから訪ねて来た。そしてそれからは毎週のことになった。

僕もとうとうお袋を手紙で呼び出した。僕に再会できてうれしそうだった、お袋は。そして、やっと子犬を返してもらった雌犬のように泣きじゃくるのだった。それに僕を抱擁することで大いに力になれるとでも思っているようだった、だけど彼女は僕を取り上げるために言い聞かされた言葉を信じていたのだから、雌犬よりも劣っていたわけだ。犬なら少なくとも自分で感じたことしか信じない。お袋と連れ立って、或る日の午後、病院の近くの通りをあちこち散歩した、そのあたりのまだ出来上がっていない通りを、まだ街燈も塗り上がっていない通りをぶらぶらと。両側にはじめじめした長屋が並び、窓には色とりどりのたくさんのぼろぎれ、貧乏人の下着がぶらさがり、真昼どきのぱちぱちはねる炒《いた》め油の低い響きが、安物の脂肪の俄か雨のような音が耳にはいった。街の周辺のすっかり見捨てられた活気のない雰囲気の中で、その偽物の豪奢《ごうしゃ》さがにじみ出し朽ち果てるこのあたりで、街はその芥箱《ごみばこ》のような大きな尻《けつ》を、見る人の目にさらけ出している。避《よ》けて通らざるを得ないような、さまざまな匂いのする、ほとんど信じられないような匂いのまじった、周囲の空気がこれ以上匂いようはないと思われるような工場がある。すぐ近くでは、不揃いな二本の高い煙突のあいだに、ちゃちな小屋掛けの遊園地が黴《か》びついている。禿げちょろけの木馬も、乗りたい連中には値が高すぎるのだ。ときにはまる何週間も、佝僂《くる》病《びょう》やみの鼻たれ小僧どもが、放任と、貧困と、音楽に誘い寄せられ、はねつけられ、引き止められ、指をくわえて眺めていることがある。

　これらの場所の真相をまぎらすためにあらゆる努力が払われていた、けれどもそれはみんなの上にたえず涙をたらしにやって来る。何をしたところでだめだ、酒を飲んでみたところで、インクのように濃い赤葡萄酒を飲んだところで、空は相変わらず今のまんま、頭上にしっかり閉ざされている、大きな沼のように、場末の煤煙《ばいえん》のせいで。

　地面では、泥土が疲労へと引きずり込み、暮らしの枠は安宿とそして工場でびっしり閉ざされている。このあたりの塀《へい》はすでに棺桶のようだ。ローラは完全に去り、ミュジーヌもまた去り、僕にはもうだれもいなかった。とうとう母親に手紙を出したのはそのためだ、ただだれかの顔が見たかったのだ。二十歳《はたち》そこそこでもう僕には過去しかなかったのだ。僕たちは、二人で、お袋と連れ立って、日曜日の通りを、あちこち歩き廻るのだった。彼女は、商売のこまごました事柄や、街で、戦争に関してまわりで言われていることなどを話した、戦争って悲しいものだね、《おそろしい》と思うことさえあるよ、でも、しっかり勇気をもっていれば、きっと切り抜けられるよ。殺される人間は彼女にとって事故としか考えられなかったのだ。そこに、しゃんとしてさえいれば、落馬しないというわけだ。彼女としては、そこに、戦争のなかに、また一つ大きな苦労を見つけ出しただけのことで、それをせいぜいかき立てないように努めていた。そいつは、その苦労は、彼女に恐怖に似た働きを及ぼすのだった、その苦労は彼女の理解できない恐ろしい事柄で満ちみちていた。心の中で彼女は、自分のような取るに足らぬ者たちはあらゆることに苦しむ宿命にあり、それが地上での自分たちの役割であって、最近事態がこんなに悪化したとすれば、大部分の責任は、自分たちが、とるに足らぬ連中が、長年過ちを重ねてきたからに違いないと信じていたのだ……自分たちは愚かな行ないをしでかしちまったのに違いない、もちろん、知らず知らずのうちにではあるが、ともかく罪は自分たちにあるのだ、だからこうして苦しみによって己れの落度をあがなう機会を授けてもらえるだけでもありがたいことだと……まったく《処置なし》だった、僕のお袋ときては。

この諦めきった楽天主義が、宗教の代わりをつとめ、彼女の性格の根底を形造っていたのだ。

僕らは二人で、区画整理前の道路にそって歩いていた、雨の中を。あたりの歩道はくぼみ、くずれていた。冬の風におののく低いとねりこの並木の枝に、水滴がいまにもこぼれ落ちそうに宿っている、寒々としたお伽《とぎ》の国の場景。病院への道は、最近できたたくさんの安宿の前を通っていた、そのいくつかには名前がついていたが、その手間すらかけていないものもあった。《週貸し》とただそれだけ。戦争はその中身を、賃職人や職工を無残にもぶちまけてしまったのだ。下宿人たちは、もうここへは死ににも戻ってこないだろう。死ぬこともまた一つの仕事だ、だけど彼らはその仕事を別の場所で果たすことになるのだ。

母は泣く泣く僕を病院へ送り返した、僕の死という事故を彼女は容認していたのだ、それを認可していただけではなく、僕も彼女と同じだけのあきらめの境地に達しているかどうか気にしていたのだ。彼女は宿命というものの存在を信じていたのだ、《工芸組合》のすぐれたメートル尺と同じくらいに。そのメートル尺のことを彼女はいつも僕に向かって尊敬をこめて話すのだった、若いころ小間物商をやっていたときに使っていた物差しが、そのすばらしい公定原器の綿密な複製であることを聞かされていたからだ。

このうらがれた郊外分譲地のあいだには、まだところどころいくらかの田畑が残っていた、そして新しい家々にはさまれて、幾人かの年老いた百姓がそれらの切れっぱしにしがみついていた。夕暮れになって病院へ戻る前にまだ時間が余っているときには、母と連れ立ってその連中を眺めに出かけるのだった、その変わり者の百姓たちが、鉄の器具で、土という柔らかな粒々の品物を一心不乱に引っかきまわしているありさまを。死人を埋めて腐らせる、そのくせパンをも生み出すしろもの。「土はきっと硬いんだね！」彼らを見るといつも母は当惑したようにつぶやくのだった。みじめさについては彼女は自分に似通ったもの、つまり都会のみじめさしか知らなかった。田舎のそれがどんなものか彼女は想像しようと努めていたのだ。これが彼女の中に、お袋の中に僕が見出した後にも先にもただ一つの好奇心だ。そして日曜日の気晴らしとしては彼女にはこれで十分だったのだ。彼女はこれを抱えて街へ帰って行くのだった。

　いまではローラからも、ミュジーヌからもなんの便りもなかった。彼女らは、売女《ばいた》どもは、決定的に良き側の境遇に身を置いてしまったのだ。そこでは、僕たちをのけ者にするという、表面《うわべ》はにこやかだが仮借《かしゃく》のない厳重な申し合わせが行きわたっていたのだ、僕たちのほうは生贄《いけにえ》用の肉みたいなものだった。そんなわけで僕は二度とも人質監禁所へ追い払われたのだ。ただ時間待ちの問題で、勝負はついていたのだ。

＊＊＊

　病院での隣人ブランルドル軍曹は、さきにも言ったとおり看護婦たちのあいだで衰えぬ人気を獲得していた、体じゅう包帯で包まれながら楽天主義で満ちあふれていたからだ。病院の連中は一人残らず彼をうらやみ、彼の態度を真似るのだった。人前に出られるようになり、精神的に見苦しくなくなると僕たちは、こんどは社会の名士連やパリの中央政府のお偉方の訪問を受ける番になった。ベストンブ教授の神経症医療機関が、強烈な愛国心の本拠、いうなれば、その中心地になったということが方々のサロンで話題になったからだ。それからというもの今日《こんにち》までに僕たちは司教たちをはじめ、イタリアの公爵夫人、軍需成金、そしてやがてオペラ座の全座員と国立劇場の幹部俳優たちを迎えることになった。僕たちを賞讃しに、わざわざ現場までお出ましになったのだ。詩の朗読にかけては並ぶ者のない「コメディ・フランセーズ座」の美しい最高幹部女優は、わざわざ僕の枕もとまで引っ返して来て、とびきり勇ましい詩を朗読して聞かせてくれた。彼女のみだらそうな赤ら髪は（肌もろとも）その間《かん》異常な波に揺すぶられ、じかに僕の股間にまで伝わるのだった。彼女が、この女神が僕に戦場での活躍を尋ねるままに、こちらはことこまかに、思いきり感動的な物語を語って聞かせたところ、相手はもう僕から目をそらさなくなり。感激さめやらず、僕の物語の最も強烈なくだりを、彼女のファンである一人の詩人に詩に書かせる許可を僕に求めるのだった。即座に僕は承知した。ベストンブ教授は、この計画を知らされて、大歓迎だった。これを機会に、その日のうちにさっそく、有力な週刊誌『国民画報《イリュストレ・ナショナル》』誌の特派員とインタビューを行ない、われわれ一同は「コメディ・フランセーズ」の美しい幹部座員と並んで病院の玄関前の階段で写真に収まることになった。

「この悲壮な時期に際会して、詩人の最高の義務は」と如才ないベストンブ教授は挨拶を述べるのだった。「われわれに叙事詩への嗜好を取り戻させることであります！　もはや、けちくさい言葉いじりにうつつをぬかしておるときではありません！　ひからびた文学よ、くたばれ！　新たな魂が、戦場の偉大な崇高な響きの只中で、われわれの心のうちに開花したのであります！　躍動する愛国心のめざましい復活が、いまやそれを求めているのであります！　われわれの栄光に約束された高い頂！……われわれの求めるものは叙事詩の壮大な息吹きであります！　私としましては、私の管理するこの病院において、われらの眼前で、生涯忘れがたい出来事として、詩人と、そしてわれらの英雄の一人とのあいだに、この崇高な創造的協力がなされるに至ったことを、まことに喜ばしく思うものであります！」

同室の仲間のブランルドルは、こんどの場合空想力でいささか僕にひけをとり、おまけに写真にも写らなかったので、根づよい嫉妬心をいだくようになった。それからというもの、僕を相手に英雄行為の栄冠を血みどろになって奪い合い。新しい物語を創造し、ますます大風呂敷をひろげ、もはやとどまるところを知らなかった。彼の武勲は錯乱の域に達するのだった。

これ以上強烈なやつを見つけ出すことは、かかる誇張の上にさらに何物かをつけ加えることは、僕の手に負えなかった。それでも入院患者はだれひとり、あきらめようとはしなかった。みんなが競争心にとらわれ、われがちに、自分が崇高な役割で登場する別な《戦場のうるわしき一場面》を作り出すのだった。僕たちは空想的人物の衣をまとって、偉大な武勲物語を生きていたのだ、しかしその裏で、しがない僕たちは、肉体と魂の全体で震えおののいていたのだ、僕らの本性を見破る人間がおればさぞかし憤慨したことだろう、戦《いくさ》は酣《たけなわ》だったからだ。

　われらが偉大なる友人ベストンブは、他にもいろんな人間の訪問を受けるのだった。おおぜいの外国人名士、各界のお歴々、科学者、門外漢、懐疑家、野次馬と、顔ぶれはさまざまだった。陸軍省の視察官たちがいきなサーベル姿で僕らの病室を回って歩き。奴らは軍隊での命が延び、つまり若がえり、おまけに新たな手当でふくれあがり。だもんで表彰と讃辞を出し惜しみしなかった、視察官たちは。万事はうまくいっていたわけだ。ベストンブと彼の傷病兵らは「医務局」の誉だったのだ。

《国立劇場》の僕の美しいご贔屓《ひいき》はやがてもう一度、単身、わざわざ訪ねてみえた。一方、彼女と親しい一詩人は僕の武勇伝を詩につくっているということだった。その青年、悩ましげな蒼白い青年にも、その後どこかの廊下の片隅で顔を合わせた。彼の心臓の神経のひ弱さは、自分で打ち明けたところでは、そしてそれは医師の意見でもあるらしいが、奇蹟に類するということだ。そのため、ひ弱な人間にたいして気を使う医師たちは、彼を軍隊から遠ざけていたのだ。その償いとしてこの男は、このちんぴら吟遊詩人は、己れの健康をも危険にさらして崇高な精神力のすべてを傾け、僕らのために、《われらの勝利の精神的大砲》を鍛えあげる仕事にかかっていたのだ。従って、そいつは見事なしろものになるはずだった、言うまでもなく、不朽の詩句に彫りきざまれ、当時はなんでもみなそうだったが。

僕としては不平を言う筋合いはなかった、なにしろこの男はおおぜいの文句なしの勇者の中から僕をその主人公として選んでくれたのだから！　それに僕は、正直いって、王者にもふさわしい饗応《ふるまい》にあずかったのだから。まったく晴れがましい話だった。朗読の催しはなんと《国立劇場》の舞台を半日借りきって、いわゆる《詩の》午後といわれるかたちで行なわれたのだ。病院じゅうの人間が招待された。舞台に僕の赤毛女が現われ、なまめかしく仕立てた三色旗の衣裳に長身をつつんで、身ぶりも勇ましく、震え声で朗読を始めると、客席は総立ちになり、われるような喝采はやむところを知らなかった。予期してはいたものの、それでも僕は心底驚かずにはおれなかった、このすばらしい美人の女友だちが声をうち震わせ、感激に燃え、彼女用に僕が創作した挿話の中に含まれた劇的場面をいっそう感動的なものとするために、うめき声さえ上げるのを聞いて、僕は隣席の人間の目にビックリ仰天を隠すことができなかった。彼女の詩人は、想像力の点においてまったく僕なんかの比ではなかった。讃嘆に満ちた、水を打ったような静寂の中で、荘厳にふりそそぐ燃えるがごとき韻律と、恐るべき形容語の助けをかりて、僕の想像物を詩人はさらにとほうもなく美化するのだった。さわりの部分、最も熱烈な高揚した一節にさしかかるや、彼女は、ブランルドルや僕やそのほか幾人かの負傷兵のいる桟敷《さじき》の方に向かって、うるわしい両腕を差しのべ、彼らの中の最も英雄的な兵士に向かって身を捧げるような身ぶりをして見せるのだった。このくだりで詩人は、僕が自分に誂《あつら》えた幻想的武勲を敬虔《けいけん》な調子で讃《たた》えていた。どこでどうなったのかよくわからんが、ともかく豪勢な話だった。幸い、勇敢な行動に関しては信じにくい話なんてありえないものだ。観客はこの芸術的捧げ物の意味を読み取り、一人残らず僕たちのほうを振り向き、歓声を上げて興奮し、床を踏み鳴らして、英雄を囃し立てるのだった。

ブランルドルの奴は桟敷席の最前列を一人で占領し、僕たち皆《みんな》の出る幕を与えなかった、というのは彼の包帯の後ろに彼は僕らをほとんど完全におおい隠してしまうことができたからだ。わざとそんなふうに振る舞ったのだ。あん畜生め。

それでも、仲間のうちの二人は、ブランルドルの背後の椅子によじ登って、彼の肩と頭ごしになんとか大観衆の讃辞を浴びることに成功した。彼らに向かってみんなは破れんばかりの拍手を送るのだった。

「おい、これはおれの話なんだぜ！　おれ一人の！」その瞬間あやうく僕は叫び出すところだった。ブランルドルがどんな人間かはわかっている、みんなの面前で怒鳴り合いに、つかみ合いにさえなりかねないだろう。結局、しみったれた勝利を獲得したのはブランルドルの野郎だ。強引だった。勝ち誇って、彼は、望みどおり、破れんばかりの讃辞を一人占めするのだった。敗北組は、僕たちのほうは、舞台裏へ引き揚げるよりしかたなかった。

事実そうなった。幸いそこでも僕たちは祝福された。せめてもの慰めだ。ところが、僕らの女優兼激励者は楽屋に一人きりではなかった。かたわらに例の詩人が控えており。彼女の詩人、僕らの詩人が。二人とも迷惑そうな素振りで迎えるのだった。そのことを二人とも芸術的ににおわせ。一骨折りだった。何度くりかえされても、僕のほうは彼らの親切なほのめかしをてんで取り上げようとはしなかったからだ。惜しいことをしたものだ、うまく運んだかもしれなかったのに。彼らはその筋にたいそう顔が効いたのだから。僕のほうは不作法な別れかたをしてしまった、愚かにも腹を立て。若かったのだ。

　要約すれば、飛行隊の連中が僕からローラを奪い、南米人がミュジーヌを取り上げ、そしてこの調子のいい倒錯者《おかま》が、最後に、僕のすばらしい女優を横取りしてしまったのだ。やけになって僕は、廊下の最後の明かりが消されはじめた国立劇場を出て、ただひとり、電車もなくなってしまった夜の中を、病院へ引き上げた。しつこい泥土と手のほどこしようない場末町の底に仕かけた鼠捕り器みたいな病院へ。

⁂

　正直いって、僕の頭はもともとそんなにしっかりしたほうじゃない。が、今では、なにかにつけ、車の下敷きにでもなりかねないほど眩暈《めまい》を覚えるのだった。僕は戦争の中でよろめいていたのだ。小遣銭といえば、病院にいるあいだは、毎週お袋が苦労して貢いでくれる数フランの金しかあてにできなかった。だから、外出できるようになるとさっそく、わずかでも足《た》し前《まえ》を求めて、見込みのありそうな先々をあちこち、物色し出した。昔の雇主の一人が、先ず、うってつけのかもに思えた。そこでさっそく、僕の訪問を受けることになった。

　そのマドレーヌ街の宝石商、ロジェ・ピュタのところで、戦争の始まる直前、はっきり期間は覚えていないが、臨時雇いとして働いたことがあるのを、運よく思い出したのだ。このけしからん宝石商のところでの僕の仕事は、いわゆる《アルバイト》というやつで、贈答のシーズンには、しょっちゅう手にとられるために、保存のむずかしい、さまざまな売物の銀器に磨きをかけることだった。

　そのころ僕は真面目に、そしていつ果てるともなく授業に通っていたが、（卒業試験にしくじってばかりいたために）《大学》がはねるとすぐに、ピュタ氏の店裏にかけつけ、夕食時まで二、三時間のあいだ、《磨き粉》を武器にチョコレート沸かしと格闘する毎日だった。

　仕事の報酬として、食事をまかなわれるのだった、台所で、たらふく。僕の仕事は、なおそれ以外に、授業の前に、店の番犬どもを散歩に連れ出し、小便をさせることだった。全部合わせて、月に四十フランもらった。ピュタ宝石店は、ヴィニヨン通りの角に無数のダイヤモンドで煌《きらめ》いていた。そしてそのダイヤモンドはどの一つを取り上げても僕の給料の数十倍もの価格に相当するものだった。そいつは、あの宝石はいまでもやっぱりあそこに輝いているにちがいない。店主のピュタは、動員で予備軍に編入されたが、特別に或る大臣付きにまわされ、ときたまその自動車の運転手役をつとめる程度だった。しかしそれとは別に、そしてこのほうはまったく非公式に、この男は、ピュタは、政府に宝石を納めることによって、大いにご奉公をつくしていたのだ。高官連はその品物を動かしてはよろしく稼ぎまくっていたのだ。戦争が進むにつれて、宝石の需要は増す一方だった。ピュタ氏は、ときには、注文に応じきれないほどだった、それほど注文が多かったのだ。

　くたびれきったとき、ピュタ氏はちょっぴり知的な風貌をちらつかせることがあった、彼をいためつけた疲労のせいで。がそれはもっぱらそうした場合だけに限られていた。休養をとると、彼の表情は、顔立ちはたしかに洗練されていたにもかかわらず、愚鈍な天下泰平の調和を形づくり、そしてその面《つら》ときては永久にやりきれない思い出を残さずにおかないほどのしろものだった。

　女房のピュタ夫人のほうは、店の金庫と一体みたいな女で、いわば片時の間も金庫のそばを離れたことはなかった。宝石商の妻たるべく育てられていたのだ。それが彼女の両親の念願で。この女は自分の務めを心得ていたのだ、一から十まで。金庫が栄えると同時に家庭のほうも円満にいっていた。この女は、ピュタ夫人は器量の悪いほうではなかった、いや、十人並みそこそこに綺麗になることだってできただろう、ところが非常に用心深い、疑ぐり深い性質だったので、人生の縁《ふち》にとどまるみたいに、美の縁でもとどまっていた。きっちり梳《す》きつけすぎた髪、とってつけたような愛想笑い、せかせかしすぎた、でなければおどおどしすぎた物腰といったぐあいで。この人物に見られるあまりにも計算ずくめの一面、彼女に近づくときなんとなく感じられるぎこちなさ、その原因がなになのかが気にかかるのだった。相手を商売人と承知して近づくときに感じるこの本能的嫌悪感、これこそは誰にも何も売りつけたことのない人間が自分の貧乏な境遇にたいしてせめても抱き得る慰めの一つといっていいだろう。

こんなわけで、ピュタ夫人の頭の中には狭い商売のことしかなかった、ちょうどエロット夫人の場合に似ていた、ただ違うところといえば、この女のほうは信者が神に取り憑《つ》かれたみたいに身も魂《こころ》も取り憑かれていたということだ。

それでも、ときどき、この女にも、僕らの女主人にも、周囲のことがちょっぴり気になることがあるらしかった。たとえば子供を前線へ送り出している親たちのことを思いやり。

「それにしてもこの戦争は、大きなお子さんのある方たちには、なんて不幸なんでしょう！」

「迂闊《うかつ》なことを言うんじゃない！」

すぐに彼女の夫はたしなめるのだった。こういう感傷に対して、彼は警戒し、情け容赦なかった。「祖国の防衛が先決じゃないのかね？」

こうして、見上げた根性、とりわけ見上げた愛国者、要するに艱難辛苦《かんなんしんく》を耐え忍ぶ人間として、戦時中夜ごと夫婦は彼らの店の数百万フラン、祖国の財産を抱いて眠っていたのだ。

ときどき通う淫売屋《いんばいや》では、ピュタ氏は様々に注文をつけ、かもに見られないよう用心するのだった。「私はイギリス人じゃないからね」初めにこう言い渡し。「やり方は心得とるからね！　フランスの兵隊さんといっしょ、せかずあわてずさ！」これが開始前の宣言だった。女たちは、快楽を得るこの賢明なやり方のために彼を大いに高く買っていた。道楽者だが、しんはしっかりしている、男らしい男。お顧客《とくい》の顔ぶれがわかっていることを利用して、彼は女将《おかみ》とも宝石の取り引きをやってのけるのだった、女将は株式投資を信用していなかったからだ。軍事的方面でもピュタ氏の進展ぶりは驚嘆に値するものがあった、一時的退役から、決定的徴兵猶予へと。やがて何度かのうまくごまかした検診ののち、完全に軍隊から解放され。美しいふくらはぎを眺めることと、できればそれを撫でてみること、それをこの男は人生無上の喜びの一つに数えていたのだ。この楽しみがあるだけでも、まだしも彼のほうが女房よりは進んでいたわけだが、女房のほうはもっぱら商売一辺倒だった。似た者同士の場合でも、どうやら常に、女よりは男のほうにちょっとばかし不充足が見られるようだ、たとえその男がどれほど偏狭な俗物であるにせよ。要するにこのピュタの奴も芸術家のはしくれだったのだ。たいていの男は、芸術に関しては、この男同様、美しいふくらはぎのマニア程度でとどまるものだ。ピュタ夫人は子供のないことを非常に幸せに思っていた。女房があまり再々不妊症であることの喜びを表明するもので、とうとう夫までが自分たちの幸せを女将にもらすようになった。「でもだれかの子供が戦争に行かなくちゃなりませんわ」女将はやり返すのだった。「それが義務なんですもの！」なるほど戦争はいろんな義務を伴うものだ。

　ピュタが自動車でもって仕えていた大臣にも子供がなかった、大臣には子供がいないものだ。

　もう一人の臨時雇いが一九一三年ごろ、僕といっしょに、この店の雑用のために働いていた。ジャン・ヴォアルーズといって、夜は小さな芝居小屋で《端役《はやく》》をつとめ、午後はピュタの店で配達係をしていた、彼もまた、ほんのわずかの俸給で辛抱していた。しかしこの男は地下鉄のおかげで、なんとか算段をつけていた、使い走りするのに、地下鉄で行くのとほとんど同じくらいの速度で歩いて行けたからだ。そして切符代を着服して、上前をはね。そのせいか足がちょっぴり臭《にお》った、いやひどくにおった、しかし自分でもそのことを心得ていて、客のいないおりを僕に知らせてもらって、迷惑のかからないように店に入り、ピュタ夫人とこっそり勘定をすませるのだった。金庫に金が収まると、彼はすぐさま店裏へ追いやられて僕といっしょになるのだ。この男の足は戦場でもまた大いに役に立った。連隊でいちばん足の速い連絡係として名を挙げたのだ。病気休暇を利用してこの男はビセートルの稜《りょう》堡《ほ》へ僕を訪ねにやって来た、そしてこの訪問がきっかけで、僕たちは二人手を組んで昔の雇主をゆすりに出かけることになったのである。善はいそげだ。僕たちがマドレーヌ通りに着いたときは、ちょうど陳列が終ったところだった……

「やあ！　やあ、君たちか！」僕たちを見てピュタ氏はちょっと驚いたみたいだった、「でも、よく来てくれた！　まあはいりたまえ！　ヴァルーズ君、いい顔色をしているね！　元気そうだね！　ところで、君のほうは、バルダミュ君、病気みたいじゃないか、ええ？　でもまあ、二人とも若いんだ！　すぐによくなるさ！　君たちは運がいいよ、なんてったって、君たちは！　言いたいことが言えて、すばらしい時間が生きられるんだから、違うかね、向こうでさ？　空気を胸いっぱいすって！　《歴史》の一ページをつくり出せるんだ、そうだろう、まさにそうさ！　しかもなんというすばらしい歴史だ！」

　こちらはピュタ氏にむかってなんとも答えなかった、ゆする前に好きなだけしゃべらせるという手だ……でやっこさんはつづけて――

「ああ！　わかるとも、前線はつらいよね！　そりゃ確かだ！　だが、ここだってずいぶんつらいんだぜ、本当さ！　君たちは負傷した、そうだろう？　私のほうは、のびちゃってるよ！　二年ぶっつづけの夜勤だからね！　わかるかね？　そりゃひどいもんさ！　すっかりのびちゃったよ！　くたばっちまったよ！　ああ！　夜中のパリの通りときたら！

明かりなんてまるきりなし……その中を自動車運転さ、しかも、しょっちゅう大臣閣下を乗っけてね！　全速で飛ばすんだからね！　君たちには想像もつかんよ！　一晩に十ぺんも生命《いのち》を失いそうだ！……」

「本当ですわ」ピュタ夫人が後押《あとお》しした。「それにときには大臣閣下の奥様もお乗せするんですよ……」

「そうだ、それにそれだけじゃない……」

「たいへんなんですね」僕たちは口をそろえて言った。

「ところであの犬は？」ヴォアルーズがお愛想で尋ねた、「どうしてます？　今でもチュイルリ公園を散歩させるんですか？」

「ぶち殺したよ！　悪さをするんで！　店のためにならんのでね！　ドイツ犬は！」

「かわいそうなことをしましたわ！」と女房が横から、「でも今おいてる新しい犬はとてもかわいいんですよ、スコットランド犬で……ちょっと臭うことはにおうけど……そういえば、あのドイツ産の番犬は、ねえ、ヴォアルーズさん、覚えてらっしゃる？　あれは、ちっとも臭わなかったわね、雨のあと店の中に閉じこめておいてもなんともなかったくらい……」

「そう言や、そうだ」ピュタ氏がつけ加えて言った、「あれは大違いだったよ、このヴォアルーズの足と！　どうだいジャン、いまでも君の足はにおうかね？　ええ、ヴォアルーズ君！」

「すこしはにおうと思いますよ」ヴォアルーズは答えた。

　ちょうどこのとき何人かの客が入って来た。

「そうかい、じゃまた来たまえ」とピュタ氏。ジャンを一刻も早く店から追い払うつもりで。「くれぐれも体に気をつけたまえ！　近況は聞かんよ！　その必要はないさ！　なによりもまず、国を護ること、それが私のモットーだからね！」

　国を護るという言葉を言うとき、すごく深刻な顔つきになるのだった、このピュタの野郎は、まるで釣り銭を返すときのように……僕たちはまんまと追っぱらわれたわけだ。ピュタ夫人は帰りがけに二十フランずつ握らせてくれた。ヨットのようにぴかぴか磨き上げた店に、もう一度入って行く勇気はなかった、上等の絨毯《じゅうたん》の上で僕たちの靴はあまりにむくつけく思えたからだ。

「ああ！　ごらんなさいよ、ロジェ、あの二人！　二人とも、なんて変なんでしょう！……もうまともじゃないわ！　まるで人が変わったみたい！」ピュタ夫人が大声で言った。

「もとにもどるさ！」ピュタ氏は答えるのだった、やさしい口調で。こんなに簡単にこんなにわずかなもののいりで厄介払いできたことで、しごくご満悦だったのだ。

　表に出てから、僕たちは、一人二十フランでは、それほど足しにもならないことに気づいた、しかしヴォアルーズは他にまだ心当たりがあった。

「ラ・ムーズにいたときに殺された戦友のお袋の家へ行こうよ。毎週おれは、そいつの両親のところへ出かけて、坊やの死際の話をして聞かせることにしてるんだ……奴らは金持で……お袋さんはそのたんびに百フラン恵んでくれるよ……むこうはむこうで恩にきて……どうだい、のみこめたかい……」

「おれはどうすりゃいいんだい、そいつらのところで？　お袋さんになにを言やいいんだ？」

「そうだなおまえも奴を知ってると言うんだな……お袋さんはおまえにも百フランくれるよ……本当に金持なんだから！　それにピュタみたいなげすな野郎じゃない……けちつけたりしないから」

「そうかね、だけどこまかく聞きやしないかな、大丈夫かい？……おれは息子を知っちゃいないんだぜ……聞かれたら、とまどっちまうぜ」

「なあに、かまうもんか、おまえはおれと同じことを言やいいのさ……そうです、そうです、と言ってりゃ……心配しなさんな！　悲しんでるんだ、わかるかい、あの女《ひと》は、だから息子の話を聞きだせば、満足なんだ……望みはそれだけなんだ、なんでもいいんだ……楽なしごとさ……」

僕は肚を決めかねていた、が百フランは大いに魅力だった、またとないぼろ儲けの口だし、まるで天の助けみたいに思われた。とうとう肚を決めた。

「よし……そのかわり、つくり話のほうは知らんよ、いいな！　約束だぜ、おまえの言うとおりに言うだけだぜ……ところでやっこさんどんな死に方をしたんだ？」

「頭のど真ん中に一発食らったのさ、それもでかいやつを……ラ・ムーズの、ガランスって土地だった……河っぷちの……やっこさん《これっぽっち》も残らなかったよ！　想い出ぐらいのものさ……そのくせ、でかい野郎だったがね、やっこさんは。体格がよくって、すばしこくて。だが砲弾にかかっちゃ、だろう？　ひとたまりもないさ！」

「まったくだね！」

「あとかたなしさ、なあ……奴のお袋はまだ、今でも、そいつが信じられないんだ！　何度言って聞かせてもだめさ……お袋はただ奴があの世に行ったとだけ思いたいのさ……ばかげた考えさ……あの世へ行った、だと！……あの女が悪いんじゃない、見たこともないんだから、あの女は、砲弾ってものを。こんなふうに、屁《へ》みたいに、空中に消えちまって、おしまいになるってことがわかんないのさ。ことに、それが自分の息子のこととなるとね……」

「そのとおりさ！」

「二週間ばかりご無沙汰してるがね……でもまあ見ていな、おれが行きゃあ、お袋さん、すぐに客間へ通してくれるから、それにすばらしい家なんだ。まるで芝居にでてくるみたいな、そこいらじゅうカーテンや、絨毯や、鏡だらけで。百フランの金なんて、わかるかい、そんなものは、たいして苦にならないのさ……ほとんど、おれにとっての百スウくらいのものさ……今日なんかは、二百フランちょうだい出来そうだね……二週間ぶりだしさ……金ボタンの召使いがいるんだぜ……」

アンリ・マルタン通りで、左へ曲がり、もすこし行くと、細い私道の木立ちに囲まれた鉄柵門の前に出た。その真ん前まで来るとヴォアルーズは、

「見ろよ！　まるでお城だ……言ったとおりだろう……親父は鉄道の大立物でね……お偉方さ……」

「駅長さんじゃないのか？」僕はからかった。

「冗談はよしな……おや、むこうからやって来るぜ、こちらへやって来るぜ……」

が、彼の言ったその年配の男は、まっすぐにはこちらのほうへ向かって来なかった、一人の兵士としゃべりながら前かがみの姿勢で芝生のまわりを歩き回って。僕たちは近づいた。この兵士に僕は見憶えがあった。いつか斥候《せっこう》に出た夜、ノワルスール＝シュル＝ラ＝リスで出会った予備兵だ。彼が名乗った名前もすぐに思い出せた、たしかロバンソンという名だ。

「あの歩兵知ってるのか」

ヴォアルーズが尋ねた。

「うん」

「この家と親しいみたいだな……きっとお袋のことを話し合ってるんだろう。連中、お袋さんに会いに行く邪魔をしなきゃいいが……金をくれるのは、お袋のほうなんだから……」

老紳士がこちらへ向かってきた。震え声だった。

「ああ」とヴァルーズに向かって言うのだった。「悲しい知らせをお伝えしなければなりません、あなたがこの前お見えくださったあと、家内はとうとう大きな悲しみに負けてしまいました……木曜日のことです、ほんのわずかのあいだ一人きりにしておいたすきに、あれがそうしてほしいと申しますので……あれは泣いておりました……」

最後まで言い終えることができなかった。突然背を向けると、彼はその場を立ち去ってしまった。

「確かおまえさんを覚えてるよ」

老人が十分遠くへ行ってしまうと、僕はさっそくロバンソンに向かって言った。

「おれも、覚えてるさ……」

「ばあさんに何があったんだい？」そこで僕は尋ねてみた。

「なに、おととい首をくくったというだけのことさ！」奴の答えだった、そして続けて、

「ばかげた話よ、まったく！　おれの戦時ママさんだったのによ！　疫病神《やくびょうがみ》がどこまでも付いて回りやがる！　とんだ災難さ！　初めて休暇が取れてやって来たってのによ……こ

の日を半年も待ちかねてたのに！」

　こちらは、ヴァルーズと僕は、このロバンソンを襲った不幸をからかわずにはおれなかった。驚きといえば驚きだった、しかしそのことは、彼女が死んだということは、僕らに二百フランを弁償してはくれなかった、おかげで僕たちはまたばかをみる羽目になったのだ。おもしろくなかった、一同揃って。

「どうしたい、大将、ええ、鼻の下を長くしてよ？」腹いせに僕らはロバンソンをからかうのだった。「当てはずれとおいでなさったかね？　ご馳走のご相伴《しょうばん》がよ？　ついでに代母さんとおねんねするつもりじゃなかったのかね？……お夕飯のお仕度ができました！……」

　なんにしたところで芝生とにらめっこしてばか笑いをつづけているわけにもいかなかったので、三人連れ立ってグルネル街のほうへ向かって歩きだした。三人の持ち金を合わせて数えてみたが、たいした額にはならなかった。その夜のうちにめいめい病院や収容所へ引き返さねばならないことを考えると、三人そろって酒場で夕食をとるのにかつかつの金しかなかった。あとわずかばかり残るみたいだったが、淫売屋へ《上がれる》ほどはなかった。それでもともかく女郎屋へ出かけて行った、ただ、下で一杯ひっかけるために。

「おまえさんに会えたのはうれしいよ」ロバンソンが気持を伝えた。「だけどへまなことをしてくれたものさ、奴のお袋のことさ！……まったく、どう考えても、よりによっておれが行く日に首をくくるなんて！　一生忘れられんよ！　おれだったら首をくくったりするもんか。どんなに悲しくったってよ！　それなら毎日首をくくらにゃならんさ！　おまえさんはどうだい？」

「お金持は」とヴォアルーズは答えるのだった。「ひといちばい感じやすいのさ……」

ヴォアルーズは気立てのやさしい奴だった。そのあと彼はこう付け加えるのだった、

「六フランあればな、あすこのパチンコ台のそばにいる栗色髪の女と寝るんだがな……」

「行けよ」と僕らは言った。「しゃくはちが上手《うまい》か調べてこいよ……」

だが、懐をはたいてみたがだめだった。チップを含めてその女を手に入れるだけの金はなかった。ちょうどコーヒーをもう一杯ずつと黒すぐり酒二杯分の金があるだけだった。飲み終わると、もう一度外へさまよい出た！

ヴァンドーム広場で、やっと別れた。みんなそれぞれの方角へ帰って行った。別れしなには、もうお互いの顔も見えなかった、低い声で話した、それほどあたりに反響《こだま》したのだ。明かりはなかった、禁《と》められていたのだ。

奴とは、ジャン・ヴォアルーズとは、その後二度と会っていない。ロバンソンとは、その後もしばしば出会ったが。ジャン・ヴォアルーズは、ラ・ソムで毒ガスにやられたのだ。ブルターニュの海のほとりの海軍サナトリウムに入り、二年後に、死んだ。最初のころ、二度ばかり手紙をくれたがその後音信が絶えてしまった。海岸へ出かけたのは生まれて初

めてだったのだ。《どんなにきれいかは君には想像もつかんだろう》と手紙に書いていた。《たまには海水浴もする、足にいいそうだ、が喉《のど》のほうはすっかりだめらしい》これは彼にとってつらいことだった、彼の野心は、いつか、劇場付属の合唱団にはいることだったのだ。

下っぱ役者よりは合唱歌手《コーラス》のほうが収入《みいり》が多いし、それに芸術家らしくていいというわけだ。

＊＊＊

やっとお偉方は僕を放免してくれた、おかげで僕は命拾いすることができた、しかし僕は頭に傷を負うことになった、一生消えない傷あとを。泣き寝入りだ。「どこへなと行っちまえ……」奴らは言った、「貴様にはもう用はない……」

「アフリカへ行こう！」僕は考えた。「遠ければ遠いほど、いい！」僕を積み込んだのは《海賊連盟《コルセール・レユニ》》会社のありきたりの船だった。綿製品と軍人と官吏を積荷にして、熱帯へ向かう船だ。

そいつは、その船は、あまりに老朽船だったので、上甲板に貼《は》りつけてあった、昔はこの船の製造年月日が書き込まれていた銅板まで取りはずしてあった。製造年月日があまりにも古いために、そうでもしないと乗客に恐怖を与え、おまけに笑いものにもなりかねなかったからだ。

　要するに僕が乗り込んだ船はそんなしろものだった。植民地で僕は新規まき直しをするつもりだった。それが僕のためを案じる連中の意向だったのだ、つまり僕に一旗《ひとはた》あげさせることが。僕としてはただ遠くへ旅立ちたいだけだった、だが金持でないかぎり常に何かの役に立っている様子をしていなくてはならないし、それに、学校のほうもけりをつけていなかったので、そうばかりもゆかなかった。アメリカへ渡るだけの金も持ち合わせなかった。「アフリカ行きだ！」そこで僕は考えた、そうして熱帯へ向かって運ばれる身となったのだ、そこへ行けば、ある程度の禁欲とまじめな品行さえ保てば、すぐにも一財産築けるという話だった。

　そういう予言に僕は夢をふくらませていた。僕にはたいした取柄はなかった、しいていえばしつけのよさくらいのものだった、つまり、つつましい物腰と、素直な尊敬心と、時間におくれやしないかという絶えざる不安と、さらに、人生において絶対に人様を追い抜かないという心づかいと、要するに、こまかい神経を持ち合わせていた……それに、気違いじみた国際的屠殺場から生きて逃れおおせたということも、考えようによっては機転と分別の点でお手本に値するといえないこともない。

　ところで航海のことに話をもどそう。まだヨーロッパの海にいるうちは、悪くはなかった。乗客は、船室の暗がりや、便所や、喫煙室に、うたぐり深い、鼻声のグループに分かれて、すっこんでいた。そして、朝から晩まで、酒と陰口に浸りきっていた。あくびをしたり、居眠りをしたり、怒鳴りちらしたり、まったくヨーロッパを恋しがるふうはなかった。

　僕らの船はブラグトン提督丸という名前だった。この船はなま暖かい海水の上で、その塗料でかろうじて解体をまぬがれていたようなものだ。皮を重ねるように幾重にも積み上げた塗料が、ながの年月のあいだに玉葱《たまねぎ》のようにブラグトン提督丸のいわば第二の船体を形造っていた。僕たちは、アフリカへ向かって航海しているのだ。本物のアフリカ、巨大なアフリカ、底知れぬ森林と、有毒な瘴気《しょうき》と、侵しがたい孤独の土地アフリカへ、果て知れぬ大河の入り組んだあたりに蟠踞《ばんきょ》する土人の大酋長のもとへ。彼らを相手に、《ピレット》剃刀《かみそり》の一袋と交換に、すばらしく長い象牙や、燃えるような野鳥や、少年奴隷を取引きするのだ。前途は洋々だ。要するに、すばらしい生活！　商店も、記念碑も、鉄道もヌガーもけずり取られたアフリカには、平凡なものなど何ひとつあるはずはない。あるものか！　僕たちはその精髄を、真のアフリカを見に行くのだ、僕たちブラグトン提督丸の酔っぱらい乗客たちは！

　しかし、ポルトガルの海岸を過ぎたあたりから、事態は悪化しはじめた。やりきれなかった。ある朝、目をさますと、僕たちは、底知れずなま暖かい不気味な蒸風呂のような雰囲気に圧倒されるのを感じた。コップの水、海、空気、シーツ、汗、すべてが、なまぬるく暑かった。それから後は昼夜を問わず、手に触れるもの、尻に敷くもの、喉を通るもの、もはや何ひとつとして冷たいものは得られなくなった、酒場のウイスキー用の氷を除いては。すると、下品な捨てばちな気分がブラグトン提督丸の乗客の上に襲いかかった、もう酒場から遠ざかることができず、金縛りになったように送風機に釘づけになり、氷の小さなかけらにはんだづけになって、トランプをしては罵《ののし》り合い、支離滅裂な繰り言を連発するのだった。

　それも長くは続かなかった。このやりきれない高温の継続で、船内の人間の形をした積荷はひとつ残らずこってりした泥酔状態にかたまってしまった。よどんだ水槽の底の蛸《たこ》みたいに、みんなは甲板と甲板のあいだにだらしなくうごめくのだった。その頃からだ、白人種の嘆かわしい本性が皮膚の表面に現われだしたのは、奴らのむき出しの本性が、挑発され、解き放たれ、ついには戦場そっくりに、なりふりかまわず、さらけ出された。熱帯の蒸風呂は八月になると牢獄《ろうごく》の壁の割れ目に、蟾蜍《ひきがえる》や蝮《まむし》の花を咲かせるが、本能に対してもそいつは同じように働きかける。ヨーロッパの寒気の中では、北国のつつましい灰色の下では、戦場を除いては、同胞の心底にうごめく残酷さを僕らはただ推測する程度だ、ところが熱帯の恥知らずの高熱が奴らの感覚を燃えたたせると、たちまち腐敗は表面まで侵蝕《しんしょく》するのだ。そうなれば、連中は夢中でボタンをはだけ、猥雑《わいざつ》が勝ち誇り、みんなを圧倒する。獣の本性をさらけ出したのだ。寒気と労働が僕らをおさえつけなくなり、束縛を片時でもゆるめることになれば、たちまち白人の本性はむきだしだ、いわば波が引くとたちまちさらけ出される、楽しい海岸の姿、真実の姿だ、臭気を発するよどんだ沼、蟹《かに》、死体、糞。

　こうして、ポルトガルを過ぎると、船内には解き放たれた本能が猛威をふるいはじめた。酒気も手伝った。それにとりわけ現役の軍人と官吏にとっては、びた一文いらん旅行という気安さの感情も働いて。四週間ぶっつづけにただで食え、眠れ、飲めるという気持、その分の節約を思えば、それだけでも腹の底で有頂天になるのに十分というものだろう？僕は、僕ひとりだけが、有料の旅行者だった。そこで、この特別の事情が知れわたったとたんに、僕はあきれた恥知らず、まったくけしからん野郎とみなされるようになった。

　植民地の環境にいくらかでも経験があれば、マルセーユを出航するに際して、僕はいちばん位の高い植民地軍歩兵将校の前にひざまずいて、不肖《ふしょう》の道連れとして、彼の認可と寛容を哀願していたことだろう、そして、さらに万全を期して、最も古株の官吏の足下にもひれ伏したことだろう。そうすれは、たぶんこの偏屈ぞろいの乗客たちも、彼らのあいだで僕を痛めつけず大目にみてくれたのではないだろうか？　ところが、世間知らずの僕は、彼らのそばで息をしようという、自分では気がつかぬだいそれた行為のために、危く一命を落とすところだったのだ。

卑怯未練なふるまいにまさるものはない。うまく立ちまわったおかげで、結局、僕は自分に残ったなけなしの自尊心を失うだけですんだのだ。最初から話そう。カナリヤ島を過ぎてまもなく、船室のボーイから僕は次のようなことを聞かされた、つまり僕はみんなから気障《きざ》な、おまけに傲慢《ごうまん》な人間に見られているというのだ。淫売の情夫でおまけに男色家だと疑われている……麻薬中毒の気《け》もあるらしい……が、それなんかまだ付けたしのほうだった……そのうち僕は何か重大な犯罪を犯した結果、フランス本国を逃げ出してきた人間にちがいない、という《意見》がひろまりだした。がそれもまだ僕の試練の序の口にすぎなかった。そのときになって初めてわかったのだが……この航路では、有料船客を受け入れる場合はきわめて慎重で、しかも種々のいやがらせを伴うのが常だったのだ。有料船客とはつまり、軍人に対する無料制度も、官庁の配慮も享受していない人間のことであり、周知のようにフランスの植民地は、《官名録》のお偉方の私有物なのだ。

結局、無名の一般民がこの方面に乗り出すまともな理由はまず考えられないわけだ。……スパイ、お尋ね者、僕を白い目で見る理由はいくらでも見つかった。士官たちは僕を横目でにらみつけ、婦人連は心得顔に、にたつくのだった。やがて、使用人までが、勢いを得て、僕の背後でどぎつい辛辣《しんらつ》な意見をかわすようになった。船じゅうでいちばん不愉快な、いちばん鼻もちならぬ、いわばただ一人の人間が僕であるということを、だれひとり疑わなくなった。先が案じられた。

食卓では僕は、歯の抜けた肝臓病みの、ガボン駐在の四人の郵政官と隣り合わせの席だった。航海が始まったばかりのころは彼らは愛想がよく親切だったが、そのうち僕に対してひと言も口をきかなくなった。つまり僕は、暗黙の申し合わせで、共同の監視下に置かれたのだ。もう僕はよほど警戒してでなければ、船室を出られなかった。煮つまった空気がかたまりのように僕たちの皮膚の上に重くのしかかっていた。素っ裸で、閂《かんぬき》をかけ、もう僕は身じろぎもしなかった、そして悪魔じみた船客どもは僕を葬る目的でどのような計画をねっているのだろうかと、あれこれ考えあぐねるのだった。僕のほうは乗客のうちに一人の顔見知りもいなかった、ところがみんなは僕のことを知っているみたいだった。僕の人相は、新聞紙上の名高い罪人の人相のように、彼らの記憶に、ありありと、なまなましく焼きつけられているのに違いなかった。

僕はいつの時代どこの土地でも告発される、あの必要欠くべからざる人物、《恥っさらしの忌わしい下劣漢》、つまり人類の恥辱の役割を知らず知らずのうちに果たしていたのだ、それは「悪魔」と「神」みたいに、だれでも話には聞いているが、土地と生活に応じて、千差万別、曖昧《あいまい》模《も》糊《こ》として、要するにとらえがたい存在だ。その《下劣漢》をついに選り出し、突きとめ、ひっとらえるためには、このような狭い船の中でしかお目にかかれない、例外的な状況が必要だったのだ。

ブラグトン提督丸の船内には文字どおり共通の道徳的歓喜がきざしはじめた。《穢れたる者》をその当然の運命に従わせるのだ。それは僕のことだった。

この出来事ひとつでも旅に出た甲斐があったというものだ。この期せずして団結した敵の群に取り囲まれて、僕は向こうに気どられないようにしてなんとか連中の正体を見定めようと努力するのだった。その目的で、とくに朝のうち、自分の船室の舷窓《げんそう》から、見つからぬように彼らの様子をうかがうのだった。朝食前、彼らは涼みにやって来る。股から眉まで、尻の穴から足の裏まで毛むくじゃらの体をして、太陽にすけて見えるパジャマ姿で、コップを片手に、彼らは、僕の敵《かたき》どもは、姿を見せ、舷側《げんそく》にそって寝ころがり、あくびを連発するのだった。いまからもう周囲にげろを吐きちらしかねないありさまだ。とくに、ひどい肝臓病みの、充血した目の飛び出した大尉などは、夜が明けないうちから姿を現わすのだった。目がさめるときまって彼は、仲間の威勢のいい連中に、僕の消息を問い合わせるのだった。まだ僕を《船の外に吐き捨てて》おらんのかとたずねるのだ。実感を出すために、そう言いながら彼は泡立《あわだ》つ海の中に唾《つば》を吐き捨てるのだった。なんという楽しみ！

《提督》はほとんど進まなかった。ぎしぎし、横揺れをくりかえし、這ってでもいるかのようだった。もはや航海ではなく、病気の一種だった。陰にひそんで観察したところでは、この早朝の秘密会議のメンバーは一人残らず相当な重病人に見受けられた、マラリア患者か、アルコール中毒か、ひょっとすると梅毒か、十メートル先からでも窺がえる連中のくずれはてた姿は僕の身の苦労をいくらか慰めてくれた。結局、この威張り屋たちも、やっぱり僕と同じ敗北者なのだ！……奴らはまだ強がっている、ただそれだけのことだ！　それだけの相違だ！　蚊が連中の血を吸い、連中の血管いっぱいに永久に消えない毒液を注ぎ込む役を引き受けていた……梅毒菌《スピロヘータ》は現に今も連中の動脈を掘りくずしているのだ……アルコールが、彼らの肝臓をふくらませ……太陽は睾丸《きんたま》をひび割らせ……毛虱《けじらみ》が陰毛に、湿疹《しっしん》が下腹の皮膚にこびりつき……じりじり照りつける光線はそのうち連中の網膜を焼きつくすだろう！……しばらくすれば、奴らの何が残るだろう？　脳みそのひときれ……そんなものがなんの役に立つのか？　うけたまわりたいものだ？　奴らが出かける場所で？　自殺にか？　奴らが出かける場所では脳みそはそれくらいにしか役立たない！　いまさら言ってもはじまらんが、気晴らしもない国で年老いるのは愉快なものじゃない！　裏箔《うらはく》が緑色になった鏡に自分の姿を写して、だんだん落ちぶれ、見苦しくなってゆくのを眺めなければならない土地……緑に囲まれると、とくに猛烈な暑さの中では、人間は早く腐りやすい……

北国《きたぐに》ではともかく僕らの肉は長持ちする。北国の人間はいつでも蒼白《あおじろ》い。スウェーデン人は、死者も寝不足の若者も、ほとんど見分けがつかない。ところが、植民地人は上陸の翌日にはもう蛆虫《うじむし》でいっぱいだ。そいつらは、このすばらしい働き者のそうめんどもは、手ぐすねひいて待っていたのだ、そして食らいついたが最後あの世の先まで離れやしない。

蛆虫でつまった袋みたいなものだ。

　最初の予定地ブラガマンスに寄港するまでにまだ一週間分の船旅が残っていた。僕は爆薬を仕掛けた箱の中で暮らしている思いだった。連中と同じ食卓へ出かけるのがいやさに、また日中、彼らのいる中甲板を通り抜けるのを避けるために、いまではもうほとんど食事も断ってしまった。だれとも口をきかなかった。うろついている姿をだれにも見られなかった。船の中にとどまって、これほど小さくなっているのは容易なわざじゃない。

　僕の船室付きボーイは家族持ちの男だった。このボーイが内緒で僕に教えてくれたところでは、植民地軍の勇敢な士官連は、いまに僕の横面をはりたおし、海へ放り込んでくれると、杯をかわして、誓い合っていたということだ。理由をたずねてみたが、ボーイにもまるきりわからなかった、かえって、こんなことになるとはいったい僕は何をしでかしたのかと、彼のほうから聞き返す始末だ。結局、僕らには謎《なぞ》だった。この状態は長続きしそうだった。僕の面《つら》が気にくわなかった、要するにそれだけの話だ。

　こんな気むずかしい連中といっしょの旅はもう僕はこりごりだ。まるひと月間も自分たちだけで閉じこめられ、奴らもまたすっかり退屈して、ちょっとしたことにも刺激されやすかったのだ。もっとも、考えてみれば、ふだんの暮らしにしたところで、ごくありふれた一日のあいだに、僕たちの哀れな死を望む人間に少なくとも百人はお目にかかる勘定だ。たとえば、僕らを邪魔者視する連中はみんなそうだ、地下鉄でいらいらしながら僕らのあとに行列をつくっている連中、僕らの家の前を通りかかる宿なし連中、自分もやりたくて僕らが早く小便をすませばいいと思っている連中、要するに、僕らの子供をはじめおおぜいの人間。ひっきりなしだ。慣れっこになっているだけのことだ。船の上では、このいらだちが目立ちやすい、だからいっそうやっかいなわけだ。

　この煮えたぎる蒸風呂の中で、熱湯を浴びたような連中の油汗はこりかたまって、やがて彼らをそして彼らの運命を埋めつくす植民地の巨大な孤独の予感と結びついて、今からこの連中に断末魔のうめきをもらさせるのだ。取っ組み合い、食らいつき、引きむしり、たけりたつのだった。船内での僕の重要性は日ましにとほうもなく増大していった。ときたま僕がせいぜい人目をしのんでこっそり食卓へ赴こうものなら、それこそ一大事件の様相を呈するのだった。僕が食堂のしきいをまたぐやいなや、百二十名の船客はぎくっとして、ささやき合うのだ……

　船長のテーブルのまわりに、目白押しにならんで、食前酒《アペリチフ》の杯を重ねている植民地軍の士官や、税務署の収税吏や、とりわけ、ブラグトン提督丸にいっぱい乗り込んでいるコンゴーの小学校の女教員などは、悪意の推測から中傷的な結論へ飛躍し、ついには僕をとほうもない悪玉にまで祭りあげていた。

　マルセーユで乗船したときは、僕は取るに足らない一介の夢想家にすぎなかった、ところが今では、アル中患者とむずむずした陰門のヒステリックな寄り合いのおかげで、僕はうって変わって、すごみのある貫禄を身につけるようになったのだ。

船長というのは、でっぷり肥った痘痕面《あばたづら》の狡猾な男で、船出して最初のうちは彼のほうから進んで握手を求めたりしたものだ。ところが、今では出会うたびに、僕を見知っているそぶりもみせなかった。まるで忌わしい事件のために嫌疑《けんぎ》をうけ、すでに有罪ときまった人物を避けるみたいに、……なんの罪だったのか？　憎しみになんら危険が伴わない場合は、たわいもない作り話がたちまち確信に変わるものだ、理由などいくらでもつけられる。

この四面楚歌《そか》の状況の中でどうやら僕にわかったところでは、未婚《オールドミス》の女教員の一人がこの陰謀団の女性陣の先頭に立っているみたいだった。そいつは、その売女《ばいた》は、コンゴーへ、くたばりにもどるところだったのだ。その女は植民地軍の将校のそばにへばりついていた。士官たちは派手な上着で身をつつんで、おまけに威勢のいい誓いで飾り立てていた。つまり、次の寄港地に着くまでに、僕を汚ならしいなめくじ同然に踏みつぶしてみせると豪語していたのだ。平べったくなっても、僕はやっぱりもとどおりいやらしいだろうか、などとみんなで取り沙汰し合っていた。要するに、楽しんでいたのだ。このオールドミスは、連中の意気込みをあおり立て、ブラグトン提督丸の甲板に嵐を呼び集めていたのだ。ついに息切れした僕をひっとらえ、懲らしめて、架空の無礼行為を二度とくりかえさぬようさせるまでは、心の安まるひまはなかったのだ。要するに、身のほど知らずに存在したことにたいして、僕を懲らしめたかったのだ。この屈強な男たちの鉄拳《てっけん》と長靴の下で、僕がいやというほどぶちのめされ、血だらけに傷ついて、哀れみを請う姿を見たかったのだ。男たちの筋骨の働きと、胸のすくような憤りとを賞讃したくて、むずむずしていたのだ。すさまじい殺しの場面、そこから彼女の皺くちゃの卵巣は興奮を予感していたのだ。こいつはゴリラに強姦されるくらい刺激的だ。時間がたっていた、闘牛仕合をいつまでもおくらせるのはまずい。犠牲牛は僕だった。船中の全員がそれを望み、船艙《せんそう》までが期待で震えていた。

海は厳重に囲った闘牛場の中に僕たちを閉じ込めていた。機関士までが事情を知っていた。それにもう寄港地まであと三日という、最後的な日数しか残っていなかったので、幾人かの闘牛士が名乗りをあげていた、僕のほうでこの騒ぎを避ければ避けるほど、みんなはますます僕にたいして挑戦的に切迫するのだった。屠殺係を引き受けた連中はすでに刃をとぎすましていた。僕の船室は袋小路の突き当たりのような場所に部屋と部屋のあいだに挟まれていた。これまではなんとか危地を脱してきた、が便所へ行くことすらまったく危険になった。いまや船旅はあと三日を余すだけだったので、それを頼りに僕は大小便も断念することにした。舷窓から用を足すのだった。僕のまわりは憎悪と退屈で満ちみちていた。それに船の上の退屈さというものは想像もつかんほどだ、端的に言って、宇宙的なものだ。それは、海を、船を、空をおおいつくしている。しっかりした人間でも変になりかねない、ましてやそのへんの頭のお弱い連中ときては。

生贄《いけにえ》！　僕はまさにそれになろうとしていたのだ。ある晩、夕食のあとで、事態は明瞭になった。空腹に悩まされ、僕はついに夕食の席へ出かけて行ったのだ。皿の上にうつむいたまま、僕はポケットから汗をぬぐうハンカチを取り出すこともひかえていた。これくらいつつましく食事した人間もおそらく世間に二人とないだろう。腰かけた尻の下で機関が、たえず、こまかな振動を持ち上げていた。食卓で隣り合った連中は僕について決定されたことを知っているにちがいなかった、その証拠に彼らは、意外にも、なれなれしく愛想よく僕に話しかけるのだった、つまり決闘と剣の使い方について、いろいろ質問をしかけるのだった……折りもおり、例のコンゴーの女教員、ひどく息のくさい女が、社交室へ入ってきた。彼女が盛装用のレース服を着こんでいることに僕は気がついた。いらいらしたせわしい足どりでピアノに歩み寄ると彼女は、まるで終節をぜんぶ省略したような弾き方で、何かの曲を弾きはじめた。おそろしく緊張した微妙な雰囲気がかもし出された。

　僕ははじかれたように席を立って船室へ避難しようとした。船室までいま一足というときに、植民地軍士官の中でもいちばん胸板のふくらんだ、いちばん筋肉のたくましい奴が、手出しこそしなかったが、きっぱりした態度で、僕の行く手に立ちふさがってしまった。

「甲板へ出よう」有無《うむ》を言わさん剣幕だ。甲板までは二、三歩だった。このときのために、彼はいちばん金ぴかの軍帽をかぶり、衿《えり》もとからズボンまで全部のボタンをきちんととめていた、出航以来かつてないことだ。つまり僕たちは、劇的な儀式の真っ只中にいたのだ。僕はちぢみ上がった。心臓が臍《へそ》のあたりでどきどきいっていた。

この前準備、この異常な物々しさは、緩慢な、苦痛の多い刑の執行を僕に予想させた。この男はまるで僕の前途に戦争の切れっぱしが、突然再び飛び出してきたような印象を与えた、梃子《てこ》でも動かぬ、殺し屋。

彼の背後には、船艙の扉を僕からふさぐ格好で、四人の下級士官が、《運命》の護衛隊のように、ひどく用心深く突っ立っていた。

つまり、もはや逃れるすべはない。この糾問《きゆうもん》は綿密にお膳立てされたものにちがいない。

「自己紹介いたしましょう、私は植民地軍のフレミゾン大尉です！　貴下の言語道断なる行為に正当に憤慨している本官の同僚および本船の船客を代表して、貴下に決闘を申し入れたい！……マルセーユ出航以来、貴下がわれわれに関して述べた言辞は許しがたい！……この機会に、貴下の不満をはっきり申し述べられるがよい！……この三週間貴下が卑劣にも声をひそめてささやいてきた事柄を今こそ堂々と声明されるがよい！　要するに貴下の考えをうけたまわろう……」

この言葉を聞いて僕はほっと胸をなでおろした。有無を言わさず殺されるのではないかと恐れていたのだ、ところがこの男に、この大尉に話させるからには、連中はいわば僕に逃げ道を提供しているようなものだ。この思いもうけぬ好機に僕は飛びついた。卑怯未練なふるまいをする余地さえあれば、要領を心得た人間にとっては、けっして諦めるにはあたらんものだ、それが僕の信条だ。命びろいする方法について贅沢を言ったり、自分に向けられた迫害の理由を問いただして時間を浪費したりするもんじゃない。賢者にとってはそれを免《まぬが》れるだけで十分だ。

「大尉どの！」僕は精一杯の真剣な声をふりしぼって答えた。「なんという思いがけない誤解でしょう！　よりによって大尉殿が！　この私を！　どうしてそのようにお考えになったのでしょう、私が不誠実な感情をいだいているなどと？　本当に、あんまりなお考えです！　大尉殿、まったく寝耳に水とはこのことです！　なんということでしょう！　昨日まで愛する祖国の防衛者であった私を！　この私を、何年にもわたって、数限りない戦場で、大尉殿と血と血をまじえてまいりましたのに！　なんというむごいお仕打ちでしょう、大尉殿！」

　それから、一同のほうを振り向いて。

「なんという忌わしい中傷の犠牲になられたのでしょう、皆さん方は？　この私が、いわば皆さん方の戦友である私が、勇敢な士官方に関して、汚らわしい悪口を拡めることにかかっているなどと！　あんまりです！　まったくあんまりです！　しかもその勇敢な軍人方が、比類ない勇敢な軍人方が、見上げた勇気をもって、われらが不滅の植民地帝国の神聖なる防備のために引き返して行かれるというときに！」たたみかけて――「わが民族の最も輝かしき軍人たちが永遠の栄光につつまれている土地！ マンジャン（フランスの軍人。一八六六～一九二五）やフェデルブ（フランスの軍人、セネガルの総督。一八一六～八九）や、ガリエニィ（フランスの軍人、植民地行政官。一八四九～一九一六）のような勇者の土地！……ああ！……大尉殿！ この私が？ そんなことを？」

ここで間を置いた。感動的な効果をねらったのだ。幸い、ちょっとの間にしろ、僕は感動的だった。そこで、それ以上引きのばさず、相手がこちらの弁舌に気勢をそがれたそのすきを利用して、いきなり大尉に近づくと、僕は彼の手を感動こめて握りしめるのだった。

彼の両手を自分の手の中に閉じこめてしまっていささか胸を撫で下ろした。それを握りしめながら、言葉巧みに弁解を続けた、そして、あくまで相手の顔を立てる一方、僕たちの仲をもう一度もとに、この機会にさっぱりもとにもどすべきことを力説するのだった！ 自分が生まれつき愚かな引っこみ思案な性質であるばっかりに、このようなとほうもない誤解が生じたのだ！《英雄と人格者が一つに混ざった……偉大な性格と才能が偶然に寄り合った……さらに船中の花にもたとうべき、比類ない音楽の才能に恵まれたご婦人方》をまじえた、船客の皆さんに、僕の態度がけしからん侮辱と解釈されたとしても無理はない……平あやまりにあやまったうえで、結論として、彼らの愛国的で友愛的な楽しい集いに今すぐ皆んなと同じように参加させてもらいたいと頼み込んだ……仲間に加えてもらえれば、今後は終始、感じよく振舞うように努めるつもりである……と、むろん、彼の両手を握りしめたまま、僕は雄弁に拍車をかけた。

軍人というものは人殺し以外のことにかけては、赤子も同然だ。軍人をまるめ込むぐらいわけはない。ものを考える習慣がないから、相手に話されると、それを理解するのにとてつもない努力を強いられるのだ。フレミゾン大尉がとりかかった仕事は、僕を殺すことではなく、酒を飲むことでもなく、手足で何かすることでもなかった、彼はひたすら考えようと努力していた。それは彼にとってとほうもなく荷がかちすぎた。要するに、僕は彼を頭でおさえつけてしまったのだ。

すこしずつ、この屈辱の試練が続いているあいだに、もともと影のうすかった僕の自尊心はますますぼやけ、やがて僕を見放し、完全に、いわば正式に僕を見捨ててしまうのが感じられた。なんと言おうと、これはじつに楽しい心境だ。この出来事を経験してからというもの、僕はとほうもなく自由で身軽な人間に変わってしまった、もちろん、精神的にだ。人生で土壇場《どたんば》を切り抜けるのにいちばん必要なものは、たぶん臆病心だ。僕の場合はこの日以来、これ以外の武器を、つまりこれ以外の能力をほしいと思ったことはない。

柔弱不断な大尉のまわりを仲間の連中が取りかこんでいた。奴らは僕の血を掃除し、僕の散らばった歯でお手玉でもして遊ぶつもりでわざわざ集まってきたのだ、が戦利品として連中は歯ごたえのない言葉をつかまえるだけで満足せねばならなかった。死刑執行の報告を期待して身をおののかせて駆けつけた連中は、間の抜けた面をさらしていた。大尉の手を握りしめたまま、必死で抒情的調子を保つこと以外に、僕にははっきり何を言っていいかわからなかったので、ブラグトン提督丸が推進機の一回転ごとに汽笛を鳴らし、煙を吐きながら突き抜けていく柔らかい霧の中の架空の一点をじっとにらみつけていた。ついに、けりをつけるために、僕は思いきって大尉の片手を、片手だけを放し、腕を頭上に振りかざして、結論へ躍り込んだ。

「士官の皆さん、勇者は常に手を握り合うべきではありませんか？　さあ、フランス万歳を叫びましょう！　フランス万歳！」

　これはブランルドル軍曹の手だった。この手はこんどの場合も功を奏した。これは、フランスが僕の命を救ってくれたただ一度きりの場合だ、これまではむしろその逆だったが。聴衆のあいだに僕は一瞬ためらいをみとめた、いずれにせよ僕が今やったように大声で「フランス万歳！」を叫んだとたんに一市民に平手打ちをくわせるなんてことは、いかに虫の居所が悪いとはいえ、軍人たるものにとってできることじゃない。このためらいが僕を救ってくれた。

　居並んだ士官たちの中から僕はゆきあたりばったりに二人の男の腕をつかんだ。そして僕のために、和解を祝してみんなで酒場へ飲みに出かけようとさそった。勇士たちはほんの片時の抵抗しか示さなかった。そしてそのあと、僕たちは数時間にわたって酒をくみ交わしたのである。船内の雌たちだけが、無言の、徐々に失望の色に染まる眼差《まなざし》でながめていた。酒場の舷窓ごしにうかがうと、とりわけ例の頑固なピアノ弾きの女教師が、女船客の集まりのあいだを行きつ戻りつしているのが目にはいった、ハイエナめ。そいつらは、売女《ばいた》どもは、僕が策略で罠《わな》をのがれたことに感づき、もう一度僕を陥れようと誓い合っていたのだ。一方、カナリヤ島を出て以来、なまぬるい空気の綿を引きちぎることにへとへとになっている、役立たずの、そのくせいらだたしい扇風機の下で、僕らは男同士で際限なく飲みかわすのだった。だけど、僕はさらにひとふんばりして、新しい友人のお気に召す弁舌を、調子のいい文句を見つけ出さねばならなかった。しくじりをやらかさないように、愛国的讃辞を跡切らせないように努めた、そして、これらの英雄連に、順ぐりに、次から次へ、植民地での武勇談を聞かせてくれるようにせがむのだった。武勇談は、猥談《わいだん》みたいなものだ、どこの国のどの軍人にも、いつでもお気に召すものだ。軍人たると否とを問わず、男を相手に、一種の和平を手に入れるために、どうせ長続きせぬことはわかっているが、ともかく貴重な休戦を手に入れるために必要なことは、要するに、いつの場合でも、自分をひけらかし、愚かしい自慢話にふける機会を連中に与えてやることだ。賢明な虚栄心なんてものはない。こいつは本能の一種だ。それに、虚栄心のかたまりでないような男なんて存在しない。ごますりの役割は、人間同士がいくらか喜んで認め合うおそらく唯一つの場合《ケース》だ。この軍人連中相手には、僕は想像力を費やす必要はなかった。たえず感心した様子をしていれば足りたからだ。戦場の手柄話はいくらでも聞き出すことが簡単だ。この連中は、体じゅうにそいつをぶら下げていた。僕は入院時代の得意の絶頂の頃にかえったような気がするのだった。彼らの物語が一つ終わるたびに、僕はブランドルに教わったとおりに、大げさな文句で称讃を並べ立てることを忘れなかった。「ああ、じつにすばらしい歴史の一ページです！」これくらい重宝なきまり文句はない。僕がまんまとはい り込んだ仲間は、僕のことをしだいに好感の持てる人間に思いだした。戦争に関して、以前耳にしたことがある、そして後に病院の仲間と空想力を競いあったおりに僕自身口にしたことがある似たりよったりのたわごとを、連中は語りだした。違うところは舞台だけだった、連中のほら話はボージュ（フランス北東部、ドイツ国境に近い地方）やフランドルのかわりに、コンゴーの森林を縦横無尽に駆けめぐるのだった。

フレミゾン大尉殿は、今の今まで僕という腐敗した存在から甲板を清める役を買って出ていたにもかかわらず、僕がだれよりも熱心に耳を傾けることがわかると、僕の中に数々の好ましい性質を見出しにかかるのだった。僕の独創的な讃辞のききめで彼の血圧は柔らいだみたいで、視覚は晴れ、重症アル中患者の充血した目付までが鈍感さを突き破ってきらめきはじめた。かりに心の底に己れの価値に対する疑惑がいくらか残っており、意気消沈のさいに脳裏をかすめることがあったとしても、そんなものは僕の賢明・適切な意見のすばらしい効果の前に、しばらくは、もののみごとに、かすんでしまったにちがいない。

まさしく、僕は幸福感の創造者だった！　みんなは、膝をたたいて喜び合うのだった！　このじとじとした息づまるような環境の中で生活を愉快なものにすることができる人間は僕ひとりだった！　それになんという聞き上手！

こんなふうに僕たちがだべり合っているあいだに、ブラグトン提督丸は、さらに船足をゆるめていた、濁水の中をのろのろ進んで行った。周囲にはこれっぽっちの空気のそよぎもなかった、海岸沿いに進んでいるらしかった、重苦しい船足は、まるで糞の中を進んでいるみたいだった。

糞みたいといえば、甲板の上の空もやっぱりそうだった、黒く溶けた漆喰《しっくい》にそっくりだった、だけどそれを僕は憧《あこが》れをこめて見つめるのだった。暗い夜の中へ引っかえす、そのほうが僕にとってはよっぽどましだった、汗をたらし、愚痴をこぼしながらでもよい、いやどんな条件でも文句はない！　フレミゾンの自慢話はいつ果てるともなかった。陸地は間近に思えた、しかし逃げ出す計画はさまざまな不安をかきたてた……徐々に会話は、軍事的でなくなり、淫らに、やがてあけすけに下劣になり、ついには、まったく支離滅裂で、話の脈絡もなにも見当たらなくなった。つぎつぎと、僕の客人たちは話にみきりをつけ、居眠りを始めた、そして、鼻の奥をかきならす不快な睡眠が、ごろごろ鳴るいびきが、彼らを圧倒した。姿をくらますなら今のうちだ。この世のどれほど悪辣な、どれほど攻撃的な生物にたいしても幸い自然が恵んでくれている、この残忍さの一時停止、こいつを取り逃がしてはだめだ。

僕らは、今では海岸からほんのわずか離れた場所に錨《いかり》をおろしていた。浜辺に沿ってカンテラのゆらめきがいくつか目に入るだけだった。

船のまわりに、騒々しい土人を乗せた、波にゆられる、たくさんのカヌーがみるみるうちに集まってきた。その黒人たちは甲板に押しかけご用をうけたまわるのだった。大急ぎで、僕はいくつかの荷物をこっそり用意して乗降階段のところへ運び、船頭の一人のあとについて逃げ出した、船頭たちの顔も身ぶりも闇につつまれてほとんど見えなかった。タラップの下の、ぴちゃぴちゃいう海水すれすれのところまで降りてから、僕は行く先が気になった。

「ここはどこだね」たずねてみた。

「バンボラ＝フォール＝ゴノー！」影が答えた。

僕たちは力いっぱい櫂《かい》をあやつり海上に出た。もっと早く進むように僕は男に手を貸した。

逃げ出しながら、もう一度船上の剣呑《けんのん》な仲間の様子を振り返って見た。中甲板の角燈の明かりの下で、ついに前後不覚と消化不良に圧倒され、それでもまだ彼らは眠りながらもぶつくさうなりつづけていた。食い足り、ぶっ倒れ、今はみんな似たり寄ったりに見えた。士官も、官吏も、技師も、奴隷業者も、腫物《できもの》だらけの奴も、太鼓腹の奴も、日焼けした奴も、みんなごちゃまぜ、まるで見分けがつかない。寝ているときは、犬も狼も似るものだ。

しばらくして僕はもう一度陸地を見いだした、そして木立ちの下にいっそう深い夜を、さらに夜の背後に不気味な沈黙を。

⁂

ここ、バンボラ＝ブラガマンスの植民地では、一同の上に、総督が君臨していた。輩下の官吏や軍人は彼に見つめられているときは息もできないありさまだった。

これらお歴々の下では、根をおろした商人連がヨーロッパよりもいっそう容易に、盗みと繁栄をほしいままにしているみたいだった。土地のすみずみに至るまで、もはやこの連中の略奪をまぬがれる椰子《やし》の実ひとつ、ピーナッツ一粒見いだせなかった。

疲労と疫病の度合いが加わるにつれて、官吏たちはこんな土地くんだりまで引っぱり出され、結局、肩書と書込み用書類をあてがわれただけで、金銭《かね》のほうはいっこうについてまわらないことで、まんまとしてやられたことに気づくのだった。そんなわけで連中は商人たちを羨望《せんぼう》の目でながめていた。軍人組のほうは、ほかの二組より鈍感で、植民地の栄光を糧《かて》に生きていた、そして、飲み下しを容易にするために大量のキニーネと延々何キロに及ぶ軍規の服用に頼るのだった。

寒暖計が下がるのを待ち暮らしていれば、無理もないことだが、だれだって気持はひねくれる。そんなわけで、個人同士の、また集団同士の奇抜な対立がひっきりなしに続いていた。すなわち軍部と政府とのあいだで、さらに政府と商人とのあいだで、さらにまた、あとの二つが臨時に同盟を組んで先の二つを向こうにまわし、次にはさらに、全部で黒人を向こうにまわし、そして最後は、黒人同士のあいだで、といったぐあいに。そんなわけで、マラリアと渇きと日光とから逃れおおせた残り少ない精力《エネルギー》も、執拗《しつよう》苛烈な憎悪に消耗しつくされ、蠍《さそり》がみずからの毒に倒れるみたいに、おおぜいの植民地人は結局、現地でくたばってしまうのだった。

　ところが、この毒気に満ちた無政府状態も厳重な警察の枠《わく》の中に押し込められているというわけだった、ちょうど籠《かご》に入れられた蟹《かに》みたいに。連中は、官吏どもは、いくら泡をとばして憤慨してみたところでむだだった。《総督》は自分の植民地を服従状態に保つために、必要なだけいくらでも、哀れな傭兵《ようへい》をかき集めてこられたからだ、商業に打ち負かされ、一椀のスープを求め、貧困によって何千人となく海岸のほうへ追い立てられて来る、借金持ちの黒ん坊たち、その数だけ兵隊がつくれるというわけだ。その連中に、その徴募兵たちに、《総督》を崇める特権と作法を教え込むのだ。そいつは、総督は、まるで財庫の黄金をありったけ制服の上に並べ立てているみたいだった、太陽が照りつけたところなど、この世のしろものとも思えんくらいだった、そのうえにまだ羽飾りのおまけがつくのだ。

　やっこさんは、総督は、毎年ヴィシー水を取り寄せ、《官報》以外は何ひとつ目を通さない。官吏たちの中には、総督がいつか自分の女房と寝てくれることを心頼みに、一生終わる者も少なくなかった、が、総督は女ぎらいだった。この男のお気に召すものなど何ひとつなかった。黄熱病がいくど猛威を振るおうが、総督は御守りみたいに命びろいするのだった、一方、こいつを墓場へ送りたがっている連中のほうは、疫病が流行《はや》りだすと、たちまち蠅《はえ》みたいにばたばた倒れていくのだった。

今でもみんなが記憶している出来事は、或る年の《七月十四日》、総督が、《駐在軍》部隊の閲兵を行なったおりのことだ。アフリカ人騎兵の親衛隊に取り巻かれ、ばかでっかい国旗を後ろに従え、悠然と馬を進めていたとき、熱病に浮かされた一人の軍曹が、彼の馬前におどり出て、こう怒鳴りつけたのだ。「さがりおろう、腰ぬけめ！」これは、この暴行事件は、総督にとって大打撃だったみたいだ、おまけに責任の問いようもないのだ。

熱帯の人間や品物は発散する色彩のせいでまともに見つめることが困難だ。それらは沸《ふっ》騰《とう》している、色彩も品物も。真っ昼間、道のど真ん中にほうり出された小さな鰯《いわし》の缶詰一つでも、さまざまに照りはえ、人々の目にひとかどの大事件の様相を帯びる。用心しなくちゃだめだ。ここにはヒステリーの人間しかいない。品物までがそれに調子を合わせる。生活がいくぶん凌ぎやすくなるのはやっと日没からだ、が暗闇もまたたちまち蚊の大群によって占領される。一匹や、二匹や、百匹なんてもんじゃない、何億単位だ。この条件のもとで生き抜くのは、文字どおり防疫作業だ。日中は謝肉祭、夜は蚊帳《かや》、おだやかな戦争。

バラック小屋の中に逃げ込んで、周囲も静まり、やっと人心地ついた時分には、今度は白蟻《しろあり》が工事開始だ、そいつらは、その不潔ったらしい虫けらどもは、年じゅう、小屋の支柱を食らうことにかかりきりだ。そのうち、この頼りないレース細工に竜巻でも襲いかかろうものなら、街は軒並み空中霧散だ。

　僕が流れついたゴノー堡塁《ほうるい》の街はこんなぐあいだった、海と森にはさまれた、ブラガマンス地域の吹けば飛ぶような首府、そのくせ設備と装飾だけは一人前、銀行、淫売《いんばい》屋、カフェ・テラス、おまけに徴兵局までそろって、ちょっとした大都会の体裁をそなえていた、それに散歩向きの、フェデルブ広場とビュジョー並木道も言い落としちゃならない、そこは熔岩まざりのごつごつした崖《がけ》に囲まれた、真っ赤に染まった舗装路で、楽天的な収税吏や行政官が幾世代にわたって踏みならしてきたところだ。

　軍人組は、五時近くになると、食前酒《アペリチフ》をかこんで気炎をあげる、その酒の値段は、ちょうど僕が着いたころ、引き上げられたばかりだった。アブサン酒や黒すぐり酒の現在価を酒場が勝手にいじることを禁止する法律の発令を総督に懇願しに、客の代表団が出かけようとしているやさきだった。一部の常連客の意見では、わが植民地経営は氷のためにしだいに暗礁に乗り上げつつあるということだった。植民地へ氷を持ち込んだことが、まさしく、植民地支配者の軟弱化の出発点だったというわけだ。それからというもの氷割りのアペリチフにかじりつく習慣が身について、植民地建設者は、克己心ひとつで気候を征服する気構えを捨て去ってしまった。その点、フェデルブや、スタンレー（アメリカのジャーナリスト、探検家。一八四一～一九〇四）や、マルシャン（フランスの将軍、探検家。一八六三～一九三四）などは、ビールと葡萄酒となま水の功徳のほかは考えもしなかった。そして、なまぬるい泥だらけの水で、何年間も不平ひとつこぼさず、辛抱したものだ。要はそれだ。植民地を失っていく理由もそんなところにあるのだ。

椰子の葉陰で僕はほかにもまだいろいろ勉強させられた。貧弱な住居の並んだ街路沿いに、椰子の木のほうは、逆に、挑戦的な勢いで繁茂していた。この初めてお目にかかるなまなましい緑色さえなければ、この場所はガレンヌ゠ブゾンとそっくりだった。

夜が訪れると、黄熱病を積載した、血に飢えた蚊群のいくつもの小さな雲のあいだで、土人たちの客引き合戦は酣《たけなわ》になる。スーダン人種のポン引き部隊が歩行者をつかまえて、腰布の下の金目のものをなにからなにまで売りつけにかかる。しごく低廉な値段で、一、二時間のあいだ、一家全部をものにすることもできる。性器から性器へ渡り行くのも悪くはない。だけどそんな悠長なことも言っておれない。仕事先を見つけ出す必要があった。《ポルデュリエール商事小コンゴー支社》の支配人が、森林地帯の代理店の一つを管理する新社員を求めている、という話だった。さっそく、未経験だが熱心な勤務を申し込みに出かけた。支配人の応対ぶりは愉快なものではなかった。この半気違い――ぶちまけて言えば――は、政庁からそう遠くないところに、材木と藁《わら》でつくられた広い家屋に住んでいた。顔も見ぬさきに、僕の前歴に関して、彼はひどく乱暴な質問を向けた。やがて僕のすごくすなおな返事に安心したものか、侮蔑的な調子はかなり寛大な風向きに変わった。がまだ椅子をすすめる気にはならないようだった。

「書類では医学の心得があるみたいだが？」支配人はとりあげた。

たしかにその方面をすこしばかりかじったことがあると答えた。

「そいつは役に立つ！」とやっこさん。「ウイスキーはどうかね？」

僕は飲まなかった。

「煙草は？」

やっぱり辞退した。

この節制ぶりが奴を驚かせた。機嫌まで損ねたようだ。

「酒も飲まん、煙草もやらんという社員は、わしはあまり感心せんね……まさか男色気《かまけ》のほうじゃあるまいね？……ちがう？　そいつは残念だ！……連中のほうがほかの奴らにくらべると盗みを働かんからな……これはわしが経験から割り出したことさ……奴らは義理がたい……もっとも」と彼は訂正した。「こいつは一般論にすぎんがね、わしが男色《ホモ》家のそういう長所に、そういう取柄に気づいたように思ったとこで、……もしかすると君は反対を証明するかもしれんからな！……」それからたたみかけるように「暑いかね、どうだね？　慣れるさ、慣れざるを得んさ！　ところでどうだったね、旅のぐあいは？」

「不愉快でした！」僕は答えた。

「いいかね、君、君はまだなにも見とらんのもいっしょさ、ビコミンボで一年も過ごせばわかるだろう、あのろくでなしと交代に、これから君にそこへ行ってもらうことになるがね……」

彼に使われている黒人女が、テーブルのかたわらにしゃがみ込んで、足をいじったり、小さな木切れでこすったりしていた。

「出て失せろ、このぐうたらめ！」女に主人はどなりつけた。「ボーイを呼んでこい！それからついでに氷もだ！」

呼びつけられたボーイはしごく悠長に現われた。すると、しびれを切らした支配人は、いきなり立ち上がると、すさまじい往復ビンタでボーイを迎え、下腹を二度いやというほど蹴《け》り上げた。

「こいつらはわしをくたばらすつもりだ！」支配人は溜息《ためいき》まじりに予言するのだった。そして、薄汚なくたるんだ黄色い布張りの長椅子のそばまで行くと、その中にがっくり尻をおろした。

「ああ、君」だしぬけにうちとけた好意的な調子に変わって、彼は言いだした。暴力をふるったことで、しばらく気がやすまった様子だった。「そこの鞭《むち》とキニーネを取ってくれんかね……テーブルの上の……こんなにのぼせるのはまずかった……短気を起こすのはばかげとる……」

彼の住居からは下のほうに日光にきらめく河港が見おろせた、が濛々《もうもう》と立ちこめる埃《ほこり》にさえぎられ、細部は見分けられず、むしろざわめきでごった返す物音のほうが手にとるように聞こえるのだった。河岸では、黒人の行列がいくつもがやがや騒ぎながら働いていた、船艙《せんそう》から船艙へ、けっして空《から》にならない船の荷降ろしの真っ最中だ、まるで立って歩く蟻みたいに、頭の上に大きな籠を支え、どやしつけられながら、ゆれる細長い船橋を這うようにつたって行く。

それは真紅《しんく》の靄《もや》を縫って数珠《じゅず》つなぎに行きつ戻りつしていた。これら労働する人影のうち、いくつかは背中にまだ余分に小さな黒点を背負っていた、母親たちだ、彼女らも子供を余分の荷物に背負ってキャベツ椰子の袋を送り出しにやってくるのだ。蟻にだってこんな真似ができるだろうか。

「どうだね、ここはいつも休日みたいなもんじゃろう？……」支配人は冗談めかして言葉を続けた。「陽気で！　明るくて！　雌どもはいつも素っ裸！　気がついたかい？　それにすばらしい雌どもじゃろう、ええ？　パリから来たてには妙な気がするじゃろう？　それにわしたちだってそうさ！　いつも真っ白の麻服で！　避暑地なみさ！　パリッとしたもんじゃないか？　聖体拝受日の子供そっくりさ！　ここじゃ年じゅう祭日！　七月十四日祭みたいなものさ！　サハラまでずっとこの調子なんだから！　たまげたかね？」

そこで奴は話しやめ、溜息をつき、ぶつくさ言い、また二、三度〈畜生！〉をくりかえし、汗をぬぐい、もう一度話の続きにもどった。

「会社のために君に出かけてもらう場所は、森のど真ん中だ、じめじめした場所さ……ここから十日はかかる……まず、海に出て……お次は河だ。真っ赤な河さ……おむかいはスペイン人の縄張りだ……出張所で君が交代する相手は、とんでもない悪党だから、気をつけたまえ……ここだけの話だから……言うがね……奴に計算書をよこさせようにも、手のつけようがない、畜生め！　まったく手のつけようがない！　いくら呼びだしをかけてもだめだ！……ひとりきりでいると、人間はすぐまともでなくなるのさ！　君にもわかるよ！……そのうち思い当たるさ！　病気だと手紙をよこしとるが……わかるもんか！　病気だと！　わしだって病気さ！　病気がどうしたというんだ？　みんな病気さ！　君もたちまち病気になるさ！　理由にならん、そんなものは！　病気だろうとかまっちゃおれん！……なにより会社だ！　むこうに着けばさっそく奴の会計検査をやってもらいたい！……奴の出張所には三月《みつき》分の食糧と、それに少なくとも一年分の品物があるはずだ……忘れんように！……夜は外へ出んことだね……用心するんだ！　奴には黒ん坊の手下がおるからな、そいつらをよこして途中で君を襲って、海へたたき込むかもしれん。訓練が行きとどいとるはずだ！　奴とどっこいどっこいの悪党どもだ！　わかっとる！　やつはその連中に、黒ん坊どもに君のことを耳打ちしとるにちがいないさ！……ここじゃよくあることだ！　出かけるときはキニーネも用意して行くことだな、君のをな、肌身はなさずに……奴が自分のに何かほうり込んどるのは、大いに考えられることだからな！」

支配人は僕に忠告を与えることにも飽いたようだった、僕を厄介ばらいするために立ち上がった。僕らの頭上のトタン屋根は少なくとも二千トンの重さはありそうに思えた。それほどそいつは、そのトタンは、僕らの上に暑さを残らず蓄積していた。僕らはどちらも顔をしかめていた、あまりの暑さに。いまにもくたばりそうだった。奴は言葉をついだ。

「出かけるまでにもう一度会うにはおよばんじゃろう、バルダミュ君！　ここでは何をするにもくたびれるからな！　ひょっとすると君が出かけるまでに、倉庫へ監督に行くかもしれんが！……むこうへ着いてから、手紙を出そう……月に一度便があるでな……ここから出とるのだ、その便は……じゃ、よろしくたのむよ！……」

そして彼はヘルメットと上着のあいだの暗がりへ消えて行った。後頭部に二本の指のように反り上がった、首筋の腱《けん》がはっきり目についた。もう一度彼は後ろを振り返った。

「あいつに急いで戻るように言ってくれ！　わしから話があるとな！……途中でぐずぐずするなと！　まったく！　しようのない奴だ！　どんなことがあっても、途中でくたばるなとな！……そうなると厄介だ！　じつに厄介だ！　ああ、まったく世話のやける奴だ！」

彼に使われている黒人の一人が大きな角燈を持って先頭に立ち、結構な目的地ビコミンボへ出発するまでのあいだ滞在する予定の場所へ、僕を導いてくれた。

僕らの通っていく道々には、日没後みんな散歩に出ているみたいだった。銅鑼《どら》の音のつんざく夜があたりを包んでいた、しゃっくりみたいな短いばらばらな歌声に切りこまざかれた夜、終始、早く打ちすぎるタムタムの調べに乗った、荒々しい心臓を持つ、灼熱《しゃくねつ》の国の大きな真っ暗な夜。

若い案内人は、はだしで身軽に進んで行く。林の中にはヨーロッパ人がいるみたいだった、彼らのぶらつく気配が聞こえた。まちがいようのない、攻撃的な、不自然な、白人特有の声。明かりが僕たちの進路に引き寄せる虫の群れのあいだをぬって、蝙蝠《こうもり》がひっきりなしに飛び交いにやってきた。全部が寄り集まって立てる、耳を聾《ろう》するばかりの騒音から判断して、木立ちの葉っぱにはどの一枚にも少なくとも一匹は蟋蟀《こおろぎ》がひそんでいるにちがいなかった。

坂の中腹の、道路の岐かれ目のところまで来たとき、僕たちは土民兵の一隊に足を止められた、その連中は、地面に置かれた、波打つ大きな三色旗でおおわれた一つの棺桶をわきに、言い争っているところだった。

それは病死者の死体で、彼らはそれをどこへ埋めてよいかよくわからなかったのだ。命令は曖昧《あいまい》だった。或る者は下の野原へ埋めようと言い、他の者は丘の頂上の一郭を主張していた。意見をまとめることが必要だった。そこで僕らも、ボーイも僕も、その相談にあずかった。

やっと、彼らは、かつぎ人たちは、くだり道のせいで、上の墓場よりも下のほうにきめた。それからまた、僕たちは途中で三人の貧相な白人青年に出くわした、ヨーロッパでは日曜ごとにラグビー試合に通いつめる連中だ、熱狂的な、攻撃的な、血色の悪い観衆。連中もやはりこの土地で僕と同じ雇員として、《ポルデュリエール商事》に席をおいていた。当分僕の組立式携帯用寝台が置かれることになる建ちかけの建物の在処《ありか》を彼らは親切に教えてくれた。

僕たちはそこへ出かけて行った。その建物はまったく空らっぽだった、台所用具がいくつかと真似ごとみたいな僕の寝台のほかには。その糸みたいに細い震えるしろものの上に僕が身を横たえたとたんに、たちまち二十匹ばかりの蝙蝠が四すみから躍り出し、僕の臆病な憩《いこ》いの上を、扇子のはためきのように、ざわめく往き来で飛びかいはじめた。

僕を案内してくれた黒人少年は内密の奉仕を申し出に戻ってきた。そして、僕がその夜は気乗り薄であることがわかると、がっかりした様子だった。が、さっそく自分の妹を取りもとうと申し出た。こんな真っ暗がりにどうしてその女を、彼の妹をさがし出すことができるのか、僕には不思議だった。

すぐ耳もとの村のタムタムが忍耐をこま切れにきざんで飛び散らせるのだった。働き者の無数の蚊の群れがたちまち僕の腿《もも》を占領してしまった。が僕はもう寝台から床に降りる勇気はなかった、蠍《さそり》と蛇の忌わしい追撃戦が開始されたみたいに想像したからだ。そいつらは、蛇どもは、鼠にねらいをつけたみたいだった、鼠たちを片っぱしから、噛《か》みくだくのが聞こえた、鼠どもの気配が聞こえた、壁に、床に、また天井で、震えているのが。

やっと月が昇った、そして部屋の中はいくぶん静かになった、要するに植民地の住み心地は感心できなかった。

それでも翌日がやって来た、ボイラーそっくりの一日が。ヨーロッパへ戻りたいという矢も楯《たて》もたまらぬ気持が僕の身も心も奪い占めていた。退散するには金がないだけだった。それだけでももう身動きはとれない。おまけにあと一週間もゴノー砦《とりで》で過ごせばビコミンボの任地へ赴かねばならないのだ、あんな愉快な話を聞かされたあとで。

総督の御殿に次いで、ゴノー砦でいちばん大きな建物は、病院だった。どちらに足を向けてもそれが目にはいった。街を百メートルも歩けばかならず、遠くからでも石炭酸の臭《にお》う、その建物の一棟にぶつかった。ときどき僕は荷積み波止場に足をのばし、貧相な、血色の悪い同僚たちの仕事現場を眺めることがあった、その連中を《ポルデュリエール商事》はフランス本国から完全手当てでかき集めてくるのだった。貨物船の荷降ろしと荷積みに、次から次へたえまなく彼らはまるで戦いでも挑むように打ち込んでいた。「費用がたまらん、貨物船を止めていたんじゃ！」奴らは連発するのだった、本気で心を痛めて、まるで自分たちの懐がいたむみたいに。

必死で黒ん坊の仲仕たちを叱りつける。熱心なことは、まったく文句なしだった、そして熱心であると同じくらいいくじなしで意地悪な連中。要するに、うまく選ばれた、あきれるほど忠勤一途の、ドル箱社員。僕のお袋が持てば喜びそうな倅《せがれ》、ご主人思いで、母親思いの、世間に自慢できる息子、しごくまっとうな息子たち。

　こいつらは熱帯アフリカくんだりまでやってきたのだ、このちんぴらどもは、主人たちに自分の体を捧げに、自分たちの血を、命を、若さを捧げに。一日二十二フラン（引く控除額）の殉教者たち、そのくせご当人たちは満足なのだ、一千万匹目の蚊につけねらわれる最後の一滴の血にいたるまで満足しきっているのだ。

　植民地はそいつらを、しがない雇人を、ふくらませたりしぼませたりする、が逃《の》がしはしない。太陽の下では、くたばるには二つの道しかない、太っちょの道と、やせっぽちの道と。ほかにはない。選べはするが、それは生まれついたものだ、太っちょになるか、それとも骨と皮でくたばるか。

　一万キロの日光をのっけたトタン屋根の下で、黒ん坊女を相手に、気違いみたいに、猛り狂っている、むこうの赤い崖の上の支配人にしたところで、やっこさんにしたところで、やっぱり支払い期日は逃がれられない。こいつはやせっぽち型のほうだった。往生ぎわが悪いだけのはなしだ。奴はそいつを、気候を、征服したふりをしている。表面だけだ！

　本当は、ほかの奴よりもっとぼろぼろに風化しているのだ。

　この男は二年のうちに財産を築く目的ですばらしい横領計画をいだいているという噂だ

った……がそいつも、その計画も実現する時間は永久にないだろう、たとえ昼夜兼行で不正行為に専念したところで。この男より以前にも、すでに二十二人の支配人が、賭博《とばく》にでもかけるように、めいめいの計画で一財産こしらえようと努力したものだ。そんなことは株主たちには万事見通しだったのだ、株主たちは、彼方から、さらに高所から、パリのモンセイ街からこの男を、支配人をうかがっていた、そしてにやにや笑っていたのだ。こんなことはすべて子供じみている。悪事にかけては奴らのほうが一枚上だった。奴らのほうでは、株主たちのほうでも、ちゃんと次のことを心得ていたのだ、つまり、そいつが、自分たちの支配人が、梅毒病みで、熱帯の気候の下でひどくじりじりしていることを、そして、鼓膜も張り裂けるほどのキニーネと蒼鉛《そうえん》を、歯ぐきも一つ残らずくずれ落ちるほどの砒素《ひそ》を食らっていることを、承知していたのだ。

会社の総会計の中で、そいつの歳月は、支配人の歳月は、勘定されていたのだ、豚の歳月みたいに勘定されていたのだ。

僕のしがない同僚たちは意見を交わし合うなどということはなかった。ただきまり文句だけ、型にはまった、思考の焼パンみたいに焼き上げられ、焼き直された。「くよくよしても始まらんさ！」それが口癖だった。「今にみていろ！……」「支配人は大馬鹿野郎さ……」「黒ん坊どもはどやしつけるにかぎる！」等々。

夕方、最後の労役をすますと、僕たちはアペリチフの席で、もう一度寄り合うのだった、そこでは政府の補助役人が一人仲間に加わった。タンデルノという名前で、ラ・ロシェル（フランス西部、ビスケー湾に面する港）出の男だった。この男が、タンデルノが、商人たちの仲間入りをしているのは、ただアペリチフをおごらせることだけが目当てだった。仕方ない。落ちぶれれば。文なしだった。植民地の官等の中でもこの男の地位はそれ以下はないほど低かったのだ。この男の職務は森のど真ん中で道路建設を監督することだった。そこでは彼の輩下の民兵の棍棒にどやされながら、土民たちが働いている模様だった。ところがタンデルノが作り出す新しい道路には、白人はまず一人も踏み込まなかったし、それに黒人たちは課税のせいで、なるたけ目につかないように、そんなものより、ちゃんとした道路より、森の中の自分たちの小道のほうを好んでいたし、おまけにそいつは、タンデルノの官製道路は結局どこにも行きつかなかったので、そんなわけで、打ち明けた話、それらはまたたくまに、なんと毎月毎月、草木の繁茂の下に姿を消してしまうのだった。

「去年なんか百二十二キロの損失さ！」この変わり種の開拓者は自分の道路のことをよくこんなふうに僕らに報告するのだった。「だれも本当にゃすまいがね！」

この土地にいるあいだに、僕がこの男の口から聞いた自慢らしい話は、あとにも先にも一つきりだった。タンデルノのつつましい誇り、それは、日陰でも四十四度はあるブラガマンスで自分は風邪をひけるただ一人のヨーロッパ人であるということだった……この独自性が彼のせめてもの慰めだったのだ……「牝牛みたいに風邪をひいちゃったよ！」アペリチフの席で彼は僕たちに誇らしげに報告するのだった。「こんなことになるのはおれだけさ！」――「まったく、なんて野郎だ、こいつは！」それを聞くと僕たちうらなり連は口をそろえて感嘆の叫びを発するのだった。ないよりましだった、こんな自信でも。なんだっていい、自慢できれば、まったくないよりはましだ。

《ポルデュリエール商事》の安月給取りの集まりのもう一つの気晴らしは発熱競べをやることだった。手のかかる遊びではなかった。が、昼間は控えた、時間をくったからだ。宵が訪れ、そしてほとんど毎日のように熱もいっしょに訪れると、みんなは互いに計り合うのだった。「やあ、おれは三十九度あるぞ！……おっと、おあいにくさま、四十度ときたね！」

それに記録は完璧《かんぺき》に精密で正確だった。燭台《しょくだい》の明かりで、体温計を較べ合うのだ。勝利者はがたがた震えながら勝ち誇るのだった。「あんまり汗をかきすぎて、もう小便も出んよ！」みんなの中でいちばんやつれた男は正直なところを告げるのだった。そういう高熱選手権保持者の一人、やせっぽちの同僚に、アリエージュ県（フランス南部、スペイン国境に接する）出身の男がいた。こいつは、自分で僕に打ち明けたところでは、《満足な自由が得られない》という理由で、神学校を逃げ出してここへやって来たのだ。ところで、時間はたっていったが、同僚たちのうちのだれに尋ねてみても、僕がビコミンボへ交代に出かける相手がどんな種類の変わり者に属しているのかはっきり教えられる者はなかった。

「変わった野郎さ！」と警告するだけだった。

「植民地じゃ」と大熱持ちの小男のアリエージュ人は、僕に忠告するのだった。「最初に値打ちを示さなくちゃだめだ！　どっちか一つさ！　支配人に金ぴかの人間に見られるか、それともまるきりくずに見られるかどっちかさ！　そして、いいかね、それはいきなり決まるんだ、君の評価は！」

僕に関しては、《まるきりくず》かそれともさらに悪い部類に判断される恐れが多分にあった。

僕の同僚の、この若い奴隷業者たちは、やはりポルデュリエール商事で働いているもう一人の同僚のところへ僕を連れて行ってくれた。この男のことは、この物語の中で、どうしても書き落とすわけにいかない。欧人区域の中心部にある店舗の主人で、疲労で黴《か》びつき、傾き、油ぎり、目のせいで一切の光を恐れていた。トタン屋根の下で二年間たえまなく焙《あぶ》られつづけたおかげでその目は無残にも干上がってしまっていたのだ。毎朝それを開くのにたっぷり二時間はかかるということだった、そしていくらかはっきり見えるようになるまでにはさらに半時間を要するのだった。明るい光線はすべて目にこたえるのだった。ひぜん病みの大きな土竜《もぐら》。

息をつまらせ苦しむことが、この男の第二の天性になってしまっていた、それと、搾取とが。かりに突然、堅気で健康な人間にもどされたとしたら、すっかり途方にくれてしまったことだろう。総支配人にたいするこの男の憎悪は、あれからずいぶん時間がたった現在でも、僕には、人間のうちに観察することができた最も激しい情熱の一つに思えるほどだ。苦しまぎれに、支配人にたいして驚くばかりの憤りに身をゆすぶるのだった、上から下までぼりぼり体をかきながら、何かにつけ、猛烈な憤りをぶちまけるのだった。

この男は、体じゅうを、脊柱の下端から首のつけ根までを、いわば回転式に、絶え間なくかきまわすのだった。表皮から真皮《しんぴ》まで、血まみれの爪の筋で溝をつけまくるのだった。がそのために、客たちに、おおぜいの、たいていいつも黒ん坊の、大なり小なり裸の客たちに、品物を差し出す手を休めることはなかった。

そんなときは、あいたほうの手で、いそがしそうに、様々な隠し場所を、暗い店の右や左をさぐるのだった。絶対にまちがわず、感心するほど器用に、迅速に、買手の必要なものをそこから引っぱり出すのだ、臭い煙草の葉っぱとか、しめったマッチとか、鰯の缶詰とか、大匙《おおさじ》ですくう糖蜜《とうみつ》とか、にせ瓶づめの恐ろしくアルコールの強いビールとか。が、そういう品物も、たとえば、かりにズボンの奥をひっかきたい矢も楯もたまらん欲望に取り憑かれでもしようものなら、たちまち落っことしてしまうのだった。そのときは腕をすっぽりズボンの中にしずめ、やがて、そいつは念のためいつも半開きのままにしてある前立てから飛び出してくる始末だった。

彼の皮膚をむしばんでいる病気、それを彼は一種の地方的名称、《コロコロ》という名で呼んでいた。「このいまいましい《コロコロ》め！……あの支配人のくそったれが、まだこいつに、《コロコロ》にかからんと思うと」彼は逆上するのだった。「ますます腹の虫がおさまらん！……あの野郎は《コロコロ》にもかかれんのさ！……まったく腐りすぎとるんだ。人間じゃない、あの腰抜け野郎は、掃きだめだ！……糞のかたまりさ！……」

一座はどっと爆笑する、黒ん坊の客までがいっしょになって。この同僚は僕たちのあいだでいくぶん敬遠されていた。だけどこの男にも友人がいた、それは《ポルデュリエール商事》のためにトラックを運転しているごま塩頭の喘息《ぜんそく》持ちの小男だった。そいつはしょっちゅう僕たちのところに氷を運んで来てくれるのだった、岸に停泊中の船から盗んで、かき集めてくるのにちがいなかった。

周囲の黒人客たちが羨望のよだれをたらして見守る中で、僕らは亭主の健康を祝してカウンターで乾杯する。店の客たちは僕たち白人に臆せず近づくほど小ざかしい土人どもだった、要するに選ばれた連中。一般の黒ん坊たちは、それほど世間ずれせず、離れて暮らすほうを選んでいた、本能的に。ところが、その中の利口な、かぶれた連中は、店に雇われるのだった。店では、その連中、黒ん坊の店員は、他の黒ん坊どもをはげしくどなりつけるので見分けがついた。この《コロコロ》持ちの同僚は、しぼりとった生ゴムの買入れをやっていた、それはしめったかたまりで、袋に入れ、原始林から、彼のところへ運び込まれて来るのだった。

僕らが店の中で彼の話にあきず聞きとれていたとき、ゴム採取者の一家が、おずおずと、入口にたたずみにやってきた。橙《だいだい》色の小さな腰布を巻きつけ、長い山刀を携えた、皺くちゃの親爺《おやじ》がみんなの先頭に立っていた。

そいつは、その蛮人は中にはいる勇気がなかった。ところが土人の雇員の一人が彼を呼び入れた。「はいりな、爺さん！　はいってみろ！　蛮人とって食ったりせん！」この言葉で彼らは覚悟をきめた。奥で僕らの《ココロコロ》持ちが当たりちらしている、こげつくようなバラックの中へ彼らははいり込んできた。

その黒人は、どうやら、店など、もしかすると白人など一度も見たことがない様子だった。あとについて女房の一人が、目を伏せ、頭のてっぺんに、生ゴムを満たした大きな籠を支えながらはいってきた。

高飛車に、徴発係を買って出た店員たちは、そいつを、彼女の籠をひっつかむと、中身を秤《はかり》の上にかけた。蛮人はほかのこと同様秤の仕掛けもわからなかった。女房は相変わらず顔をあげる勇気もない。一族の残りの黒人たちは目を皿のようにして、表で待っていた。その連中も中へはいらされた、子供もいっしょに、一人残らず、この場面をしっかり見せつけておくために。

彼らがこんなふうに、街の白人のところへ、森から一家うちつれてやって来たのは、これが最初だったのだ。これだけのゴムを集めるためには、彼らはめいめいずいぶん長いあいだその仕事にかかったにちがいない。だから結果は当然みんなの関心を集めていた。木の幹にぶらさげた小さな椀《わん》の中にゴムをにじみ出させるには長い時間がかかる。ときには、二月かかって小さなコップ一杯にも満たぬことがある。

　目方を計り終わると、僕らの引っ掻き屋は煙にまかれた親爺を勘定台の後ろへ引っぱって行き、鉛筆で勘定書をつくり、土人の手の中に何枚かの銀貨をおし込んだ。そして、

「とっとと出て行きな！」どなりつけた。「代金は払ったからな！……」

　同輩のしがない白人たちは一人残らず腹をかかえて笑った、それほど奴の商売のやり方はみごとだったからだ。性器のまわりを小さな橙色のパンツでつつんだ黒人は、勘定台の前にとほうにくれて突っ立っていた。

「おまえ、金の使い方知らんか？　蛮人さん、どう？」こんな高飛車な取引きに慣れている十分訓練された抜け目ない雇員の一人が土人の目をさまさせるために声をかけた──「フランス語しゃべれんか、ええ？　まだゴリラ語しゃべる？……何語しゃべる、ええ！　クスクス語？　マビリヤ語？　どうせそんなとこね、バカヤロ！　野蛮人《ブッシュマン》！　オーバカヤロ！」

　だがそいつは、その蛮人は、金をにぎりしめたまま僕たちの前に立ちつくしていた。逃げようと思えば逃げられた、がその勇気もないのだ。

「その金銭《ぜに》を何に使うつもりだ？」《引っ掻き屋》がうまく割り込んだ。「まったく長いこ

とこんな間抜けな野郎は見たことがないよ。よっぽど遠くから来やがったにちがいない、こいつは！　何がほしいんだ？　金をよこせ！」

土人から有無を言わさず金を奪い返した、そして貨幣の代わりに、ずる賢く、勘定台の引き出しに歩み寄るとはでな緑色の大きなハンカチを一枚とり出し、土人の手のくぼに皺くちゃに押し込んだ。

黒ん坊の親爺はハンカチを手に持ったまま立ち去るのをためらっていた。すると引っ掻き屋はさらにやり手ぶりを発揮した。じっさい征服的商売のありとあらゆるこつを身につけていた。まだ年のいかない子供の黒ん坊の目の前で、その緑色の大きな薄布の切れっぱしをふりまわし、「どうだ、餓鬼《がき》、きれいだろう？　こんなの見たことないだろう、どうだね、お嬢ちゃん、あばずれちゃん、言ってみなよ、売女《ばいた》の卵、こんなすばらしいハンカチ見たことあるかい？」そして、その子の首のまわりにいやおうなしにそれを巻きつけてしまった、着付けでもするように。

蛮人の一家はいまではその緑色の綿織のでっかいしろもので飾られたちっちゃい子供に目を奪われていた……ハンカチが一家の中にはいり込んでしまった以上どうしようもない。それを認め、受け取り、立ち去るより仕方なかった。で、みんなは徐々にあともどりし敷居を越えた、そして、最後に、親爺が何か言いたそうに後ろを振り返るとたん、雇員の中のいちばんすれっからしの、靴をはいた男が、彼を、親爺の尻のど真ん中を思いきり蹴り上げた。

　小さな部族は、フェデルブ通りの向こう側の木蓮《もくれん》の木の下に、もう一度かたまって、僕たちがアペリチフを終えるのを黙って見まもっていた。自分たちの身にふりかかったことを理解しようと努めているみたいだった。

《コロコロ》持ちの男は僕たち一同に酒をふるまうのだった。蓄音機をかけてくれまでした。彼の店の中にはなんでもあった。戦場の輜重隊《しちょうたい》を憶い出させた。

＊＊＊

《ポルデュリエール商事小コンゴー支社》には、先にも言ったように、倉庫や栽培場で、僕のほかにもおおぜいの黒人や、僕みたいなしがない白人が働いていた。土人たちのほうは、結局、棍棒でなぐりつけられなければ働かない、奴らにもその程度の自尊心は残っている、それにひきかえ白人のほうは、公民教育で仕込まれ、ほうっておいても動くのだ。

　棍棒は振りまわす人間のほうでいつかは疲れてしまう。ところが、金持やお偉方になりたい望みのほうは、そいつを白人に詰めこむのに、一文《いちもん》もかからない、びた一文。もうエジプトや韃靼《だったん》の暴君のことを言い立てるのはやめてもらいたい。二本足の獣をとことんまでこき使うすばらしい技術にかけては、その連中は、大昔の素人《アマチュア》などは、のぼせあがったへぼ職人にすぎない。奴隷を《君《くん》》づけして呼び、ときどき投票させるという手も、新聞代をあてがっておく手も、ましてや情熱を発散させるために、戦争にひっぱり出す手など、その連中は、未開人たちは、まるきりご存じなかった。僕にも覚えがあるが、二十世紀のキリスト教徒は、軍隊が目の前を通りかかると、もうこらえられない。感きわまって。そんなわけで僕としても、今後は厳重に自分を監視し、慎重に言葉をつつしみ、ずらかりたい気持をおし隠して、《ポルデュリエール商事》の中でなんとか立身の道を見いだす覚悟を固めることにきめた。もはや一刻もうかうかしちゃおれん。

会社の倉庫の立ち並んだ、泥んこの岸辺には、たえず不気味に、鰐《わに》の群れが待ち伏せしていた。その鋼鉄張りの連中は、気違いじみた酷熱を楽しんでいるみたいだった、黒ん坊たちも、おんなじだ。

真昼間は、川岸に沿って働く群衆の雑踏、興奮してさえずりまくる黒人の騒々しさは、目を疑うほどだった。

ぼろをまとった、腫物《できもの》だらけの、歌をうたう黒人のアルカリ臭い群衆にもみくちゃにされながら、僕もまた森に出かける前に、梱包《こんぽう》の番号づけを実習する名目で、《商事》の中央倉庫の中で、ほかの雇員たちにまじって、大きな秤と秤のあいだで、じわじわ窒息していく訓練を受けさせられる羽目《はめ》になった。黒人たちはそれぞれ彼らのリズムに合わせて揺れる埃の小さな雲を後ろに引きずって行く。みごとな肩の上に、運搬監視係の鞭《むち》がにぶい響きをたてて降りそそぐが、抗議ひとつ悲鳴ひとつ聞かれない。無神経な腰抜けども。この埃だらけの熔鉱炉の空気同様、おとなしく耐えしのばれる苦痛。

番号づけと目方をごまかす技倆にかけて、僕の腕前が実地に進んでいるかどうか確かめるために、ときどき支配人は顔を見せるのだった。相変わらず、鼻息はすさまじかった。棍棒を勢いよく振りまわし、土人の大波を突き抜けて、支配人は秤のところまで進んでくる。

「バルダミュ」ある朝、上機嫌の支配人は僕に向かって話しかけた。「この黒ん坊どもを、わしらのぐるりの、この連中を見てみたまえ……いいかね、わしが初めて小コンゴーに来たころは、もうかれこれ三十年になるがね、そのころは、まだこいつらは、このろくでなしどもは、狩猟と部族同士の殺し合いだけで食っていたものさ！　わしの駆けだし社員のころは、いくらでもそんな景色が見れたもんだ。勝戦のあとなんかは、血まみれの人肉の籠を百以上もぶらさげ、部落へぱくつきに引き揚げてきたもんさ！……いいかね、バルダミュ！……血まみれの肉だよ！　敵の肉！　クリスマス料理も顔まけのしろものさ！……今じゃ勝戦も昔話だ！　みんなわしたちのおかげさ！　部族も！　争いも！　はでな騒ぎもおしまい！　かわりに、会社員とピーナッツ！　就職だ！　狩猟ともお別れ！　鉄砲ともお別れ！　ピーナッツにゴムだ！……税金のおかわりさ！　わしらの国にゴムとピーナッツを送り込むための税金さ！　いいかねバルダミュ、世の中とはこういうものさ！　ピーナッツ！　ピーナッツにゴムはいかが！……それに、おや、トンバ将軍のおでましだ」

その男は確かに僕らのほうへ向かってくるところだった、太陽の巨大な重荷の下にくずれかかった老人。

その男は、その将軍は、もう完全な軍人とは言えず、そうかといって一般人にもはいらなかった。《商社》の顧問で、《官庁》と《実業》とのあいだの連絡係を務めていた。この両陣営はたえず張り合い、永遠の敵同士の間柄だったが、連絡係は欠かせなかった。その点トンバ将軍の手腕はめざましかった。とくに、最近では官庁筋が頭を悩ましていた、民間財産売却の不祥事件をみごとに切り抜けたばかりだった。

戦争のかかりに、シャルルロワ（ベルギー西南部、フランス国境に近い都市。第一次世界大戦の激戦地）の戦闘の結果、この男は、トンバ将軍は、ちょっぴり耳をちぎられたのだ、ちょうど名誉ある自由の身にもどるのに必要な程度に。そいつを、その自由の境遇を、さっそく、彼は《大フランス帝国》への奉仕に捧げることにしたのだ。ところで、とっくに過ぎ去ってしまったヴェルダン（フランス東部、ベルギー国境に近い都市。第一次世界大戦の激戦地）の戦闘がいまだにこの男には心配の種だった。手にはいつも《無電》をいじくっていた。「守り抜くぞ、われわれの兵士は！　守り抜くぞ！」……倉庫の中はおそろしく暑く、それに、そいつは、フランスのことは、ずいぶん離れた出来事だったので、僕たちはトンバ将軍にこれ以上予言をつづけられるのはご勘弁ねがいたかった。それでも、僕たちは、お義理で、支配人までいっしょになって、調子を合わせるのだった。

「立派な兵士たちですな！」その言葉でやっとトンバは僕たちのそばから離れていった。

　つづいて支配人も、もみあう上体のあいだに乱暴な道を切り開いて、胡椒《こしょう》のような埃の中に姿を消して行った。

　石炭のように燃える目、《商事》をわが手に収める野望にそいつは、この男は、焼きつくされていた。おっかないほどだった。僕は平気で対座できるようにはどうしてもなれなかった。これほどすさまじい野心の高圧に耐えられる人間の骨組みがこの世にあろうとは、考えられないほどだった。この男はけっして大きな声では話さなかった。いつも遠まわしな言葉で、たくらみ、うかがい、裏切る情熱一筋に生きているみたいだった。ほかの従業員も相当なしたたか者にはちがいなかったが、この男は一人で、ほかの連中がみんな束になってかかっても及ばんほど、盗み、騙《かた》り、くすねているという噂だった。さもありなんだ。

　ゴノー岬での実習期間が続いているあいだ、僕はこの一種の大都会の中をさらに何度かぶらついてみる暇があった。結局そこには望ましい場所は一つだけしか見あたらなかった。病院だ。

　どこへ行っても、人間には高望みがついてまわるものである。僕の場合は、病人になる使命を授かっていた、常に病人。人さまざまだ。その悲しげな、奥まった、世間の荒波からのがれた、親切そうな頼もしげな建物のまわりを、僕はうろつきまわるのだった、そしてその建物と防腐剤の強い臭いを、名残りを惜しみながらあとにするのだった。逃げ腰の小鳥とちょこまかした色とりどりの蜥蜴《とかげ》で飾られた芝生が、この館を取り囲んでいた。まるで《地上楽園》。

土人たちには、僕らはすぐ馴《な》れっこになってしまう、連中の楽天性にも、悠長すぎる動作にも、女どもの出っ張った腹にも。土人たちは、貧困と、性こりのない自尊心と、不甲斐ないあきらめの悪臭を発散させていた。要するに、故国《くに》の貧乏人とそっくり、ただ、さらに子沢山で、そしてまわりに汚ない洗濯物と赤葡萄酒が少ないだけ。

病院の空気を吸い終わると、こんなふうに、そいつを深々と、かぎ終わると、僕は、土民の群れのあとについて、砦の近くに立っている東洋寺院《パゴダ》風の建物の前でしばらく足をとめるのだった。それは植民地の好色連の楽しみを目当てに、或る貿易業者の手でつくられたものだった。

ゴノー砦の金まわりのいい白人たちが、夜になると、そこに姿を現わすのだ、奴らはそこで浴びるように酒をくらい、遠慮気兼ねなくあくびしながら、賭博に熱中する。二百フラン出せば美しい女将《おかみ》を物にすることもできた。ズボンのせいで連中は、道楽者たちは、体を引っ掻くのにたいへん難儀するのだった、そのためズボン吊《つ》りはいつもはずしたままだった。

夜になると、土人街の小屋からはおびただしい人の群れがあふれ出し、東洋寺院《パゴダ》の前に密集する、そして、調子の狂ったワルツを耐え忍んでいる、弦のしめった自動ピアノを囲んで、白人たちが騒ぎまわるさまを、連中は飽かず眺めつづけ、聞き入るのだ。音楽が鳴りだすと、女将はいまにも浮かれて踊り出さんばかりの風情《ふぜい》を示すのだった。

度重なる苦心の末に、やっと僕は、女将と二人きりで話し合う機会を手に入れることができた。女将が打ち明けたところによれば、彼女の月経《メンス》は三週間もつづくとのことだった。熱帯の影響。おまけに客が彼女をくたくたにさせるからだ。いっしょに寝る回数が多いからではなく、寺院《パゴダ》で飲むアペリチフは割高についたため、客たちは元手をあげる気で、帰りぎわに、いやというほど彼女の尻をつねるからだ。疲労の出所はとりわけそれだった。

この商売女は何ひとつ知らないことはなかった、植民地の噂話から、情事まで。熱病にいためつけられた将校たちと、役人の数少ない女房たちのあいだには、捨てばちな気持から、さかんに情事が結ばれた、その女房連もやはり、際限ない月経にやせ細り、ヴェランダのかげで、どこまでも傾いていく長椅子の底で、悲嘆に沈んでいたのだ。

ゴノー砦の道も、役所も、商店も、断ち切られた欲望でぎらぎら輝いていた。忌わしい温度と、ますます加わる、打ち勝ちがたい憔悴《しょうすい》にもかかわらず、ヨーロッパで行なわれていることはなんでもやる、それがこの気違い連中の最大の執念、満足、必死のやせ我慢に思えた。

庭の草木は柵《さく》をも押し破らんばかりに繁茂し、威勢のいい葉むらが山盛りのレタスそっくりに軒並み家々を取り囲み、そして大きな茹《ゆ》で卵の白身のような家の中では、黄身がかったヨーロッパ人が腐りかけている。

つまり、ゴノー砦の目抜き通り、ファコダ並木道は端から端まで、役人の頭数だけ、野菜サラダの盛り合わせを並べていたわけだ。

毎日夜になると僕は、いつまでたっても仕上がりそうにない宿舎へ引き上げるのだった。そこには、例の変態ボーイの手で小さな寝台の骸骨《がいこつ》が用意されていた。そいつは、そのボーイは、僕を誘惑するのだった、猫みたいに扇情的な姿態を見せつけるのだ、僕の家庭にはいりたがっていたのだ。ところが、僕のほうは、別な、はるかに切実な思案で頭の中はいっぱいだった、とりわけ、もう一度しばらく病院へ退避する計画、それがこの灼熱の謝肉祭の中で僕に可能な唯一の休戦手段だった。

戦場でもそうだったが、娑婆《しゃば》にもどってからも、僕はうわついた興味はさっぱり持ち合わせなかった。だから、親方の料理人《コック》からすごく真剣に持ち出された別口の淫《みだ》らな申し出にたいしても、まるきり魅力を感じない始末だった。

例の裏切者の社員、命令によって、僕が是が非でも森の中へ交代に出かけねばならぬ男のことについて、情報を手に入れる目的で、僕は《ポルデュリエール》のしがない同僚たちにもう一度ひとわたり当たってみた。役に立たぬ無駄話を聞かされただけだ。

ファコダ通りのはずれにあるカフェ・フェデルブは、日暮れ時になると、無数の陰口と噂話と中傷でざわつくのだった、がそこもやはり、何ひとつ実のある情報をもたらしてはくれなかった。ただ感想だけ。色とりどりの提燈《ちょうちん》で象嵌《ぞうがん》されたその薄暗がりの中は、そいつで、感想で、屑籠《くずかご》がいくつもはり裂けんばかりだった。巨大な椰子《やし》のレース布をゆすぶって、風が台皿の中へ蚊群の雲を吹きつける。周囲の話題の中では、総督がその高い地位相応の部分を占めていた。総督の仏頂面は食前酒機嫌の会話に好個のさかなを提供し、むかつきやすい植民地の肝臓は、夕食前にその中で溜飲《りゅういん》を下げるのだった。

ゴノー砦の自動車は、全部で十二台そこそこだったが、その時刻にはこの店のテラスの前を行きつ戻りつするのだった。そいつは、自動車は、そう遠くまで行く様子はいっこうになかった。フェデルブ広場は強烈な環境を、けばけばしい道具立てを、物狂おしい《南部》の田舎に似た、植物と言語の過剰を備えていた。十台の自動車は、フェデルブ広場をあとにしたかと思うと、十分後にはまたそこへ引っ返して来るのだった。そして地味な色の布につつまれた、ヨーロッパ産の色あせた貧血の積荷を乗せて、氷菓子のようにいまにも溶けさりそうな、弱々しい、こわれやすい生き物をのせて、また同じコースをねりまわすのだ。

こんなふうに連中は、植民地人は、お互い同士憎み合うことに疲れきって、もはや互いに顔を見る気もしなくなるまで、何週間も、何年間も、お互いの前を行きつ戻りつするのだ。士官のなかには家じゅう引き連れて、軍人や市民を相手に挨拶《あいさつ》の交換に余念ない者もいる、女房のほうは特別仕立ての月経帯に身をくるみ、そして子供は子供で、暑さのために、永遠の下痢に見るもむざんにやせ細り、ヨーロッパ産のでっかい蛆虫《うじむし》にそっくりだ。

命令するためには、将校帽をのっけているだけではだめだ、軍隊がいなくちゃ話にならん。ゴノー砦の気候の下では、ヨーロッパ式の軍隊編成はバターよりもあっけなく溶けさってしまうのだった。一個大隊もここじゃコーヒーの中の一片の角砂糖も同然、みるみるうちに姿を消す。定員の大部分は年がら年じゅう、病院で、マラリア熱を発酵中だ、ありったけの毛穴と皺に寄生虫をつめこみ、何個分隊もが煙草と蝿のあいだでとぐろを巻き、黴《か》びたシーツの上でせんずりをかき、発熱と発病のあいだを行ったり来たり、貴重な発作を小出しにして、時間かせぎに大童《おおわらわ》だ。森と雇主とから逃げ出し、つけまわされている、同じ境遇のしがない会社員たちと入りまじって——病院は雑居だった——除籍されてもすぐまた連れもどされ、連中は、哀れなろくでなしどもは、内気な星座みたいに、緑色の鎧《よろい》戸《ど》の薄暗がりの中で、不平をくすぶらせていた。

マラリア熱の長い昼寝のけだるさの中では、あまりの暑さに蝿までが休息する。寝台の両わきには、やせ細った毛むくじゃらの腕の先から垢《あか》まみれの小説が垂れ下がる。その小説は年じゅうばらばらだ、紙がいくらあっても足りない下痢患者と、そこへもってきて神様が敬われていない作品を自己流に検閲する慈善看護婦のせいで、ページの半分はなくなってしまっている。部隊の毛《け》虱《じらみ》はその連中も看護婦も見境なしに悩ますのだった。彼女たちは衝立《ついたて》のかげへ体を掻きに出かけ服をまくり上げる、するとそこには朝の死者がまだ冷えきらずに横たわっている、それほど、そいつまで、死人まで、暑がっているのだ。

病院は惨憺《さんたん》たるものだったが、それでもそこは、いくぶんでも自分を忘れられる、外部の人間から、支配者から身を隠せる唯一の場所、植民地じゅうでただ一つの場所だった。奴隷の休暇。なんにしろ、僕に望める唯一の幸せ。

入院の条件、医師の気質や習慣などに探りを入れてみた。森へ出かけることを考えると、前途は真っ暗で憂鬱《ゆううつ》だった。今からもう、せいぜい早く、手あたりしだい、熱病に感染し、病気を理由にゴノー砦へ引き返す覚悟だった、奴らが僕を引き取るだけではなく、本国へ送り返す決心をせねばならんほど、思いきり痩せさらばえた、目もあてられぬ姿になって。そのためなら、病気になるための計略なら、僕はいっぱい心得ていた、それもすばらしいやつを、新手も仕入れた、植民地向けの別あつらえ品を。

僕は万難を排する覚悟だった、なにしろ、《ポルデュリエール商事》の支配人たちにしたところが、また隊長たちにしたところが、奴らのやせさらばえた獲物を追いかけまわす仕事に、小便くさいシーツのあいだにちぢこまってせんずりかきに余念ない連中を駆り立てる仕事に、そうやすやすとへこたれそうに思えなかったからだ。

僕は是が非でも病院で朽《く》ち果てる覚悟だった。おまけに、普通は、病院にいられる期間はごくわずかだった、植民地生活の幕をそこで永久に閉じるのであれば話は別だが。熱病患者のうちで、とびきりずる賢い、悪辣《あくらつ》な、意志強固な連中だけが、まれに大都会向け輸送船の上にすべり込める程度だった。そんなのは奇蹟に近い幸運である。ほとんどの収容患者は、奸策《かんさく》つき、泥を吐かされ、規則に屈服し、密林へ最後の体重を荷降ろししに戻って行く。キニーネが連中をすっかり蛆虫の手に譲り渡したときには、まだ病院の管理下にあるうちなら、礼拝堂付き司祭が、夕方、簡単に彼らの目をつぶらせる、そして、当直の四人のセネガル土人が血の気の失せた残骸をゴノー砦の教会わきの赤粘土の囲い地へ運び去る。その教会ときては、トタン屋根の下がおそろしく暑く、熱帯以上に熱帯的で、二度と足を踏み入れる気が起こらんほどだ、その中で、教会の中で立ちつづけていようと思えば、犬みたいに喘《あえ》がねばならなかっただろう。

世間の言いなりどおりに振舞えん人間の末路はこんなもんだ。若いうちは蝶々《ちょうちょう》、最後は蛆虫。

何かの情報を、予備知識を手に入れる目的で、僕はさらに方々を当たってみた。ビコミンボについて、支配人から聞かされた話はどうしても信じられなかった。結局そこは、ここから出かけるのに十日はかかる、海岸から特別奥地にはいり込んだ、土人たちと森林とのあいだに孤立した、前哨《ぜんしょう》支店というだけのことにすぎなかった、ところがそこを、その森林を、連中は、獣《けだもの》と疫病のうようよした巨大な貯蔵庫みたいに言い立てるのだった。

こいつらは、ほかの連中は、無気力と競争心のあいだをふらついている《ポルデュリエール》の下っぱ同僚連は、僕の幸運を妬《ねた》んでいるだけのことだ、という気もしないではなかった。連中の愚劣さは（まったく愚劣さのかたまりだった）吸収したアルコールと、受け取った手紙の質と、その日のうちに失った希望の量の多寡《たか》で影響されるのだった。概して、意気消沈すればするほど、空威張りが嵩じるのだった。もともと死んでるようなものだから（戦場でのオルトランといっしょで）、いくらでも向こう見ずになれたのだ。

連中の食前酒、つまりこの連中の三題噺はたっぷり三時間は続くのだった。いつでも総督のことが取り上げられた、あらゆる話題の支軸、それから真偽まちまちな品物の盗みについて、そして落ち着くところは性の話題。植民地帝国の三色旗。居合わす官吏たちは汚職と職権濫用のかどで軍人連を単刀直入に非難する、もちろん軍人のほうも負けちゃいない。商人たちは商人たちで、月給取りどもを一人残らず詐欺略奪の偽善者呼ばわりする。総督については、たっぷり十年も前から毎朝のように罷免の噂が流れていた、が待望の失脚の電報はいっこうに届かなかった、ずいぶん前から、総理大臣あてに、この地方独裁者に関して、きわめて具体的な中傷の一斉射撃を浴びせた手紙が、毎週少なくとも二通は飛び込んでいたにもかかわらず。

黒ん坊たちは千枚張りの皮膚のおかげで平気の平左だ、白人のほうはすえた汗と穴あきシャツのあいだに閉じこめられ、自家中毒ぎみだ。近づく者こそ災難である。《ブラグトン提督丸》以来、僕には経験ずみだった。

わずか数日のうちに、僕は自分の《支配人》に関して、ずいぶんいろんなことを教えられた！　どんな軍港の営倉も顔まけするくらい汚らわしい行為で充満した前歴について。その中には、彼の過去には、何ひとつ見つからないものはなかった、察するところ、法律上のはでな過失まで。面がまえで損をしていることもたしかだった、見るからに、寒気立つ、殺人者型《タイプ》、といって言いすぎなら、自己達成にすごく忙しい、向こう見ずな人間、結局、同じことだが。

昼寝の時刻になると、フェデルブ通りのあちこちに、屋敷の日陰にぐったりくずおれた白人女の姿が、通りすがりに、かいま見られた、官吏や植民地建設者の女房たちだ、女たちは、男たちよりもいっそう風土に剝《は》がされていた、蚊の鳴くようなか細い声、しまりのない微笑、一面に白粉《おしろい》を塗りたくった、満足した瀕死《ひんし》人みたいな血の気のない顔。彼女たちは、移し植えられたブルジョワ夫人たちは、自分以外に頼る者のない東洋寺院《パゴダ》の女将《おかみ》ほどには勇気も張りも持ち合わせていなかった。《会社》は会社でまた、僕みたいな白人の社員を大量に消費していた。沼地と隣り合った森林地帯の支店でそいつを、下積みの連中を、季節ごとに何十人となく失っていた。まるで開拓者なみだ。

毎朝、《軍部》と《実業》は定員問題で泣きつきに病院の事務局まで足を運ぶのだった。マラリア患者のせんずりかきの軍曹三名と、梅毒病みの伍長二名を、さしあたって中隊構成に不足な要員を、至急退院させるよう、中隊長がおどし文句を並べ立て、《管理人》に向かってどなりちらさない日は一日とてもなかった。その連中が、彼の《やっかい者》たちがあの世へ行ったと聞かされると、はじめて相手を、管理人を放免し、ご当人は、東洋寺院《パゴダ》へまた一杯ひっかけに出かけて行くのだった。

　この草木と、気候と、暑気と、蚊群の中では、人間も、歳月も、品物も、みるみるうちに消え失せる。なにもかも同じ運命。やりきれないほどだ。片っぱしから、日光に消滅し、光線と色彩の奔流の中にとろけさる、匂いも時間も、なにもかも同じ運命。空中にはきらめく苦悶《くもん》しかなかった。

　やっと、赴任地近くまで僕を乗せて行く予定の、沿岸航路の小さな貨物船がゴノー砦の見える港に錨を降ろした。《パパウタ号》という名前だった。海岸浅瀬用に造られた、平べったい小船。薪《まき》で動くしろものだった、この《パパウタ号》は。ただ一人の白人乗客というわけで、特別に台所と便所のあわいの一隅が僕のために譲られた。進みぐあいがあまりにものろいので、はじめのうちは港を出るための用心だとばかり思っていた。がいっこうに船足は早くならない。この《パパウタ号》は嘘みたいに馬力が不足していた。そんなわけで、湯気の立つ暑気の中に灰色の低いこんもりした木立ちをえんえんと帯のように繰り広げている海岸を望みながら、僕らの船は進んで行った。なんという船旅！　《パパウタ号》は、自分の流した汗の中を進むみたいに、苦しげに波を割って行く。包帯でもほぐすように用心深く小波を一つ一つくずしながら。水先案内人は、遠目は、混血人のように思えた。《思えた》だけだ、というのも僕は上のブリッジまで出て確かめるだけの気力がまったく見いだせなかったからだ。太陽が甲板を占領しているあいだは、五時ごろまでは、黒ん坊たちといっしょに（黒ん坊のほかに客は乗り込んでいなかった）、歩廊の日陰にとじこもっていた。そいつで、太陽でもって、目の玉ごしに脳天を焼きつくされない用心のためには、鼠《ねずみ》みたいに目をしばたたいていなくちゃならない。五時を過ぎると景色を楽しむことができた。気楽な暮らし。だがむこうに見える、踏みつぶされた腕の裏側のような、灰色の総縁《ふさべり》、水面すれすれの鬱蒼《うっそう》とした土地は、僕に何ひとつ訴えはしなかった。日が暮れても、空気はむかつくようだった、それほどいつまでたっても生温かった、黴びついた海岸。このすえきった、むかつくような雰囲気の上に機関の臭いと、そして昼のうちは、黄土色のまた青色のぎらぎらした波が加わるのだった。《ブラグトン提督丸》よりひどかった、もっとも殺し屋軍人だけはいなかったが。

やっと、目的の港に近づいた。その名前を教えられた。《トポ》だ。四度の缶詰の食事を三日くりかえし、食器の洗いかすみたいな脂ぎった水の上で、咳《せ》きこみ、痰《たん》を吐き、揺さぶられたかいあって、《パパウタ号》は、やっと横づけになろうとしていた。

毛むくじゃらの海岸には、藁《わら》帽子をかぶった三つの大きなバラックが浮かび上がっていた。遠くからは、ちょっと見たところ、好ましげな場所に見えた。砂地でできた広い河口、それがめざす河で、問題の森の真ん中まで達するためには、船で、それを遡らねばならない、と教えられた。トポには、この海岸の前哨地には、数日しかとどまらない予定だった、そういう取決めだった、つまり植民地人としての最後の腹をくくるあいだだけ。

　僕たちの船はか細い桟橋に船首を向けた、そして、取舵《とりかじ》いっぱい、《パパウタ号》は、そこに太った腹をぶっつけた。なんと竹でできていたのだ、そいつは、その桟橋は、忘れもしない。いわくつきのしろものだった。聞けば、毎月作り直されていたのだ、何千匹と群がってそいつをしだいに食いつくしにやってくる、すばしこい軟体動物のせいで。これが、このきりのない工事が、トポ前哨ならびに近隣地区の司令官であるグラッパ中尉にとって、頭痛の種でもあったのだ。《パパウタ号》は月に一度しか交易にやって来ない、が軟体動物のほうは桟橋を食いつくすのに一月《ひとつき》以上かからないからだ。

　着くなり、グラッパ中尉は僕の書類を取り上げ、不正がないことを確かめると、まっさらの帳面に逐一写し取り、その上で、アペリチフをご馳走《ちそう》したいと申し出るのだった。彼が打ち明けたところでは、ここ二年以上、僕のほかにトポへやって来た旅行者はいなかったそうだ。トポにやって来る人間などいない。わざわざトポくんだりまでやって来る理由などなかったからだ。グラッパ中尉の下には、アルシイド軍曹が服務していた。二人きりの孤立の中で、彼らは互いにあまり好感を持ち合っていなかった。「下役に気が許せなくて」初対面早々グラッパ中尉は僕にこう打ち明けるのだった。「階級の差をわきまえん奴でね！」

この辺鄙《へんぴ》な土地では事件など想像しようもなく、第一そんな土地柄でもなかったので、アルシイド軍曹はあらかじめ《異状なし》の報告書をたくさん用意しておき、グラッパがすぐさま署名して、定期的に《パパウタ号》がそれを総督のもとへ持ち帰ることになっていた。

付近の潟《かた》と潟のあわいや森の奥には、眠り病と慢性貧困ですっかりぼけ、目に見えて滅びていく、黴くさい、いくつかの種族が、ほそぼそと暮らしていた。それでも、そいつらは、その種族は、すこしばかりの税源になっていた、むろん、棍棒でどやしつけたうえでのことだが。その棍棒は、土地の若者たちの中から民兵を何名か徴集して、委託のかたちで振るわせる仕組みだった。民兵の数は十二名に達していた。

その連中の話なら、僕はお手のものだ。すっかりなじみになったからだ。グラッパ中尉は、連中を、その運のいい連中を、彼流に装備し、米の飯をあてがっていた。十二人にたいして小銃一挺、そんな割合だった！　おまけに全部にたいして小さな軍旗が一つきり。靴は一足もなし。がそこは、何ごとも比較の問題だ、土地の徴集土民の目には、グラッパの流儀ですらすばらしいものにうつるのだった。それどころか、やっこさんは、グラッパは、連日、志願兵を断わるのにおおわらわの始末だった。熱心におしかけてくる志願兵、森に愛想をつかした息子たちを。

村のまわりの狩猟の収穫はたかが知れていた、羚羊《かもしか》の不猟から、村では週に一人は老婆が食われている有様だった。

　毎朝、早くも七時から、アルシイドの民兵たちは演習に繰り出す。彼の小屋の一部を譲られて寝泊まりしていたおかげで、僕はその曲芸をかぶりつきで見物することができた。世界じゅうどこの国の軍隊をさがしたって、これほど忠実な兵隊は現われたためしはない。アルシイドの指図《さしず》の下に、四人一組、八人一組、または十二人全員で、砂浜の上を大股に動きまわりながら、この蛮人たちは、背嚢《はいのう》や、軍靴や、さらに銃剣までも空想することに涙ぐましい努力を傾けるのだった。そいつを使う真似にいたっては、さらにもっと大仕事だ。目と鼻の先の、剛健な自然のふところから飛び出してきたばかりの連中は、身につけているものといえば、短い申しわけみたいなカーキ色の半ズボンだけ。あとはぜんぶ想像に委ねねばならんわけだ。そして、そのとおり実行に移されていた。毅然《きぜん》たる、アルシイドの号令一下、やりくり上手の戦闘員たちは、架空の背嚢を地面におろし、幻の敵に幻の剣突きを食わせに、宙をめざして突撃する。ボタンをはずすふりをしたあと、見えない叉《さ》銃《じゅう》を組み、さらに次の指図で、抽象的な一斉射撃に熱中するというわけだ。そんなぐあいに彼らが体力を浪費するさまを、ごていねいに身真似し、気違いじみたせわしい無益な動作のレース細工に疲労するさまを眺めるのは、じっさいもってやりきれない話だった。そうでなくとも、トポでは、なまなましい熱気と窒息が、砂地によって、海と河の磨きたてた合わせ鏡のあいだに完全に集中され、まるで落下したての太陽のかけらの上に尻をおろさせられているような思いがするのだった。

しかしこの苛烈な条件もアルシイドが怒鳴り声を張り上げる妨げにはならなかった。逆だった。彼のどなり声は空想的調練を越えて、遥かかなた、熱帯林のはずれの荘厳な杉林のこずえまでも打ち寄せるのだった。それよりさらに遠方まで雷鳴のように反響《こだま》するのだった、彼の《気をつけ！》は。

そのあいだグラッパ中尉は法廷の準備だ。この話はまた改めてするとしよう。それにグラッパはたえず遠くから、彼の小屋の日陰から、逃げ失せていくいまいましい桟橋に目を注いでいた。《パパウタ号》の到着のたんびに彼は、半ば期待し半ばあきらめながら、部下の実際人数のための完全装備を出迎えにいくのだった。そいつを、完全装備を二年前からむなしく要求しつづけてきたのだ。コルシカ人であるグラッパにとっては、部下の兵士がいつまでも素っ裸でいるのが人一倍屈辱に感じられたのだ。

僕らの小屋の中では、アルシイドの小屋の中では、半ば公然と、こまごました品物やさまざまな食い物が内職として売られていた。おまけにトポの取引きはすべてアルシイドの一手販売に委ねられていた、というのは、彼はささやかな在庫品《ストック》を、唯一の在庫品をにぎっていたからだ、刻み煙草や袋《ケース》入り煙草、数リットルのアルコール、何メートルかの綿布など。

トポの十二名の民兵は、アルシイドに対して、明らかに、心から好意を寄せていた、アルシイドは彼らをひっきりなしにどやしつけ、ずいぶんめちゃくちゃに彼らの尻を蹴っとばしていたにもかかわらず。それでも彼の中に、連中は、この裸体主義者《ヌーディスト》の兵隊たちは、否みがたい親近性を、つまり、どうにも救いがたい惨めな生まれつきを嗅ぎ出していたのだ。煙草も彼らのあいだを近づけるのだった、黒ん坊だろうと、本性には変わりない。僕はヨーロッパの新聞をいくつか携えてきていた。アルシイドはニュースを楽しむつもりでそれに目を走らせてみたが、てんでんばらばらな各欄に注意を集中する目的で三度も取り組んでみたが、読みとおすことができなかった。「もう今じゃおれにゃ」このむだ骨折りのあと、彼は白状するのだった。「ニュースなんかどうだっていいのさ！　ここへ来て三年になるんだ！」世捨人を演技して、僕の度肝を抜こうなどという魂胆は、アルシイドにはつゆさらなかった、でなくて、彼に対する世間全体の十分証明ずみの残酷さ、冷淡さ、そういったものの当然の結果として、こんどは彼のほうが、再役軍曹の身分を利用して、トポ以外の世間全体を、月世界同然に見做すようになったのだ。

　それにいい奴だった、アルシイドは、世話好きで、義《ぎ》俠心《きょうしん》に富んで、ほかにもまだいろいろ。僕はあとになってそのことに気がついたのだ、すこし遅すぎたようだ。おそろしい諦めにこの男は打ちひしがれていたのだ、軍隊にかぎらず、いたるところの不運な連中に共通した性格、つまり、生かすなり殺すなりどうなと勝手にしろといった境地。彼らは、しがない連中は、自分たちの一切の苦しみの理由を、めったに詮索《せんさく》したりしない。お互い同士疎《うと》み合う、それだけで十分なのだ。

僕たちの小屋のまわりには、情け容赦ない、灼熱の砂潟の真っ只中に、ヨーロッパでは絵に描いたものしか、ある種の陶器の上でしかお目にかかれない、緑、赤、或いは紫色の、みずみずしい、丈《たけ》の低い、珍しい可愛い花が、まばらに生え出ていた。野性的な、まのびしたところのない昼顔の一種。それらは茎の上で閉じたまま、長い忌わしい昼間を耐えしのび、夕方、最初のなまぬるいそよ風のもとで愛らしく震えながらしだいに開きはじめるのだった。

ある日僕がそれを小さな花束に摘んでいるのを見つけたとき、アルシイドは、こう警告するのだった。「摘むのはかまわんがね、水をやるのはよしたがいいね、枯れちまうから……おそろしくか弱いんでね、この娘っこたちは。ランブイエで作ってた、部隊の子供らにつくらせてた《ひまわり》みたいなわけにはいかんのさ！　あいつなら上から小便をぶっかけようが平気だがね！　けろりと吸い込んじまう！……つまりなにさ、花にしたところで、人間とおんなじさね……図体《ずうたい》がでっかいほど、間抜けさ！」明らかにグラッパ中尉に対するあてこすりだった、中尉の体はぶよぶよにくずれ、手はずんぐり、赤みを帯び、見るからにぶざまだった。何ひとつ理解できん手。それに理解しようという気もないのだ、グラッパには。

トポに僕は二週間滞在した、そのあいだ僕はアルシイドと同じ釜《かま》の飯を食って暮らし、彼の床蚤《とこのみ》と砂蚤（二種類いた）のご相伴にあずかった。さらに、キニーネからなま水まで、一つのものを分けあった、小屋のそばの、情け知らずな、なまぬるい、腹くだしの井戸水まで。

ある日、どういう風の吹きまわしか、グラッパ中尉が、珍しく僕をお茶に招待した。この男は、グラッパは、焼きもちやきで、妾《めかけ》にしている土人女をけっして人前にはさらさなかった。したがって僕を招待するにも、奴の黒ん坊女が村へ両親を訪ねに出かけた日を選んであった。ちょうど彼が法廷で訴えを聞く日と重なっていた。僕の度肝を抜こうという魂胆だ。

彼の小屋のまわりには、朝早くから押し寄せ、訴人がひしめいていた。腰布で彩《いろど》られた、さえずりつづける証人たちでごたつく、ちぐはぐな群衆。裁判を願う連中と、立ちん坊の野次馬連とが、同じ人垣の中で入りまじって、一人残らず、大蒜《にんにく》と、白檀《びゃくだん》と、すえたバターと、サフランみたいな汗の匂いをぷんぷん発散させながら。アルシイドの民兵と同じで、この連中も作り話の中で忙しく動きまわってさえいればいいみたいだった。口論の風をまき起こして引き攣《つ》る手を頭上で振りまわしながら、カスタネットのような言語を周囲に炸裂《さくれつ》させるのだった。

グラッパ中尉は、きいきい呻く、丸太の長椅子に沈み込んで、この支離滅裂な集団を前に薄ら笑いを浮かべている。お抱え通訳の舵取りに彼は一任するのだった、そして通訳のほうは、信じられんような訴えを、大声で、彼のために取りついで聞かせる。

どうやら一匹の片目の羊を返せ返さんの問題らしかった、その羊と引きかえに娘を正式に売り渡した両親が、結局、娘を亭主に渡さず、しかも羊は返さんと言って頑張っていたのだ。娘を渡さん理由というのは、そのあいだに娘の兄が羊の持主の妹を殺害してしまったからだ。ほかにもまだいろいろ、さらにこみいった訴え。

僕たちを見上げて、そんなふうな利害と慣習の問題に熱中するおびただしい顔が、歯をむき出し、せかせかこまかく、或いはどくどく止めどなく、黒ん坊語を吐きだすのだ。

暑さは頂点に達していた。天災の到来ではあるまいかと、僕は屋根の隙間《すきま》から空をうかがってみたほどだ。雷ひとつやって来そうな気配はなかった。

「よし、わしが全部いちどに話をつけてやる！」とうとうグラッパは決断を下した、気温と長談義に業《ごう》を煮《に》やしたのだ。「花嫁の親父はどこだ？……ここへ引きすえろ！」

「こいつです！」二十人ばかりの者が答えて、ローマふうに、黄色い腰布をいかめしく巻きつけた、相当しなびた一人の年とった黒人を前に押し出した。そいつは、その老人は、握り拳《こぶし》を振り上げ、周囲の話題に、さかんに熱を入れているところだった。訴訟の目的でやって来ているふうには見えなかった。むしろ訴訟は口実で、気晴らしが目的みたいだった、裁判からどうせ具体的な結果など得られっこないことはとっくの昔にわかりきっているのだ。

「よし！」グラッパは命令した。「二十回どやしつけろ！　今日はこれでうちきりだ！　この老いぼれを鞭で二十回どやしつけろ……愚にもつかん羊の話で二カ月間も木曜たんびにわしを悩ましにやって来くさった罰だ！」

　老人は筋骨たくましい四人の民兵が自分のほうにやってくるのを見た。最初そいつは、何をされるのかわからなかった、やがて目をぎょろぎょろさせはじめた、まだ一度もぶたれた経験のない、おびえた年寄りの獣のような、充血した目。

　彼には刃向かう気はなかった、そうかといってこの懲《こ》らしめをせいぜい少ない苦痛で迎えるにはどうすればいいかもわからなかったのだ。

　民兵たちは男の腰布をつかんで引きすえた。そのうちの二人は彼をひざまずかせようとし、あとの二人は反対に腹ばいになるように命令した。結局、手っとり早いところで、腰布をまくらせ、地面に四つんばいにならせることに相談がまとまった、たちまち、背中とたるんだ尻の上に、がんじょうな驢馬《ろば》を一週間もわめきつづかせる、しなやかな鞭の袋だたきがふりそそいだ。身をよじらせるたびに、こまかい砂粒が血しぶきといっしょに腹のまわり全体にはねあがり、わめきながら砂まじりの唾を吐き出すさまは、まるで、大きな図体の身重の短脚犬を、おもしろ半分に責めさいなんでいるみたいだった。

　それがつづいているあいだ、見物人たちは静まりかえっていた。いまでは聞こえるものは仕置きの音だけだった。執行が終わると、いかれた老人は身を起こし、やっとのことでかたわらからローマ風の腰布をひろい上げた。口から、鼻から、とりわけ背中にそって、おびただしい出血だった。群衆は彼を連れて引き上げて行った、葬儀場からの帰りのように、無数の陰口と批評でざわめきながら。

グラッパ中尉はもう一度葉巻に火をつけた。僕を前にして、ことさら平然たるふうを装っていたのだ。思うに、この男は特別ネロ的な気性だったわけではなく、ただこの男も頭を使わされるのがいやだったのだ。わずらわしかったのだ。裁判官の職務のうちでこの男の癇《かん》にさわるのは、ものを問われることだったのだ。

その日はほかにまだ二つ、忘れられない仕置きを見せられた、原因はやはり面食らうような出来事だった、取りもどされた持参金とか、毒殺のおどしとか……あやふやな約束とか……頼みにならぬ子供とか……

「やれやれ！　奴らのもめごとなど、わしにとってはどうでもいいということが、どうしてあの連中にはわからんのかね。そうすりゃわざわざ森を出て、愚にもつかん話を聞かせに、わしを悩ませに、こんなところまでやって来たりはせんだろうに！……こっちは、自分のみみっちい事件を、奴らの耳にいれたりしますかね？」グラッパの結論だった。「もっとも」とつけたして言うのだった。「連中は、あのろくでなしどもは、わしの裁きがお気に召しとるとしかほかに考えられんふしもありますがね！……わしのほうは二年も前から愛想をつかさせようと手をつくしとるのに、ところが奴らは木曜たんびにもどって来よる……本当になさらんかもしれんが、やって来るのはたいていいつも、同じ連中ばかりでね！……変態の集まりですよ、要するに！……」

それから話題はトゥルーズ（フランス西部、ガロンヌ河沿いの都市）のほうに向かった、こいつは、このグラッパは、いつもそこで休暇を過ごすならわしで、そして、六年後には、恩給ともどもそこへ引退するつもりだったのだ。すでに了解事項だった。僕たちは上機嫌で《カルヴァドス》酒に移った、とそのとき僕たちはまたもや黒ん坊によって妨害された。そいつは何かの仕置きを受ける予定だったのが、遅刻してやって来たのだ。ほかの連中より二時間おくれて自発的に笞刑《ちけい》を受けに出頭してきたのだ。その目的で村を出、森を突きぬけ二日二晩もかかる道のりをはるばるやって来た以上、無駄足で帰るわけにいかなかったのだ。しかし彼のほうが遅刻したのだし、それにグラッパは刑の執行に関して情状酌量ということを認めなかった。「仕方ないな！　前のとき帰らなきゃよかったんだ！　こいつは、この変態野郎は、先週の木曜日、五十回の笞刑を言い渡された男でしてね！」

ご贔屓筋はそれでもなお正当な言いわけを理由に抗弁するのだった。お袋の葬式のため大急ぎで村へ帰らねばならなかったのだ。この男は一人で三、四人もの母親を持っていたのである。押し問答……

「次の開廷日まで待つんだな！」

が相手は、この馴染み客は、いったん村へ引っ返し、次の木曜までに戻ってくるのは、時間的に無理だった。異議を申し立てた。ねばった。そいつを、そのマゾヒストを、尻を思いきりどやしつけ、営舎の外へたたき出さねばならなかった。その男はいくらか満足したみたいだった、もっともまだもの足りないようだったが……やっとその男はアルシイドのところへしけ込んで行った。この機会にアルシイドはまんまと、そいつに、そのマゾヒストに、煙草を一そろい、シガレットと嗅ぎ煙草を売りつけることに成功するのだった。

こうしたさまざまな事件で大いに気をまぎらし、僕はグラッパに別れをつげた、彼のほうもそろそろ昼寝に小屋の奥へ引っ込む時間だった、そこではもう彼の土人女房が村からもどって横になっていたのである。すばらしいおっぱいの持主だった、その土人女は、おまけにガボンの尼僧の手で立派にしつけられ、訛りだらけのフランス語がしゃべれただけではなく、このお嬢さんは、ジャムの中にキニーネを入れて差し出したり、僕らの足の裏から《砂蚤》をつまみ出したりする要領も心得ていた。中尉を疲れさせずに、或いは、疲れさすことで、思いのままに、手を変え品を変え、機嫌をとりむすぶすべを心得ていた。

アルシイドは僕の帰りを待ちわびていた。少々ご機嫌ななめだった。僕がグラッパ中尉の招待にあずかったために、彼は内幕暴露の決心に踏み切ったのだろう。そしてそいつは、その内幕話は、まったく猥褻《わいせつ》きわまるものだった。僕が頼みもせんのに、アルシイドはグラッパについて、ほかほか糞の湯気が立つような即席肖像を描いて見せてくれた。僕も結局その意見に賛成である旨を答えるのだった。アルシイドのほうは、弱みといえば、軍規で厳重に禁止されているにもかかわらず、近くの森の黒ん坊や、また彼の民兵隊の十二人の歩兵を相手に、商売を営んでいることだった。その小世界を彼は輸入煙草でまかなっていたのだ、強引に。民兵たちは煙草の割当を受け取ると、もはや給料は手もとに残らない、すっかり煙に消えてしまうというわけだ。前借りしてまで彼らは煙草を吸うのだった。このささやかな商売も、土地の通貨の乏しさからして、グラッパに言わせれば、税金の収入に被害を及ぼしているというわけだ。

　グラッパ中尉は、肝っ玉の小さい人間で、自分の統治下のトポに問題を起こすことを好まなかった、が妬《ねた》みの感情も入りまじって、にがにがしく見送っていた。彼としては、土民の零細な流動資産をすべて、いうまでもなく、課税用に残しておきたかったのだ。人それぞれ、流儀と、けちな野心があるものだ。

　この連中にとっても、もっぱらアルシイドの煙草を吸うために働いている民兵たちにとっても、はじめのうちは、この給料前借りの方法は、驚きを通りこして、眉唾《まゆつば》ものに受け取れた、が尻を蹴っとばされ連中はそれに慣らされてしまった。今では、奴らはそれを、奴らの給料を、受け取りに行こうという気すら起こさなかった、空想の演習の合間あいまに、アルシイドの小屋のかたわらで、小さなあざやかな花のあいだで、そいつを前もって、悠々と、煙に変えてしまうのだった。

　要するにトポには、ちっぽけな土地にも似ず、それでも二つの系統の文明があったわけだ、単に租税をしぼり出す目的で被征服民を鞭打ち、その中から、アルシイドの証言に従えば、恥知らずな個人的分け前を取りのける、いわばローマ風の、グラッパ中尉の文明、それといま一つは、厳密にはアルシイドの系統で、こっちのほうはさらに複雑で、そこにはすでに文明化の第二段階の徴候が見分けられる。兵士一人一人の中に顧客の誕生、要するに商業的軍事的提携、はるかに近代的な、偽善的な、つまり僕たちの文明。

地理については、グラッパ中尉はただ《前哨》備えつけのごく大まかな何枚かの地図を頼りに、彼の管理下の広大な地域を推定しているだけにすぎなかった。それについて、それらの地域についてそれ以上知ろうという気もなかった。木と、森、わかりきっとる、遠くからでもよく見える。

その巨大な煎《せん》じ薬《ぐすり》の果てしない茂みの中には、あちこちに、いくつかの部族が身をひそめ、トーテムで頭がいかれ、十年一日のように腐ったいもの木をぱくつきながら、虱《しらみ》と蠅のあいだでのたくっていた……無数の疫病で荒らされ、貧困でとほうにくれた、素朴《そぼく》で無邪気な人食い部族。近づいたところで益ない相手。苦労ばかし多くて成果の少ない行政視察なんて、無意味な話だ。

裁きをすませると、グラッパは、それよりも海のほうに向きなおるのだった。そして、彼がいつかそこからやって来た、そして、順調にいけばいつかまたそこを通って戻って行ける水平線のほうを眺めやるのだった……

この土地は僕にはすっかり馴染みに、ついには住み心地よくなりだした。しかし、いずれはトポを離れねばならなかった、何日にもわたる河の旅と森の彷徨《ほうこう》の果てに、僕を待っている支店にたどりつくことを考えねばならなかった。

アルシイドとは、すっかり仲よくなった。いっしょに《鋸魚》釣りをやった、小屋の前にうようよしている鮫《さめ》の仲間だ。その遊びには彼も僕もいずれおとらず下手くそだった。どちらもまるきり釣れなかった。

彼の小屋の中の調度といっては、彼の組立式寝台と、僕のと、それにいくつかのからっぽの、あるいは中身のつまった箱ぐらいだった。そのささやかな商売のおかげで彼は相当な金を残しているように思えた。

「どこへ置いてるんだ？……」僕は何度も尋ねてみた。「どこに隠してるんだい、おまえさんの泡銭《あぶくぜに》をさ？」――彼を憤慨させる目的で――「国へ帰ってからおおいに散財をやらかそうというわけかい？」僕はひやかすのだった。そしておきまりの《トマト缶詰》をつつきながら、少なくとも二十回は、ボルドー（フランス南西部、ガロンヌ河に沿う港市）へもどったあと、彼が享楽を求めて、淫売屋から淫売屋へ驚くべき梯子《はしご》遊びをくりかえすさまを想像してみせたものだ。彼はただげらげら笑うだけだった、僕の言いぐさがおもしろくてたまらんといった様子で。

調練と裁判をのければ、トポにはまったく何ひとつ起こらなかった。いきおい僕は、話題の不足から、何べんも同じ冗談をむし返すことになるのだった。

いよいよこの土地ともおさらばというまぎわに、僕は無心の目的で、ピュタ氏に手紙を書くことを思いついた。アルシイドが次の《パパウタ号》でその手紙を郵送してくれるはずだった。アルシイドの文房具類は、ブランルドルの持物そっくりの小さなビスケット箱の中に収められていた。まったくそっくりだった。再役軍曹というのはどうやらみんな同じ習慣を身につけるものらしい。ところで、僕がそれを、彼の箱を開こうとすると、アルシイドは、あわてて僕をおしとどめた。僕はとまどった。どうしてあけさせないのか、わからなかった。もう一度テーブルの上にもどした。「ああ！　あけなよ、いいさ！」やっとアルシイドは言うのだった。「かまわんさ！」ふたの裏にはじかに一人の小さな女の子の写真が貼りつけられていた。顔だけの写真、そのころ流行《はや》りの長い巻髪にした、とってもかわいい、やさしそうな顔だち。便箋《びんせん》と、ペンを取り出すと、僕はすばやく箱をしめた。自分の軽率からひどくばつの悪い思いをした、が、彼のほうでそんなにあわてふためく理由もわからなかった。

とっさに僕は彼が今まで隠していた自分の子供にちがいないと想像した。それ以上詮索しなかった、ところが後ろで、アルシイドがその写真について、初めて聞くような妙な声で、何か僕に話しかけようとしているのが聞こえた。しどろもどろのていだった。僕のほうはどうしていいかわからなかった。打ち明け話の聞き役にまわらないわけにはいかない。

身のやり場に窮した。すごくしめっぽい打ち明け話になることは、目に見えていた。正直なところ、気乗りしなかった。

「なんでもないんだ！」やっと彼が言い出すのが聞こえた。「あれは兄の娘でね……二人とも死んじゃったもんでね……」

「あの子の両親がかい？……」

「うん、両親がね……」

「じゃ、だれが養ってるんだい？　君のお袋さんかね？」そんなふうに、聞いてみた、親身になっていることを見せるために。

「お袋は、もう死んじゃったさ……」

「じゃだれだい？」

「それが、おれなんだ！」

　あざけるように言うと、アルシイドは真っ赤になった、まるでひどく不都合なことでもしでかしたみたいに。あわてて彼は言い直した。

「つまり言うと……おれはあの子を、ボルドーで、尼さんたちのところで勉強させてるんだ……それが、貧乏人向きの尼さんのとこじゃないんだ、わかるだろう！……《上等の》尼さんのとこなんだ……おれが世話を見るんだから、だれの差図も受けんさ。あの娘《こ》には何ひとつ不自由な思いはさせたくないんだ！　ジネットという名でね……かわいい子なんだ……おまけに母親似でね……手紙をよこすが、だんだんしっかりしてくるんだ、ただ、わかるだろう、ああいう寄宿学校は、高くつくんでね……おまけにあの子も今年はもう十になるんでね……ピアノも習わしたいんだが……ピアノをどう思うかね、あんたは？……いいだろう、ピアノは、なあ、女の子には？……そう思わんかね？……英語はどうだろう？……役に立つだろう、英語も？……英語はできるんかね、あんた？……」

十分世話を見きれない責任を彼がかこちだすにつれて、僕はアルシイドの顔を改めて見直すのだった、ポマードでかためたちょび髭《ひげ》、偏屈者らしい眉毛、日焼けした肌《はだ》。はにかみ屋のアルシイド！　どれほど彼は節約《しまつ》せねばならなかったことか、窮屈な給料の中から……かつかつのボーナスと内緒のしがない商売のうちから……この地獄のようなトポで、何カ月も、何年も！……僕は、どう答えてよいかわからなかった。自分をそれほどたいした人間とは思っていなかった、が気立ての点で自分がこの男の足もとにも及ばんことを知って、僕はすっかり恥入るのだった……アルシイドのそばでは、僕なんぞは、くだらんやくざ野郎、鈍感な、のぼせ上がった人間にすぎなかった、僕なんぞ……えばれたもんじゃない。確かだった。

僕はもう彼と口をきく勇気もなかった、突然、自分がこの男と口をきく資格のまったくない人間に思えだしたのだ。昨日まではまだこの男を、アルシイドを、軽く見て、いくぶん蔑んでさえいたのに。

「おれはついてないんだね」彼は続けた、その打ち明け話で僕が動揺していることも気づかずに。「なあ、二年前、あの子は小児麻痺《まひ》にかかったんだ……察してやってくれ……どんなもんかわかるかね、小児麻痺が？」

それから彼は、その子の左足が萎縮《いしゅく》したままで、いまもボルドーで、専門医のところへ電気療法に通っていることを話すのだった。

「もとどおりになると思うかい？……」気づかわしげだった。

時間をかけ電気療法を続ければ、すっかりよく、すっかりもとどおりに直るだろう、と僕は請け合った。亡くなった自分のお袋のこと、不具の娘のことを、彼はたいそう心を配りながら話すのだった。離れていても、その子の気持に障《さわ》りはしないかと案じているみたいだった。

「病気になってから、会いに行ったかね？」

「いや……ずっとここだもんな」

「そのうちに出かけるのかね？」

「三年は無理だろうね……ご承知のとおり、ここでちっぽけな商売をやっているんでね……これであの子はたいへん助かってるのさ……いまここで休暇をとって帰れば、もどってきたときは、ほかの奴に横取りされちまってるだろう……ましてあの野郎といっしょじゃ……」

そんなわけで、アルシイドは滞在期間を倍に延ばすことを願っていたのだ、三年のかわりに、トポで六カ年つづけて勤め上げることを、何通かの手紙と小さな肖像しか手もとにない小さな姪《めい》のために。「つらいのは」寝床にはいってから、彼はつづけるのだった。「むこうじゃ休暇といったってあの子はどこへも行くあてがないことさ……小さい子には、つらいことさ」

まったく、アルシイドは、崇高さの中でしごく自然に、いわばくつろいで暮らしていた。天使の同類だった、この男は。しかもすこしもそんな気ぶりはなかった。自分ではほとんど意識せずに、薄い血のつながりの一人の女の子のために、何年もの拷問《ごうもん》の犠牲を、この単調な灼熱の中でみじめな一生を終える犠牲を捧げていたのだ、無条件に、取引きなしに、善良な心の喜び以外の利益は考えずに。その遠くへだたった小さな女の子のために、世の中全体をも改造できるほどの愛情を捧げていたのだ。しかも表には出さずに。

蠟燭《ろうそく》の明かりの下で、彼はすぐ眠りにおちてしまった。僕はとうとう起き上がって、明かりに照らされた彼の顔をつくづく眺めやった。寝顔はだれとも変わりなかった。しごくありきたりだった。もっとも悪人と善人を見分けられる何かがあれば、結構な話だが。

⁂

森の中に踏み込むには、二とおりの方法が考えられる、乾草束の中の鼠《ねずみ》みたいに森の中にトンネルを穿《うが》つか。こいつは息のつまる方法だ。僕は二の足を踏んだ。そいつがいやなら辛抱して河を遡るかだ。密林をぬって漕《こ》ぎ進む丸木舟の底に窮屈に押し込められ、くる日もくる日も、そんな状態で、日没がすべての光を完全に消し去るのを待ちあぐね、おまけに、黒ん坊どもの騒々しさに閉口させられ、ほうほうのていで目的地までたどり着く。

いつでも、出発には、連中の、漕ぎ手の、調子が揃うまでが、たいへんだ。喧々囂々《けんけんごうごう》。初めのうちは櫂《かい》の先で水面をぴちゃぴちゃ、やがて二、三度調子を合わせた掛け声に、森が答え、波が返し、そいつはすべり出す、二かき、三かき、まだ本調子まではいかぬ。くだける波、後ろを振り返ると、向こうのほうに、しだいに平たく遠ざかっていく海、そして、前方には、僕らの舟がかき分け進んでいく長い滑らかなひろがり。それと遠くに見える、すでに川靄《かわもや》にあらかた奪い返された桟橋の上には、まだいくらかアルシイドの名残りが、釣鐘型の、でっかいヘルメットの下に、今では頭の断片、小さなチーズのような顔だけ、それから下のアルシイドの残りは、すでに白いズボンをはいた奇妙な憶い出の中に消え失せでもしたように、軍服の上着の中に揺蕩《たゆた》うている。

　これがあの場所について、あのトポについて、僕に残されたすべてだ。黄褐色の水をたたえた陰険な川の魔手から、あれは、あのこげつくような村は、その後も長く護りとおされただろうか？　例の蚤だらけの三つの小屋はいまもなお立ちつづけているだろうか？　そして、新顔のグラッパや見知らぬアルシイドたちが、いまもやはりあの歯ごたえのない戦闘に新手の兵隊たちを訓練しているのだろうか？　いまもあそこではあの儀式ばらない裁判が行なわれているのだろうか？　飲み水は相変わらず不自由で、臭《くさ》く、なまぬるいのだろうか？　一口飲んだあとは一週間も自分の唇にいや気がさすほど……そして、相変わらず冷蔵庫もなく？　おまけにキニーネと硫酸塩と塩酸塩のしつこい耳鳴りが蚊の群れと勝負を競《きそ》い？……が、それよりも第一、あの蒸風呂の中で干からびた、腫物《できもの》だらけの黒ん坊たちが、いまもまだ生き延びているだろうか？　おそらく生き残ってはいまい……

　おそらく、いまでは何ひとつ残ってはいまい、竜巻の襲来によって、一夜のうちに、小コンゴーは泥んこの舌でトポをぺろりとなめつくし、おそらくトポは跡形もなく、完全に跡形もなくなってしまったにちがいない。おそらく、名前すら地図の上から姿を消し、要するに、いまでは僕よりほかに、アルシイドのことを覚えている人間はいないだろう……おそらく、姪すらも彼のことを忘れ去り……グラッパ中尉はついに憧れのトゥルーズの土地を踏めず……雨季の曲がり角でかねがね砂丘をうかがっていた密林は、すべてを奪回し、巨大なスペイン杉の木陰にすべてを圧《お》しつぶし、すべては、アルシイドが水をやることを禁じた、砂地に咲いた思いがけぬかわいい花まで……おそらく今では何ひとつ存在しないことだろう。

河を遡っていった十日間のことは、いつまでも忘れられない……丸木のくぼみの中から渦巻く濁流を監視し、でっかい漂木のあいだを敏捷《びんしょう》にぬい、一刻ごとに変わる進路をつぎつぎ選んで過ごした十日間。脱獄囚なみの苦労。

毎日、日が落ちると、岬《みさき》の岩が僕らの泊まり場所になるのだった。やっと或る朝、汚ならしい原始的な小舟に別れを告げた。そして埋もれた小道を通って、森の中に分け入った。じとじとした緑色の薄暗がりの中にしのび込んだ小道は、ただところどころ、果てしない木の葉の大伽藍《だいがらん》の頂から落下する一筋の日光に照らされているばかり。倒された巨獣のような樹木に僕たち一行は何度もまわり道を余儀なくさせられるのだった。倒木の虚《うろ》の中は地下鉄でも楽に走れそうなほどだった。

やがてもう一度明るい光線がもどってきた、切り開かれた土地に出たのだ、まだ登り坂がひかえていた、さらに一苦労。やっと登りつめた高地は、眼下に果てしない森林を繰りひろげていた。黄、赤、緑の梢を波打たせ、丘や谷でぎっしり埋めつくされた、空か海みたいに、とほうもなく豊かな森林。たずねる男の住居は、身ぶりで教えられたところでは、まだすこし先……別の狭い谷間にあった。そこで、そいつは、その男は、僕たちを待っていた。

大きな岩と岩のあいだに、その男は廠舎《しょうしゃ》のような建物を造っていた。彼の説明によると、東からの竜巻を、とびきり悪質な、とびきり猛烈なやつを避けるためらしかった。なるほどその利点は認めてよかった、が、小屋そのものについては、まさに最低に見すぼらしい部類に属していた、いたるところぼろぼろにほぐれた、ほとんど形だけの住家。もっとも僕も住居についてはその程度のものしか期待していなかった、がそれにしても現実は予想を上まわっていた。

そいつに、同僚の目に、僕はよっぽどがっかりしたように見えたにちがいない。気をまぎらせるために、彼は荒っぽく語りかけるのだった。「さあさあ、これでも戦場にくらべりゃ、ましさ！　とにかく、なんとか過ごせるものな！　確かに！　食い物は悪いさ、おまけに飲み物ときちゃ、泥水もかわらん、だけど、好きなだけ寝れるからな……大砲の音も聞こえんしさ！　弾《たま》も飛んでこん！　要するに、それだけでも結構な話さ！」喋りっぷりはちょっと総支配人の調子に似ていた、だがアルシイドによく似た、青い目の持主だった。

年は三十に近く、髭面《ひげづら》だった……着いた当座は僕は満足に顔をおがまなかった、それほど着く早々住居の貧弱さに度肝を抜かれたのだ、僕が譲り受ける、おそらく何年も身を寄せることになる住居の貧弱さに……が、やがて、とっくり観察した結果、僕はこの男の中に、紛れもない冒険家の顔つきを、強烈な輪郭の顔だちを見つけだした、おまけに、反逆者の面構え、上っ面をすべることなく、生活の中になまなましく食い込んでいく反逆者の面構え、たとえば、でっかい円い鼻、ぶつくさ不平をこぼしながら運命の波にぶち当たって行く、帆船のようにふくらんだ頰《ほお》。こいつは不運な星をしょって生まれた男だ。

「ごもっとも」僕は答えた。「戦場ほどひどいものはないさ！」

　さしあたって身の上話はそれくらいで結構だった、それ以上触れたくはなかった。ところが同じ話題をつづけたのは奴のほうだ。

「おまけにこう長くやられたんじゃね、戦争をさ……」つけ加えた。「もっとも、ここだって、おまえさん、そう愉快じゃないさ、はっきり言やあね！　仕方ねえさ……夏休みとでも思うんだね……とにかくここじゃ休暇があるだけましさ！　そうでしょうが！　もっとも、こいつは性分しだいで、なんとも言えんがね……」

「水はどうかね？」尋ねてみた。自分でついだコップの中の水に不安を覚えたのだ、その黄色っぽい水を、味わってみた。むかつくような、トポのとそっくりの焼けつくような水。三日目の花瓶の底だ。

「これが水かい？」また水の苦労が始まりだした。

「そうさ、ここじゃ、こんなものぐらいさ、それと雨水……もっとも雨が降り出せば、小屋のほうが長持ちせんがね。そいつが、小屋がどんなざまかご承知だろう？」――承知していた。

「食い物ときちゃ」とたてつづけに「缶詰だけさ、おれは、一年前から缶詰ばかりぱくついてるよ……それでも死にやせんさ！……便利な点もあるがね、体にはおさまりの悪いしろものでね。土人どもときちゃ、腐ったいもの木が三度三度の飯さ、それだけありゃいいんだ、奴らには結構うめえみたいさ！　三月《みつき》前からおれはなにもかももどしつづけだ……腹くだしでね。熱もあるにちがいねえ、たぶん両方さ……夕方になると目が冴《さ》えだすもんな……それで熱があるのがわかるというわけさ、だって、そうだろう、熱気というだんじゃ、この土地の温度だけで、これ以上うだりようはないもんな！……つまり、震えがきてやっと熱があることを知らされるというわけさ……それと、退屈が紛れるんでね……もっとも、こいつは性分によるんだろうが……酒で景気をつけるという手もあるだろうがね、おれは好きじゃないんでね、酒は……性に合わんのさ……」

　この男は《性分》と呼んでいるものをよっぽど重要視しているみたいだった。

　それから、ついでに彼は、さらにいくつか耳よりな情報を授けてくれた。「日中は暑さだ。が夜は、いちばんたまらんのは、騒々しさだ……本当にせんだろうがね……なんでも、この辺の獣どもの追っかけっこが始まるんだそうだ、つるんだり、嚙《か》みついたり。よくわからんが、そういう話さ……とにかくたいへんな騒ぎさ！　なかでも、いちばん騒々しい野郎は、ハイエナだ！……そこまで、小屋のついそばまでやって来るんだ……そのときは、手にとるように聞こえる……聞き違えようはない……キニーネの耳鳴りなんかじゃない……小鳥や蝿の大きな奴なら、たまにはキニーネのとまちがうこともあるさ……ないとは言わんさ！……ところがハイエナときちゃ、奴らの笑い声ときちゃ、こいつはすさまじいもんさ……おれたちの肉の匂いを嗅ぎつけてござるんだ……それが奴らの高笑いの原因さ！……おれたちをくたばらせる機会をうかがってるのさ、猛獣どもは！……奴らの目がきらきら光るのまで見える、ということさ……あいつらは腐った肉が好物なんだ……おれはまだ奴らとにらめっこしたことはないがね……ちょっと残念な気もするがね……」

「妙な土地だな！」僕は答えた。

　ところで夜のお慰みはそれだけに尽きなかった。

「おまけに部落だ」相手はつけ加えた……「部落じゅう合わせたって百人たらずの黒ん坊だがね、ところが、一万人分もの大騒ぎをやらかすんだ、あの間抜けどもときちゃ！……こいつも驚きさ！　まったく！　タムタムを聞きにおいでなさったとすれば、まったくうってつけの部落というわけさ！……ここじゃ、月が出たといってはそいつをやらかす、月が隠れたといってはやらかす……要するに、なにやかや口実を見つけて、ひっきりなしさ！　まるでおれたちを悩ますために猛獣どもと同盟を結んでるみたいさ、あのろくでなしどもは！　くたばらす気なんだ！　これほど弱ってなけりゃ、おれは、奴らを皆殺しにしちまうところさ……しょうことなしに、耳に綿をつめて辛抱してるよ……以前は、まだ薬箱にワセリンが残っていた時分は、そいつを綿にぬってつめたもんだがね、近ごろはバナナの油が代用品さ。けっこう使い物になるよ、バナナの油もね……そうしておけば、奴らが、あの腸詰《ちょうづめ》の皮どもが、興奮して、いくら雷みたいな大騒ぎをやらかそうが、大丈夫さ！　おれさまのほうは、油綿のおかげで、どこ吹く風さ！　もうなんにも聞こえん！　いずれおまえさんにもわかるだろうがね、黒ん坊なんて、ぐうたらの腰抜けの集まりさ！……日中はへたりこんで、木の根っこに小便をかけに腰をうかす元気ひとつないざまさ。ところが、そいつが、いったん日が暮れてみな！　手のつけられんしろものに早変わりだ！　神経のかたまり！　ヒステリーのかたまり！　夜の切れっぱしがヒステリーにかかりやがったみたいなものさ！　そう心得てりゃまちがいないさ、黒ん坊なんて野郎は！　要するに、いやらしい……変態どもさ！……」

「品物の売れ行きはどうだい？」

「売るだって？　ああ！　よく覚えておくんだな！　奴らに盗まれんうちにこっちから盗む、それが商売さ、それだけさ！　それに夜のうちは、奴らはおれにまるきり気兼ねなしさ、両方の耳に油綿をつめこんでりゃ、あたりまえのことさ！　遠慮するとすりゃ、そのほうがどうかしてらあね、そうだろう？　おまけに、ごらんのとおり、おれの小屋には扉《とびら》もないんだ、盗《と》り放題というところさ……奴らにすりゃ極楽みたいな暮らしさ……」

「なんだって？　じゃ、会計のほうは？」この内幕にすっかりあっけにとられて、僕はたずねた。「着いたらすぐ決算をやるように、支配人から念を押されてきたんだ、それも詳細にさ！」

「おれさまのほうは」相手は落ち着き払って答えるのだった。「支配人なんか、くそくらえさ……言わせてもらえば……」

「だけど、ゴノー砦へもどれば顔を合わすんだろう？」

「二度とお目にかからんさ、ゴノー砦にも、支配人にも……森は広いもんな……」

「いったい、どこへ出かける気だ？」

「もし聞かれたら、おまえさんは何も知らんと答えりゃいいのさ！　だけど、だいぶ気になるご様子らしいから、手おくれにならんうちに、一つだけ忠告させてもらおう、貴重な忠告をね。つまり、《ポルデュリエール商事》のことなんて、いい加減にしとくんだ、むこうさまだって、おまえさんのことなんかいい加減にしか考えとらんさ、もっとも、そいつのために、会社のために殺される覚悟で働きまわるというんなら、そのときは《特等賞》が手にはいることは、太鼓判を押してもいいがね！……だからさ、たとえわずかにしろ現金を残してもらえただけでも恩に着て、固苦しいことは言わんことさ！……商品のほうは、引きつぐように言われてきたんなら……奴には、支配人には、もう残っていなかった、と答えるんだね、それだけのことさ！……奴がおまえさんの言うことを信じんとしたところで、そうだね、別にどういうことはないさ！……どうせ、おれたちはみんなもともと泥棒に見られてるのさ、どのみち！　だから世論にはまるきり変化なしというところさ、ましてこっちのほうがちょっとばかし儲かるときちゃね……それに、支配人のことなら、心配いらんさ、この道にかけちゃ、悪だくみにかけちゃ、奴のほうがおれたちよりは二枚も三枚も役者が上だ、だから、奴のご意見にはさからわんことだね！　おれはその方針さ！　おまえさんだっていっしょのはずさ。きまってるさ、ここいらくんだりまで落ちて来るからには、そうだろう、二親《ふたおや》だって手にかける覚悟でなくちゃ！　そうだろう？……」

　この男の言い分が、何から何までそのとおりだという自信はなかった、がともかく僕は、即座に、この先輩がとてつもない曲者《くせもの》であることを感じとった。

　まったく油断ならなかった。（またやっかいなことになったものだぞ）肚のなかで考えるのだった。その気持は高まる一方だった。この海賊との話し合いを断念した。片すみに、雑然と、彼が残して行ってくれる商品が投げ出されていた。綿織物はほんのわずか……そのかわり、幾ダースもの腰布や布靴、いくつもの箱入り胡椒《こしょう》、カンテラ、薬液入りの灌《かん》注器《ちゅうき》が一箇、とりわけげえっとなるほどたくさんの《ボルドー風》缶詰シチュー、それと色つきの絵葉書が一枚、《クリシイ広場》の景色。

「柱のそばに、黒ん坊どもから買い込んだ生ゴムと象牙が置いてあるよ……最初のうちは、苦労だったね、なんとかここまでこぎつけたがね。そら、二百、三百フランだ……これがおまえさんの勘定だ」

　なんの勘定かわからなかった、が、尋ねるのはあきらめた。

「まだほかにもいくらか交換のきく品物があるはずさ」彼は予言した。「だって、そうだろう、ここじゃ金には用なしさ、そんなものはずらかるときぐらいしか役に立たんのさ……」

　そう言うと、彼は愉快そうに笑いだした。さしあたってこの男の機嫌をそこねてもまずいので、僕も、楽しいことでも聞くみたいに、いっしょに調子を合わせて笑うのだった。

　何カ月も前から窮乏生活に陥りながら、この男はたいへん複雑な召使い群に取り巻かれて暮らしていた、召使いの顔ぶれはとりわけ若いボーイたちから成り立っており、その連中は、世帯じゅうでただ一本きりの匙《さじ》や、お代わりのないグラスを、まめまめしく彼に差し出したり、彼の足の裏から、年じゅうおなじみの砂蚤を器用につまみ取ったりするのだった。お返しに彼のほうでは、しょっちゅう連中の股のあいだに手をさし入れてやるのだった。この男に残された仕事といっては、自分の体をひっかくことぐらいだった、そのかわり、そのときの打ち込みようはすさまじかった、ゴノー砦の店の親爺《おやじ》そっくり、まさに植民地でなくちゃお目にかかれん、すばらしくはしこい動作。

　この男が僕に譲り渡した家具は、椅子や小机や長椅子に関して、工夫の才能がこわれた石鹸箱でもってどれだけのものを手に入れることができるかの見本のようなものだった。

この男は、この得体の知れん男は、また気晴らしの手段として、毛虫を、爪先ですばやく遠くへ蹴とばす方法を教えてくれた。そのずっしり重い鎧《よろい》を着込んだ毛虫はたえず新手を加え、身をゆすりよだれをたらしながら、僕らの森の小屋を襲撃に登ってくるのだった。万一、しくじって、そいつを踏みつぶそうものなら、大変だ！　一週間ぶっとおしで、そいつの忘れられないぐにゃぐにゃの死体からじわじわ発散する恐ろしい臭気に復讐《ふくしゅう》されるのだ。彼は何かの書物で、こういう鈍重な気味の悪い生き物は世界じゅうの動物のうちで最も古いものの生き残りであるということを読んでいた。こいつは、彼の主張では、地質学でいう第二期に出現したものなのだ！「おれたちだってこいつらと同じくらい古くなってみろ、臭いださんともかぎらんさ」。ごもっともだ。

　このアフリカの地獄の黄昏《たそがれ》ときてはすさまじかった。逃れるすべはなかった。毎度、巨大な太陽の殺害とも見まがう悲壮な場景。大仕掛けなトリック。もっとも、観客が一人では張り合いのない話だ。一時間にわたって、空は狂おしい鮮血を全身に浴び、大見得をきる、やがて、木立ちのあいだから緑色が湧き上がり、最初の星々を目ざして、地上からゆらめきながら立ち上る。そのあと、灰色が地平線をすっかり奪い返し、それからもう一度、赤色の番だ、がこんどはその赤色もくたびれはて、長持ちしない。それが末路だ。百回興行のあとの安ぴか衣裳《いしょう》のように森の上で擦りきれくたびれ、色彩は一つ残らずぼろぎれになってくずれ落ちる。毎日かっきり六時ごろこいつが生じるのだ。

　すると、蟇蛙《ひきがえる》の無数の騒ぎのうちに、夜が怪物を総動員して輪舞を開始する。

　森はその合図を待ちかねたかのように、すみずみまで、振動し、うなり、吼《ほ》えはじめる。超満員の、光の消えた、淫《みだ》らな、でっかい停車場。木立ち全体が、生きたご馳走と、中断された勃起《ぼっき》と、恐怖でふくれ上がる。ついには小屋の中の話し声も通じなくなるまで。僕もまた同僚に聞こえるようにテーブルごしに梟《ふくろう》みたいに吼え立てねばならなかった。とんだ災難だった、野原ぎらいの僕にとって。

「あんたの名前は？　たしかロバンソンと言わなかったかね？」僕は尋ねてみた。

　そいつは、その同僚は、僕に向かってさかんに説いて聞かせているところだった、つまり、この辺の土民たちは、罹《かか》れるだけの病気に悩まされ、何をする気力もないこと。奴らは、そのみじめったらしい連中は、取引きにまで頭がまわる状態ではないこと。僕らが黒ん坊たちのことを話題にしているあいだ、おそろしくでっかい、おそろしくたくさんの、蝿や虫が、おそろしく密集した疾風《はやて》となって、ランプの周囲にぶつかりにやって来るのだった。明かりを消さないわけにいかなかった。

　明かりを消す前にロバンソンの顔立ちが、虫のヘヤネットにつつまれて、もう一度僕の眼前に浮かび上がった。彼の目鼻立ちが突然、鋭く僕の記憶にしるしつけられたのは、たぶんそのせいだろう、それまではそれは僕に何ひとつ明確なものを呼び醒《さ》まさなかったのだ。暗がりの中で彼は話しつづけていた、そのあいだ僕は彼の声の調子とともに、自分の過去に遡り、歳月の扉をつぎつぎノックして、いったいどこで、こいつに、この男にお目にかかったものか、尋ねまわっていた。が、何ひとつ見つからなかった。答はなかった。過去の面影のあいだを手さぐりしながら踏み迷うことだってある。過去に、そいつを、もはや動かぬ物や人を持つのは恐ろしいことだ。時間の地下墓地の中に置き忘れられた生者は、死者と仲よく眠りについて、早くも同じ闇の中に溶け込んでしまっているのだ。年をとるにつれて、もはや生者か死者か、誰を呼び起こしてよいかわからなくなるものだ。

僕はそいつを、このロバンソンの正体を見きわめようと苦心していた。とそのとき、すごみを帯びた哄笑《こうしょう》が、耳もとの暗がりで、僕を跳び上がらせた。そして、ぴたと静まってしまった。彼の警告どおりだ、たぶんハイエナだろう。

あとはただ、村の黒ん坊たちの気配と、それから連中のタムタムの音ばかり、虚《うつ》ろな木のもうろくしたような打楽器、風の中の白蟻。

ロバンソンという名前がとりわけ気にかかることが、しだいにはっきりしてきた。僕たちは暗がりの中でヨーロッパについて語りだした、向こうにおれば、金さえあれば食えるご馳走について、それに飲み物！　思いきり冷えた！　僕たちは明日のことには触れなかった、明日からは僕はひとりぼっちで残らねばならないのだ、ここに、たぶんこの先何年も、《シチュー》の山と一緒に……戦場のほうがましだろうか？　確かに戦場のほうがひどかった！　もっとひどかった！……そいつはこの男も認めていた……やっぱりそこに、戦場に、いたことがあるのだ……がそれでもここから出て行きたがっていた……そいつに、森に、飽きあきしていたのだ、とにかく……僕はこの男を戦争の話題にひきもどそうとした。がいままでは相手のほうで話題をそらせるのだった。

　やっと、この葉っぱと間仕《まじき》切りだけの荒れはてた住居の片すみにお互いに身を横たえたとき、彼は初めて腹蔵のないところをうちあけた。つまり、まる一年近くここで送ってきた《シチュー》攻めの生活をこれ以上耐え忍ぶくらいなら、詐欺罪で民事法廷につかまったほうがましだ、と。僕はお先真っ暗というわけだ。

「耳綿の持ち合わせはあるかい？」彼はつづけてきいた……「なけりゃ、掛け蒲団の毛とバナナの油で作るんだな。そうすりゃ、ちょっとした綿栓《タンポン》がうまくできあがるよ……おれは、奴らの、あの牝牛どものうなり声を聞かされるのはまっぴらさ！」

　その騒ぎの中には、何から何までそろっていた、が牝牛だけはいなかった、それでも彼はその不正確な種属用語を改めようとはしなかった。

　この詰め綿の計略は相手の側の何か卑劣な悪だくみをひそめているのにちがいない、突然、そんなふうに思えだした。もう僕はすさまじい恐怖から抜け出すことができなかった、金庫の中の残りをかっさらって立ち去る前に、この男はここで、僕の《組立式》の上で、僕の命を奪うつもりにちがいない……その考えが僕を悩ますのだった。だがどうすればいいのか？　人を呼ぶ？　だれを？　村の食人種をか？　いよいよ消されるのか？　実際にはもうほとんど消えちまってるようなものだった！　パリにいたところで、財産もなく、借金もなく、遺産もなく、すでにあるかなきかの存在だ、とっくに消えていないのが不思議なくらいだ……ましてや、ここでは？　わざわざビコミンボくんだりまでやってきて、僕への弔いに、海の中へたとえ唾一つだって吐いてくれる人間がいるだろうか？　一人だっているわけはない。

不安と気休めの交錯する何時間かが過ぎた。彼はいびきはかかなかった。森からやってくるさまざまの物音、さまざまの呼び声のせいで、彼の息づかいは聞きとりにくかった。詰め綿の必要はない。それでも、ねばっているうちに、ついにこのロバンソンという名前は、以前に出会った或る肉体、物腰、声音までも、僕の前に浮かび上がらせるのだった……そしてすっかり眠り込む寸前に、この男の全体像が僕の寝台の前にすっくと立ち上がった、彼の思い出をつかんだのだ、確実にこの男とは言いきれなかったが、まちがいなくあのロバンソンの憶い出を。ほかならぬ、あのフランドルの、ノワルスール＝シュル＝ラ＝リスの男、戦争から逃れるための穴を二人してさがしまわった、あの夜のふちで、僕が行動を共にした、そしてその後もう一度パリで……一切がよみがえったのだ。幾年もが一挙に退散したのだ。よほど頭をやられていたのにちがいない、これほど苦労するなんて……わかってしまった現在、彼の正体を突きとめた現在、僕は心底からふるえ上がらずにおれなかった。奴のほうでは僕がわかっていたのか？　ともかくこちらは奴の正体を会社にばらす気はなかった。

「ロバンソン！　ロバンソン！」僕は、快活な調子で呼びかけた、まるで朗報を伝えでもするように。「おいったら！　おい、ロバンソン！」……なんの返事もない。

胸を動悸《どうき》させ、僕は起き上がった、そしてみぞおちに不意打ちを食らう身構えをした……何も起こらなかった。そこで、いくらか大胆になり、手さぐりで室内のむこう端まで危険をおかしてみた、彼が横になるのを見定めておいたあたりまで。奴の姿は消えていた。

ときどきマッチをすりながら僕は夜明けを待った。疾風のような光とともに夜明けが訪れた、やがて召使いの黒ん坊たちが、陽気に、ただ快活であるということ以外に使い途のない、うどの大木ぶりをひっさげてやって来た。奴らはさっそくのんきな生き方の手本を示しにかかるのだった。僕は苦心の身ぶりを連ねて、ロバンソンの失踪《しっそう》をいかに案じているかを連中にわからせようとした。が、骨折り損だった、奴らの完全な無関心にはなんの効き目もないようだった。確かに、眼前のこと以外に気をつかうのは、ばかげきったこともいえる。結局、僕としては、今度のことで、いちばん惜しかったのは金庫だった。が金庫を持ち逃げした人間が戻ってきたという話はめったに聞かぬ……この情況から推せば、ロバンソンは僕を殺害するためだけにとって返すことは思いきるだろう。とにかく、それだけでも儲けものだ。

すると景色はもう僕ひとりのものだ！　今後はいくらなりと眺め放題、このおびただしい葉っぱの群れ、赤と黄の渦巻く大海、自然の愛好者にとっちゃたぶんすばらしい、火傷《やけど》するような塩漬け野菜の上面も、奥底も。どうみても僕の趣味ではなかった。熱帯の詩は僕をむかつかせるのだった。どちらを向いても、僕の視線も想像も、鮪《まぐろ》肉みたいにむかつくのだった。だれがなんと言おうと、こいつは蚊と豹《ひょう》の土地にまちがいない。それぞれ適所があるものだ。

　まだしも小屋に引っ返して、遠からずやって来るにちがいない竜巻にそなえて、つっかえ棒でもかますほうがましだった。がそこでもまた、僕はすぐ補強の仕事を断念せねばならなかった。建物のありきたりの材料の部分は、さらに崩れ落ちることはできても、立ち直れる見込みはなかった。虫のたかった藁小屋はぼろぼろにほぐれ、僕の住居はまともな共同便所の建物にも使えそうになかった。

　力のない足どりで大森林の中を何度かぐるぐるさまよいまわったあげく、結局、僕はくたくたになって引きあげ、口をきく元気もなくぶっ倒れるのだった、太陽のせいで。いつでもこいつだ。昼間は、すべてが沈黙し、炎上の恐怖におびえている、事実、いまにも、そうなりかねなかった、草も、獣も、そして人も、ほどよく焙《あぶ》られ。正午の溢血《いっけつ》。

　僕の飼っている若い鶏、僕の一羽きりの鶏もこの時刻を恐れていた。僕のあとについて引っ返すのだった、そのたった一羽の鶏、ロバンソンが残していった鶏は。そいつは、その若鶏は、そんなふうに僕といっしょに三週間暮らしを共にした、犬のように僕のあとについてぶらつきながら、いたるところに蛇を見つけては、しょっちゅう、くっくっ鳴きながら。すっかり気がめいったある日、僕はその鶏を食らってしまった。なんの味もなかった、その肉もやっぱり太陽でキャラコみたいに色あせていた。僕がすっかり病気になってしまったのは、たぶんこいつのせいだ。なんにしたところで、ともかくその食事の翌日、僕はもう立ち上がれなかった。正午近く、たれ流しのまま、僕は薬箱のほうへはいずり寄った。もう中にはヨードチンキと、そして《北南》の地図一枚しか残っていなかった。買手は、めったに店に現われなかった、黒ん坊のひやかし客だけ、身ぶりのやまるひまのない、たえず口の中でコーラをもぐもぐかみつづける、みだらな、マラリア病みの連中。今では、奴らは、黒ん坊どもは、僕のぐるりに人垣をつくりにやって来るのだった。僕のきたない面《つら》について論議し合っているみたいだった。病人、僕は完璧に病人だった、もはや足も用をたさなくなったと思えるほどだった。そいつは何の役にも立たぬ、滑稽《こっけい》じみた品物のように、寝台のふちから垂れ下がっているだけだった。

　ゴノー砦からは、支配人からは、使いの者を通じて罵詈雑言《ばりぞうごん》で悪臭を放つ脅迫的な手紙しか届かなかった。巧妙さにかけては大なり小なり玄人《くろうと》のつもりでいる商売人たちも、実行に際してはとほうもない不手ぎわぶりを発揮することがあるものだ。お袋のほうは、フランスから、健康に気をつけるよう励ましの手紙を寄越すのだった、戦場とおんなじだ。

断頭台の下でまで、ネクタイを忘れたと言ってお袋は僕を叱りつけるにちがいない。世間は親切で、そして彼女が僕を産み落としたのは恩を施したことになるのだと、お袋は機会あるごとに信じさせようとかかっていた。こいつは母親の手ぬかりに対する立派な逃げ口上だ、この勝手にきめ込んだ神様のご配慮というやつは。それに、雇主やお袋のこんな寝言には、一切答えなければすむことだった、だから、僕は一度も返事は出さなかった。ただ、そんな態度ぐらいで、状況は好転するわけのものでもない。

ロバンソンはあばら屋の中のものをほとんどかっさらえて行ってしまっていた、がそいつを言ったところで、だれが信じてくれるだろう？　手紙で知らせるか？　何の役に立とう？　だれに書くのか？　親方にか？　毎日、夕方には、こんどは僕が、熱でがたがた震えだす番だった、それも猛烈なやつで、そのため僕の安ぴか寝台は、まるでその上でせんずりをかいているみたいに揺れるのだった。村の黒ん坊たちは僕の小屋と世帯道具を遠慮会《え》釈《しゃく》なく占領してしまった。その連中を呼び寄せた覚えはなかった、が追い返すことはすでに手に余る努力だった。彼らは店の中に残った品物のまわりで争い、煙草の樽《たる》をいじりまわし、最後の腰布を試着し、値踏みし、持ち去り、僕の住居の乱雑をいやがうえにも高めるのだった。床一面に流れ出したゴムの液が、野生メロンや、それから小便臭い梨《なし》のような味をした甘ったるいパパイヤの実とまざり合った、そいつを思い出すと、十五年もたった今でも、まだ胸がむかつくほどだ、それほど僕は、豆のかわりに、そいつをいやというほど食わされたのだ。

　自分の体の衰弱の度合いを確かめようとしたがだめだった。「みんな盗みをやらかしてるのさ！」姿をくらます前にロバンソンは僕に向かって三度もくりかえしたものだ。これは総支配人の意見でもあった。熱にうかされているあいだ、その言葉が僕を苛《さいな》むのだった。

「要領よくやることさ！」……こうも言った。僕は起き上がろうと努めてみた。それもできなかった。飲み水にいたっては、彼の言ったとおりだった、泥とかわりはなかった、そいつは。いやもっとひどい、花瓶の底だ。黒ん坊の子供たちが、さまざまの大きさのバナナや、赤い汁のオレンジや、それから、相も変わらぬ《パパイヤの実》を、運んでくれることがあった、が、そんなものでは、いや何を食ったところで、僕はすっかり腹をこわしてしまうのだった。世界じゅうに嘔吐《へど》を吐きちらしかねないありさまだった。

　いくらか回復のきざしが見え、気持の落ち着きを取りもどすと、たちまちまた、忌わしい不安に全身を奪われるのだった、つまり、《ポルデュリエール商事》に会計報告をせねばならぬという不安。奴らに、あの呪《のろ》いに満ちた連中に何と言えばいいのだ？　どうしたら信じてくれるだろう？　僕を逮捕させるにちがいない！　そのときはだれが僕を裁くのか？　どこから手に入れたのか知らんが、こっちにはさっぱり真意は明かしてもらえん、恐ろしい法律で武装した専門の連中、軍法会議とおんなじだ、地獄の上の切り立った坂道を、あわれな連中をくたばらせに追い立てる道を、僕らがおおぜい血まみれで這い上がるのを眺めて楽しむ連中。法律なんて、大仕掛けな拷問の《遊園地《ルナ・パーク》》みたいなものだ。哀れな連中がそいつにとっつかまれば、何百年も悲鳴は絶えない。

　ゴノー砦で待ち受けていることを、冴えた頭で想像させられるよりは、ここに、四十度の熱でよだれをたらし震えながら留まっているほうがましだった。熱が人生を包み隠してくれるように、ついにはキニーネも絶ってしまった。あり合わせのもので酔っぱらうより仕方ない。こんなふうに、何日も何週もぐつぐつ煮えているうちに、マッチのたくわえは尽きてしまった。もともと不自由していたのだ。ロバンソンはあとに《ボルドー風シチュー》しか残しておかなかった。もっともそいつは、よくもこんなにたくさん、と思えるほどだった。僕はそいつを幾缶もへドにして吐き出した。がその結果に到達するためにも、やっぱりそいつをぬくめる必要があった。

　このマッチ不足がもとで、僕はちょっとした気晴らしを手に入れることになった、つまり僕の料理人が乾燥した草のあいだで二つの石を火打石がわりに火をおこすのを眺める楽しみだ。そいつがそんなふうにやるのをながめているうちに、僕は《あのこと》を思いついたのだ。頭上のすさまじい熱気も手伝って、その考えは異常な実感を帯びだすのだった。生まれつき不器用な性質《たち》にもかかわらず、一週間の専念ののちに、僕もまた、黒ん坊と同じように、二つの尖った石のあいだで小さな火をおこせるまでにこぎつけた。要するに、原始状態の中で僕はやりくりしだしたのだ。火、それがなによりも肝心だった、むろん、狩猟も大事だが、そこまで高望みはしなかった。火打石の火だけで十分だった。腕ならしに専念した。くる日もくる日も、それよりほかにすることはなかった。《第二期の》毛虫を撃退するこつのほうは、うんと手が落ちた。こつを会得するところまでもいかなかった。そいつを、毛虫をたくさん踏みつぶした。どうでもよくなった。そいつらが友だち面で自由に僕の小屋の中にはいり込むのをそのままにしておいた。たてつづけに二度の大嵐がやって来た、二度目のはまる三日、とりわけ三晩つづいた。やっと水筒の水を飲むことができた、なまぬるさにはかわりないが、ともかく……ささやかな在庫の布製品は、豪雨のもとに、片っぱしから、ひとたまりもなく、溶けだした。むさくるしいがらくた商品。

世話やきの黒ん坊たちが、僕の小屋を地面につなぎ止める蔓《つる》植物の束を森から見つけ出してきてくれたが、効き目はなかった。仕切りの葉叢《はむら》は、わずかの風にも、屋根の上で狂おしくはためきはじめるのだった、傷ついた翼みたいに。手の施しようはない。要するに、まったくのお笑いぐさだった。

落ち目に乗じて、黒ん坊たちは、子供も大人も、僕に対してすっかり遠慮会釈のない態度に踏み切りだした。連中は楽しんでいた。すばらしい気晴らし。僕の住居に（住居といえるかどうかわからんが）奴らは勝手に出たり入ったりするのだった。無礼講。いかにも合点したように、僕たちは身ぶりで話し合うのだった。熱さえなければ、たぶん僕は彼らの言葉の勉強にかかっただろう。その余裕はなかった。火打石の火のほうは、腕前は上がったものの、まだそれをつけるのに連中のいちばんうまいやり方を、手っとり早いやり方を身につけるところまでいかなかった。まだ火花がいっぱい目に飛び込んで、黒ん坊たちを大笑いさせるのだった。

《組立式》の上で熱にくすぶっているか、原始的な火打石を叩《たた》きつけているかしないときは、もう《商事》の勘定のことしか考えられなかった。勘定の不始末に対する恐怖から解放されるのが、どれほどむずかしいことか、まったく驚きあきれるほかはない。この恐怖を、僕はきっとお袋から受けついだものにちがいない。お袋は自分の習慣に僕を感染させたのだ（卵ひとつ盗めば……次は牛、そして最後は生みの母親まで手にかけるものさ）。こういう考え方は、だれでもなかなか頭から払いきれないものだ。小さいうちから叩き込まれ、そしてあとになって、肝心かなめのときに、そいつがいわれもなしに僕らを脅かしに戻ってくるのだ。なんという弱み……そいつから逃れるためには、自然の成り行きに頼るより以外にない。さいわいそいつはすさまじい、自然の威力は。要するに僕らは、店も僕も、沈没しつつあった。ますますべとべとした、ますます激しい豪雨のたびに、泥の中に姿を消しつつあった。雨季だ。昨日まではまだ岩の形をしていたものも、今ではもはやぐにゃぐにゃの糞のかたまりにすぎなかった。ぶらぶら垂れ下がる枝から、なまぬるい水が滝津瀬のように追いかけ、小屋の中はじめあたり一帯に、打ち捨てられた古い河床のように、広がるのだった。安商品と、希望と、計算書のどろどろの粥《かゆ》となって、熱の中に

（熱までがじとじとしていた）、なにもかも溶け去るのだった。降りつけられたときは、なまぬるい猿轡《さるぐつわ》で口をふさがれる思いのする、ものすごく密集した豪雨。この大洪水もなんのその、動物たちは互いに求め合うのだった、鶯《うぐいす》は豹にもまけない騒ぎを演じだした。いたるところ大混乱、そして箱船の中では、ノアそっくりに、僕が大小便をたれ流し。年貢の納め時がきたみたいに思えた。

　お袋は正直の格言をいろいろと用意していただけではなかった、ちょうどよいあんばいに思い出したが、家で包帯くずを焼きすてるとき、お袋はまたこうも言ったものだ。「火はすべてを清める！」と。母親の中にはなんでもつまっている、《宿命》のあらゆる場合に通用するものが。適当なのを選び出しさえすればいいのだ。

　いよいよその時はやってきたのだ。火打石のえらび方がまずかった。尖がりが悪く、火花はほとんど手もとに残った。やっと、それでも、湿りにもかかわらず最初の商品に火がついた。そいつはすっかり水浸しになった靴下の在庫品だった。日が暮れたばかりだった。炎が素早く、猛然と立ち上った。部落の土民たちが火もとのまわりに集まって来た、興奮してがやがやしゃべり立てながら。ロバンソンの買い込んだ生ゴムが中心でぱちぱちはぜた、その匂いは、グルネル河岸の《電話会社》の名高い火事を僕に思い起こさせずにはおかなかった、そいつを僕は小唄《こうた》のうまいシャルル叔父といっしょに、見物に出かけたものだ。《博覧会》の前の年の出来事だ、僕がまだごく小さかった《大博覧会》の前の年の。

匂いと炎ほど思い出を呼びさますものはない。僕の小屋もまったく同じ匂いだった。水浸しになっていたが、それはすっかり燃えつきてしまった、いともあっさり、商品もなにもかも。決算はついたのだ。森はこんどこそ沈黙してしまった。完全な沈黙。やつらは存分に見せつけられたにちがいない、梟も、豹も、蟇蛙も、パパガイも。やつらの度肝を抜くためにはこれくらいが必要なのだ。僕らに戦争が必要なように。あとは森が木の葉の円天井の下に遺骸を引取りにやってくるのを待つだけだ。僕に救い出せたのは、小さな旅行鞄と組立式寝台と、三百フランの金と、そして、言わずと知れた道中用の若干の《シチュー》だけ、情けない話だ。

一時間の炎上のあと、僕の建物はほとんど跡形も残らなかった。雨にうたれるいくらかの火の粉、それから、あらゆる不幸につきまとう匂い、この世の一切の敗北から立ちのぼる匂い、くすぶる火薬の匂いが吹き上げる中で、槍先で灰をひっかきまわす、まばらな幾人かの黒ん坊の姿。

いまは大急ぎで退散するばかりだった。ゴノー砦に引きあげるか？　僕の行動を、こんどの出来事の事情を説明しに出かけるか？　僕はためらった……長くはかからなかった。説明なんてできるもんじゃない。世間が寝返りを打つときは、眠っている人間といっしょで、僕らを殺《あや》めることしか心得ないものだ、ちょうど眠っている人間が体にたかった蚤を殺すみたいに。（それこそばかげきった死に方だ）腹の中で僕は考えた。（つまり、世間の奴らなみの死に方だ）人間を信用することは、こっちから殺されに出かけるみたいなものだ。

体の調子も顧みず、僕は、貧乏神のロバンソンがすでに向かった方角をめざして、森の中へ突き進む決心をかためた。

⁂

途中、密林の獣の気配は、唸り声も、震え声も、呼び声も、まだしょっちゅう耳にはいった、が姿はめったに見かけなかった、一度、避難所の近くで踏んづけそうになった猪《いのしし》の子供などは、獣の数にはいらない。疾風《はやて》のような叫び声と、呼び声と、唸り声からして、そいつは、獣たちは、そこに、つい近くに何百、何千と、うようよしているみたいだった。が騒ぎの現場に近づいたときは、もう影も形もない、ただ、青い太ったほろほろ鳥が、結婚式の礼服みたいな羽毛の中にしゃちこばって、怪我でもしたような不器用な動作で、枝から枝へ咳《せ》きこみながら飛びまわっているばかり。

地面に近い、藪の中では、《死亡通知》みたいに枠どられたどっしり大きな蝶々が、羽をひらく苦労に身を震わせ、そのさらに下を、僕たちが、黄色い泥の中をかきわけかきわけ進んで行くのだ。歩みははかどらなかった。おまけに、黒ん坊たちは僕を担架《たんか》にのせて、つまり袋の端と端を縫いつけてこしらえたしろものの上にのせて、運んでいた。河を渡るあいだに、奴らは、駕籠舁《か》きどもは、僕を泥水の中へ放り出すことはわけなかっただろう。どうしてやらなかったのか？　あとになって僕にはその理由がつかめたが。それともまた、僕を食らっちまってもよかったわけだ、それが奴らの風習ではないか？

　ときどき、まわらぬ舌で奴らに、相棒たちに、問いかけると、いつでも返事は、「はい、はい」だ。要するに、言いなり。感心な連中。下痢のほうが一息つくと、たちまち高熱が襲いかかるのだった。病いの進みぐあいが思いやられた。

　おまけに目もはっきり見えなくなりだした、というより、なにもかも緑色に見えるのだった。夜中は、おびただしい獣が僕たちの露営を取り巻きにやって来た。僕らは火をもすのだった。が、どんな手を打ってみたところで、あちこちから叫び声が、黒い巨大な息苦しい日よけ布を突き破るのだった。喉を嚙み切られた獣が、人間と火に対する恐怖も忘れて、僕たちのもとへ、そこまで、ついそばまで、訴えにやって来るのだ。

　四日目からは、熱による妄想と現実とを区別する努力を僕はよしてしまった。人間の切れ端と、支離滅裂な決意や絶望を伴って、その両方が僕の頭の中で雑然と入り乱れるのだった。

　がそれにしたところで、あれは実際の出来事だったのにちがいない、思い返してみて、まちがいないように思える、ある朝、二つの河の合流点の砂利岬で出会った、髭をはやしたあの白人が実際に存在したのは。それに間近で瀑布《ばくふ》の大きな響きが聞こえていたのも。そいつはアルシイドと同じ型の人間だった、もっともスペインの軍曹だったが。こんなふうに、道から道へ、どうにかこうにかさまよい歩いているうちに、僕たちはカスチリャ王家の古くからの領土、リオ・デル・リオの植民地にはいり込んでしまったのだ。そのスペイン人、しがない軍人は、やっぱり一つの小屋を持っていた。僕が自分の不幸の一部始終と、それから、自分のを、自分の小屋を始末したいきさつを物語ったところ、彼は腹をかかえて笑った！　なるほど、彼のは、ちょっとばかり見てくれはよかった、それでも大したことはなかった。この男の悩み、この男特有の悩みは、赤蟻だった。そいつらは、その虫けらどもは、毎年の移住に、ちょうど彼の小屋を横ぎって通ることにきめていたのだ、そして、もうかれこれ二月《ふたつき》前から通過しつづけだったのだ。

　そいつらは小屋をほとんど完全に占領してしまっていた。寝返りを打つのにも困るほどだった、それに、邪魔だてしようものなら、いやというほど刺されるのだ。

　シチューを進呈したところ、この男は大喜びだった。というのは、彼は、この男のほうは、三年来トマトばかり食っていたのだ。何をか言わんやだ。すでにそいつを彼ひとりで、三千缶以上も平らげていたのだ。そいつをさまざまに料理することにも疲れて、今では蓋《ふた》に小さな穴を二つあけ、手っとり早いところ、うのみにしている始末だった、まるで生卵でも飲むみたいに。

赤蟻は、そのことを、新しい缶詰がはいったことを、嗅ぎつけると、シチューのまわりに張り番を立てだした。そいつを、新しい缶詰を、蓋を切ったままで、ほうり出しておくわけにいかなかった。そうなると赤蟻の種族全体を小屋の中へ引っぱり込みかねなかったからだ。これほどの共産主義者もちょっといない。そして奴らはついでにスペイン人までも平らげてしまったことだろう。

その小屋の主からリオ・デル・リオの首都がサン・タペタという名前であることを教えられた、そこは長期航海のガリー船の根拠地として、海岸一帯はもちろん、さらに遠方まで名前を轟ろかせている海港都市だった。

僕らの通ってきた道はちょうどそこへ出るはずだった、道筋に当たっていたのだ、同じ調子でさらに三日三晩つづければよかったのだ。熱病を治療するつもりで、僕はその男に、そのスペイン人に、何かよく効く土地の良薬を知らないか、とたずねてみた。頭が錐《きり》で揉むようにうずくのだった。が彼はそんなしろもののことはてんで取り上げようとはしなかった。植民地暮らしのスペイン人にしては、この男はおかしなほどアフリカ嫌いだった、その徹底ぶりときては、便所へ行くときも、バナナの葉っぱを使うことを拒んで、わざわざ、『オーストリア公報《ボレテイン》』の束を、それ用に切断して、備えつけているほどだった。この男もいまではもう新聞に目を通さなかった、アルシイドとまったく同じだ。

赤蟻と、いくつかのささやかな道楽と、古新聞と、そして、まるで一種の分身ともとれるほど強烈なスペイン語の響きと、それだけを友に、この土地に住みついてもう三年、この男は刺激に対してすっかり鈍感になってしまっていた。彼が黒ん坊たちをどなりつけるときは、それこそ、たとえて言えば、雷鳴だった。どなり声にかけてはアルシイドもこの男のそばでは影が薄かった、結局、彼に、このスペイン人に、僕はシチューを一つ残らず譲り渡してしまった。それほどこの男がすっかり気に入ってしまったのだ。お礼に、彼は僕のためにカスチリャ王家の紋章のはいった厚紙を使って、すごくりっぱなパスポートを作ってくれた、そして丹念な仕上げにたっぷり十分はかかった、派手な花文字の署名まで添えてくれた。

　サン・タペタまでは、したがって道に迷うわけはなかった、彼の言ったとおりだった、それは真正面にあった。どんなふうにしてそこへたどりついたかもう覚えてはいない、ただ一つだけはっきりしている、それは、着くなり僕は或る司祭のもとにあずけられたということだ。その坊主はいっしょに並ぶとこっちが気強くなるほどよぼよぼした風体だった。とんでもない食わせものだったのだ。

　サン・タペタの街は、みごとな緑色の海を眼下に見下ろし、岩地の側面にはりつけられたみたいな格好で建っていた。入江から見れば、おそらくすばらしい景色、遠くからは、なんとなく豪奢《ごうしゃ》な感じ、が近よれば、ゴノー砦とちっともかわらん、くたびれきった、年じゅう膿《うみ》をたらして焦げつづける肉切れの集団。僕のささやかな隊商隊に所属する黒ん坊たちについていえば、頭のはっきりしたおりをみて皆んなに暇を出した。森をたくさん通ってきて、帰りの命が心配だと、連中はこぼしていた。別れぎわからもう涙を流していた、が僕には彼らに同情するだけの気力も残されていなかった。あんまり苦しみ、あんまり汗をたらしすぎたのだ。いつになれば終止符を打てるのか。

　覚えているのは、司祭館の中に特別にしつらえられた僕の寝床のまわりに、この都会にうようよ巣くっているにちがいない、がやがや騒々しい連中が、日夜を問わず、わんさと押しかけてきたことだ、サン・タペタには娯楽が乏しかったものと見える。司祭は僕を煎《せん》じ薬攻めにするのだった。長い金色の十字架が腹の上で揺れ、枕もとに近づくと僧衣の奥でじゃらじゃら銭の音がした。が、僕はもう皆んなと口をきくこともかなわなかった。もぐもぐ言うだけで途方もなく疲れるのだった。

　いよいよ最期と観念した、見おさめに、司祭の屋敷の窓からこの世の一部でも眺めておこうとした。今から思うと、そのときの庭の眺めには、とてつもない幻想の錯覚が入り込んでいないとも言いきれないような気がする。太陽、そいつがあったことは、確かだ、いつも同じやつが、たえず大きなボイラーを目の前で開かれているような、そして、その下にも、さらに太陽、それから例の無分別な木立ちと、植込み、樫《かし》の木みたいに広がったちさの一種と、三つ四つ寄れば国のひとかどのマロニエの木の大きさほどにもなりそうなたんぽぽの同類。この取合わせのおまけとしては、さらに蟇蛙が一、二匹、木陰から木陰へよたよた逃げまどう、スパニエル犬みたいにどっしりした蟇蛙。

生き物も、土地も、品物も、行きつく果ては匂いだ。あらゆる出来事は鼻から抜けていく。僕は目を閉じた、もうあけている力もなかったからだ。すると、アフリカの強烈な匂いが、夜ごと夜ごと薄れていった。その死に果てた大地と、恥部と、サフラン粉との重苦しく入りまざった匂いを、もう一度見いだすことがしだいに困難になっていった。

時間、過去、さらに時間、次いでまたいっときガタゴト揺すぶられ、そのあとにもっと規則正しい揺れがやってきた、まるで揺籠《ゆりかご》に寝かしつけられてでもいるような……

横になっていることは、まだ確かだった、が今では動く物の上だった。成り行きにまかせることにした、それから、吐き、もう一度目をさまし、また眠りに落ちた。海の上だった。憔悴《しょうすい》のあまり、綱具とタールの新しい匂いに気づく力もないほどだった。僕の押し込められている、明け放した船窓の下の船揺れのはげしい一隅は、ひんやりしていた、僕はひとりで放り出されていた。確かに旅はつづいていた……が、どういう旅なのか？　頭上では、甲板に、木の甲板に、足音が聞こえた。それに人声も、そして舷側にぴちゃぴちゃ当たってくだける波の音。

どこへ行こうが、人生が卑劣な裏切り以外の姿で、僕たちの病床を見舞うことはまれだ。サン・タペタの連中が僕を陥れた計略はたいしたしろものだった。奴らは僕の状態につけこんで、こんなふうに、僕が弱りきったところを、ガリー船の漕役人夫に売り渡したのではなかろうか？　確かにすばらしいガリー船にはちがいなかった、甲板が高く、おおぜいの漕《こ》ぎ手をそろえ、深紅《しんく》の美しい帆と、金ぴかの船首楼で飾られ、士官用の場所はすっかり布を張りめぐらし、船首にはポロ服姿の《コンビタ王女》を描いたみごとな油絵を飾りたてていた。後に聞いたところでは、彼女は、その高貴の女性は、彼女の名前と、彼女のおっぱいと、そして彼女の王家の栄誉でもって、僕らの乗り組んだ船を守護していたのだ。光栄の至りだった。

結局、と僕はこんどの出来事について考えた、サン・タペタにとどまっておれば、今ごろはまだ野良犬同然の病人だろう、まかりまちがえば、黒人たちに置き去りにされた司祭館でくたばっておらんともかぎらんだろう……ゴノー砦に引っ返しておれば？　そのときは勘定の問題で《十五年》はまぬがれんところだ……ここじゃともかく動きがあり、それだけでも望みがあった……考えてみれば、この《コンビタ王女号》の船長は出帆まぎわに、たとえ捨て値にしろ司祭から僕を買い取ることで、いささか冒険を敢行したわけだ。この取引きで彼は、船長は、丸損の危険をおかしたわけだ。元も子もなくする恐れもあったわけだ……僕の元気を回復させるのに海の空気の効能にやまをかけたのだ。表彰ものだった。勝負は彼の勝ちらしかった、というのは僕は早くも快方に向かいだしていたからだ、そして、彼はご機嫌みたいだった。相変わらず僕のうわごとはひどかった、がいくらか筋が通っていた……僕が目をあいたときから、彼は、船長は、僕の物置小屋へしげしげと足を運びだした。羽飾りつきの帽子をかぶっていた。そう思えた。

　熱で動けないにもかかわらず、僕が藁蒲団《わらぶとん》の上で必死に起き上がろうとするのを見て、船長はすこぶるご満足の模様だった。僕は嘔吐《もど》すのだった。「もすこしさ、お乞食《こじき》さん、いまにほかの奴らといっしょに漕げるようになるさ！」そう彼は予言するのだった。お世辞のつもりだったのだ、そして僕の体を、首筋や、尻を、鞭でかるくぶちながら（もちろん、親しみの気持をこめて）、腹をかかえて笑うのだった。僕も彼といっしょになって喜ぶことを、僕を手に入れることで彼が行なった有利な取引きを、僕もいっしょになって祝うことを船長は望んでいたのだ。

　船の食い物は悪くないように思えた。うわごとはまだやまなかった。やがて、彼が、船長が予言したように、僕はときどき同僚たちのあいだにまじって漕ぎに出れるだけの元気を回復した。が、そいつが、同僚が十人いるところに、僕は百人もの姿を見るのだった。眩暈《めまい》のせいで。

　航海中は、たいして疲れなかった。なぜなら、ほとんど帆で動いていたからだ。僕らの船底の状態は、日曜日の汽車の一般下級乗客の状態にくらべて特別むかつくほどでもなかった。それに、来しなに《ブラグトン提督丸》の船中で耐え忍んだ状態にくらべれば危険は少なかった。この大西洋を西から東へ向かう航海のあいだ、終始、風通しは上々だった。気温は下がった。船室ではほとんど苦情は出なかった。すこし長すぎるように感じただけだ。僕としては、もうこいつは、海と森の眺めは、一生たくさんだ。

　この航海の目的とやり方について僕は船長に尋ねてみたかった、ところが、僕の体が大丈夫持ち直したと見ると、船長は僕に対する興味をなくしてしまった。それに僕は会話ができるまでには、まだ十分ろれつがまわらなかった。今では船長をわきから眺めるだけだった、一般の親方のように。

　船の中に、漕役人夫の中に、僕はロバンソンの姿をさがしはじめた、そして夜中、何度も、静まりかえった中で、大声で名前を呼んでみた。罵声と威《おど》し文句のほかに答《いら》えはなかった。漕役人夫たちのどなり声だけ。

　だが、自分にふりかかった出来事をつくづく思い返せば返すほど、ロバンソンもやはりサン・タペタで一杯食らわされたにちがいないような気がしてくるのだった。ただロバンソンは、奴のほうは、いまごろは別なガリー船の上で漕がされているのにちがいない。森の黒ん坊たちは一人残らずこの商売と計画にぐるになっているにちがいなかった。お互いさま、当然のことだ。生きていくためには、じかに食えない品物や人間を、売り物用につかまえなくちゃならんのだ。僕に対する土民たちの珍しい親切も、蓋をあけてみれば、悪《あく》辣《らつ》きわまる手段だったのだ。

　《コンビタ王女号》は船酔いと発作のうちにさらに何週間も大西洋の大波を横切って動きつづけた。そしてある日の夕方、僕らの周囲はひっそり静まりかえった。僕はもううわごとも収まっていた。船は錨《いかり》を降ろして待機していた。翌日起きがけに、船窓を開いたとき僕たちは目的地に着いたことを悟った。とほうもない眺めだった。

＊＊＊

思いがけないといえば、それはまことに思いがけなかった。霧を通して、突然に見出したものが、あまりにも意外だったので、最初は信じられないほどだった、が、やがて間近に接近して、正面からそれを望んだときには、僕たちは漕役人夫の身であることも忘れて、げらげら笑いだした。

想像してもみたまえ、そいつは、彼らの街は、立っていたのだ、完全にまっすぐに。ニューヨーク、これは、突っ立った街だ。むろん、僕たちはすでに、いくつもの街を見てきていた、しかも美しい街を、港を、それも有名な港を。だが、ヨーロッパでは、そうだろう、そいつは、街は寝そべっている、海辺に、あるいは河岸に、それは風景に沿って身を横たえ、旅人を待っている、ところが、こいつは、このアメリカ女は、身をまかせたりはしない、とんでもない、それは、そこにしゃちこばって立っている、いっしょに寝る余地などありゃしない、おっかないくらいしゃちこばって。

だから僕たちは腹をかかえて笑ったのだ。どうみたって滑稽なものだ、しゃちこばって建てられた街というものは。だが、この景色を見ても、僕たちは首から上で笑えるだけだった、というのは、そのあいだも、灰色と薔薇《ばら》色の、肌《はだ》を刺すような流れの早い濃霧を通して、寒気が沖《おき》のほうから訪れ、僕たちのズボンに襲いかかってきたからだ、その寒気はまた、雲が風に乗って流れ込む、この城壁のような街の裂け目にも、すなわち街路にも襲いかかるのだった。先をあらそう数珠《じゅず》つなぎの小舟と曳船《ひきふね》にかきまぜられる、糞だらけの水の打ち寄せる、突堤すれすれのところを、僕らのガリー船はすべるように進んでいった。

　みすぼったらしい人間にとっては、どこへ上陸するにしてもぐあいのいいためしはない、が漕役人夫の場合は、もひとつ悪い、とくにアメリカ人はヨーロッパから来る漕役人夫をまったく歓迎しないときては、なおさらだ。「奴らはみんなアナーキストだ」と連中は言う。つまり金銭《おあし》を持って来る見物人しか家へ入れたがらないわけだ、ヨーロッパの金銭はすべて、ドルの倅《せがれ》という勘定だ。

　ほかの連中がすでにその手で成功したように、僕も港を泳いで渡って、波止場に着くなり「ドル万歳！　ドル万歳！」と叫んでみてもよかったわけだ。それもひとつの方法だ。この要領で上陸して、その後、財産を築き上げた連中も多い。もっとも保証はできんが、そういう話があるというだけだ。夢の中では、もっとひどいことだって思いつきかねない。僕としては、頭の中に熱といっしょに別な計画をしまいこんでいた。

　ガリー船の中で僕は蚤《のみ》のすばらしい勘定法を身につけていた（蚤をつかまえるだけでは

なく、それを加え算したり、引き算したり、要するに、統計をつくり出すわけだ）。これはなんでもないように見えて、そのじつ、ひとかどの技術を必要とする、ばかにならん仕事だ、そいつを僕は役立てるつもりだった。アメリカ人については、なにやかや言われるが、技術にかけては、目利《めき》きの集まりだ。僕の蚤勘定法が連中に大歓迎を受けることは、確実だった。僕の胸算用では、成功疑いなしだ。

　僕は自分を売り込みに出かけるつもりだった。と、そのやさきに、突然、僕らのガリー船は検疫のため停泊を命ぜられることになった。場所はニューヨークの東二キロにある、とある静かな湾の奥、隔離された小さな村を目と鼻の先に望む、わきに入り込んだ入江の中だった。

　で僕たちは、全員、何週間もそこに監禁され、いつしかそこの生活に腰を落ちつけてしまった。そんなわけで、毎晩夕食のあと、用水補給班が陸地の村へ派遣されるのだった。目的達成のために、僕はそれに加わる必要があった。

　相棒たちは僕の企みを承知していた、が連中は、そんな冒険には誘惑されなかった。「奴は左巻きさ」こう言い合っていた。「もっとも危険性のない気違いだがね」《コンビタ王女》では、飯は十分に食らえた、すこしばかりどやされることはあっても、たいしたことはない。要するに、まあまあだった。世間なみの労働だ。それに、またとなくありがたいことは、ガリー船からは絶対にお払い箱になるということはなく、おまけに、六十二歳になったときには、《王様》から恩給の一種が約束されていた。この見通しが連中を幸せな気分にさそい、夢を与えていた。そのうえ、日曜には、自由の気分を味わうために、選挙遊びまで行なわれていた。

　検疫のため隔離を強制されていた何週間かのあいだ、みんなは中甲板にとぐろを巻き、わめきちらし、とっくみあい、お釜《かま》を掘り合って日を送っていた。要するに彼らが僕といっしょに逃げたがらないいちばんの理由は、僕がそれほど夢中になっているアメリカのことを、この連中は耳にするのもご免ときていたからだ。ひとにはそれぞれ恐ろしい獣《けだもの》（毛嫌いの対象）があるものだ、彼らにとっては、アメリカがそれだったのだ。彼らの大きらいな獣は。彼らは僕にまでアメリカに愛想をつかさせようとするのだった。僕はこの国に知り合いがいることを話し、とくに、今ではしこたま金をためこんでいるにちがいないローラのことや、それにもしかすると、商売の方面で成功しているかもしれないロバンソンのことを引き合いに出してみたが、だめだった。彼らはアメリカに対する反発を、嫌悪を、憎悪を取り消そうとはしなかった。「おめえなんか、きっとどやされどおしさ」と言うのだった。ある日、僕は連中といっしょに村の水道へ出かけるふりを装い、そして途中で、もうおれはガリー船へは帰らんつもりだと宣言した。あばよ！

　こいつらは結局、気のいい、働き者の集まりだった、連中は僕の考えにまったく賛成できないことを改めてくりかえすのだった。それでも、僕の敢闘と幸運を祈り、あわせて、せいぜい楽しい目をするように祈ってくれた、むろん奴ら流の表現でだが。

「行きなよ！」と、僕に向かって言うのだった。「だけどもう一度忠告しとくがね、おめえは虱つきにしちゃ趣味がよくないね！　熱のせいでねじがゆるんだんだろう！　どうせ逃げ出してくるにきまってるさ、おめえさんのアメリカからな、それもおれたちよりもっとひでえざまでな！　趣味が身を誤るというやつさ！　まだ懲りたりんというわけかい？　このうえもの好きな苦労はよしな！」

そこには僕を待っている友だちがいるんだと答えてみたが、効き目はなかった。僕はたじたじだった。

「友だちだって！」

奴らはこんなふうにやり返すのだった。

「友だちだって？　おめえの面《つら》なんか覚えているものか、おめえのお友だちは！　とうの昔におめえのことなんざあ忘れちまってるさ、おめえのお友だちは！」

「だけどおれはアメリカ人が見たいんだよ」いくらがんばってもだめだった。「それに、よそじゃ見られんような女がいるんだ！……」

「おれたちといっしょに帰るんだな、さあ、ばかなまねはよすんだ！」奴らはやり返すのだった。「行くだけむだだったら！　ますます病気がひどくなるだけさ！　アメリカ人がどんなものか、知りたけりゃおれたちがこの場で教えてやるさ！　奴らは、大金持か、でなけりゃ、素寒貧《すかんぴん》だ！　中間はいやしねえ！　おめえみてえなりで出かけたんじゃ、大金持にはめぐり会えるわけはねえ！　どころか、とんでもねえ目に会わされるさ！　その点だけは安心しな！　いっぺんさね！……」

　そんな調子だった、奴らの、仲間の、僕に対するあしらいは。そいつらは、腰抜けめらは、お釜の集団は、男の風上にもおけん連中は、寄ってたかって、とうとう、僕を怒らせてしまった。

「ほっといてもらおう！」僕はやり返した。「おめえたちは、焼きもちを妬いてるだけのことさ！　アメリカ人に殺《ばら》されるてんなら、それもおもしろかろうよ！　とにかく、わかってることは、おめえたちは一人残らず、股のあいだにぶらさげてるのは、ぐにゃぐにゃの小《ち》っぽけなしろものだってこととさ！」

　うまく言ってやった、溜飲《りゅういん》が下がった！

日が暮れて、号笛が彼らをガリー船へ呼びもどした。彼らはふたたび調子を合わせて漕ぎはじめた、僕一人がぬけて。僕は彼らの気配が聞こえなくなるまで、すっかり聞こえなくなるまで待った、それから、さらに百数えた、そして村を目指していっさんに駆けた。そこは、その村は、あかあかと灯《ひ》のともった、こぢんまりした場所だった、礼拝堂を中にはさんで、左右に、木造の家々が、人待ち顔に立ち並んで、礼拝堂も同じようにひっそり静まりかえっていた、だが、僕はぶるぶる震えていた、マラリア熱と、それから恐怖心で。

ときどき、呑気そうな駐屯部隊の水兵たちに出くわした、それに子供たちにも。やがてついに、美しいひきしまった体をした一人の若い娘に――アメリカだ！　ついにやって来たのだ。数々の味けない経験のあとでこれこそはまさしく目の保養だ。いわば人生にふたたび果実をもたらしてくれるものだ。ところがあいにくと、僕は何にも使われていないたった一つの村に行き当たってしまったわけである。家族連れの水兵の小さな守備隊が村とその設備を管理しているだけだった。僕たちが乗ってきたような船によって恐ろしいペストがもたらされ、大きな港が脅かされる万一の日に備えて。

そのときには、都市《まち》の者たちに危険の及ばないように、その施設の中で、できるだけおおぜい外国人どもをくたばらせようというわけだ。すぐそばに花をいっぱい植えたきれいな墓地まで用意されていた。彼らは待っていたのだ。六十年来待っていた、待ちに待っていた。

からっぽの小屋が見つかったので、僕はそこに忍び込み、すぐ眠りに落ちた。さて、あくる日になると、朝早くから、村の通りは水兵であふれだした。短い服を着たがっしり丈夫な体格の水兵たちが、僕の隠れ家《が》のまわりや、このきちんと整った村のあちこちの四辻《よつじ》で、箒《ほうき》を振りまわし、バケツの水をはねとばすさまは、まさしく壮観だった。僕はさりげなく装うつもりだったが、空腹のあまりいつしか足は炊事場の匂いのする方角へ向いていた。

そこへ近づいたところを、見とがめられた。そして、僕の素性《すじょう》をただしに繰り出した二個分隊に挟みうちにされてしまった。その場で海へたたき込まれかねない形勢だった。いちばん近道を通って検疫隊長の前に連行されたときには、びくびくものだった、苦労の連続で、いくらかは糞度胸を身につけてはいたものの、何かうまいでまかせをでっちあげるには、まだ熱がしみこみすぎていた。とりとめないことを口走り、腰がすわらなかった。

気絶したほうがましだった。そのとおりになった。もう一度意識を回復したときは、隊長の部屋の中で、男たちのかわりに、明るい色の服をきた何人かの女性にとりまかれていた。その女性たちから遠まわしに親切に質問され、僕はすっかりうれしくなってしまった。がこの世界で親切が長続きするためしはない、翌日からはまた男たちが監獄のことを匂わしはじめた。その機会にすかさず、僕は蚤の話をもち出した、さりげない調子で……そいつをつかまえるこつを心得ていることを……勘定するこつを……そいつが僕のお得意だということ……この寄生物を、りっぱな統計にまとめることが。僕の身ぶり身まねに、連中は、衛兵たちは、興味を示し、体をもぞもぞさせるのがわかった。熱心に聞いていた。が本気で取り上げたかどうかは、また別問題だ。

ついに駐屯地の司令官がじきじき姿を現わした。《サージャン・ジェネラル》（軍医少将）という魚にでも似合いそうな名前で呼ばれていた。態度は横柄だが、ほかの連中よりはざっくばらんだった。「なにを世迷言《よまいごと》を並べとるんじゃ？」僕に向かって司令官は言いだした。

「蚤の勘定ができると？　本当かな！……」高飛車にでて僕の出鼻をくじくつもりだったのだ。が僕のほうは、すかさずかねて用意の弁舌でもってまくし立てた。「私は蚤の数の調査はばかにならんと信じております！　これこそ文明社会の必須条件です！　数の調査はきわめて貴重な統計資料の基礎ともなるものです！　進歩的国家は、雌雄に分け、年齢、年度、季節に分類された、その国の蚤の数を心得ていなくてはなりません！」

「もうよい、もうよい、お談義はたくさんじゃよ！」

《軍医少将》はさえぎった。

「おまえさんの前にも、ヨーロッパから、おおぜいやって来おって、そんなふうなよた話を聞かせよったものじゃ……じゃが、結局は、ほかの奴らとちっとも変わらんアナーキストだった、もっと手におえん奴らだ……アナーキイすら信じておらん連中だ！　大風呂敷《おおぶろしき》はそれくらいで結構だ！……明日、むかいのエリス・アイランドのシャワー施設へ行きなさい、移民を使って採用試験《テスト》をやってみる！　おまえさんがでたらめを言っとるかどうか、副官のミスチーフ軍医に調べさせるからな。二カ月も前から《蚤勘定係》を採用するように、ミスチーフ君に頼まれておったところだ。軍医のところへ試験を受けに行きたまえ！　ではこれまで！　もしわしたちをかついでおったら、海へたたき込むからな！　よし解散！　いいな、その覚悟でおれ！」

僕はほかにもおおぜいの権威者の前で解散しなれたように、このアメリカの権威者の前から退出してのけた、つまり彼にまずちんぼうを突き出し、ついで敏捷《びんしょう》に回れ右して、尻《けつ》を突きつけ、それに軍隊式の敬礼をひとつおまけにそえた。

ニューヨークに近づくためにこの統計手段も悪くないと考えた。翌日さっそく、問題の軍医、ミスチーフは、簡単に僕の職務を説明した。黄色っぽい脂ぎった男だった、おまけにおそろしい近眼で、そのうえばかでっかい黒眼鏡をかけていた。この男は猛獣が獲物を認めるようなやり方で、僕を認めたにちがいない、つまり大ざっぱな輪郭で。なぜなら細部にいたっては、この男のかけているような眼鏡をもってしては、とうてい無理だからだ。

仕事の面で僕らはすぐ意気投合した。それどころか僕の実地練習の終わるころには、この男は、ミスチーフは、僕に対して大いに好感をいだきはじめたようだ。互いに相手の姿が見えないということ、それだけでもすでに好感をいだける十分な理由になるところへもってきて、そのうえさらに僕の水際立った蚤の捕えぶりに魅せられたというわけだ。最も不従順な、最も角質化した、最も落ち着きのない蚤を箱づめにするわざにかけては、部隊じゅうで、僕の右に出る者はなかった。移民の体からじかに蚤を性別に分類することだってできた。こいつはすばらしい技術だ、自慢じゃないが……

ミスチーフはとうとう僕の器用さに全幅の信頼を託すようになった。

夕方になると、そいつをば、蚤をば、あんまりたくさんつぶしすぎたために、親指と人差し指の爪は傷まみれだった、それでも僕の仕事は終わったわけではなかった、まだいちばん重要なこと、その日の特徴状態を示すグラフを作成する仕事が残っていた。ポーランド系の蚤に、ユーゴスラビア系の蚤……スペイン系の蚤、クリミア系の毛虱、ペルー系の疥癬《かいせん》といったぐあいに。敗残者の大群におんぶして、こっそりちくりちくりやりながら無銭旅行としゃれこむ連中が、ひとつ残らず僕の爪にかかるのだ。まさしく、大がかりな、手の込んだ仕事だった。僕らの統計は、ニューヨークにある、電子蚤計算器を備えつけた特殊機関へ回される。毎日、検疫隊の小さな曳船が入江を横切って、僕たちの統計をニューヨークへ運んで行き、そこで総計を出したり、点検を行なったりするのだった。

　こんなふうにして幾日も過ぎていった、僕の健康もいくらか回復しだした、がこの平穏無事な暮らしの中で発作がおさまり熱が下がりだすにつれて、冒険と新しい向こう見ずに対する欲求が、また勃然《ぼつぜん》と頭をもたげはじめた。平熱ではなにもかもつまらなくなるものだ。

　もっとも、ここにとどまっていようと思えば、できたわけだ。しごく平穏無事に、駐屯隊の食事をたらふくあてがわれて。おまけに、ミスチーフ軍医の娘が、今でも脳裏にきざみつけられているが、十五歳の輝かしい肉体で、ひどく短いスカートをつけて、五時すぎには、僕たちの事務所の窓の前に、テニスをしにやって来たのだから、なおさらだ。脚といえば、あれほどすばらしい脚には、めったにお目にかかれるものじゃない。まだいくらか男っぽいが、さすがにもうふっくらして、いわば花開く肉体の美しさ。約束された喜びではちきれそうな、文字どおり幸福への誘いかけ。分遣隊の若い士官たちは彼女のそばにへばりっきりだった。

その連中は、ろくでなしどもは、僕みたいに実用的な仕事で身のあかしを立てる必要はまるきりなかったのだ。僕のかわいい偶像をめぐる連中の小細工を、僕は何ひとつ見のがさなかった。毎日、何度も、そのために顔色を失ったものだ。はては暗闇にまぎれれば、僕だって水兵でとおせるかも知れぬ、とまで考えるようになった。そんな希望を胸にいだいていたある週末、局面はにわかに一変した。統計運搬係を受け持っていた、アルメニア人の同僚が、突然、踏査犬付きの蚤勘定係としてアラスカへ栄転することになったのだ。昇進という点では、これはすばらしい昇進だった。当人はもちろん有《う》頂天《ちょうてん》だった。アラスカ犬は、なんといったって、貴重なものだ。いつでも需要があり、大切に扱われる。それにひきかえ、移民など、どうでもいいものだ、常にあり余っている。

あとにはニューヨークへ統計を運ぶ人間がひとりも手もとにいなくなったので、事務局ではたいした紆《う》余《よ》曲折《きょくせつ》なしに僕を任命した。出発にあたって、上役のミスチーフは、僕の手を握り、街では、せいぜいおとなしく行儀よくふるまうように忠告した。これが、この律儀《りちぎ》な男が僕に与えた最後の忠告だった、そしてこの男の顔もそれが見おさめだった。波止場に着くなり、疾風まじりの雨が頭上にはねかえり、やがて薄い上着を通して統計書にまでとどき、統計書は僕の手の中でしだいに溶解しはじめた。それでも、そのうちの幾枚かを救い出し、厚い巻き筒にしてポケットからのぞかせ、どうにかこの大都会で実業家のような風采《ふうさい》を保って、不安と感動で胸をふくらませながら、僕は新たな冒険を目指して躍り込んでいった。

この城壁みたいな大都会に向かって顔をあげたとたん、僕はまったくあまりにも多すぎる、どれもこれも吐き気をもよおさんばかりに似かよった窓のために、まっさかさまに墜落していくような眩暈《めまい》を覚えるのだった。

薄着で、こごえながら、僕は途を急いだ、この巨大な大都会の表玄関で見つけ出すことのできるいちばん薄暗い裂け目を目指して。通行人が彼らの中にまじり込んだ僕の姿に気づかないよう祈りながら。これはよけいな羞《は》じらいだった。恐れるにはあたらなかったのだ。僕の選んだ通りは、たしかにいちばん狭い通りで、フランスの大きな溝くらいの幅しかなく、底は汚物をたたえ、じっとり湿気《しけ》ていて、暗がりで満たされていた。そこはもう僕のほかにもいっぱい、痩せたのや、太ったのや、人間が歩いており、その連中が僕をまるで影のように運び去るのだった。彼らもやはり街のほうへのぼって行くのだった、たぶん仕事を目指して、うつむき加減に。いずこもかわりない貧乏人の群れ。

⁂

まるで決まった行先でもあるかのように、僕はもう一度選ぶふりをして、道を変えた、右のほうの明るい通りへ折れた。《ブロードウェイ》という通りだ。標識板の上に名前が読めた。建物のてっぺんのはるか上方に、高く、日光は鷗《かもめ》の群れと空の断片とともにとどまっていた。僕たち人間は、下の薄暗がりの中を歩いていた、そこは森の中の光線のように病的な、おそろしく陰気くさい灰色につつまれ、きたない綿のかたまりが道いっぱいつまっているような感じだった。

痛ましい傷口のように、通りは果てしなく続いていた、僕らを底に飲み込んで、岸から岸へ、苦しみから苦しみへ、永遠《とわ》に望めぬ終局をめざして、世界の一切の通りの終局をめざして。

車は通らなかった。ただ人の波。

あとで聞くと、そこは金目《かねめ》の区域だった、黄金のための一郭、マンハッタンだった。教会といっしょで、ここへは歩いてしか入れないのだ。ここは、現代世界の《金融》の心臓部なのだ。それでも、通りすがりに、道に唾《つば》を吐き捨てていく奴もいる。よっぽど、ずぶとい奴にちがいない。

　ここは、そいつで、黄金で充満した一郭、文字どおりの奇蹟だ。それに、そいつは、奇蹟は、もまれる紙幣《ドル》の響きといっしょに扉の外まで聞こえるのだ。こいつは、紙幣《ドル》というやつは、いつもあまりに軽すぎる、文字どおり聖霊、血より貴重な聖霊。

　ともかく暇なので、なかに入って見ることにした。連中に、金銭《かね》の番をしている使用人たちに話しかけてみた。みんな浮かん顔をしている、給料《サラリー》が安いのだ。

　お得意たちは自分の《銀行》へ行けば、勝手に用立てることができると思ったら大まちがいだ。とんでもない。彼らは、小さな格子《こうし》ごしに、なにやらぶつぶつ《弗《ドル》》に向かって語りかける、なんのことはない、懺悔《ざんげ》そっくり。ひっそりした空気、おだやかな照明、高いアーチにはさまれたごく小さな窓口、それっきりだ。《聖体パン》を信者たちはほおばりはしない。胸におしあてるのだ。いつまでも見とれているわけにはいかなかった。塀《へい》と塀のあわいの薄暗い路上を人波のあとについていくよりしかたなかった。

　突然、それは、道幅は広がった、まるで日光の溜池《ためいけ》に通じる裂け目のように。怪物の群れみたいな建物のあいだにはさまれた、青緑色の日光の大きな溜りに出たのだ。その森の空地のような場所の真ん中に、発育の悪い芝生に囲まれた、田舎《いなか》家風の一軒の離れ家があった。

　近くに居合わした何人かの通行人に、むこうに見える建物はなにかとたずねてみた、がたいていみな聞こえないふりをするのだった。忙しいのだ。それでも、すぐそばを通りかかった一人の子供が、あれは役所だと教えてくれた。植民地時代の古い記念物で、と少年は説明した、すごく歴史的なものだ……そのままそこにとってあるのだ。そのオアシスの周囲は小公園になっていて、ベンチがあり、それに座って市役所を眺めるのにちょうどうってつけの場所になっていた。僕が着いた時刻には、ほかにはこれといって目をひくものはなかった。

その場所にたっぷり一時間はねばった。すると、正午近くなって、薄暗がりの中から、いっときとだえた陰気くさい、路上の群衆のあいだから、突然、夢ではなく、すばらしい美人の大群が、なだれのようにあふれだしたのだ。

なんという発見！　なんというところだ、アメリカは！　なんという魅惑！　ローラの思い出！　彼女の見本に偽りはなかったのだ！　本当だったのだ！

ついにわが巡礼行の山場に到達したのだ。一方で空腹のたえまない訴えに悩まされていなかったなら、僕はてっきり地上離れした美的霊感の瞬間に到達したものと、早合点してしまったことだろう。こちらにわずかでも安心と余裕があったならば、眼前に出現した、引きもきらぬ美人たちは、現実のみじめな境遇を忘れさせてくれたにちがいない。要するに奇蹟の真っ只中にいると信じるためには、一切れのサンドイッチが足りないだけだった、ああ、それにしてもサンドイッチが欲しかった！

だが、なんという優雅なしなやかさ！　信じられないほどの繊細さ！　なんという新機軸の調和！　危険と紙一重の差！　あらゆる冒険の成功！　容貌と肉体のあらゆる期待の実現、かくもおびただしい金髪女の群れ！　この栗色髪の女たち！　このチシアン風の女たち！　それが、あとからあとから、ぞくぞく現われるのだ！　（もしかすると）と僕は考えた（ギリシア時代の再現ではなかろうか？）。僕はちょうどよいときにやって来たのだ！

彼女たちは、その幻の群れは、僕が、そこに、わきのベンチの上に存在していることには、まるきり気づく様子はなかった。そのため僕の目には彼女たちがいっそう神々しいものに映ずるのだった。こっちは、正直なはなし、色情的神秘的な讃美と、キニーネと、空腹とで、よだれも小便もたれ流しのありさまだった。死ねるものなら、この瞬間にひと思いに死んでしまいたかった。思い残すことは何ひとつなかった。

女たちは、この世のものとも思えぬ若い職業婦人たちは、僕をさらって行くことも、昇天させることも意のままだった、ちょっと身ぶりをしさえすれば、ひと言口をききさえすれば十分だった、そうすれば、僕はたちまち、完全に《夢》の世界に移ってしまったことだろう、が彼女たちは別に使命があるらしかった。

そんなありさまで茫然《ぼうぜん》自失のうちに、二時間が経過した。もはや望みはなかった。

腸《はらわた》というやつがある。フランスの田舎で、乞食をからかうのをご覧になったことがおありだろうか？　古財布《ふるざいふ》に鶏《にわとり》の腐った腸《はらわた》をつめ込んでおくのだ。ところで、人間だって、まったくのところ、古財布とちっとも変わりはしない、ただ一まわり大きく、落ち着きがなく、食いしんぼうで、そして、中には夢がつまっているだけのことだ。

　真剣に考える必要があった、わずかの蓄えにいきなり手をつけるのはまずかった。持ち合わせは知れていたし、数えてみる勇気もなかった。それに数える力もなかっただろう、物が二重に見えたからだ。ただ服地ごしに、ポケットの中の薄っぺらな札束を感じるだけだった、そいつは役に立たぬ統計書の片わきで、小さくちぢかんでいるみたいだった。

　男たちも通りかかった、若い男が多かった、赤い木でできたような面《つら》と、乾いた単調な目つきと、どう見てもまともとは思えん、ばかでっかい、下品な顎《あご》をした……つまりこれがここの女たちのお好みの型なんだろう。男と女はめいめい思い思いの側を歩いているみたいだった。女のほうはほとんど店の飾り窓ばかりのぞいて、ハンドバッグやスカーフやこまごました絹製品に、すっかり気を奪われているようだった、それらの商品は、一つのショーウィンドーにほんのわずかずつ、だが的確な、いやでも目につくやり方で、陳列されていた。通行人の中に老人の姿はあまり見かけなかった。男女《ふたり》連れも少なかった。だれも、僕がひとりぼっちで、何時間もそのベンチに腰かけて、通行人を眺めていることに不審をいだく様子はなかった。が、そのうち、車道の真ん中にインク壺《つぼ》みたいに置かれた巡査が、僕がよからぬことを企んでいるにちがいないと疑いはじめたようだ。そう顔に書いてあった。

どこにいても、その筋の注目をひくようになれば、大急ぎで姿を消すにしくはない。弁解は無用だ、もぐれ！　と僕は思った。

　僕の座っていたベンチの右手には、歩道の表面に、ちょうど、故国《くに》の地下鉄《メトロ》のような、大きな穴が一つあいていた。その穴がおあつらえむきに思われた、広々として、内側に薔薇色の大理石ずくめの階段がのぞいていた。さきほどから、何人もの人間が通りからその穴に消え、またそこから出て来るのを見ていた。その地下室は、彼らが生理的要求を満たしに出かける場所だったのだ。僕はさっそくそこに決めた。件《くだん》の広間もやはり大理石でできていた。まるでプールみたいだ、もっとも、水をすっかり抜いて、かわりにほのかな明かりで満たした、臭《くさ》い匂いのするプール。その薄暗がりの中で男たちがズボンをずらし、自分たちの悪臭の真っ只中で、野蛮な音とともに、顔を真っ赤にして、人前もはばからず汚ないしろものを押し出す作業に余念がない。

　男同士、そんなふうに、気兼ねなく、まわりの連中の笑い声の中で。フットボール試合みたいに声援まで飛び出す始末だ。やって来るとまず、力仕事にとりかかるみたいに、上着を脱ぐ。つまり制服《ユニフォーム》に着かえるのだ、それがしきたりだ。

　それから、あられもない身なりで、げっぷをしたり、おならをしたり、気違い病院の中庭そこのけの騒ぎを演じながら、糞まみれの洞窟に身を落ち着ける。新来者は往来から階段を降りてくるあいだ、さまざまの汚ならしい冗談に受け答えせねばならぬ。それでも皆んなは結構ご機嫌みたいだ。

上の歩道では、連中は、男たちは、お行儀よく、窮屈そうな、浮かん面をしている、それだけになおのこと、おおぜい、わいわい騒いで腹の中をからにするのが、解放的な心《しん》からの楽しみのようだった。

便所の扉は一面に汚れ、蝶番《ちょうつがい》がはずれ、下にずり落ちている。あちこちの便所を訪ねてだべり合う人間もいた。あくのを待っている連中は太い葉巻をくゆらせながら用便中の男の肩をたたいてせっつく。相手の男は、顔面をひきつらせ、両手で頭をかかえこんで、いっかな動きそうにない。負傷者か臨産婦みたいにうめき声をあげている連中もおおぜいいた。糞づまりの連中を皆んなは手を変え品を変えおどしつけるのだった。

水のほとばしりが空席を告げると、あいた穴をめぐって騒ぎはいっそうひどくなる、だれが先にはいるか、ときには銭投げまでしてきめる始末だ。新聞は小さなクッションほどの厚みがあるが、そそくさと読みすてられ、この直腸労働者の大群によってたちまち溶かされてしまう。煙草の煙のせいで顔はほとんど見分けられなかった。連中の放つ臭気のせいで、あまりそばへ近寄ってみる気はしなかった。

この陰日向《かげひなた》ぶりはまったく外国人を面くらわせるのに十分だ。この内輪同士の行儀の悪さ、はらわた同士の驚くべき馴れなれしさと、路上でのあの完璧な抑制ぶり！　あいた口がふさがらなかった。

もとのベンチで休憩するために、同じ階段を上って日の照る場所に出た。排泄《はいせつ》と下品の突然の跳梁《ちょうりょう》。大便《うんこ》の陽気な共産主義の発見。この面くらうような複雑な出来事に、僕は匙を投げるより仕方なかった。分析する力も、総合する力もなかった。ただもう、眠りたかった。甘美な貴重な憧憬《あこがれ》。

でもう一度、通行人の列の後ろについて、その広場から分かれている幾つもの通りの一つにはいり込んだ。店の飾り窓の一つ一つが人波を寸断するために、歩みはなかなかはかどらなかった。通りに面して一軒のホテルの入口が開いて、大きな渦をつくり出していた。通廊付きの広々した玄関から人波が歩道にほとばしり出る、僕のほうは逆方向へ吸い込まれ、内部の大きなロビーのど真ん中へほうり出された。

いきなり度肝をぬかれた……すべては推測する以外に、この建物の堂々さ、規模の広大さは、想像する以外になかった、なぜなら室内の電球はすっかり覆いでぼかされ、しばらくせねば目が慣れなかったからだ。

その薄暗がりの中に、おおぜいの若い女が、まるで宝石箱にでもおさまったみたいに、深々した安楽椅子に身を沈めていた。まわりを、女たちからある程度の距離をおいて、緊張した男たちが、こっそり行ったり来たりしていた、華美な絹の裳裾《もすそ》を高くかかげて組んだ脚の行列の沖合いを、好奇の眼差《まなざし》で、おそるおそる。女たちは、そのすばらしい女性たちは、ここですごく厳粛な、すごく金のかかる事件を待ちうけているように思われた。もちろん、彼女たちの念頭にあるのは、僕なんかではなかった。そんなわけで僕もまた、そのあからさまな誘惑の行列の前を、こっそり通り抜けるのが落ちだった。

安楽椅子にずらりと居並んだ、裾をはだけた美女連の数は少なくとも百人はくだらなかったので、入口の受付までたどりついたときには、僕は自分の気性にとって刺激の強すぎる大量の美にあてられて、すっかりぼうっとなり、足もともふらつく始末だった。

受付では、ポマードで固めた係員がぶっきらぼうに部屋を割り当てた。僕はホテルじゅうでいちばん小さい部屋に決めた。さしあたって五十ドルそこそこしか持ち合わせなかったし、まるで先の見込みも立たず、自信も皆無だった。

その男から、その係員から割り当てられた部屋が本当にアメリカじゅうでいちばん小さい部屋であってくれることを祈った、なぜならこのホテル《ラアフ・カルヴィン》は、全国の最も豪華なホテルの中でも、いちばん繁盛しているホテルであると、広告ポスターに書いてあったからだ。

僕の頭上にはなんというおびただしい部屋！　そしてすぐそばの、長椅子の上には、なんという大量の強姦《ごうかん》への誘《いざな》い！　なんという奈落《ならく》！　なんという危険！　貧乏人の美的拷問にはいったい際限がないのか？　飢えよりもなお執拗《しつよう》なのか？　だが、そんなことにへこたれている暇はなかった、受付の連中からすばやく鍵《かぎ》を、ずっしり重い鍵を、手渡されたからだ。僕はもう体を動かす元気もなかった。

ませた子供のボーイが、年の若い陸軍代将みたいな身なりで、薄暗がりの中から僕の眼前に出現した。高圧的な司令官。受付のすべすべした従業員は、金属のベルを三度ならした、僕つきのボーイは口笛を吹きだした。追っぱらわれたのだ。出発だ。僕らは繰り出されたのだ。

まず廊下を通って、全速力で、僕たちは、地下鉄のように真っ暗がりを決然と突進する。彼が運転手だ、少年のほうが。また行き当たり、カーブ、またカーブ。長くはかからなかった。ちょっとハンドルを切る。すんだ。エレベーターだ。胸がむかつきそう。やっと着いた？　そうじゃない。また廊下だ。いっそう暗い。廊下の壁はどこもかしこも黒檀張りみたいだった。調べている暇はない。小僧は口笛を吹きながら、僕の貧弱な鞄を運んで行く。僕のほうは何も尋ねる勇気はない。ただ進めばよいのだ、わかっている。途中、暗闇の中にところどころ、赤と緑の電球が信号の役目を果たしていた。金色の細長い筋が扉のありかを示している。とっくに千八百台を、ついで三千台を通り過ぎてしまった、が僕たちは依然として、打ち勝ちがたい共通の運命に運ばれて進んで行く。そいつは、その金モールをつけた小さなボーイは、暗闇の中をえたいの知れない人間のあとに、いわば自分の本能のあとについて行くみたいだった。この洞穴《ほらあな》の中で彼は沈着そのものだった。一人の黒ん坊と、やっぱり色の黒い一人の小間使いとを追い越したとき、彼の口笛は哀切な調子を帯びた。それだけだった。

スピードを高めようとしているうちに、《検疫隊》から逃げ出したときにはまだわずかばかり残っていた沈着を、この単調な廊下沿いに僕はすっかり取り落としてしまった。ばらばらにほぐれそうだった、ちょうど僕の小屋がアフリカの嵐にうたれ、なまぬるい洪水《こうずい》を浴びて、ぼろぼろにこわれてしまったように。僕は僕で、ここで未知の感覚の洪水と戦っていた。二種の人間の中間には、虚空の中で身もがきする段階があるものだ。

突然ボーイは、なんの予告もなく、旋回した。着いたのだ。僕は扉を押しあけた、そこが僕の部屋だった。黒檀張りの大きな箱。テーブルの上に、わずかな光線が、いじけた緑がかった電気スタンドを取り巻いているだけ。《ニューヨークご滞在中、愉快にお過ごしいただけますよう、親切モットーのサービスを心掛けております。ラアフ・カルヴィン・ホテル支配人敬白》目につきやすい場所に貼られたその掲示を読むと、僕はいやがうえにげんなりしてしまうのだった。

ひとりぼっちになると、さらに悪かった。アメリカ全体が、僕をいらだたせ、不安に突き落とし、いやな予感でつけまわしに、そこまで、その部屋の中まで入り込んでくるのだった。

寝床《ベッド》に横たわり、落ち着かぬ気分で、まずこの囲いの中の薄暗がりに慣れようと努力した。周期的な地鳴りを伴って、窓よりの壁が震えた。高架電車の通過だ。それは、真正面の、往来と往来のあいだを、弾丸のように飛びはねて行く、がたがた揺れるこまぎれ肉をいっぱいつめ込んで、街から街へキ印の都会をがったんごっとん横切って行くのだ。むこうの建物の氾濫《はんらん》の真上をそいつが車体を震わせて走り去るのが見えた、が時速百キロの速度で通りぬけたあとも、その反響《こだま》は、背後に壁から壁へどこまでもとどろき渡るのだった。こんな意気消沈の状態のうちに、夕食の時間がやってきた、ついで就寝の時間が。

とりわけ度肝を抜かれたのは、このすさまじい高架電車だった。井戸のような狭い中庭をあいだにはさんだ、むかいの壁面に、一部屋、二部屋、ついで何千と部屋に明かりがともった。そのうちのいくつかの中で行なわれていることが、手にとるように見えた。夫婦連れが床につくところだった。体を縦にしている時刻がすぎると、すっかり箔《はく》を落としてしまうことでは、フランス人もアメリカ人も大差ないようだった。女たちはすごく張り切ったすごく白い腿《もも》をしていた。ともかく僕に見える範囲ではそうだった。たいていの男は床にはいる前に葉巻をくわえながら髭《ひげ》をあたるのだった。

寝台に横たわるとまず眼鏡をはずし、入れ歯をコップの中におさめ、全体を目にはいりやすい場所におく。夫婦同士は、互いに口をきく様子はなかった、外を歩いているときとまったく同じだ。しごくおとなしい、退屈に慣れた大きな獣《けもの》みたいだった。僕が期待していたことを明かりの下でやりはじめたのは、全部で二組の夫婦しかなかった、それもしごくおしとやかに。ほかの女たちは、あめ玉をしゃぶりながら夫が髭をそり終えるのを待っている。やがて、みんな灯《ひ》を消してしまった。

床についた人間というのは、いやなものだ。なにがどうなろうとお構いなし。なんのために自分がこの世にいるのか、理解しようなどという気は、毛頭ない。そんなことはどうだっていいのだ。ただ眠ればいいのだ、満足しきった、間の抜けた、勘の鈍い連中、アメリカ人にかぎったことではない。天下は泰平だ。

僕のほうは、安心するにしては得体の知れん事柄をあまりにもたくさん見すぎていた。それをあまりに知りすぎ、しかもまだ十分に知りつくしていないみたいだった。逃げ出すことだ、と僕は自分に言い聞かせた、もう一度逃げ出すことだ。ロバンソンに会えるかもしれん。これはばかげきった考えだった、が僕はもう一度逃げ出す口実にそれを使うのだった、小さなベッドの上でいくど寝返りをうってみても、わずかの眠りさえもとらえることができなかったのだから、むりはない。こんな場合には自慰《せんずり》をかいてみたところで、慰めにも気晴らしにもなりゃしない。つまり文字どおりの絶望だ。

もひとつ悪いことは、前日やったことを、明日も続ける力を、どうやって見つけだせばよいかわからないことだ。うんざりするほど昔からやりつづけてきたことを、その愚かしい行動を続ける力をどこで見つけだすか、要するに、なんの成果もない数々の計画、重苦しい宿命からのがれるための試み、常に挫折《ざせつ》に終わる試み、どれもこれも、運命は逃れがたいことを改めて確認させるだけの試み。結局、日増しに心もとなく、不愉快になっていく明日への不安に圧しひしがれ、夜ごと夜ごと、部屋の床の上にぶっ倒れるだけが落ちだ。

おまけに年齢というやつが、あの裏切り者がおどり出し、最悪のもので僕らを脅かしかねない。要するに、自分のうちに生命を踊らせる音楽が鳴りやんでしまったのだ。冷酷な真相につつまれたこの世の果てへ、青春は跡形もなく消え去ってしまったのだ。ところで、自分のうちに十分な熱狂がなくなれば、いったい、外へ飛び出したところで、どこへ行くあてがあるのか。現実は、要するに、断末魔の連続だ。この世の現実は、死だ。どっちかに決めねばならない、命を絶つか、ごまかすか。僕には自殺する力はなかった。

とすればいちばんいいのは通りへ飛び出すことだ。こいつは小きざみの自殺行為だ。塒《ねぐら》と餌《えさ》ぐらいは、だれにだってなんとかなるものだ。翌日、食い代《しろ》をかせげるだけの力を取り戻すためにも、なんとかして寝つかなくちゃ。気力を取り戻さねばならぬ、明日仕事を見つけるのにかつかつ必要なだけの気力を。そして、すぐまた、翌日に備え、新しい眠りを横切るのだ。だが、いったん、すべてに疑問をいだきだすと、まして、これほど肝を冷やしたあとでは、眠るといったって、そう簡単にいくもんじゃない。

僕は服を着込んだ、そしてなんとか、エレベーターまでたどり着いた、がふらふらだった。そのうえまだ、玄関に居並んだ行列を、すごく誘惑的な脚と、優美で厳粛な顔立ちを備えた、心ときめく謎々《なぞなぞ》の前を通り過ぎねばならなかった。要するに女神、客引きの女神。掛け合ってみる手もあっただろう。が、僕は引きとめられるのを恐れた。悶着《もんちゃく》を起こすだけだ。貧乏人の欲望の報いはどうせ豚箱行きにきまっている。でまた路上の人になった。

もうさきほどと同じ群衆ではなかった。歩道に沿って泡立ちながら、このほうはいくらか大胆さを加えたようだった。こいつは、この群衆は、いくぶん潤《うるお》いのある国、気晴らしの国、宵《よい》の国にたどりついたみたいだった。

連中は、人波は、遠くの闇の中に浮かんだ明かりのほうを、のたうちまわる色とりどりの蛇のほうを目ざして進んで行く。あたりのあらゆる通りから人間が注《そそ》ぎ込んでくる。たいへんなドルだ、と僕は考えるのだった、これだけおおぜい人間が寄れば、たとえばハンカチだけだって、絹の靴下だけだって！　いや煙草だけでも！　が、こっちは、この金銭《かね》の山の中をいくらうろついてみたところで、一文の実入りにもならんのだ、飯代《めしだい》にすらも！　考えればやりきれん話だ、人間同士はぴっしり隔てられているのだ、ちょうど建物同士みたいに。

僕もまた、その光のほうへ引きずられて行った、映画館、隣もまた映画館、さらにまた映画館、そんな調子で通りの端から端まで。その一つ一つの前で、群衆の大きなかけらが失われるのだった。僕もそのうちの一つを、一軒の映画館を選び出した、シュミーズ姿の女の写真のかかった映画館を。なんというすばらしい腿！　さあさあ、殿方いらはい、いらはい！　むちむちした！　はちきれそうな！　脚線美！　おまけに上のほうにはかわいいお面までのっかってるのだ、対照の効果をねらって描かれたような、繊細《せんさい》な、可憐な顔立ち。修正の余地のない、完璧な、手抜かり一つない、デッサン画、まさしく非の打ちどころのない、かわいくて、それでいて、きりっと締まった。生命が花開かすことのできるこのうえなく危険なしろもの、まさしく不用心な美、最高度に神々しい深遠な調和のこの濫費。

映画館の中は、居心地よく、ほかほか暖かかった。寺院の中みたいにやさしいパイプオルガンが鳴りひびいていた。もっともこっちのほうは暖房付きの大寺院、オルガンのお代わりは太腿《ふともも》だ。いっときもむだにはできぬ。ぬくぬくした赦免の中へ躍り込むのだ。場内の空気に身をまかせているだけで、なんだか世間全体が寛大な宗旨に鞍替《くらが》えしたように思えてくるのだ。ほっと生き返ったような気分だ。

ついで、暗闇の中に夢がくゆり、ゆらめく光線の蜃気楼《しんきろう》にふれて燃えあがる。スクリーンの上の出来事は完全に生きうつしとはいえない、貧乏人のために、夢のために、死者のために、大きな部分がぼかされている。そいつを、その夢を急いで胸いっぱいに詰め込んでおかねばならない。一歩映画館を出れば待ちうけている人生を乗り切るために、恐ろしい事件や人間のあいだでまた幾日も生きつづけるために。それらの夢の中からいちばん魂を温《ぬく》めてくれるものを選《よ》り出すのだ。僕にとってはそいつは、白状すると、みだらな夢だった。お高くとまっていてもはじまらん、奇蹟のうちからつかめるものをつかむことだ。忘れられない胸もとと襟足をした金髪女がころあいを見て姿を現わし、スクリーンの沈黙を破って、胸の中のさびしさを訴える歌をうたいだした。みんなは彼女といっしょに涙を流さんばかりだった。

なんというすばらしいしろもの！ どれほど元気づけられることか！ たちまち僕は勇気を取りもどし、体内に活力がみなぎりわたるのを感じるのだった、少なくとも二日分は大丈夫だ。場内に明かりがともるまで待たなかった。このすばらしい魂の陶酔をちょっとでも吸い込んだからは、必ず眠ってみせるつもりだった。

《ラアフ・カルヴィン・ホテル》にもどると、こっちから挨拶《あいさつ》したのに、玄関番はおやすみとも言わなかった。故国《くに》の門番も同じことだ、が、いまでは門番風情《ふぜい》の軽蔑《けいべつ》など気にもならなかった。内部の強烈な生命はそれだけで満ち足り、二十年の大浮氷も溶かし去る。そんなものだ。

部屋にもどって、目を閉じるとさっそく、映画館の金髪女が、悲しみのメロディをもう一度歌い聞かせにやって来てくれた、今度は僕ひとりのために。いわば僕は彼女と協力で自分を寝かしつける作業にとりかかりだした、そして、うまく成功した……。僕はもう完全なひとりぼっちではなかった……ひとりぼっちで眠るなんて、できるもんじゃない。

⁂

アメリカで経済的に食事をするには、ソーセージをはさんだ小さな暖かいパンを買いに行けばよい、そいつが手軽だ、小路の角で売っていて、まったく値がはらない。貧乏人の界隈《かいわい》で食事をすることはすこしも苦にならなかった、が金持向きのあの美しい女たちの姿を見られんこと、そいつがつらかった。それでは腹ごしらえする意味もないというものだ。《ラアフ・カルヴィン》でなら、まだしも、厚い絨毯《じゅうたん》の上を人探しでもしているようなふりをして、玄関の、あまりにもきれいすぎる女たちのあいだで、彼女たちの曖昧《あいまい》な雰囲気の中へしだいに大胆にはいり込んでいく手もあった。考えてみれば、奴らが、《コンビタ王女》の連中が言ったことに、まちがいはなかったのだ。今になって、僕は思い当たったのだ、つまり自分が下積みの人間にふさわしい堅気な好みを持っていないことに。奴らがガリー船の同僚が僕を罵《ののし》ったのも無理はない。ところで、相変わらず元気は回復しなかった。また映画の強壮薬を詰め込みに、あちこち出かけてみた、がそんなものはほんの一、二度の外出に必要な程度の元気しか回復する力はなかった。それだけの効き目だ。アフリカでも、確かに相当むごたらしい孤独を体験した、がこのアメリカの雑踏の巷《ちまた》での孤立感はいっそう息苦しい様相を帯びだすのだった。

　僕はたえず自分がからっぽになることを、つまり存在する真剣な理由が何ひとつなくなることを恐れつづけてきた。いまや僕は現実を前に自分のむなしさを痛感しはじめていた。自分が暮らしなれたみみっちい環境とはあまりにもかけ離れすぎたこの境遇の中で、僕はみるみる溶け去っていくようだった。今にも自分が存在しなくなりそうだった、あっさり跡形もなく。つまり、わかりだしたが、自分に向かってなじみの事柄を話しかける人間がいなくなると、もう僕は、どうしようもない一種の倦怠《けんたい》の中に、いわばじわじわした、恐ろしい魂の破局の中に沈み込まずにおれないのだ。やりきれない体験だった。

そいつに次の冒険に最後のドルをはたき込む前日になっても、僕はまだ倦怠感からぬけ出せなかった。ごく差し迫ったやりくりさえ考えてみる気になれないほどだった。僕らは、もともと、すごく軽薄に生まれついているので、僕らに死を思いとどまらせるものといっては、気晴らしをおいてほかに考えられないのだ。僕もまた必死で映画にしがみつくのだった。

ホテルの気も狂いそうな暗闇を抜け出すと、僕はあたりの高い家並みの通りを、眩暈《めまい》を覚えるような家々の無味乾燥なカーニバルのあいだを、ぶらついてみた。その間口の連続、無限に連なる舗石と煉瓦《れんが》と塀でつまった単調な眺めを前にして、僕の倦怠感は深まる一方だった、おまけに、どちらを見ても商売、また商売、見かけ倒しの、膿《うみ》だらけの広告で張り裂けそうな、世界の癌《がん》。

河のほうへ向かって、僕はいくつも小路を通り抜けて行った。道幅はいまでは普通の広さになっていた、つまり、たとえば僕のいる歩道から、むかいの建物のガラス窓をひとつ残らずこわせそうなほどに。

あたりには揚げ物のたえまない臭いがたちこめ、商店は盗難を恐れてもう店をしめてしまっていた。何から何まで以前いたヴィルジュイフの病院のあたりを思い起こさせた、歩道にあふれた膝小僧のはれ上がった、脚の曲がった子供たちと言い、さらに、手まわしオルガンと言い。その連中といっしょにここに留まってもよかったわけだ、が連中にしたところで、貧乏人たちにしたところで、僕を養ってくれるわけはなかった。それに、奴らと、一人残らず、しょっちゅう顔をつき合わせることになるだろう。連中のあまりの悲惨さを想像すると、僕はおじけをふるうのだった。で結局、山の手のほうへ引き返した。「ろくでなしめ！」と僕は自分に向かって言うのだった。「まったく、貴様は駄目な野郎だ！」腰抜け根性ときっぱり手を切る勇気が欠けているときは、毎日すこしずつ自分を知ることで甘んずるより仕方ない。

　市街電車がハドソン河沿いに都心に向かって走っていた。車輪全体と臆病そうな車体でがたがた震える古ぼけた電車。終点まで行き着くのにたっぷり一時間はかかった。乗客は電車の入口にすえられた自動コーヒー挽きみたいな機械による複雑な支払いの儀式に、いらだちもせずに服従するのだった。連合軍の一員のようななりをした、《バルカン戦争捕虜》みたいな制服の車掌が、お客の支払いぶりをながめているだけだ。

　やっと、着いた、くたくたに疲れて、この庶民的行楽から戻ると、こんどは玄関に幾列も無尽蔵に居並んだ美人たちの関所にさしかかる。今夜もまた僕は夢みごこちに物欲しげに通りすぎるよりほかはなかった。

僕の窮乏は底をつき、もはや確かめるためにポケットの中をさぐってみる勇気もないほどだった。ローラがこんなときにいてくれれば！　と思うのだった……が第一、彼女は僕に会うことを承知するだろうか？　最初の無心は五十ドルにするか、それとも百ドルにするか……なんとなく気おくれがした、まず、腹ごしらえをし、十分睡眠をとったうえでなければ、そんな勇気は出そうになかった。そして、その最初の借金の面談に成功すれば、その足でさっそくロバンソンをさがしにかかろう、つまり、十分な力を回復し次第。奴は、ロバンソンは、おれとはわけがちがう！　とにかく、性根《しょうね》のすわった男だ！　勇敢な奴だ！　そうだ！　奴ならアメリカでうまくやるこつを、いろいろ心得ているに違いない！　自信を、僕におそろしく欠けている沈着を獲得する方法を、奴なら承知していないともかぎらん……

予想どおり、奴もやはりガリー船で上陸して、僕よりずっと前にこの国の岸を踏んでいるとすれば、きっと今ごろは、奴のことだ、アメリカ的地位を築き上げているに違いない！　このがさつな連中の無神経な騒ぎも、ロバンソンなら、屁《へ》とも思わんだろう！　僕にしたところで、考えてみれば、街のけばけばしい看板で見出した事務所へ仕事をさがしに行く手もあったわけだ……がそういう店へ入って行かねばならないことを思っただけで、僕は震えあがり、気おくれで身がすくむのだった。ホテルだけでもうこりごりだ。忌わしい活気にみちたあの巨大な墓場だけで。

おそらく慣れた連中は、この物質と商売の巣窟《そうくつ》の密集を目の前にしても、僕みたいな感慨はこれっぽっちも抱かないのでは？　このすみずみまでの無限の組織化に対しても？　この宙づりの大氾濫も、彼らの目には、たぶん、安定として映じるのだろう。ところが、僕にとっては、それは煉瓦と、廊下と、錠前《じようまえ》と、窓口からできた、忌わしい強制組織、巨大な、逃れようのない建築の拷問以外のなにものでもなかった。

理屈をこねるのは恐怖の形をかえた現われにすぎないし、そんなものでこたえるのは、よっぽどの腰抜け亡者ぐらいだ。

懐中にはあと三ドルしかなかったので、タイムズ・スクエア広場へ出かけ、そこの広告の光にすかして、そいつが、その金銭《おあし》が、てのひらの中で生きのいい魚のようにはぜるのを眺めてみた。そこは小さな異様な広場で、映画の選択に余念ない群衆の頭上に広告のはねが降りかかる。自分用に僕はなるたけ安い食堂を物色した、そしてサービスが最小限に縮められ、食事の儀式が自然の欲求のぎりぎりの寸法にまで簡略化された、合理的大衆食堂の一つに近づいた。

入口のところで、まず皿が手渡され、行列のあとに並ぶ。待たされる。隣に並んだ女たち、僕のお仲間の魅力たっぷりの夕食志願者たちは、僕にひと言も話しかけなかった……こういう鼻すじの通った色っぽい娘の一人とこんな調子で近づきになれたらどんなに楽しいだろう、と僕は考えるのだった。「お嬢さん」と話しかける。「僕はお金持です、とてもお金持です……欲しいものをなんでもおっしゃってください……」

　そうすれば、たぶんすべては、たちまち、驚くばかり、簡単にいくだろう、一瞬前まではあんなに複雑だったすべてが……すべては変貌し、恐ろしい敵意にみちた世間は、たちまち、いくじない、従順な、なめらかな毬《まり》になって僕たちの足下にころがるのだ。そして、成功者を、幸運を夢見る気苦労な習慣からも、たぶん一挙に解放されるだろう。なぜなら、そういうものにひとつ残らず、じかに手で触れることができるからだ。金銭《かね》のない人間の生活は焦燥と失意の連続にすぎない。僕たちは、自分が所有しているものしか、本当に知ることはできないし、また、所有しているものからしか、解放されることはできないのだ。僕の場合は、さんざん夢を抱き、失った結果、根性はすっかりひび割れ、寒々した隙間風にさらされ、醜くねじれてしまっていた。

　順番を待っているあいだ、その食堂の若い女性連とごく当たりさわりのない会話ひとつ試みることはできなかった。黙って行儀よく皿を支えていた。順番が来て腸詰と隠元豆で充たされた陶製の容器の前に来たとき、僕は呉れるだけのものをぜんぶ受け取った。この食堂は、あんまり清潔で、明るいので、僕はまるで牛乳の上の蠅《はえ》みたいに、モザイクの床の表面にとまっているような気がするのだった。

　給仕女たちは、看護婦みたいな身なりで、マカロニやライスやシチューの後ろに控えていた、それぞれ専門があった。僕はいちばんかわいい女たちが配ってくれるもので皿を満たした。残念なことに、彼女たちはお客に微笑ひとつ見せなかった。盛りつけがすむと、おとなしく腰かけに行き、次の人間に順番を譲らねばならない。手術室の中みたいに、傾かないように皿を支え、小刻みに進んでいく。《ラアフ・カルヴィン》とは、金色の縁取りの黒檀の小部屋とは、またすっかり趣が異なっていた。

　だが僕らに対して、お客に対してこんなにたくさんの明かりを惜しげもなく注《そそ》ぎかけるのは、僕らの身分につきものの暗闇から片時のあいだ僕たちを救い出してくれるのは、これもまた計画の一部だったのだ。奴には、店の主《あるじ》には、ちゃんと思惑があったのだ。油断もすきもありゃしない。幾日もの暗がりの暮らしのあとで、だしぬけに光の氾濫に浴するのは妙なぐあいだ。僕の場合は、また狂気がいくらか余分に加わったみたいだった。もう充分間にあってますと言いたいところだが。

　僕に当たった、汚れ一つない熔岩製の小さなテーブルの下で、僕は足のやり場に困る始末だった。どっちへ向けてもはみだすのだ。そいつに自分の足にしばらくどこかへ消えてもらいたいほどだった。なぜならショーウィンドーの外側から、僕たちは表に並んだ連中に眺められていたからだ。彼らは僕たちが早く終わるのを、僕らが食い終わって自分たちがテーブルに着く順番がくるのを待っているのだ。僕らがこんなに明るく照らされ、引き立てられているのは、ほかでもない、その目的のため、彼らの食欲を維持するため、つまり生きた広告の資格でだったのだ。ケーキの上の苺《いちご》はあんまりぎらぎら輝いていて、どうしても喉《のど》を通す気がしないほどだった。

アメリカ式商法からは逃れようがない。

このまぶしい晴れがましい雰囲気の中でも、さすがに一人のすごくきれいな給仕女がそばを行き来するのだけは目にはいった、そこで僕は、彼女のかわいい身のこなしを何ひとつ見のがすまいと決心した。

食器をさげてもらう番がきたとき、僕は彼女の目の思いがけない形に心を打たれた、故国《くに》の女の目にくらべて、目じりがうんと鋭く、切れ上がっていた。まぶたも、こめかみのあたりで眉毛のほうへ心もちそり返っているようだった。ひと口で言えば、つれなさそうな感じ、ただし適度のつれなさ、接吻可能なつれなさ、ラインの白葡萄酒の辛味《からみ》のような、一筋縄でいかん、結局は、口当たりのよい辛さ。

彼女が近づいたとき、僕は彼女に、その給仕女に、まるで昵懇《じっこん》の間柄でもあるように、目顔で合図を送ってみせた。彼女はばかみたいになんの愛想も示さなかった、それでもともかく、好奇心を持って僕を観察した。「どんなもんだ」と僕は腹の中で思うのだった。

「初めてアメリカ女におれのほうを見させたぞ」

ぎらぎら光るパイを食べ終わったので、ほかの者に席をゆずらねばならなかった。そこで僕は、よろめきながら立ち上がった、そして、まっすぐ出口に続いている、ひと目で明らかな通路のほうへは向かわずに、みんなから金を取り上げようと待ち構えている勘定台の男をしり目に、問題の金髪女を目ざして進んで行った。統制の行き届いた光の氾濫の中で、僕の姿は、異常に目立たずにはすまなかった。

　とろとろ煮え立つ品物の後ろの持ち場にいた二十五人の給仕女が、いっせいに僕のほうに向かって、道をまちがえた、方角を誤ったという合図を送った。ウィンドーの中で順番を待っている連中のあいだで大きなどよめきが生じるのが見えた。僕のあとから食いはじめるはずだった連中も腰をおろすのをためらった。僕は秩序を乱したのだ。周囲の人間は一人残らず、あきれ果てた様子だった。「どうせまた、よそ者にきまっとるさ！」言い合うのが聞こえた。

　が、僕は僕なりに、真剣に思いつめていたのだ。僕に給仕してくれた美女を手離したくなかったのだ。相手にはお気の毒だが、彼女は、そのかわいい娘は僕を見つめてくれたのだ、もうひとりぼっちはたくさん！　もう夢は結構！　好意が欲しい！　触れ合いが！「お嬢さん、あなたは僕をご存じないでしょう、でも僕はあなたを好きになっちまったんです、結婚していただけませんか？……」そんな意味のことを、僕は彼女に向かって叫びかけたのである、まったくの堅気女に向かって。

　彼女の返事は僕に届く暇もなかった、その瞬間、やっぱり白ずくめの服装の、一人の大男の用心棒が、姿を現わすと、僕を表へほうり出してしまったからだ、いとも簡単に、罵《ののし》るでもなく、手荒らにふるまうでもなく。迷子犬でも扱うように、闇の中へつまみ出してしまった。

規定どおり行なわれたのだ、何も言うことはなかった。

僕は《ラアフ・カルヴィン》のほうへ戻って行った。

部屋では相変わらず竜巻のような地響きが反響《こだま》をたたきつけにやってくるのだった、まず、はるか彼方からこちらへ向かって突進し、通過するたびごとに鉄路をもぎとり、一挙に街を粉砕するかと思える高架電車の雷鳴、さらに、その合間をぬって、ずっと下の、通りからたちのぼる機械の支離滅裂な響き、なおそのうえに、ためらいがちな、しじゅう活気のない、歩きだしては、またためらい、またあともどりする、渦巻く群衆のもの憂いざわめき。街の中は人間のマーマレードでいっぱいだ。

僕のいる高い場所からは、彼らに向かってなんでも怒鳴りつけることができた。僕はやってみた。彼らは一人残らず僕に嫌悪の念を起こさせるのだった。昼間、彼らと面と向かっているときには、さすがに言い出す勇気はなかった、が、今いる場所からなら、なんの危険もなかった、彼らに向かって僕は叫び出した。「救けてくれ！ 救けてくれ！」ただ彼らになにかの反応があるかどうか試してみるために。なんの反応もなかった。彼らは、人間どもは、生を、夜を、昼を前方に押し出すことに余念なかった。そいつは、人生は、彼らの目からすべてを覆い隠してしまうのだ。自分自身の騒音の中で、何も聞こえないのだ。無関心なのだ。街が大きければ大きいほど、高ければ高いほど、彼らは無関心になる。

嘘じゃない、僕は試してみたのだ。もうそれには及ばん。

＊＊＊

僕がローラをさがしはじめたのは、ただ単に金銭上の理由からだった、がそれはいかにもさし迫った、のっぴきならぬ理由だった！　そういうみじめな必要さえなければ、僕はこんなあばずれ女の顔は二度と拝まず、かってに老いぼれてあの世へ行くにまかせておいたことだろう！　じっくり考えて、もはや疑いの余地はなかったが、結局、僕に対して、彼女は最も踏みつけなやり方で振舞ったのだ。

　僕たちの生活とかかり合った連中の自己本位《エゴイズム》は、年とってその連中のことを振り返ったとき、はっきり正体を暴露するものだ、要するに、鋼鉄のような、プラチナのような、未来永劫《えいごう》よりもさらに持続的な姿を。

　若いうちは、どれほどすげない仕打ちにも、どれほど意地悪な身勝手にも、愛情の気まぐれとか、世間なれぬロマンチシズムの現われとかいった言いわけを見つけ出すものだ。ところが、さらに年をとり、単に人並みの生活を続けるためにも、奸知《かんち》と、冷酷と、敵意がいかに必要であるかを、人生から十分見せつけられたとき、僕たちは初めて気がつき、迷妄《めいもう》から醒《さ》め、過去の忌わしい事柄を一つ残らず理解できる立場におかれるのだ。自分自身を、つまり、自分がどれほど穢《けが》らわしいものになってしまったかを、念入りに観察するだけで十分だ。もはや神秘も、お人好し根性も残されていない、今まで生きてきたからには、手持ちの詩情などすっかり食いつくしてしまっているのだ。人生なんて、いんげん豆とかわりない。

　僕のいまいましい昔なじみ、さんざん苦労したあげく、とうとう僕は彼女を七十七番街の二十三階に見つけ出した。お情けを乞《こ》いに出かける相手というものは、どうしてこうも鼻もちならぬ人間に思えるのか。彼女の住居は豪奢《ごうしゃ》だった、ほぼ想像していたとおりだった。

　前もって映画という活力剤を多量に飲み込んでおいたおかげで、僕は精神的にほぼ爽快《そうかい》で、ニューヨークに上陸以来落ち込んでいた意気消沈の状態から浮かび上がっていた。だから、最初の出会いは予測していたほど不愉快ではなかった。彼女は、ローラは、僕に再会してそれほど驚いたふうにも見えなかった、僕だとわかったとたん、ちょっと迷惑そうな様子をしただけだ。

　前置きとして、僕は二人の共通の過去に話題をとって、あたりさわりのない会話を試みた。むろん、できるだけ慎重な言葉で。とくに、さりげなく、戦争の話題を持ち出した。この点、僕はたいへんな失策をやらかしたわけだ。彼女は、もうそのことは、戦争の話は、これっぽっちも耳にしたくなかったのだ、もうこんりんざい。気持が老《ふ》けるからだ。もしも道で僕に出会ったとしても、まったく気がつかなかっただろう、と彼女はやり返すのだった。それほど、僕は老け、皺《しわ》がより、むくみ、滑稽《こっけい》になってしまった、と。これが挨拶だった。このあばずれ女は、そんな月並みなせりふで、僕をへこますことができるとでも思っていたのか！　こんな見えすいた愛想づかしには、言葉を返す気にもならなかった。

部屋の調度類にはこれといって目を見はるほどの美しさは見られなかった、それでも明るいだけ、まだしもだった、ともかく《ラアフ・カルヴィン》から出てきたばかりの僕には、そう思えた。

にわか成金の手口と、内幕は、いつでも魔法めいた印象を与えるものだ。ミュジーヌとエロット夫人の成り上がりぶりを見て以来、貧乏人にとってお尻《しり》がちょっとした金鉱であることを僕は承知していた。女たちのそういう突然変化に興味をひかれていた。だから、ローラの家の門番女から話を引き出すためとあれば、たとえば、あり金残らずはたいたところで悔いはなかっただろう。

だが、彼女の家に管理人はいなかった。街じゅう管理人というものがないのだ。管理人のいない街、そんなものは個性もなければ、味わいもない。胡椒《こしょう》も塩もはいっていないスープみたいに、味気ない。できそこないのシチューも同然だ。ああ！　残飯のうまみよ！　寝室から、台所から、屋根裏部屋からにじみ出る、管理人部屋を通って、世間へ滝のようになだれ込むごみくず、残りかす、なんという興味津々の地獄絵！　故国《くに》の女管理人の中には職場の犠牲者も珍しくない、茫然《ぼうぜん》自失の、無口な、咳《せ》きこんだ、にやにやした連中が見うけられる、彼女たちは、その殉職者たちは、《真相》にいかれ、《そいつ》にへなへなに参ってしまっているのだ。

貧乏の忌わしさと戦うためには、その必要の前には、正直なはなし、手段はえらんでおれない、何にでもいい酔っぱらうことだ、葡萄酒だろうと、安酒だろうと、手淫《マスターベーション》だろうと、映画だろうと。気むずかしいことは言っておれない。アメリカ流に言えば、《特殊》であることは許されない。その点、故国の女管理人は、彼女をつかまえ胸に抱いて、温めることを心得ている連中に対して、いつでも、安上がりな万能爆弾を、世界を木端微塵にできるだけの憎悪《ぞうお》を恵んでくれる。ニューヨークじゃ、この生命の辛子《からし》を、みみっちいが、ぴりりとした、なくてはならぬ辛子を、無残にも奪われてしまっている、こいつがきれれば精神は窒息するだけだ、もはや、曖昧な悪口しか言えず、色あせた中傷を口ごもるより仕方ない。女管理人がいなければ、かみつき、傷つけ、深手を負わせ、いたぶり、悩ませる手がかりは、普遍的な憎悪を具体的に盛りあげ、数々の歴然たる証拠で、そいつをあおりたてる手がかりは、皆無だ。

ローラの正体を見せつけられ、あらためて嫌悪《けんお》と失望を味わわされ、彼女の成功と慢心の俗悪さに、僕はげろを吐きかけたい思いだった、なんともけちくさい、いやらしい慢心。即座の連想でミュジーヌの思い出までが、たちまち同様に憎らしい忌わしいものに変わりだした。二人の女性に対する激しい憎悪が胸中にわきおこった、そいつはいまもって続いている、僕の生きがいと一つになってしまったのだ。ローラに対する甘い見方を、手遅れにならぬうちに、しかるべきときにきっぱり捨て去ってしまうための資料が、欠けていたのだ。もう後の祭りだ。

勇気は許すことにあるなんて、嘘っぱちだ。僕らはいつも許しすぎるのだ！　許すことはなんの役にも立たない、ちゃんと証明ずみだ。《お人好し《ボンヌ》》（「お人好し」は「女中」という言葉と同じ綴り）はあらゆる人間の下に、最下位におかれている！　理由のないことじゃない。こいつは片時も忘れてはならない。いつか、幸福な連中が、夜、奴らが眠っているうちに、本当の眠りに陥れてしまうことだ、そして連中と、連中の幸福をきれいさっぱり葬り去ってしまうことだ。あくる日からは、もうだれも彼らの幸福を口にする人間はいなくなるだろう、そして《女中》とともに思う存分不幸になる自由が得られるのだ。ところで、話のつづきに戻ろう。彼女は、ローラは、部屋の中を行ったり来たりしていた、すこしはだけた服装で、そして、彼女の肉体はいまでもやはり欲望をそそるていのものに思われた。贅沢《ぜいたく》な肉体は、常に強姦への期待をいだかせるものだ、裕福と贅沢の中心点への、便利な、てっとり早い、水いらずの侵入、奪い返される恐れのない強姦。

たぶん彼女は僕を追っぱらうために、僕が行動に移るのを待っていたのに違いない。僕が慎重にかまえたのは、結局、くそいまいましい空腹のせいだ。ともかく、食いぶちにありつくことだ、やがて彼女は日常生活のくだらん話をだらだらと語りだした。もはや嘘の種が品切れになれば、少なくとも、二、三世代のあいだはこの世を店じまいせねばならなくなるだろう。そのときは、もうお互いに語るべきことがまったく、あるいは、ほとんどなくなってしまうからだ。とうとう彼女は、彼女の国について、アメリカについてどう思うか、と聞きだした。僕はほとんど誰もかれも、またなにもかも、恐ろしく思えるような、憔悴《しょうすい》と不安の極に達していることを打ち明けた。彼女の国の空恐ろしさにいたっては、正直なはなし、僕がすでにこの国でお目にかかった脅威を、直接的なものも、潜伏的なものも、不可測的なものも、全部ひっくるめてもまだ及ばないほどだ、とりわけそれは、僕に対するとてつもない冷淡さのうちに集約されている、と。

　食い代《しろ》を稼がねばならないことも打ち明けた。したがってこんな感傷癖はすみやかに払い捨てる必要があることも。この点ではもうすっかり手遅れなくらいだ、だから、僕を使ってくれそうな人を紹介してくれれば恩に着るだろう……だれか彼女の知り合いのうちにでも……それもいっときも早く……どんなわずかな給料でも結構だからと……そのほかいろいろお世辞を並べたてた。この謙虚な、そのくせ厚かましい申し入れを、彼女は悪く解釈したようだ。たちまち剣もほろろの態度を示すのだった。僕に仕事なり、援助なりを与えてくれそうな人間は、まったく心当たりがない、と答えた。仕方なく、また生活一般の話題にもどった、とくに彼女の生活の話題に。こんなふうに僕らは、精神的、肉体的に、互いに相手の隙をねらい合っていた。とそのとき、呼鈴が鳴った。そして、ほとんど間髪《かんはつ》を入れず、四人の女が部屋になだれ込んで来た。白粉を塗りたくり、宝石を飾りたてた、肉づきのよい、ぴちぴちした体つきの、ひどくなれなれしい女たち。彼女たちに僕はしごく簡略に紹介された。ローラはひどく迷惑そうで（目に見えていた）、女たちを外へ連れ出そうとした。が、女たちは、おかまいなしに、みんなして、僕をつかまえ、ヨーロッパについて知っていることを洗いざらいしゃべりはじめた。ヨーロッパは古ぼけた庭園だ、時代おくれの、しつこい色気違いでいっぱいの。シャバネやアンヴァリッド（「シャバネ」は世紀末から第二次大戦後まで栄えた遊女屋。「アンヴァリッド」は陸軍博物館）を彼女たちは宙《そら》で誦んじていた。

　僕のほうはそのどちらへも出かけたことはなかった。最初のほうは費用がかかりすぎ、あとのほうは遠すぎた。返答として僕は、こんな場合だれでもつい陥りがちなことだが、さらに輪をかけた愚かしい、月並みな愛国心の衝動にとらえられた。むきになって、彼女たちの街は虫酸《むしず》が走る、と言い返した。胸くその悪くなる、縁日のできそこない、そいつをなんとか体裁よく見せようと懸命になっているだけのことだ……

　こんなふうに気障《きざ》っぽい月並みな演説をぶっているうちに、僕は自分の落ち込んだ肉体的精神的衰弱には、マラリア熱のほかにもまだ原因があることにいやでも気づかずにはおれなかった。それは、さらに加うるに、習慣の変化というやつだ、新しい環境のもとで僕はもう一度新しい顔を覚え、別な話し方と嘘のつき方を学ばねばならないのだ。ところが怠惰というやつは生命にも匹敵する力を持っている。もいちどやり直さなくてはならない茶番の俗悪さを思っただけで、僕らはげっそりするのだ。やり直すためには要するに勇気よりも弱気が必要なのだ。以前の国の習慣は僕らを見捨て、別の、新たな国の習慣は、まだ十分に僕らをぼけさせるところまでいっていない、そんなふうな人間の時間のたて糸の中で例外的な、長い明晰《めいせき》な期間に、人生のありのままの姿を冷酷に見せつけられる、それが放浪《さすらい》、よそ者というものだ。

その瞬間すべてが僕らの忌わしい苦悩に加わり、弱みに乗じて、物や、人や、また未来の、ありのままの姿を僕らの前にさらけだす、つまり、亡骸《なきがら》を、完全にうつろな品物を、まるでそれらが実際に存在するかのように、僕たちは愛し、いつくしみ、まもり、励ましていかねばならないのだ。

土地が変わり、まわりの人間が少々見なれぬふうに動きまわり、いくつかのちっぽけな虚栄心が影をひそめ、自尊心がもはやその理由を、欺瞞を、日頃の反応を見出せなくなれば、それだけでもう十分だ、頭はぐらつき、疑惑に吸い寄せられる、そして僕たちの前にだけ無限がひらける、滑稽な小無限が、そして僕たちはその中に落ち込む……

旅とは、結局このとるにたらぬしろもの、いくじなしのための小さな眩暈《めまい》の追求だ……

僕が彼女たちの目の前で芝居がかった愁嘆場《しゅうたんば》を演じるのを聞いて、女たちは、ローラの四人の女客たちは、大いに興がった。彼女たちは僕をいろんな名前でくさすのだった、がアメリカ流にゆがめられた発音と、甘ったるい下品な話し方のために、僕にはほとんど理解できなかった。魅力的な牝猫《めすねこ》たち。

黒人の召使いがお茶を運んできたとき僕たちは話をやめた。

これらの訪問客の中の一人は、それでもほかの連中よりは、目がきいたに違いない。声《こわ》高《だか》に、僕が熱で震えている、それによほど喉《のど》もかわいているに違いないと知らせた。間食のかたちで出されたものは、がたがた震えていたにもかかわらず、僕にはまったくありがたかった。このサンドイッチで命びろいしたようなものだ。

パリの娼家の優劣についての会話が続けられた、僕なんどの口出しできる幕ではない。おまけに美人連はたくさんの複雑なリキュールを味わい、その影響ですっかり熱っぽく、あけっぴろげになり、真っ赤になって、《結婚》問題を論じ合った。僕のほうは食べることに夢中になっていたにもかかわらず、話のはしばしから、それが非常に特殊な結婚の話であることに気づかざるを得なかった。どうやら、ごく若い者同士の、未成年者同士の結婚らしく、彼女たちはそれから周旋料をとっている模様だった。

ローラは僕がそんな話に聞き耳を立て、好奇心をもやしているのを見てとった。きびしい目つきで僕をにらみつけるのだった。彼女はもう飲んではいなかった。彼女の、ローラの、この国の知人たちは、アメリカの男たちは、僕みたいに、好奇心の欠点を持っていなかったのだ、まるっきり。僕は彼女の監視のもとでうずうずしていた。この女たちにいろいろ尋ねてみたかった。

やっと、客たちは引き上げて行った、重たげな物腰で、アルコールに興奮し、性的な活力を補充して。異常に退廃的な色欲について弁じたてながらも、彼女たちは快活だった。そこにはなにかしらエリザベス朝的なものが感じられた。すごくすばらしい、すごく濃厚なものに察せられるその戦慄《せんりつ》を、僕も自分の器官《どうぐ》の突端《はし》で感じ取ってみたい思いにさそわれるのだった。しかし、旅先では避けられない、この生物学的聖体拝受、生命の伝達を、僕はただ頭の中で想像するだけだった。むろん、すごく心残りで、悲しみはいやます一方だった。癒《いや》しがたい憂鬱《ゆううつ》。

ローラは、女たちが、友人たちが部屋から出て行くとすぐさま、露骨に疲れ果てた様子をみせた。この飛び入りがまったく不愉快だったのだ。僕はなにも言わなかった。

「なんてうるさい人たちなんでしょう！」しばらくして彼女は吐き出すようにこう言った。

「どういう知り合いだい？」たずねてみた。

「前からの知り合い……」

それ以上はしゃべりたくないみたいだった。

ローラに対するかなり横柄な態度から察して、この女たちはある種の環境でローラの上位に立っており、おまけに、相当大きな権威を持っていることは明らかだった。それ以上は知りようもなかった。

ローラは街へ出かけるが、よかったら家で、まだおなかがすいているようなら何か食べて、待っていてくれてもいい、と言いだした。《ラアフ・カルヴィン》の勘定を済まさずに飛び出して来たところだったし、それにむろん、引っかえす気もしなかったので、彼女の与えてくれた許可は渡りに舟だった、往来に直面する前にまだしばらく温《ぬく》もりが楽しめるのだ、まったくあの往来ときては！……

ひとりきりになると、僕は廊下づたいにさきほど黒人の召使いが出てくるのを見かけた場所へ出向いて行った。台所への途中で、僕たちは行き会った。こちらから握手を求めた。うちとけて、召使いは僕を台所へ案内してくれた、きちんと整頓された清潔な場所で、客間よりはるかにまっとうで、しゃれていた。

さっそく、彼は僕の見ている前できれいなタイル張りの床の上に唾《つば》を吐きはじめた。黒人だけにできるやり方で、遠くへ、たっぷり、みごとに。お愛想に僕も唾を吐いた、ただし僕にできる程度に。おかげで僕たちはすっかり気心を許し合った。ローラは、この男の話では、河には遊覧用ヨットを、陸には自動車を二台、そして世界のあらゆる国々の酒のつまった酒倉を持っているとのことだった。パリの百貨店からカタログを送らせている。どうりで。そういう簡潔な情報を彼は際限なくくりかえしはじめた、僕はもう聞いてはいなかった。

彼のそばでうつらうつらしていると、過ぎ去ったころのことが記憶によみがえりはじめた、戦時のパリでローラに捨てられた時分のことが。狩り出され、追い立てられ、待ち伏せされ、甘言と、出たらめと、狡猾に翻弄され。ミュジーヌ、南米人たち、肉でいっぱいの奴らの船。トポ、クリシイ広場の命知らずの群れ、ロバンソン、波、海、窮乏、ローラの真っ白な台所、黒人の召使い、とそれだけ、そしてその中に何くわぬ顔で座っている僕。別に変ったことはない。戦争で焼き殺された者もいれば、温められた者もいる、ちょうどその中におかれるか、前におかれるかで、火が拷問にもなれば慰安にもなるようなものだ。要は、うまく切り抜けることだ。

彼女が言ったことも、僕がすっかり変わったということも、本当だ。生活は、人をねじまげ、その顔をたたきつぶす。彼女に対してもそいつは彼女の顔をたたきつぶしていた、が、その程度は知れていた、遥かに知れていた。貧乏人のほうは満身創痍《まんしんそうい》だ、貧乏はいってみれば巨人だ、そいつは世界の汚れをぬぐうのに僕らの面《つら》を雑巾《ぞうきん》がわりに使うのだ。汚れはいつまでもとれない。

けれども、ローラの中に、僕は何かいままでになかったものを、意気消沈の、憂鬱の瞬間を、彼女の愚かしい楽天主義の断絶を見出したように思った。つまり、人生の経験といったものを、残された活力にとっていつのまにか荷重になりすぎた歳月、汚れきってしまった詩、いまひとふんばり遠くまで押し出すために、無理やり自分の気持に鞭《むち》打たねばならない瞬間。

彼女の黒人召使いは急にそわそわしだした。いつもの癖が始まったのだ。近づきのしるしに、彼は僕を菓子攻めにし、葉巻をふんだんにふるまうのだった。最後に、引き出しの中から、彼はひどく用心深い手つきで、丸い鉛のかたまりを取り出した。

「爆弾だぜ！」僕に向かってすごんで見せるのだった。僕は思わず後ずさりした。

「自由《リベルタ》を！　自由《リベルタ》を！」陽気に彼はわめき立てるのだった。

しろものをすっかりもとの場所にもどしてから、もう一度彼はすごく派手に唾を吐いた。なんという感激！　ご機嫌だった。彼の笑いは僕までも引きずり込むのだった、はらわたのねじれるような哄笑《こうしょう》。毒食らわば皿までだ、と僕は考えるのだった、どうなとなれ。ローラがやっと買物から帰って来たとき、僕たち二人は客間に移って、煙草の煙をもうもうとくゆらせながら乱痴気騒ぎの真っ最中だった。彼女は目にはいらぬふりを装うのだった。

　黒人はすばやく姿をくらましてしまった、僕のほうはというと、ローラは僕を自分の部屋へ連れて行った。悲しそうな、蒼《あお》ざめた顔で、すこし震えていた。どこから帰ってきたのだろう？　時刻はかなり更《ふ》けだしていた。周囲の生活がもはや緩慢《スローモーション》にしか動かなくなって、アメリカ人たちがとほうにくれる時刻だ。ガレージには、車はあらかた納まってしまった。いくらか心のうちとける瞬間。だが急いでそれを利用せねばならぬ。水を向けるかのように、彼女は僕にいろいろ質問をしかけてきた、ところが僕のヨーロッパでの暮らしについて質問をするために彼女が選んだ調子は、僕にはすごく不愉快だった。

　彼女は僕をどんな卑劣なことでもやりかねない男のように思っていることを隠さなかった。この推察には別に腹も立たなかった、ただ行動にさしつかえただけだ。僕が金の無心のために訪ねて来たことを彼女はちゃんと感じ取っていたのだ、そしてそれだけでも僕たちのあいだには敵意が生じて当然だった。こういう感情はだいたい殺人と紙一重だ。僕たちは当たりさわりのない話題にとどまっていた、僕のほうは二人のあいだに決定的な怒鳴り合いをさけることに懸命だった。彼女はとくに僕の浮気について知りたがった、放浪の途中どこかに彼女が養子として迎えられるような落とし子を残してこなかったか、と尋ねるのだった、また妙なことを考えついたものだ。養子を迎えることが彼女のお道楽だったのだ。しごく単純に、僕みたいなろくでなしはほとんど津々浦々に秘密の種子をばらまいているに違いない、と考えたのだ。財産はできたが、と彼女は述懐するのだった、かわいい子供に献身できないのが残念だと。育児法の本を彼女は片っぱしから読みあさっていた、とりわけ、母性本能を有頂天にする抒情的な書物を、そいつを完全に自分のものにすれば交《さ》尾《か》りたい気持から、永久に、すっかり足を洗える書物。美徳に猥本《わいほん》はつきものとみえる。

　彼女の望みはもっぱら《可愛い子》のために身を捧げることとあっては、僕に運はなかった。僕が与えられるものといっては、彼女の大きらいなでっかい図体しか持ち合わさなかったからだ。要するに興行効果をあげるためには、巧みに演出された哀れな身の上しか、想像力で巧みに色づけされた哀れな身の上しかなかった。会話はだれだした。「ねえ、フェルディナン」とうとう彼女は誘いかけた。「おしゃべりはこれくらいにしましょうよ、ニューヨークの向こう側へご案内するわ。面倒をみている子供がいるの。あの子の世話は楽しいんだけど、母親がやっかい者なの……」

時間としては、妙だったが。

途中、自動車の中で、彼女の破壊的な黒人のことが話題になった。

「爆弾を見せて？」

彼女は尋ねた。僕も同じ目に合わされたことを白状した。

「危険性はないのよ、フェルディナン、変わり者なの。爆弾の中身はあたしの古い請求書よ……昔シカゴで鳴らした時代があったの……その頃は黒人解放のためのとても恐ろしい秘密結社の一員だったの……なんでも、恐ろしい連中の集まりだったとか……一味はその筋が解散させたけど、あれは、あたしの黒ん坊は、爆弾が病みつきになっちまったの……でも、けっして火薬をつめたりはしないわ……想像するだけで十分らしいの……要するに芸術家にすぎないのよ……いつまでも革命をやっているつもりなの……でも馘《くび》にしたりしないわ、召使いとしては申し分ないわ！　それに、考えてみれば、革命なんかやらない連中よりずっと正直だわ……」

そして彼女はまた養子の道楽にもどった。

「どこかにあんたの娘がいないなんて、本当に残念だわ、フェルディナン、あんたみたいな夢想家は女の子におあつらえ向きだと思うの、でも男の子にはまるきりだめね……」

たたきつけるような雨が僕らの車の上に夜を閉ざし、車はなめらかな長いセメント道をすべるように走って行った。すべては僕に敵意をいだき、冷たかった、彼女の手までが。それでも、僕は彼女の手を自分の手の中にしっかり握りしめていた。二人は完全に離ればなれだった。いま出てきた家とはすっかり様子の違った一軒の家の前に着いた。二階にある住居では、十歳ばかりの少年が、母親のそばで僕たちを待っていた。部屋の家具は、ルイ十五世風を気取っていた。まだ済んでまもない食事の煮つけの匂いが残っていた。子供はローラの膝に腰かけにやってきて、かわいく接吻した。母親もローラに対して負けず劣らずお愛想たっぷりに思えた。ローラが子供と話をしているあいだ、僕は気をきかせて母親を隣室にひっぱり出した。

　部屋にもどって来たとき、子供はローラの前で演劇学校の稽古で習ってきたばかりのダンスのステップをしてみせているところだった。「別にもう何時間か個人レッスンを受けさせましょう」ローラの意見だった。「そうすれば、知り合いのヴェラさんに頼んで《グローブ座》へ紹介してあげられると思うわ！　きっと有望よ、この子は！」母親は、その親切な励ましの言葉を聞いて感謝の涙にくれるのだった。同時に彼女は緑色の紙幣《ドル》の小さな束を受け取り、恋文のように胴着の中にしまいこむのだった。

もう一度外に出たとき、ローラは言った。

「あの子だけならいいんだけど、でも息子といっしょに母親を我慢しなくちゃならないなんて、あんまりちゃっかりした母親なんていやなもんね……それにあの子もやっぱりませすぎてるわ、あたしが欲しいのはあんな慕われ方じゃないの……本当の母親みたいな気持を味わいたいのよ……わかる？　フェルディナン？……あたしはそれで食ってるんだもの、人の腹なんて見通しよ、頭の働きを通りこして、反射神経みたいなものね」

彼女はそいつから、純粋への欲求から、抜け出せないでいたのだ。いくつか先の通りまで来たとき、彼女は僕に今夜はどこで泊まるつもりかと尋ね、しばらくいっしょに歩道の上を歩いた。僕はいますぐいくらかのドルが手にはいらなければ、寝るところなんかないと答えた。

「そう」と彼女は答えて、「じゃいっしょに家《うち》までいらっしゃいよ。すこしぐらいならご用立てするわ、そのお金でどこへなと好きなところへいらっしゃればいいわ」

一刻も早く、僕を夜の中へ放り出したかったのだ。当然のことだ。こんなふうに夜の中へ追い出されてばかりいれば、それでもいつかはどっかへたどりつくにちがいないさ、と僕は考えるのだった。そいつがせめてもの慰めだ。（勇気を出すんだ、フェルディナン）気持を支えるために、僕はくりかえし自分に言って聞かせた。（いたるところでつまみ出されているうちに、おまえはきっと最後には奴らを、こういうろくでなしどもを一人残らず震え上がらせるこつを見つけるだろうぜ、この連中はすでに夜の果てにたどりついたのにちがいない。連中がそこへ、夜の果てへ出かけて行かないのは、そのためなんだ！）

あとは車の中じゅう僕たちのあいだは、完全に冷たかった、通り過ぎる街は、無限の石材でてっぺんまで武装した静寂でもって、いわば宙づりの洪水でもって、僕たちを脅かしていた。待ち伏せている街、不意打ちをひそめた怪物、アスファルトと雨でべたついた。やっと、車はスピードをおとした。ローラは先に立って入口のほうへ向かった。

「おあがんなさい」僕をさそった。「ついていらっしゃい！」

またもとの客間。手切れ金にいくらくれる気だろう、僕は考えた。家具の上におきっぱなしにされた小さなハンドバッグの中から、彼女は札をさがしていた。札束のすれるとてつもないざわめきが耳についた。なんという瞬間！　街じゅうもはやその音しかなかった。ところがばつの悪さから抜け出せないために、どういうわけか僕は、その場となんの関連もない、ほんとうは気にもとめていない母親の消息を彼女に尋ねてみた。

「病気よ、母さんは」僕のほうをまともに振り返ると、彼女は言った。

「どこにいるの？」

「シカゴよ」

「なんの病気だい、お母さんは？」

「肝臓癌《かんぞうがん》なの……むこうで一流の専門医に看《み》ていただいてるの……治療費はとってもかか

るけど、きっとなおしてくださるわ。約束してくださったの」

勢い込んで、彼女はシカゴの母の容態についてほかにもいろいろ詳しいことを話しだした。にわかに打ちとけたやさしい態度にかわり。僕から何か親身な励ましの言葉を引き出したかったのだ。もうこっちのものだ。

「あんたもそう思うでしょう、フェルディナン、医者《せんせい》方は、きっとなおしてくださるわね？」

「いいや」

僕は、しごくそっけなく、しごくきっぱり言い返した。

「肝臓癌は絶対になおらないよ」

たちまち、彼女は目の中まで血の気を失った。まったく初めてだった、このあばずれ女がなにかに狼狽《ろうばい》するのを見たのは。

「だけどフェルディナン、そうおっしゃったのよ、きっとなおるって、専門のお医者さんが！　お手紙もくださったわ！……とても偉い先生方なのよ……」

「金銭《かね》のためさ、ローラ、よくしたもんで、いつだって偉い先生方がいるものさ……僕だってもし連中の立場なら同じことをやるさ……それにローラ、君だって同じことをやるだろうさ……」

僕の言ったことが、突然、否定しがたい、確実な事柄に思えだしたので、彼女はもう争おうとはしなかった。

一度だけ、たぶん生まれて初めて、この女は勇気がくじけかけたのだ。

「ねえ、フェルディナン、いまおっしゃったことがあたしにとってどんなにつらいことか、わかってらっしゃるの？　あたしにとってかけがえのない母なのよ、あなただってご存じでしょう……」

計画は図にのったのだ！　いいかげんによせ！　それがいったいどうしたってんだ、かけがえのない母親であろうがなかろうが？

ローラは身も世もなくむせび泣いていた。

「フェルディナン、あんたったらひどい人ね」怒りに駆られて、彼女はやり返した。「なんて意地悪な人なんでしょう……あたしにこんな恐ろしいことを言いに来て、自分のみじめな境遇に復讐《ふくしゅう》しようってわけね……なんて卑怯な人なんでしょう！　こんなことを言って、きっとお母さんの体にさわるにちがいなくてよ、みんなあなたのせいよ……」

彼女の興奮は《ブラグトン提督丸》の将校たちの興奮ほどには僕をおびえさせなかった、退屈したご婦人方の楽しみのために、僕を消すことを望んだあの連中の興奮ほどには。

彼女が僕をさまざまに罵倒《ばとう》しているあいだ、僕は彼女を、ローラを注意をこらして見つめていた、そして、彼女が僕を罵れば罵るほど、逆にこちらの冷淡さ、というか喜びが高まってゆくのを自覚して、一種誇らしい気分になるのだった。人間なんて一皮はげばこんなもんだ！

（おれを追っぱらうためには）と僕は計算していた。（こうなっては、少なくとも二十ドルは出さなくちゃなるまい……ひょっとするともっとかな）

僕は攻勢に移った。「ローラ、約束の金銭《かね》を貸しておくれ、でないと、僕はここに泊まるからね、そして、僕が癌について知ってることを、洗いざらい話して聞かせるからね、癌の併発症、癌の遺伝、そうそう、あれは遺伝するんだぜ、ローラ、癌は。忘れちゃだめだよ！」

彼女の母親の症状について事細かに念入りに説明するにつれて、ローラは、蒼ざめ、がっくりとなった。（ああ！　あばずれめ！）僕は自分に言ってきかせるのだった。（しっかりこいつをつかまえているんだ、フェルディナン！　初めてうまくいったじゃないか！……ひもをゆるめるなよ……こんな頑丈《がんじょう》なひもはめったに見つかるもんじゃない……）

彼女は、完全にやりきれなくなって、叫びだした。

「持ってって！　取ってって！　百ドルあげる、出て行って、二度と来ないで、いいこと、二度と来ないで、出て行け《アウト》！　出て行け《アウト》！　出て行け《アウト》！　ろくでなし！」

「接吻《キス》ぐらいしてくれてもいいだろう、ローラ。さあ、さあ！……機嫌をなおして！」

僕はこう持ちかけた、どこまで彼女に愛想をつかさせることができるか、ためすつもりで。と彼女は引き出しからピストルを取り出した。本気だ。僕は階段へとび出した、エレベーターを呼ぶことすら思いつかなかった。

　このすばらしい幕切れはそれでも僕に仕事への意欲を、みなぎる勇気を回復させてくれた。翌日さっそくデトロイト行きの汽車に乗った。そこでは、そうつらくはない、払いのいい、ちょっとした職がいくらでもみつかるということだった。

⁂

　通行人のせりふも密林の中の軍曹のせりふにそっくりだった。「あれだよ！」と彼らは言った。「まちがいっこないさ、真っ正面さ」

　実際、ずんぐりした、ガラスばりの、大きな建物の群れが目にはいった、蠅取り瓶を果てしなく連ねたみたいだ、その中に人間が動いているのが見分けられる、だが、かすかにうごめいている程度だ、なにか不可能なものに対するあがきに力を使い果たしたみたいに。これがフォードなのか？　あたり一帯、天までとどく、機械の奔流の重苦しい、複雑な、耳を聾《ろう》さんばかりの響き、無情に、廻り、転がり、唸り、いまにも壊れんばかりで、けっしてこわれることのない強情な機械。

「ここだな」と僕はひとりごちた……「ぱっとせん場所だ……」どころか、いままでいちばんひどかった。さらに近寄ってみた、石盤《スレート》に求人の文句を記した門のところまで。

待っているのは僕一人ではなかった。辛抱強く待っている男たちの中の一人は自分は二日前からここに来ていると言った、だがちっともはかどらないと。そいつは、その従順な男は、ユーゴスラビアから来ていたのだ、職を求めて。別なみすぼらしい男が話しかけてきた、この男のほうはただ気晴らしに働きに来ているんだそうだ、大ぼらふきの、左巻きめ。

この群衆の中にはほとんど一人も英語を話せる人間はいなかった。ぶたれどおしの、疑り深い獣のように、互いに警戒し合っていた。彼らの集まりからは病院みたいに小便くさい股間の匂いがたちのぼるのだった。話しかけられたときは口から顔をそむけずにおれなかった、貧乏人の内部にはすでに死臭が巣くっているのだ。

僕たち小さな群衆の上に雨が降っていた。行列は軒の下に圧縮されたように立っていた。職を求めている連中はしごく圧縮しやすいのだ。フォードのいいところは、と心安げな年寄りのロシア人が説明してくれた、ここではだれだろうが、なんだろうが雇い入れるということだ。「ただ、気をつけるんだね」とそいつは心得を説いて聞かせてくれた。「ここじゃさぼっちゃだめだ、さぼればたちまちお払い箱さ、たちまち機械にとってかわられるんだ、いつでもその用意ができてるんだ。そうなりゃもう復職は見込みなしさ！」そのロシア人は、パリ言葉を上手に話した、長年《運ちゃん》をやっていたのだ、ブゾン（パリの場末街）の麻薬《コカイン》事件であげられ、あげくのはてにビアリッツ（フランス西南部、スペイン国境に近い町）で乗客相手に骰子《さいころ》賭博《とばく》に持ち車を賭け、すってしまったのだ。

本当だった、この男の言ったことは。フォードはだれでも雇い入れた。この男の言葉はでたらめではなかったのだ。が僕は信用しなかった、なぜならみじめな連中はうわごとを言いやすいからだ。精神がもはや肉体と常にいっしょにはいない不幸の段階があるものだ。そいつはどうにもそこに居たたまれなくなるのだ。そうなるともう口をきくのはいわば魂だ。魂には責任がない。

まず素っ裸にされたのは、もちろんだ。検診が行なわれたのは実験室みたいな場所だった。僕たちはのろのろと行列をつくって進んだ。「貧弱な体をしとるな」看護人は僕を見るなりこう断定した。「だが、まあよかろう」

僕のほうはアフリカ熱のために仕事を断わられるのではないかとびくびくものだったのに、ひょっとして肝臓にでも触《さわ》られたら、たちまち気づかれてしまうだろう！　ところが反対に、彼らは僕たちのうちに箍《たが》のゆるんだのや、病弱なのを見つけだして大いに満足している様子だった。

「ここで働くだんには、いくら貧弱な体だってかまやせん！」検査医はすぐ僕を安心させるように言い渡した。

「助かりました」僕は答えた。「でも、先生、おわかりでしょうが、僕は学校出なんです。医学をやったことがあるんです」

たちまち、いやな目でにらみすえられた。またまたへまを、身のためにならぬへまをやらかしたことに気がついた。

「学歴なんぞここではなんの役にも立たんよ！　君はここへ頭を使いに来たんじゃない、言われたとおり体を動かしておればいいんだ……この工場じゃ頭を使う人間に用はない……もう一つ忠告しとこう。二度と君の頭脳《あたま》のことは口に出しなさんな！　かわりに考えてもらえばいいんだ！　いいね」

忠告はもっともだった。ここのやり方を心得てそれに従ってさえおればよかったのだ。へまなら、いままでだけで少なくともこの先、十年分はためこんでいた。今後はつつましい働き手でとおすことにきめた。もういちど服を着るとさっそく、僕たちは尻ごみするいくつかの組に分かれ、のろのろした行列をつくって、機械のとほうもない轟音《ごうおん》のとどろく場所へ向かって増援にくりだした。その巨大な建物の中では、すべてが振動していた、そして、こっちまで振動に取りつかれるのだった、足の先から耳の中まで、そいつは、振動はいたるところからやってきた、窓から床から鉄骨から、上から下まで打ち震え。人間までが機械になり、猛《たけ》り狂う巨大な騒音の中で全身ごとがたがた震えるのだ、騒音は頭の内も外もひっとらえ、さらに下がってはらわたを揺り動かし、せわしい、果てしない、たゆみない、小刻みな作用を通じて目までのぼってくるのだった。先へ行くにつれて、仲間の数は減っていった。別れぎわに、僕たちはまるで自分の境遇に満足しきっているように、にっこり別れの挨拶をかわすのだった。もうお互い話すことも、聞くこともできなかった。一つの機械のまわりにそのつど三、四人ずつ留まるのだった。

　踏切りをつけるのはなかなかむずかしいものだ、自分に愛想をつかすのは容易なことじゃない、なにもかも中止してもう一度じっくり考えてみたい気持にさそわれる、自分の中で心臓がゆっくり打つ音を聞いてみたい、がもう手遅れだ。いまさらあとへはひけない。そいつは、この鋼鉄をつめこんだ巨大な箱は、破滅に瀕《ひん》している、そして、その中を僕らが右往左往するのだ、機械もろとも、大地もろとも。みんないっしょくたに！　おまけにけっして一時には落下しない数知れぬ歯車とハンマー、それに伴う互いに粉砕し合う大音響、そのうちのいくつかはすさまじさのあまり周囲に一種の静寂をかもしだす、そしてそれによって僕らはかろうじて人心地つくのだった。

　鉄器を積んだ小さなトロッコが職工たちのあいだをかきわけて突進する。どいたどいた！　ぼやぼやするな、ヒステリー坊やのお通りだ。そら来た！　そいつは、そのぴかぴかの気違い野郎は、ベルトやはずみ車のあいだを縫ってさらに遠くまで跳《と》びはねてゆく、人間どもに鉄鎖《てつさ》の割当を配給しに。

　うつむいて機械のご機嫌とりに余念ない職工たち、見ているだけでも、むかつくながめだ。機械の前にただ次から次と口径ボルトを手渡すだけ、この油の匂い、喉を通って鼓膜を、耳の中を焼きこがすこの蒸気の中で、いつまでも辛抱強く。連中が頭《こうべ》をたれているのは、恥ずかしいからじゃない。戦争に降参するみたいに騒音に降参しているのだ。頭の背後にかすかに残った、食う、眠る、やるの三つの思いをいだいて機械に身をまかせているのだ。万事休す。どちらを見ても目にはいるもの、手に触れるもの、いまではすべてが堅いものばかりだ。わずかに残った思い出まで、すべてが鉄のように硬直し、もはや夢想のうちにもなんの味わいもありはしない。

　一挙に汚ならしく年老いてしまったのだ。

外部の生活を廃止し、それをも鋼鉄に、有用ななにものかに変えてしまわねばならないのだ。以前のかたちだってそれほど愛しちゃいなかった。だからそいつを物に、しっかりした物に変えてしまわねば気がすまんのだ、それが《規則》だ。

　僕は職工長の耳に口をよせ話しかけようとした、相手は返事のかわりに豚《ぶた》みたいにうめくのだった、そして身ぶりだけで、根気よく、いまから僕が永遠に果たさねばならぬ、しごく簡単な作業を、教示した。僕の時々刻々は、僕の今後の時間は、ここにいる連中同様、小さなボルトを適当にわきへ送ることに過ごされるのだ、彼のほうはすでにそいつに、同じボルトの寸法分けの仕事に、幾年も従事しているのだ、僕はさっそくそれをひどく不手ぎわにやってのけた。ぜんぜんお叱りは受けなかった、ただこの最初の仕事を三日やった後、もう落伍者として持場を変えられた、座金《ざがね》を満載したトロッコの運搬係だ。機械から機械へ渡りめぐるトロッコ。そっちに三つ、こっちに一ダース、あっちに五つと配りまわる。だれ一人声をかける者はなかった。みんなただ麻痺《まひ》と錯乱《さくらん》のあいだをふらついて生きているだけだ。人間に命令する無数の機械のたえまない轟音以外に何ひとつ意味はないのだ。

六時になってすべてが停止すると、頭の中に騒音を収めて持ち帰る、僕にはそいつが騒音と油の匂いが、一晩じゅう離れなかった、まるで新しい鼻、新しい頭脳に永久にすげかえられたみたいに。

やがてあきらめのあまり、徐々に、別人に変わっていった……新しいフェルディナンだ。数週間もすると、それでも外部の人間の顔をもう一度見たい欲望がもどってきた。もちろん、工場の連中じゃない、その連中は、僕の仲間たちは、僕と同じ機械の反響《こだま》と臭気、永遠に震動する肉切れにすぎなかった。僕が触れたかったのは真実の肉体、静かな柔らかな真実の生命に息づく薔薇《ばら》色の肉体だった。

街には僕は一人の知り合いもいなかった。とりわけ女性には。苦心のすえ、やっと一軒の《遊郭》のあやふやな所番地を手に入れることができた、街の北部区域にある、秘密の淫売屋だ。工場がひけたあと、幾晩か続けて、その方面の偵察《ていさつ》にでかけた。この通りは、別に変わったところはなかったが、僕の住んでいる通りよりはよく手入れがゆきとどいているみたいだった。

それが行なわれている庭に囲まれた小さな一戸建ちの家を見つけ出した。はいるには、入口のそばに張り込んでいる警官《でか》に気づかれぬように、すばやくせねばならなかった。そこは、五ドルのためとはいえ、つっけんどんでなしに、むしろ愛想よく受け入れられたアメリカでの最初の場所だった。それに若い美女たちは、肉づきもよく、健康と優美な力でぴちぴちして、要するに、《ラアフ・カルヴィン》の美女たちにほとんどひけをとらぬくらい美しかった。

　おまけにこの女たちにはともかく、堂々とさわることができた。僕はここの常連にならずにはおれなかった。給料は残らずつぎ込まれた。夕暮れになると、魂を取りもどすために、これらのきらびやかな歓迎的な女たちのエロチックなにぎわいがいつでも必要だった。もう映画だけでは十分でなかった、そんな他愛ない解毒剤では、工場の物質的兇暴さに対して実際的効果はなかったからだ。さらに長持ちするものとして、露骨で強烈な強壮剤に、生命の峻下剤《しゅんげざい》に頼らねばならなかったのだ。この家では僕はわずかな支払いしか要求されなかった、特別待遇だった、というのは、女たちに、ここの女たちに、僕はフランス仕込みのちょっとした技術《テクニック》をもたらしてやったからだ。ただ、土曜日の晩は、技術は用なしだった。商売《ビジネス》は大繁盛で、酔っぱらった《ベースボール》チームに、呼吸《いき》をするみたいに簡単に幸福が訪れるらしい、すばらしくたくましい、スポーツマンの一団に、すっかり場所を譲らねばならなかったからだ。

　連中が、チームが、楽しんでいるあいだ、僕のほうは刺激され、台所でこっそり自分の手で始末をつけるのだった。もっともここの女たちに対するこのスポーツマンたちの情熱は、僕の情熱の不能じみた強烈さに及ばないみたいだった。体力に自信ある運動家《スポーツマン》たちは肉体的完成にたいして無感覚になっていたからだ。美も、ちょうどアルコールや安楽とおんなじだ、慣れっこになると、気にもとめなくなるものだ。

連中はどんちゃん騒ぎがお目あてで、淫売屋へやって来るのだった。果ては、なぐり合いになることも珍しくなかった、猛烈ななぐり合い。すると警官がなだれ込んできて、小さなトラックで一人残らずかっさらって行くのだった。

ここのきれいどこの一人、モリーという女にやがて僕は特別な親しみの感情をいだくようになった。臆病者にとってはこいつは愛情に代わるものだ、まるで昨日のことのように僕は覚えている、彼女のやさしさ、すんなりみごとにひきしまった、黄金色の長い脚《あし》、高貴な脚。人間の真の高貴さ、そいつを授けるものは、なんてったって、脚だ、まちがいない。

僕たちは肉体と精神とで親しくなった、そして週に何時間か連れだって街をそぞろ歩くのだった。彼女の、女のほうの、実入りは豊かだった、娼家で一日だいたい百ドル稼いでいたからだ、いっぽう僕のほうは、フォードでかつかつ六ドルにしかならなかった。生活のために行なっている情事は彼女をほとんど疲れさせなかった。アメリカ人のやり方は小鳥みたいだからだ。

夕方になると、小さな運搬用トロッコをひっぱりまわしたあとで、それでも夕食後モリーと会うために愛想のいい顔つきをして出かけねばならなかった。女といっしょにいるときは、少なくとも初めのうちは、快活でなくちゃならない。彼女にいろいろ話しかけたい気持はあっても、僕にはもうその力がないのが常だった。モリーは工場ぼけというものをよくわかってくれた、職工たちに慣れていたからだ。

ある晩、そんなふうに、べつに何ということもなく、彼女は僕に五十ドルくれると言いだした。最初僕はまじまじと女の顔を見た。受け取りかねた。そんなことをすればお袋からなんと言われるだろうかと考えた。つぎに、お袋には気の毒だが、お袋はそれだけのものを一度だって僕にくれたためしがないことを思い返した。モリーを喜ばせるために、さっそく、僕はその金《ドル》でパステル・ベージュのみごとな背広（四つ揃い背広《フォアピース・スーツ》）を買いに出かけた。それがその年の春の流行だったのだ。僕がそんなにぱりっとしたなりをして淫売屋へ乗り込んだのは初めてだった。女主人《おかみ》はでっかい蓄音機を鳴らしてくれた、わざわざ僕にダンスを教えるために。

そのあとで、新しい背広のおろし祝いに、モリーと連れ立って映画に出かけた。途々、彼女は僕に向かって、焼きもちをやいているのではないかと尋ねるのだった、その背広は僕に悲しげな様子を与えたからだ、それと、もう工場へもどりたくないという気持を。だれも見ていないとき、彼女はそれに、僕の背広に、愛情をこめて接吻するのだった。僕のほうはほかのことを考えようと努めていた。

　このモリーは、それにしてもなんというすばらしい力だったことか！　なんてやさしい！　なんてピチピチした！　若さにあふれた！　欲望の饗宴《きょうえん》。そして僕はまた不安になりだした。ひもになるのか？……

「もうフォードへ行くのはおやめなさいよ！」彼女は、モリーは、ますます僕の勇気をくじくようなことを言うのだった。「それよりもどこか事務所の職《くち》でもさがしたら……翻訳係なんてどうかしら、あなたに似合ってよ……本が好きなんでしょう……」

　そんなふうにやさしく勧めてくれた、僕が仕合わせになることを望んでいたのだ。初めて一人の人間が僕に心を寄せてくれたのだ、いわば内側から、僕の自分本位の考え方に、僕の立場に身をおき、ほかのすべての連中のように、自分の立場から僕を裁くだけではなかったのだ。

　ああ！　もっと早くこの女にモリーに出会っておれば、まだ自分の道を選ぶ余裕のあったうちに！　あのミュジーヌのあばずれと、忌わしいローラに情熱を浪費してしまう前に！　が僕はもう青春を信じてはいなかった！　人はまたたくまに年をとるものだ、しかもとり返しのつかないかたちで。いつのまにか自分の不幸を愛しはじめているらしい様子から、僕らはそのことに気がつくのだ。要するに、《自然》には太刀打ちできないのだ。そいつは僕らを一つの型にはめこもうとする、そして僕らはもうその型から抜け出せないのだ。僕の場合は落ち着きのない方向へ向かって出発したのだ。知らず知らずのうちに僕らは自分に与えられた役割と宿命を、しだいにまじめに取り出すのだ、やがて後ろを振り返ったときは、もう手遅れだ。すっかり落ち着かなくなりきっている、そして、そいつはもう永久に変わらないのだ。

彼女は、モリーは、親切に僕をそばにひきとめようと、思いとどまらせようと努めるのだった……「ヨーロッパもここも暮らしは変わらないわよ、ねえ、フェルディナン！　二人いっしょなら不仕合わせにはならないわ」ある意味では彼女の言うとおりだった。「二人の貯金を投資しましょう……そうしてお店を一軒買いましょうよ……人並みの暮らしぐらいはできてよ……」僕の不安を鎮《しず》めるためにそんなふうに言うのだった。さまざまの計画を立てるのだった。彼女の言うとおりに思えた。僕をひきとめるためにこれほど彼女が心をくだくのを見て、僕はすまないような気もするのだった。彼女を愛していることには、まちがいなかった、だが、それ以上に僕は自分の悪癖を、あの到るところから逃げ出したい欲望を愛していたのだ。自分でもわからぬなにものかを求めて、おそらくは愚かな自尊心から、一種の優越性を信じて。

彼女を悲しませたくはなかった。僕の心づかいを察して、彼女はそれとなく探りを入れるのだった。とうとう、彼女のやさしさにほだされて、僕は自分につきまとって離れない逃亡癖を彼女の前にぶちまけてしまった。何日も何日も彼女は僕の話に耳をかたむけてくれた、僕が長々と弁じたてるのを、胸糞が悪くなるほど自分のことばかり喋りまくるのを、さまざまの幻想と傲慢《ごうまん》の中であがきまわるのを聞いても、彼女はすこしも業《ごう》をにやす様子はなかった。どころか、ひたすらその空《むな》しい愚かな苦悩を克服するために僕の力になろうと努めていた。僕のたわごとの目的は彼女には十分理解できなかった、がともかく彼女は僕の意のままに、幻影を敵に、或いは幻影を味方に、僕の側についてくれるのだった。やさしい説得で、彼女の善意は僕にとって親身なほとんど切実なものにすら思えはじめた。すると僕は、自分の手におえぬ運命、自分で自分の存在理由と考えているものをごまかしはじめているような気がするのだった。で、もうふっつり自分の胸のうちを彼女に話すことはよしてしまった。ひとりぼっちで自分の中へ引き返すのだった、以前よりさらに不幸になったことですっかり満足して、というのは自分の孤独の中に、僕は新しいかたちの苦悩を、身を切るような思いに似た何物かを持ち込むことができたからだ。

　世間にはよくある話だ。ところでモリーは天使のような忍耐を備えていた、まさしく鋼鉄のように強固に自分の使命を信じていた。一例をあげると、彼女の妹は、アリゾナ大学で、巣の中の小鳥や猛禽《もうきん》の姿を写真に収めることに熱中していた。すると、この専門技術の変った講座をつづけられるように、モリーは彼女に、その写真家の妹に、月々きちきち五十ドルの仕送りをしてやっていたのである。

　真実の気高さをうちに秘めた、真実思いやり深い心根、それは金銭というかたちをとることもできたし、僕やほかの多くの連中の心がけのようにみせかけだけのものではなかった。僕に対しても、モリーは僕のじじむさい冒険に喜んで金銭的に力を貸すのだった。彼女の目に僕はときどき気違いじみた男に見えたにもかかわらず、僕の信念は本物で、そっとしておくだけの価値があるように思えるのだった。何も言わず、援助したいから費用の明細書のようなものをつくるようにすすめるのだった。僕はその贈物をうけとる決心がつかなかった。わずかに残された良心から、この実際あまりにも気高いあまりにもやさしい性格を、これ以上あてにし、さらに食いものにすることを思いとどまったのだ。つまり、みすみす《天佑《てんゆう》》と縁を切ってしまったのだ。

それどころか、自分の不甲斐なさを恥ずかしく思い、もう一度フォードへもどることに努めてみた。その勇ましい覚悟も長続きしなかった。工場の門の真ん前までやって来たものの、その境目の地点で硬直したように立ち止まってしまった、そして回転を続けながら僕を待ち受けているおびただしい機械を想像しただけで、内にひそめたおぼつかない労働意欲はあとかたもなく消え去ってしまうのだった。

中央動力室の大きな窓ガラスの前にたたずんでみた、蔓草《つるくさ》のように淫《みだ》らに入り組んだ、ぴかぴか光る鉄管を通じて、どこからか、なにかしら、吸い上げ、押しもどし、怒号する、複雑な形の巨人と向かい合って。ある朝、そんなふうにぽかんと見とれてたたずんでいると、例の運ちゃんあがりのロシア人が来合わせた。「おい」向こうから声をかけてきた。

「おめえはもう馘だぞ……三週間も来なかったじゃないか……機械がもうおめえの代わりをしてるよ……だから言わんこっちゃねえ……」

（これで）と僕は心の中で考えた（ともかく片はついた……もうもとの鞘《さや》へはもどれない……）。そして街のほうへ引っ返した。途中、領事館に立ち寄ってみた、もしかしてロバンソンというフランス人の消息を知らないかどうか、問い合わせに。

「知ってるとも！　よく知ってるとも！」連中の、領事館の、答えだった。「二度ほど自分からやって来たこともあるよ、おまけに偽造証明書を持ってね……それに警察でもさがしとるよ！　知り合いかね？……」それ以上僕は深追いしなかった。

　それからというもの、たえずロバンソンの奴にでくわすことを期待した、実現はそう遠くないように思えた。モリーは相変わらずやさしく親切だった。僕が永久に袂《たもと》をわかつ覚悟でいることを見抜いてからは、彼女は従来にもましてやさしくなった。僕にやさしくしたところでなんの役にも立たないとわかっているのに。モリーと連れ立って、彼女がひまな午後など、よく郊外を散歩した。

　いくつかの小さな禿《は》げた丘、ちっぽけな湖のまわりの樺《かば》の木の茂み、鉛色の雲の重くたれこめた空の下にちらほら見かける、灰色の雑誌に読みふける人々。めんどうな告白話はなるべく避けるのだった。それに、彼女は覚悟をきめていた、悲しみについてくどくど言いたてるには彼女はあまりに誠実すぎた。心の中の思いだけで十分だったのだ、心の中だけで。僕たちは接吻し合うのだった。が僕は彼女にちゃんと接吻しなかった、本当はひざまずいて接吻すべきだったのに。僕のほうはいつも一方でなにかほかのことを、時間と愛情をむだ使いしてはいけないといったようなことを考えていた、まるで、なにか素晴らしいもの、崇高なもののために、とにかく、モリーのためにではなく、現在のためにではなく、もっと後のちのために、すべてをとりのけておきたいと願っているみたいに。まるで、彼女を、モリーを抱くことに情熱を費やし、結局、力つきて一切を失ってしまうあいだに、人生は、僕がそれについて、闇の底に沈んだ人生について知りたいと望んでいる事柄を一つ残らず遠くへ運び去り、僕の目から包みかくしてしまいでもするかのように。まるで、すべての他人だけではなく、人生からも裏切られてしまうかのように、真の男性が真の恋人と頼む《人生》からも。

　僕たちは街へ引き返し、そして娼家の前で僕は彼女と別れるのだった、夜になると、お客で朝まで体があかないからだ、彼女が客にかまけているあいだ、僕はさすがに苦悩を味わわずにはおれなかった。そしてその苦悩は彼女のことをまざまざと語りかけるので、実際に会っているときよりも僕は彼女を身近に感じるほどだった。時間つぶしによく映画館にはいった。映画から出てくると、ゆきあたりばったりに、市電にとび乗って、夜の中をぶらつきに出かけるのだった。二時になると、臆病そうな乗客が乗り込んでくる、この時刻の先にもあとにもほとんど出会わぬ種類の連中だ、いつもさえぬ顔色でうつらうつら居眠りしながら、おとなしく郊外まで運ばれて行く。

ついて行くと遠くまで行く。工場地帯のまだ先まで、怪しげな一郭、もうろうとした家々の並ぶ路地まで。明け方の糠雨《ぬかあめ》でねばつく舗道の上に日光が青くきらめきながら訪れる。電車の仲間たちは闇といっしょに消えていく。彼らは日光に目をあいておれないのだ。この亡霊たちに口をきかすことはむずかしい。疲れはてているのだ。彼らはぐちひとつこぼさない、閉店のあと、夜のあいだに街じゅうのおびただしい店や事務所を清掃して歩くのは、この連中だ。彼らは僕たちより、昼間の人間より、落ち着いているように思えた。たぶん、彼らは、この連中は社会と人間のどん底まで達しているからだろう。

そういうある夜、僕がまた電車に乗り、終点につき、みんなが静かに降りだしたときのことだ、僕はだれかに名前を呼ばれたように思った。「フェルディナン！　おうい、フェルディナン！」それはこの薄暗がりの中で、目立たずにはすまなかった。迷惑だった。屋根の上に、空がすでに庇《ひさし》に区切られ、幾つもの冷ややかな小包のような姿でもどりはじめていた。たしかにだれかが呼んだのだ。振り返ったとたん、すぐ目にはいった、レオンだ。仲間とぼそぼそ話しているうちに僕の姿に気づいたのだ、そこでさっそく僕たちは身の上話をやりだした。

彼もまたほかの連中といっしょに事務所の清掃を終えて帰ってきたところだったのだ。彼が生きるてだてとして見つけることができたものはそれだけだったのだ。彼の歩きぶりは落ち着きはらって、ちょっぴり本物の威厳すら備えていた、まるでいましがた街で、危険な、いわば神聖な事柄を果たしてでも来たかのように。もっとも、すでに気づいていたことだが、連中の、夜の清掃人たちの様子はみんなそんなふうだった。疲労と孤独の中では、神々しさが、人間の外部に浮かび上がるのだ。まわりをつつんだ薄暗がりの中で、一段と大きく見開かれた彼の目は、そいつをいっぱいにたたえていた。彼もまた無限に続く便所を清掃し、何階も何階も山のようにそびえ立つ静まりかえった高層建物を磨き終えてきたのだ。

彼はつけ加えて言った。「すぐにおまえだとわかったさ、フェルディナン！　電車に乗ってくる格好でな……いいかい、女が一人もいないってわかったときのがっかりした様子を見りゃな。そうだろう？　おまえってそんな奴さ」そのとおり、僕はそんな奴だ。いかにも僕はズボンの前合わせ同様、しまりのない心の持主だ。だからこの正確な観察はべつに驚くに当たらなかった。それよりむしろ僕を驚かしたのは、この男もまたアメリカで成功しなかったということだ。予期しないことだった。

僕はサン・タペタのガリー船の一件を持ち出した、が彼にはなんのことかわからなかった。

「熱に浮かされたのさ！」と答えただけだ。彼のほうは貨物船で着いたのだ。彼もフォードに勤めたかったが、見せるのに気がひけるでたらめすぎる身分証明書のために思いとどまったのだ。

「ポケットにしまっとくしか役に立たんしろものさ」自分で言っていた。清掃班に対しては身もとのことはとやかく言わない。報酬のほうもよくないが、すぐに雇ってくれる。一種の夜の外人部隊だ。

「で、おまえさんのほうは、何をしとるんだ？」彼のほうが聞く番だった。「相変わらずいかれとるんかね？　ちょっとは世間に慣れたかね？　尻《しり》が落ち着いたかい？」

「フランスへ帰りたいんだ」僕は答えた。「おまえさんの言うとおりだ、もう旅は結構、身にしみたよ……」

「そうしなよ。おれたちももう先は見えとるよ……知らんまに年とっちまったんだ、わかっとるよ……おれだって帰りたいさ、だがこいつもまた身分証明書が問題でね……ちゃんとしたのを手にいれるまで、もうすこし辛抱するよ……今の仕事だってそう悪いとは言えんものな。もっとひどいやつだってあるさ。ただ困るのは、英語が覚えられんことだね……三十年も清掃をやってて、結局《Exit》(出口)しか覚えられなかった仲間もいるくらいさ、そいつはいつも磨いているドアの上に書いてあるからね、それと《Lavatory》(便所)という言葉とだけさ。わかるかね？」

僕にはわかった。もしモリーがいなくなるようなことになれば、僕もまた夜の仕事に雇われに出かけねばならないだろう。

夜の果てる日などありはしないのだ。

要するに、戦争のあいだは、平和になったらよくなるだろうと言って、その希望に飴玉《あめだま》みたいにしゃぶりつく、がそいつもやっぱり糞《くそ》のかたまりにすぎない。最初のうちは他人への気兼ねから、言い出すのを控えている。つまり行儀がいいわけだ。がいつかはついにみんなの前にぶちまけちまう。糞の中でじたばたするのはもうたくさん。するとたちまちみんなから育ちの悪い人間に見られるのだ。そうなればもうおしまいだ。

このあと、つづいて二、三度、ロバンソンと待ち合わせた。彼はひどく顔色がさえなかった。デトロイトの与太者たちのために密造酒を造っているフランスの脱走兵から《事業《ビジネス》》の一部を譲られたのだ。ロバンソンは乗り気だった。「ひとつためしてみるか、連中の口にあった《安酒》をな」僕に打ち明けるのだった。「だけど、おれはもう昔みたいな意気地をなくしちまったからな……警官《でか》にしめあげられりゃ、すぐちぢみ上がっちまうような気がするんだ……あんまりいろんなことを見すぎたせいさ……おまけに一日じゅう眠いんだ……だいたい、昼寝なんて、眠るうちにはいりゃしないさ……それに《事務所》の埃とくるからな、そいつを肺いっぱい詰め込んで持ち帰るんだ……わかるかい？……くたばってあたりまえさ……」

また次の夜の会合を約して別れた。モリーのもとにもどると、僕は一部始終をうちあけた。僕に味わわされた苦しみを隠すことに、彼女は懸命に努めていた、がそれでも彼女が苦しんでいるのを見てとるのはたやすかった。いまでは僕は以前よりも彼女を抱く回数がふえていた、が彼女の苦しみは深刻だった、それはわれわれの苦しみようにくらべていっそう真剣だった、われわれのほうはどちらかといえば自分の苦しみを実際以上に吹聴《ふいちょう》する習慣がある。アメリカ人の場合は逆だ、苦しみを覚《さと》ろうとせず、認めようとしない。それは控え目ではあるが、やっぱり苦しみであることにはかわりない、自尊心でもなければ、嫉妬《しっと》心でもなく、芝居でもない、心の真の苦痛にほかならない。われわれの場合はそうしたものが完全に不足していることを認めねばならない、悲しみをいだく喜びなど僕らにはさっぱり無縁だ。心がそしてすべてがもっと豊かでないことが恥ずかしかった。それを棚《たな》に上げて人間を実際以上に卑しいものに判断したことが。

ときどき、モリーは、それでも、思わず非難めいた口ぶりをもらすことがあった、がそれはいつも非常に遠慮深い、情のこもった言葉でだった。

「あなたはとってもいい方ね、フェルディナン」彼女は言うのだった。「あたしのために気をつかっていらっしゃるのはよくわかってよ、でもね、あなたは自分の望みが本当にわかっていらっしゃるかどうか、あやしいと思うわ……ねえ、よく考えて！　あちらへ帰ったら、あなたは食べてゆくみちを見つけなくちゃならないのよ、フェルディナン……よそへ行けば、ここみたいに、毎晩毎晩ぶらつき歩いているわけにいかないのよ……あなたの大好きなように……あたしが働いているあいだ……フェルディナン、このことは考えてみたことあって？」

ある意味では、まったく彼女の言うとおりだった、が人にはそれぞれ性格があるのだ。僕は彼女を傷つけたくはなかった。とっても傷つきやすい性格だったから。

「モリー、僕は本当に君が好きなんだ、僕の気持はいつまでも変わらないよ！　僕なりに……僕の流儀で」

僕の流儀、それはたいしたしろものではなかった。ともかくモリーの肉体はすばらしかった、大いに未練があった。だけど僕は幻想への忌わしい好みを持ち合わせていたのだ。たぶん僕のせいばかりともいいきれまい、人生は幻想とともに留まることを強《し》いる場合が多いのだ。

「うれしいわ、フェルディナン」彼女は僕を慰めるのだった。「あたしのことは心配しないで……あなたは言ってみれば病気なのよ……いつももっと何かを知りたいという望みで！……そうなのよ……結局、それがあなたの道なのだわ……遠くへ、たったひとり……いちばん遠くまで行くのは、孤独な旅人なんだわ……じゃ、もうすぐ行っておしまいになるの？」

「うん、フランスで学校を出るよ、そしたらまたもどってくるよ」

あつかましくも言ってのけた。

「いいえ、フェルディナン、あなたはもうもどってこないわ……それにあたしもうここにはいないわ……」

騙されるような女ではなかったのだ。

出発のときがやってきた。ある日の夕方、彼女が娼家入りする時刻のすこし前に、僕たちは駅のほうへ向かった。昼間のうちに僕はロバンソンに別れを告げておいた。彼もまた僕が去って行くのを平然とは見送れなかった。僕は永久にみんなと袂《たもと》をわかちつづけるのだ。駅のホームで、モリーと汽車を待っていたとき、男たちが通りかかった、彼女に気づかぬふりをしていたが、なにかひそひそささやき合っていた。

「長のお別れよ、フェルディナン。ほんとに後悔しない？　大事なことよ！……これだけはよく考えてみて……」

列車が駅にはいった、機関車を見たとたん、僕はもう自分の冒険に自信がなくなった。僕はやせこけた体にあるだけの勇気をふるってモリーに接吻した。こんどばかりは、苦痛を、真の苦痛を覚えた、みんなに対して、自分に対して、彼女に対して、すべての人間に対して。

僕らが一生通じてさがし求めるものは、たぶんこれなのだ、ただこれだけなのだ。つまり生命の実感を味わうための身を切るような悲しみ。

この別れから幾年か過ぎた、そしてさらに幾年か……僕は幾度もデトロイトに手紙を出した、それにモリーと馴染みの、モリーの消息を知っていそうな心当たりにも、片っぱしから。一度も返事はなかった。《妓楼》はいまでは閉じられてしまった。それが僕の知りえたすべてだ。善良な、見上げたモリー、もし彼女がどこか僕の知らない土地で、僕の書いたものを読む機会があれば、どうかわかってほしい、僕は彼女に対してちっとも変わっていないことを。いまもやはり、僕なりに、愛していることを。いつでも、来たいときに来ていいんだよ。僕のパンを、僕のしがない運命を二人で分け合おう。もし彼女がもう美しくなくても、かまやしない！　そのときはまたそのときだ！　僕の胸のうちには、彼女の美しさがいっぱいに、生き生きと暖かくしまい込まれている、だからそいつは僕たち二人分としても、まだ少なくとも二十年分は大丈夫だ、つまり死ぬまでの分は。

　彼女と別れるなんて、よほどの愚かしさが、恥しらずな冷酷な愚かしさがなければ、できぬことだ。しかしともかく、僕は現在まで自分の魂を守りつづけてきた、そしてもし死が、明日にでも、僕をひっ捕えにやってきたとしても、僕はこれだけは言いきる自信がある、僕の死体はほかの奴らほどは冷たくもなく、浅ましくもなく、鬱陶《うっとう》しくもないだろう。それほどたくさんのやさしさと夢を、モリーはこのアメリカでの数カ月のあいだに僕に与えてくれたのだ。

座談会

根源での爆発、そして毒　政治以前の下町庶民の立場から

中上健次
永川玲二
渡辺一民

〝禁書〟の作家セリーヌ

渡辺　非常に体験的に申しますが、わたしがセリーヌという名前に出くわした最初は、中村真一郎さんたちの敗戦直後にだした『１９４６文学的考察』のなかでなんです。中村さんたちは戦前三〇年代のフランス小説を読んでいて、セリーヌをよく知っていたんですね。この本でセリーヌを知り、ぼくらは作品を読みたいと思ったけれど翻訳などない。一九五〇年ころから洋書輸入が解禁となって戦後の作品の翻訳も出るようになったんですけど、たとえばまっさきに出たジローという人の『現代フランス文学事典』みたいな本をひっくりかえしてもセリーヌっていう名前はどこにもないんです。ぼくらがそのころ手にしたフランス語の本で、セリーヌという名前ののっているものは全然ない。それでもともかく見つけだしたのがサルトルの『嘔吐』の冒頭のエピグラフの一行の末尾に記されたセリーヌの名前でした。もっともそのうちにセリーヌがナチスに協力したファシスト作家だという

ニュースが伝わってきた。サルトルが目の敵にする反ユダヤ主義への奉仕者、奴隷の文学の作家だということも知らされた。そんなわけで、文学史からは抹殺され、あらゆる批判を一身にうけている作家、『夜の果ての旅』の原書だけは東大の仏文の研究室にありましたけど、その他のセリーヌの作品などむろん手に入らないし、そういう不思議な幻の作家だけにぼくにはますます気にかかる作家になっていったわけです。フランスでセリーヌがふたたび注目されだしたのは、小説『北』の刊行された一九六〇年からです。この時週刊誌の「レクスプレス」に出たインタヴュー記事のことはいまでも覚えている。『北』はともかく非常に反響を呼んで、政治的立場からの批判はともかく戦後の最大傑作として評価された。セリーヌが六一年に死ぬと、その頃からフランスでのセリーヌ解禁が進み、六二年には、一八九五年以後に生まれた作家としては四人目のプレイアード版入りが実現して作品集が出、日本でも生田氏の『夜の果ての旅』が六四年に出版されます。じつは中公の『世界の文学』の一冊にこれが入ったについては、編者の渡辺一夫先生にぼくがぜひ入れるべきだと進言したんです。ぼくがセリーヌ論を書いたのが六七年、そのちょっとあとからフランスで全集が出はじめた。こうして見てもセリーヌは、フランスの戦後の政治第一主義、つまり「対独協力者《コラボ》」系のものはいっさい抹殺していくという文学の方向の最大の犠牲者だったと言えるでしょうね。ともかくその作品を読んで、ぼくは感動というよりは完全に圧倒された。ぼくは、敗戦後の一時期ドストエフスキーに憑かれていただけに、ドストエフスキー的な終末世界、いわば極点にまでおしすすめてあれだけ容赦なく、しかも壮絶な体験に支えられたぬきさしならなさをもって書いているということに圧倒されてしまった。セリーヌの前期のものもそうだけど、最後の亡命三部作（『北』『城から城』『リゴドン』）は鬼気迫る終末観をもって、文字どおり現代小説の最高峰をつくっています。セリーヌの問題と言えば、言語の問題、人権主義の問題などいろいろあるけども、「出会い」と言えばそういうことです。ただひとつ私事をつけ加えておくと、ぼくはその頃セリーヌにとり憑かれていたばかりか政治と文学を一律に論じることに反発して、戦後十五年間抹殺されていた文学に興味をもっていて、ドリュ＝ラ＝ロシェルとかブラジアックとか、――こうした人たちはマルローなんかと裏表の関係にあると思うんだけど――、そういうものをひたすら論じていて右翼だと見なされていた（笑）。そういう風潮が日本でも六八、九年までありましたね。セリーヌは、そのような左右を越えた、やはり非常に偉大なる存在、作家です。

永川　セリーヌの小説をぼくが初めて読んだのは、中央公論社から生田耕作・大槻《おおつき》鉄男《てつお》共訳の『夜の果ての旅』が出たときですけど、それより十年以上まえから、ぼくにとってもセリーヌは一種の「幻の作家」でした。学生時代にウィリアム・エンプソンの文芸批評に惚れこんで、「田園詩の諸相」（Sone Versi ons of Pastoral）を繰り返し読んでいたら、第一章の「プロレタリア文学」の中でセリーヌの作品が論じてある。その頃ぼくはセリーヌという名前すら知らなかったし、フランス文学専攻の友人たちに訊いてみても、正体がよく判らない。彼らが熱心に読んでいたのは、もっぱらレジスタンス派でしたから、セリーヌはとっくに忘れられた、なんだかおかしな作家らしいなと思いながら、なんとなく気にかかっていました。だから『夜の果ての旅』の日本訳が出た時、早速買って読んでみると、もうおもしろくておもしろくて。読み終ってからもう一ぺんエンプソンのプロレタリア文学論を読み返したりしてましてね。要するにぼくのセリーヌは、エンプソン経由のおかしな裏口入学です。

中上　ぼくはね、セリーヌを知ったのはやっぱり、サルトルの『文学とは何か』の中にセリーヌっていう名前が出ていて、その頃ぼくは一七、八歳で別に小説を専門にやるとか文学青年じゃなかったんだけど、友達が言ってるからそれと喧嘩するためにもサルトルなんか読んで、それを知ってたんです。それで、そのあと大分たって、中公の『夜の果ての旅』を読んで……。ただ、興味で読んだというのじゃなくて、いろんなものをこう同時に読みますよね、そういう時に出くわした一冊という感じなんです。ちょうどぼくは詩を書いたり小説を書いたり、何をやるかわかんないけど何かやりたいという時期だったんですが、そういう時期に出くわしてすごいショックを受けたんですね。正直その文学思想がどうのという以前に、文体とか文章の模倣とか悪態のつき方の真似とかね、そういう具合に取り入れちゃったということがある。そういうことでセリーヌが直接こう自分の血管の中へはいって来た、そんな感じだった。セリーヌっていうのは、さわると毒があるというようなね。最初は全然知らずにさわっちゃったら毒があって、そのうち毒はどんどん自分の中に増殖されて作品になっていくという形なんだけど、同時にセリーヌということがずっとあって……それ以降翻訳は出なかったんですけどね。たまたまおととしかな、春ごろですね、パリに一日ぐらい居たことがあって、本屋で見るとセリーヌの本がベスト・セラーコーナーにあるわけです。それで、すごいなあっていう、何か嬉しいような、それから、あとで話題になると思うんですけど、毒が表通りに行っていいのかなっていう感じがあって（笑）。それで読めないんだけども一冊だけ買ってきたんです。今回はその「著作集」も出るというんだけど、そろそろこの人の文学思想というか、何をやったのかという時期に来たんだなという感じです。

永川　すごいショックというのはたしかですね、あれをはじめて読んだときは。

文体の革命

渡辺　そうですね。しかしセリーヌが出てきたときのフランスでのショックはまずその言葉によるものだったんです。『夜の果ての旅』の翌年に『はまむぎ』をだしておなじように小説における言語の問題を提起したレーモン・クノーは、三七年のエッセーのなかで、「言語革命」ということを言い出して、それは文体と文法構造と語彙と三つの面でおこなわなければいけないと言っている。『はまむぎ』はもっぱら第二と第三の面での革命を目指したけれど、セリーヌの『夜の果ての旅』は第一の局面で、徹底的に従来の文体を破壊した。ともかくあのふんだんな俗語、——俗語ばかりで、これは実は翻訳はほとんど不可能なんだけど……。

永川　きみはいまやってる最中なんだろう?

渡辺　うん、ぼくは一番古くから頼まれてるんだけれども……(笑)。ともかくね、そういう俗語と同時にフランス語の言い回しね、たとえば「ルイはロシアからやって来た」というのは、普通の文章語だと、“Louis est venu de la Russie.”ですね。ところが彼の文章だと、“Il est venu”と先に文章構造だけ出てきて、それから、「ルイが」、「ロシアから」と意味がくる。だから日本語で正確に訳すとなると、「彼が来た、ルイが、ロシアから」とならなければならん。すべてこういうふうに完全に口語なんですね。こういう座談会をやってテープから起こされたのを読んでよく感じるのは、自分は何てひどい日本語を使っているんだろうということだけど、それがそのまま小説の文体となっている。クノーが三〇年代に主張した「言語革命」というのは、まさにその文語と口語、現に使ってるしゃべっている言葉と書く言葉の違いをなくすことにあったわけです。フランス語なんかは日本語にくらべてきちんとしてるようだけども、やはり非常に違う。ともかくその文語の口語化を、まずおこなったのがセリーヌです。しかもそれをブルジョアの言語でなく、俗語だらけのパリの下町の庶民の言葉で。それはブルジョアの端正な言葉で書かれる小説になれていた人々には、ひどいショックだったんですね。彼の最初の小説だけはそのショックでベスト・セラーになり、あらゆる論議を呼びました。ふつう文学史を読むと、セリーヌはポピュリスムに入っちゃうんだけど、そういう言語の問題っていうのは文学史家の整理箱には入りにくいんですよね。おなじような言語の問題は中上さんの小説にもありますね。

中上　そういうところ、つまり自分の生地に忠実に出そうとする時に言語が最初に来るんじゃなしに、たとえばさっきの例で言えば「来た」ということを最初に言っちゃったり……。ぼくは最初の頃というか若い頃、思っていることを最初に言いたいみたいなね。それであとで統御すればいいんだっていう部分ね、そういうのはあの人に衝撃を受けたなっていう……。何か自分の地殻変動を受けたという感じなんですね。

永川　こういう手口もあるという……。

中上　手口というか、単純に言えばイカれちゃったんですね。そうすると、そういう言葉の衝撃みたいなものを何とか自分のところへひきいれてやろうと。

渡辺　君（永川氏に）なんかジョイス読んでたからそういうものから共感もあったんじゃない？　ジョイスとはある意味で非常に違うけどね。

永川　うん。言語革命ということで言えばつながるんだろうが。ただね、さっき中上さんが「毒」という言葉を使ったけども、セリーヌを読んでしまうとね、ジョイスまで含めて他の作家はみんな人畜無害みたいな……。

渡辺　うん、それはあるね。（笑）

中上　いま渡辺さん、「言語革命」とおっしゃったけども、それがいわゆる整序された文学史の中にあるんじゃなしに、もっと人体を壊しちゃうようなね、そういう言葉の使い方があると思うんですね。

渡辺　ええ、逆に言えばその壊すような思想を盛るにはああいう言葉しか使い得なかったということがあるんですね。

「土」に密着したもの

永川　言語革命と言えば一九二〇年代のジョイスにしても、エリオットにしても、徹底した言文一致体というか、つまり整序された文章法の秩序からはみ出ようとしているんだけど、あくまでそれは「文学運動」でしたよね。ところがセリーヌの場合には、文学なんていう桁組みまで吹っ飛んじゃって――いや、結局文学なんだけれども、もう一回帰って来て文学なんだけども――もっと根源的なところで爆発が起っちゃったような感じがある。はじめて読んだときぼくは、中上さんみたいに、一七、八じゃなかったからもうちょっとショックは少なかったかも知れないけど。（笑）

渡辺　そうね、早く読んじゃった場合にはね。（笑）

中上　あの、こういう感じなんですね、いろんな評語をこの人につけられるっていうね――。たとえば、「言葉の私生児」とか「言葉のみなし児」とかね。ある流れの中から出てきたんだけれども、それから少しはずれてバーッとだしている……。

永川　うん、その流れが文学以前のひどく泥くさいというか、土に密着したものですね。題材のうえでは、ジョイスだって、ダブリンという自分の生まれた町のことしか書かなかったあたり、むしろセリーヌ以上に泥くさいんだけれども、言語表現そのものは逆にどんどん普遍化して、アイルランドの方言どころか、のちには英語からさえ離れて、一種の世界語をめざす。そういうところが二〇年代の前衛文学にはあるでしょう、非常に強くね。それに対して三〇年代では、たとえばジョージ・オーウェルなんか、文体そのものはかなり保守的、古典的な文章語だけど、そのなかに非常に歯切れのいい、ちょっと江戸の下町の巻き舌ふうのリズムが大量に入ってくる。べらんめえ的ポピュラリスムですね。その点でセリーヌの俗語だらけの文体とも似ているような気がするけど。どうなんだろうね、セリーヌの場合にもやっぱり、はっきりした文体の根があるんだろうか？　古いパリの下町のさ、――日本でいえば落語の熊さん八さんや、一心《いっしん》太助《たすけ》の啖呵《たんか》みたいな、町人言葉の草の根が、セリーヌの場合にもたしかにあるのかね？

渡辺　うん。最近アルゴ（俗語）辞典がずいぶん出てきてね。それを見るとセリーヌとかクノーのわかんないところがわかってくるね。ただ、江戸の町人言葉みたいなものっていうよりもむしろ下町の労働者・職人の言葉というか……彼の母親がレース編みの行商人で、親父さんが勤め人、彼自身小さいときから徒弟奉公をやってるしね。いわゆる下層社会ね、そういう社会の匂いがふんだんにある。それまでの文学は何ていったって端正なブルジョア言葉でできてるけど、セリーヌの使ったのはブルジョア言葉じゃない。そういう意味でも、――まあ内容の点もあるけど――、あの『旅』が出た時は左翼が大喝采《だいかっさい》したんです。アラゴンとトリオレが早速ロシア語訳をして、それでロシアに印税がたまってるんで彼はロシアへ行ってソヴィエト紀行『メア・クルパ』を書いたんですね。だから出発点ではセリーヌは左翼と見なされていた。

永川　おもしろいね、最初に左翼に大喝采されたというのは。

渡辺　しかも『旅』が出た時の書評の中にはレヴィ＝ストロースのものがあってね、『エテュディアン・ソシアリスト』といういわゆる「全学連」の機関紙みたいなのに載ったんだけど、これが左翼の教条主義そのものというもので、しかもセリーヌを高く評価してるんだ。第二作の『なしくずしの死』だって左翼はブルジョア社会の恥部を暴露したっていって大喝采で、彼が変わったと見なされるのはソヴィエトへ行ってからなんだよ。

永川　その点についてはエンプソンが『旅』が出た直後のソヴィエト作家会議のことをすこし書いてます。セリーヌはたしかにソ連で歓迎されたけど、すくなくともラデックという批評家はセリーヌの作品を分析して「これはファシズムへ行く作家だ」とはっきりその時点で言ったらしい。セリーヌのほうも『旅』のロシア語訳の印税を使いにソヴィエトへ行って、そのあとで痛烈なソヴィエト批判をやるでしょ。つまりセリーヌも変わったけど、左翼そのものも三〇年代なかばあたりを境目にずいぶんグーッと変わってくる。プロレタリア文学という概念だって、それまではもっといろいろな発展方向をはらんでいた。未来派とか、言語革命とか。まだこちこちに教条化していないんだな。

中上　だから、セリーヌが最初左翼に迎えられて、次にファシストであるとして糾弾されますね。だけどセリーヌは変わんなかったと思うんです。じゃあ左翼が変わったのかと言うと左翼もたぶん変わんなかった。ぼくはいまでも一貫して左翼教条主義というのはあると思うし、そう見てくると、彼は、下の、文学が派生する最初の、ほんとの地殻のところに言葉が届いていて、それをたまたま出て来た何か教条のものに対してね、こっちだこっちだって言ってるにすぎないんだ、そういう気がするんです。

渡辺　まったく同感ですね。つまりね、彼の年譜を繰ってみると、彼は医者になりたくて苦学し、医者としての出世街道にふさわしいお嫁さんまでもらうんですよね。それが医学博士になると、離婚して、国際連盟の貧民を救うための医療機関にはいって――『旅』にアメリカが出てくるけど、あれはその時の体験です――、それからパリへ帰って郊外の貧民街の無料診療所の医者となって……。

永川　うん、そのへんはどうなんだろう？　生活人としては彼は三十歳を過ぎるまで出世コースを歩いていたし、歩きつづけることもできた……。

渡辺　歩けたのに拒否したわけだろう。

永川　いや、その「拒否した」っていう動機がね、どういうことなんだろう？　そのへんも何だかオーウェルとよく似てる感じでしょう。途中までエリート中のエリートみたいなコースを異常な努力をして歩いていて、どこかでスポンとはずれちゃう。そのはずれかたは『月と六ペンス』のゴーギャンみたいに、要するにいやになったのかな？

渡辺　そういう生き方がね。彼の最初の活字になったものは博士論文なんだよね。これは『ゼンメルヴァイスの生涯と業績』といって、パストゥールの先駆者のチェコの細菌学者の伝記みたいなものだけど、非常に文学的でね——よくあれでソルボンヌの医学部の審査が通ったと思うんだけども（笑）。じつにおもしろいんだ、それは。つまりね、その細菌学者は全然世間に理解されなくて、民衆を救おうと身を挺しているのにまわりからは気ちがい扱いされて窮乏のうちにその業績なかばで死ぬこととなるんだ。それから『旅』の前に『教会』という戯曲があるけど、これは医者としてどう生きるべきかという問題を、国際連盟の機関で働く主人公について考える芝居なんだな。だからセリーヌの場合、突然出世コースを離れたというより医者としての自分の道は民衆のためにつくすことだという意識がはじめからあったんではないか？　だからつねに庶民の側に立つというポピュリスムは彼に一貫してある。『旅』でだって主人公はランシイの貧民窟で無料で診察しながら暮らしてるし、デトロイトへいけばフォードの工場の管理体制を労働者として批判してるしね。彼の『メア・クルパ』だって同じだよ。そういう庶民の立場を忘れないでソヴィエトへ行くから、先入見にくもらない眼で見えるんだね。今日あらゆることを知った上で読むと、『メア・クルパ』とほぼおなじころ、ジードの『ソヴィエト紀行』そしてソヴィエトに非常に好意的なヴィルドラックの『新しいロシヤ』なんか出ているけど、並べてみて一番説得力のあるのは誰かっていうとやっぱりセリーヌだね。ジードもソヴィエトを批判したけど、やっぱり括弧つきで、『ソヴィエト紀行修正』をだすまでは好意的なんだよね。だけど、セリーヌの場合は非常にはっきりと、ソヴィエトにおけるインテリがいかに精神の硬直をきたしているか、ソヴィエトにいかに新しい階級ができているか、技師の賃金と女中のそれとの驚くべき落差を引くなど身近な例をあげて書いている。そういった意味で彼の場合、中上さんの言ったように一貫している。そして興味ぶかいのはそのあとで、『旅』や『なしくずしの死』に見られるような現代に対するぬきさしならぬ危機意識を抱きながら、ソヴィエト旅行のあとには、左翼猛攻撃の、これ以上考えられないような罵詈雑言でつづった評論集がくる。初めの頃は、右翼が――『ジュ・スュイ・パルトゥ』（"Je suis partout"）なんかで持ち上げたのにね、二冊目になるとその右翼もセリーヌはもう御免だとそっぽを向くようになる（笑）。だから「コラボ」って言われるんだけど、ドイツ軍占領中何もしてはいないんだよ。もうすこし詳しく説明すると、『虐殺のためのくり言』

以下の三〇年代おわりの評論集で彼の繰り返しているのは、社会主義の本来の使命を継承するもので、現代の悪の根本は資本主義にあり、それを動かしているのはユダヤ人だということだ。しかも彼は「ユダヤ人」という言葉さえ使わないで、youtre という最悪の蔑視の言葉でそれを表現する。そして、いま必要なのはファシズムじゃなくて、ユダヤ人を撲滅する人種主義じゃなきゃいかん。ナチスのしたことはユダヤ人撲殺でも、それをこう正面から言われると、みんなためらうよね。だから結局右からも左からも受け入れられずに孤立した状態で戦前、戦中を通すんですよ。ある意味では、非常に庶民的なものをとことんまでだしきったんだな。

オーウェルとセリーヌ

永川　ポピュリスムという言葉で言うならば、彼のは文体の域を越えて、勘定そのもののポピュリスム。たしかにああいうものだよね、ピープルの、下町の庶民の感情というのは。心の中でありとあらゆる偏見が生きているし、「ユダヤ人ぶっ殺せ」みたいな意識はヨーロッパにずっと昔からあるわけだし、そういう次元までセリーヌは降りて行こうとするんだね……。

中上　だからね、ぼくこう感じるんです、彼が一度として知識階級の側に立ってというかそこへ志向したことはない。

永川　ない、ないね。

中上　つまり、どこでもそうですよね、日本でも関東大震災が起これば、バーッと「朝鮮人殺せ」みたいなそうなりますよね。そういう心情そのもの、そこに基盤を置いちゃってその範囲で外を攻撃するみたいな……。

永川　そうなんだね。だから文体で言いますと、セリーヌの場合は――ぼくはきょう、渡辺にそれを聞きたいと思ってここに来たんだけど――やっぱりそういう生活感覚というものと、文学作品とは違うでしょう？　ひとつどこかに断絶があるよね。だからそのへんでセリーヌは、どの程度まで文士だったのか。オーウェルの場合だと、彼はあの通り「ヴ・ナロード」のかたまりみたいな人と一般に見られていた。まず民衆のなかでの生活体験があって、それを世間に伝えるためにたまたま文章を書いたというイメージが非常に強いでしょう。ところが五、六年まえに彼、昔の幼なじみの人々に少年期からの彼の思い出を書かせた本が出版された。それを読んで、なるほどなあと思ったのは、オーウェルはもともと骨の髄から文士だったらしいんだよ。十歳ぐらいになるやならずで、とにかくおれは物書きになると友だちに宣言して、せっせと文章を書いていた。だから、これは褒めたことにも貶《けな》したことにもならん解釈だと思うけど、彼がわざわざビルマまで行って警察官になったり、パリでひどい貧乏生活をしてみたり、わざわざああいうことしたのは、どうも初めから本を書く魂胆があったに相違ないんだ（笑）。そこのところにワン・クッションちゃんとあるんだな。セリーヌの場合、たいへんな理想主義者だという面はもちろんあったでしょう。パリの貧民窟の医者でさ、もっと上品な医者にいつでもなれるのに、そういうことはいっさいやらないで、しかも自分の境遇を呪うようなことばかり書きつづけるというあのセリーヌのいき方ね。古風な分け方をすると、彼はどの程度人生派で、どの程度文学派であったと考えるべきなんだろうね？

渡辺　文士になろうとしても受け入れられなかったってこともあるんじゃないかな。つまりね、彼の小説はまだ初めの二冊はいいんだよ、あとの小説になると作中に文壇批判が随所にあって——サルトルはタルトル、エルザ・トリオレはトリオレット、アラゴンはラランゴンとなっちゃってね（笑）。原稿料はこれでいくらくれるとかガリマールは横暴だとか、なにもかもぶちこんである。そういう意味で彼なりの文士としての意識はあったかもしれないけど、さっき言ったように結局文壇からはつまはじきなんだ。だから彼が「コラボ」だって攻撃されても誰ひとりとして弁護する者はなかったんだね。

永川　そうか。つまりほんとうの反体制なんだな。いまのこの体制が嫌いで、ほかのどれかが好きっていうんじゃなくて。

渡辺　だから後期の小説はまだ翻訳されていないんだけど、三部作ともなると、毒が全身に回って書いてるとでもいうように、あらゆる怒りが前後の脈絡もめちゃくちゃに噴きだしてきて、とにかく生活そのものが過去も現在も全部ひっくるめて呪われているんだということだけを描いているとも見えるんですよ。

中上　その裏にある、自分が純血で全然汚れないというそういうものに対してすごく自信があったんですね。

渡辺　だからね、是非中上さんに知っておいていただきたいのはね、『旅』の中だけど、恋人の死の知らせをうけた女優のターニャとモンマルトルの丘の上にのぼってパリの夜景を見るところがあるでしょう。パリのすべてがかすんで夢幻の世界のようになっていく。それから、セリーヌでぼくが一番好きなところなんだけど、『なしくずしの死』でね、フェルディナン少年がイギリスに着いた日のところ、それは夜だったんだけど、もう着いたんだから寮へいくのは遅くてもいいと勝手に決めて、市の立っている海岸をビールなど飲みながら歩いていくでしょう。その眼にうつるのは、夢か現《うつつ》かわからないような霧にかすんだ世界。あれが僕には非常に感動的でね、前後に救いのない世界がとことんまで描かれているだけにね。そういうところに、ぼくはセリーヌの夢があると思う。彼が世界に罵詈雑言を投げつけていた三〇年代後半から五十年ころまでに一番書いたのはバレエの台本なんですよ。これがね、あの小説や評論からは想像もつかないほど甘いんだな（笑）。つまりね、必ず至高の美を表わす舞踏を踊る女が出てくる。しかも彼女は必ず殺されるんですよ、至高の美の存在は現実には許されないってことでね。だからそういうものに対する何というか……。

永川　欲望がね。

渡辺　そう。それが彼のバレエ台本をささえているんだな。文士だったらあんなもの恥ずかしくって書けないと思うね（笑）。それが臆面もなく書けるんだ。しかも彼の完成した小説はわれわれを驚天動地させるものだけど、未完のものは全部夢幻の世界を扱った非常にファンタスティックな小説でね。ロンドンのテームズ河の下のトンネルに出てくる亡霊を描いたり、勝手があまりにも違いすぎる。それはいわゆる文士じゃ、活字にしないもんじゃないか。

永川　それは『なしくずしの死』や『夜の果ての旅』にもあるね。あの人は甘くなると、まったく突然甘くなって、ちょっと恥ずかしくて書けないような文章をね、短いけど——短いから何とかもつんだけど——ぱっと書いちゃうね。だからずいぶんバランスの悪い人だったたんじゃないかな。

渡辺　そういう意味じゃね。

永川　極端から極端へ往復できるけど、その中間では適切な姿勢がとりにくいという。

どういう種類の毒か

渡辺　つまり、知識人とよばれる作家のように頭でまとめていくのじゃなくて、自分の底にある未定形のドロドロしたもの、それをそのままなまのかたちで表現しようとしたんだと思うね。そういう意味で、良かれ悪しかれほんとうの全体小説というか、あらゆるものをとりこんでいく、民衆から出てきた全体小説という気がする。

永川　その点についてはオーウェルがね――オーウェルの話ばっかりしてるみたいだけど――たしか「鯨の腹の中で」というエッセイのなかで、おもしろいことを書いてます。あそこでセリーヌについて彼が何かを語ったのは、あの文章だけじゃないのかな。そこで彼はヘンリー・ミラーを論じながら、彼にとっての敵――つまりオーデン、スペンダー、C・D・ルイスといった三〇年代の進歩的インテリ詩人を束にして、徹底的にたたくわけ。彼らの進歩主義は結局、おぼっちゃんたちの小綺麗な道楽にすぎない、という口調でね。そこへ行くとヘンリー・ミラーは、人間あるいは自分自身の白痴的な部分まで表面にだす勇気があり、みごとにそれを表現した。その点でジョイスやセリーヌの弟子筋にあたるわけだけどね。しかしヘンリー・ミラーだと、どんなにきたないことを書いてもセリーヌと違って「毒」という感じじゃないでしょう。大変楽天的というか、ホイットマン的なアメリカの伸び伸びした気分があって、だから自分がいかに白痴的な人間でも、それをさらけだすことにちっとも恥を感じない。大らかなところがあるでしょう。そのへんが新大陸と旧大陸の風土の違いとでもいうのかな。セリーヌだとそれが毒であって、あれは無邪気な人間が言うことじゃないからね。

中上　その毒がいったいどういう種類の毒だったのかということがあると思うんですけど

……。ぼくはこういうことを考えるんですよ、じゃあ、日本の作家で誰がそういう毒を出したかなあと考えたんですけど、そうすると水上勉さんを想ったんです。それをぼくは水上さんに言ったら、「どういう作家だ」って言うので、「いや、右翼だって言われてる」って言ったら、水上さんは嫌な顔をしてたね。（笑）

永川　うん、それはあるんだな。おなじ金閣寺の話を書いても、三島由紀夫と水上勉ではまったく別の話になる。

中上　そうすると、三島由紀夫の『金閣寺』に対して、水上さんは、それに対する批判という形としてやったということがあるわけですね。それで、セリーヌがどういう毒をもったかを考えるんだけど、何と言うかな、まず事物とか事実の……。

渡辺　彼の場合それは、やっぱり父親との関係からくるのではないかしら。『なしくずしの死』に出て来るあの父親を見ても、ほんとに内弁慶の空威《からい》張《ば》りもいいところで、つまり完全な臆病者、卑怯者、どうにもならない……。

永川　でも父親は、あれはいい男だよ、よく読んでみると。

渡辺　逆に言えばそうだけど、しかしああいう卑怯さとか臆病とかいうものは、いままでセリーヌ以前に文学でどれだけ描かれてきたか。たとえば『にんじん』なんかあるけど、あれだってセリーヌにくらべれば甘っちょろいものだよね、しかも人間のそういう側面というのは知性的なこれまでの作家は何とか説明しちゃおうとしてきたんだ。だがセリーヌはそれを人間の生のかたちとしていっぺんの同情も示さずそのままのかたちで描くわけ。だから彼の世界っていうのは、そういうジメジメしたいやしい人間の本性、それの生みだすあらゆるものに感染する腐敗、どうにも救いようのない奈落の淵へ一歩一歩おちこんでいくものとなってしまう。そういう世界を彼は生涯ずうっと引きずっていった。

中上　それに対する嗜好というのはぼくなんかにもあるんですけど、汚いものに対するものとかね。つまりその、人間がそこで生きている時にキレイごとで生きてやがると盗っ人したり、それも単に食うためにじゃなしに、余計なことのために盗ッ人するみたいな、そういうのありますね。

永川　余分な悪意みたいな、無償の行為ふうのね。

中上　単にヒューマニズムでは片づけられない、もっとこう何かいろんな人の混合というか、そういうの見るとぼくなんかいいなあと……。

永川　だからセリーヌの作品には一種の開放感があるでしょう？

中上　うん。

永川　何て言うんだろうな、人畜無害という感じがほかの作家に対してするのは、やっぱりたいていの小説は修身教科書的であってね。セリーヌに似た日本の作家はだれだろうかという話がさっき出かかってましたけど、ぼくは初期の宇野浩二をまず連想した。セリーヌにくらべると表面的にはもちろんおとなしいよ。おとなしそうに見えるけども、あれはやっぱりしたたかなもので、だから初期の宇野浩二はずいぶん憎まれただろうね。およそ可愛い気がないもの。

渡辺　なるほど。（笑）

永川　少年期にはだれだって、何とも処理しようのない怒りみたいなものがあるじゃない。その怒りをやたらにぶっつけるだけだったら、これは素人の芸だよね。そうじゃなくてセリーヌの場合は、世の中はたしかにこう動いているんだと、長い時間をかけて非常に正確に見てきたという感じがある。その点でひどく客観的なんだ。怒りにまかせて主観的に、やたらにどす黒い絵の具を塗るような作業じゃない。ほんとのことが描いてある。だれだって、大人になれば一応は格好つけて生きざるを得ないわけだけど、底のほうではたしかにみんなこういうこと、こういう汚いことを考えたり、やったりしながら生きているという実感があるからね。その点ではマキァヴェリの政治観の率直さ、したたかさによく似たところがあると思う。

中上　あのね、こういうことを考えるんですよ。さっきのお話の『なしくずしの死』以降のセリーヌのムチャクチャな部分ね、つまり自分の些細なことまで文学になるということっていうのは、私小説というのと同じような発想があるんじゃないかと思うんですね。日本の私小説の場合にはもっと文壇という枠があって枠組みの中でやるんだけども、むこうは枠が取っ払われていて、せいぜい枠というと下層貧民という形しかない。

渡辺　いま言ったようなことを理屈っぽく言えばね、こういうことはあるんですね。ことにフランスの場合ね、小説家は概して知識人だから何かひとつの方向ってものを暗黙のうちにもっているわけ、上昇志向・ブルジョア志向ってのがね。ゾラの自然主義だって、まあコントの実証主義に裏づけられているわけだから、人間社会はかならず進歩していくという考え方が下層社会を描く場合にも常に潜在的に存在している。マルクシスト、あるいはその影響をうけた人ならば、プロレタリアの解放はいつかあると思っているし、カトリックであればキリストによる救いがあると考える。そういうものの全然無いところでセリーヌという人は現実を見た。イデオロギー的にまったくの白紙で、終始白紙であり続けた。作家が知識人である場合、社会がどう動いていくかという展望が無意識のうちにどうしたってはいりこんでくるわけだけども、セリーヌはそれなしに、見たまま、実感したまま、下層社会を描く——宇野浩二にもそういう意味で通じるものがあるけども——そういうふうに即物的に見ちゃうと、没落、腐敗ばかり、要するにそんな品のいいことはこの世界にありっこない、人間なんてみんなこんなものだと思えてくるんだね。しかも皮肉なことに、セリーヌの生涯自体がその正しさを証明していくわけですよ。彼が言いたいことを言えば「右翼」となっちゃって、ロンドンからの「自由フランス」の会報は「セリーヌを殺せ」と呼びかけ、パリの自宅に暴徒が襲って来る。だから身の危険を感じてやむなくドイツに逃れ、ドイツの一番悲惨な時期を身をもって経験し、財産を疎開しておいたデンマークへ

——これなんかも庶民の知恵だよね——やっとたどりつくと戦争が終わって連合国の圧力で逮捕されちゃう。やっとのことで出てきてみたら財産は敵性人のものだといって差し押えられていて、やむをえず一文なしで掘立小屋を立てて住み、フランスでは叛逆罪で欠席裁判の判決が下って……というふうにね。だからあらゆる怨恨が、とりわけ晩年の「亡命三部作」を支配してまぎれもない黙示録的世界を展開する。ほんとうに救いはないんだ。しかも文体も最後には変わる。停止符がべらぼうにふえて、ポツリポツリととぎれながら、じつに即物的に語る文体となる。

セリーヌの「反ユダヤ主義」

永川　あの、サルトルをたたいた文章（「うじ虫に答える」）なんかでもひどいね。ああいう言葉では言わんほうがいいという感じね。

中上　「海」に載ったやつ。

永川　ええ。

中上　数少ないんですよね、翻訳されてるのは。

永川　あれではいくら憎まれても、やっぱり当然だと思う。詩人ならまだいいんだよね。ああいう口汚いことは、ボードレールだってランボーだって書いてるし、それぞれ悲惨な生涯をたどるわけだけど。短い詩なら酔っぱらって一声叫ぶような感じだから、まだしもいい。しかし長い散文でそれを延々とやられると、毒気が……。

中上　ただあれは誰だって物を書く人はもっていると思うんですよ。ぼくはやっぱりセリーヌにショックを受けてから、他に対する否定あるいは世界に対する否定というものは、――つまり、こういう感じがするんですよね、ぼくなんかでも否定ずーっとし続けるでしょ、これは駄目だ、なんてし続けてなおかつこの世に存在するっていうこと、これはもうどうしようもないことだってね。

永川　ああ、存在するってことね。

中上　だからセリーヌに対しては、どこかに常に身を紛らわしていて――散文というのは逃げようのない状態なんですよね、その宿命みたいなものね。

永川　うん、そこから言うならセリーヌは、散文家として一種の殉教者だと思うな。そういう毒というやつは自分が当てられて死ぬしかない。トロツキーがセリーヌ論のなかでうまいこと言ってますよね。「けっきょく暗闇と妥協するか、それとも暁を見出すしかない」と。それができないというか――宇野浩二でも何か体質的なものを感じさせるでしょ――どこへも折り合いつけないで生きて、自分がつくった「ユダヤ人ぶっ殺せ」みたいな世界にどっぷりひたって、そこで自滅して行くしかない。硫酸の風呂にあらゆるものを突っこんでいるうちに、最後には自分がとびこむしかなくなるような……。

中上　渡辺さん、そういうセリーヌをどう思います？

渡辺　ぼくはね、教条主義というのが嫌いでいつでも疑ってみる。それだけに昔は右翼と言われ、いまなんで左翼とされるのかよくわからないんだけど（笑）、ぼくは昔、ドレーフェス事件に憑かれていたんです。まあ、これはぼく自身の青春の歩みと非常に関係のあることなんですが、この事件を調べていって、ちょうど一九世紀末に反ユダヤ主義がフランスではいっぺんに出てくる。しかもそれをシャルル・モーラスとかモーリス・バレスといった作家・思想家が支援する。そのへんがぼくにはやっとよくわかるようになってきたんですね。つまりあの頃のヨーロッパ社会ではね、たしかに大企業は全部ロスチャイルド家などユダヤ人財閥が握っている。だから当時のヨーロッパ人でいわゆる社会に矛盾を感じたもの――つまり近代社会に対する危機意識を抱いたものは、その危機をどう打開するかという考え方で、どこに敵を見出すかで右と左に分かれたんです。ブルジョア、資本家たちに対して批判を抱くところまでは右も左も同じなんだ。ただその克服をマルクシズムの公式にしたがって社会主義によるか、あるいはあくまでも民衆の本能を信じて資本主義の破壊を目指していくか、そこで分岐した。だから知識人を否定するセリーヌが後者の道を選んで反ユダヤ主義に走ったのは、日本で考えると飛躍があるように思うかも知れないけれど、ちっともおかしくない。

永川　べつに飛躍じゃないだろうね。

渡辺　飛躍じゃなくて、ブルジョア反対、資本主義反対から反ユダヤ主義にいく道ははっきりと存在したわけですよ。ことに庶民の感覚としては、金持ちはみんなユダヤ人で、大会社はみんなロスチャイルドが握ってるとなれば、ユダヤ人、すなわち youtre となるのはこれは理の当然なんだ。

中上　その当時においてユダヤ人というのは差別をされていたんですか？

渡辺　差別もありました。むろんナチスのようなはっきりしたかたちではなくて。しかしフランスじゃあむしろ……。

中上　階級そのもの……。

渡辺　ええ、男爵ってつくのはみんなユダヤ人ですね、男爵はお金で買えるから。だから左翼なんか反ユダヤ主義に反対するけれども、庶民のあいだでは反資本主義が反ユダヤ主義に行く。そういう世論操作があったのも事実だけど、民衆の反体制のエネルギーは社会主義よりも反ユダヤ主義に向っていたといえるでしょうね。とくに二〇年代から三〇年代にかけて。

永川　それは日本における反朝鮮人意識とぴったり符合するわ。

渡辺　そうね。しかし、日本の場合には朝鮮人が上に立つっていう考えはないわけでしょ。

永川　いや、多少はあるようだよ。ヨーロッパみたいに大資本すなわちユダヤ人だというところまでは行かないけど。

中上　最近になってそういうことがあるみたいですね。

永川　社会的な地位が不安定だから、水商売をやるしかない。水商売で多少金を儲けた人が出てくると、やつらは悪いことやって金をザクザク儲けやがってというような……。

渡辺　それはあるわね。

永川　その種の怒りがあるでしょう。ユダヤ人の場合だって同じだよ、中世以来のことだけどね。つまり大半のユダヤ人は標準以下に貧しかった。しかし世間はそっちのほうにはほとんど注目しないんだな。ごく少数のユダヤ人が、社会的地位が低いために刻苦勉励して成り上がると、まさにシャイロックの立場ですよ。そっちにばかり世間の注意が集中して、ユダヤ人の金持ちに対する憎しみがユダヤ人一般に対する軽蔑に上積みされてしまうんだね。そういうものが、庶民感情のなかに定着した場合、ほんとうに庶民的な文体で物を書こうとすると、そこまでコミットしなければうまくいかないところがある。資本主義だの何だのというインテリふうの漢語では、歯切れのいい啖呵は切れないよ。「ユダヤが悪い」と言えば、これは誰にでも通じるけど。

何に抵触したのか

中上　それともう一つね、セリーヌがある意味で発禁の憂き目にあってると思うんですよ。それで、日本の中でもやっぱりそういう状態があると思うんです。何となくこう、言うとヤバイみたいな感じってね、フランスでもそうだし、世界的にそういう感じがあって……。

永川　中上さんもヤバクなってきましたか。(笑)
中上　ぼくは全然(笑)。その、こういうことなんですね、つまりサド、セリーヌとサドね、発禁処分にあってね、その二つを考え合わせてみると、つまり何に抵触したんだろうということね。つまり、ユダヤ人を皆殺しにしろっていうことというのは、どこかでぼくなんかも、快哉を叫ぶ部分と、やっぱり冗談じゃないっていう部分とあるんですよ。
永川　言っていいことと悪いこと、みたいな……。
中上　ええ、だからね、つまりサドっていう触媒を入れることによってね、何に抵触しちゃったんだろうと。
渡辺　それはやっぱり、世の安全というか……。
永川　体制でしょう。
渡辺　体制ね、レジームね。
永川　アンシャン・レジームっていうんじゃなくて……。
渡辺　うん、レジームそのものね。常に権力機構にとっては危険なわけですよ、サドもセリーヌも。
永川　ちょっと個人的すぎる話になりますけどね。日中戦争の最中に、ぼくの親類の召集兵が結核になって広島の陸軍病院に帰って来た。みんなで見舞いに行きましてね、病室で最初に会ったとき、彼はパッと起きあがって、「せっかく召集を受けたのに、病気になって帰って来て申し訳ありません」と、愛国心あふるる挨拶をした。そのあと、いっしょに散歩していたら、小さな声で彼がこう言ったんですね。「心配しなくていいんだよ、おれ病気じゃないんだよ、無理して病気になって帰って来たんだから」小学生だったぼくには、それがものすごいショックでね。大人の世界一般に対する不信がますますつのった。だけど庶民というのはいつでも、国家の強制力に対して、ずるさとか、卑怯さとか、セリーヌが推奨するようなそういう武器で対抗するしかなかったし、それで対抗しながら生きてきたわけでしょう。そこの部分はあまり文字には書かれない。反戦小説のたぐいですら、何かの意味での建て前の部分で書かれたものが多い。セリーヌはそれを汚らしい本音だけでやるでしょう。だから、あれはショックなんだよ。

中上　もうひとつ、何か問題だけもってくる感じなんだけど、セリーヌの不幸っていう感じがあるんですよね。セリーヌの不幸っていうのは、物語っていうのを踏みはずしたというか落ちたとかね、そういうことの……つまり物語というのは一定のある経験とかに従って動いている、散文はそうなんですね。詩はたとえばランボーでも、さっきおっしゃったように、詩ではムチャクチャなことをやってね、ところが散文でそれをやるとある定款にひっかかる。その部分に抵触して、彼は、つまりいますよ、「セリーヌ物語」として読みますと、その不幸が読みとれるという感じがある。書かれてある物語として考えると、彼の踏みはずし……「踏みはずし」というのはどういうことかと言いますと、つまりユダヤ人をぶっ殺せとか、その時は敵として現実には見えていた部分が作品の中に置かれると、それは単に敵というんじゃなしに、別な位置を与えられていて、……つまり物語のトリックみたいなのがあるんですけど、すると今度はそのトリックに読者はひっかかって読むわけです。そうすると、この人は何を気違いみたいなことを言ってるんだという形で読まれちゃう。そうすると彼なりに抵触しようとしたほんとうの意味みたいなのが、ぼけてくる……。

渡辺　ある意味じゃね、セリーヌをほんとうに理解するには、彼の生活、その時代っていうのを抜きにしてはできないってことがありますよね。自分の生きてる問題全部、作品としてしか表現できない、それしか救いがなかったということが非常にあるわけです。庶民の知恵では何をしてもあとで黙って知らん顔していればそれで済むでしょ。だけど書いてしまったものは責任をとらないといけない、そこでどんどん孤立して行く。

スキャトロジー好み

永川　だから、殉教者と言うなら、自分の文体に対する殉教者だろうね。無理心中と言うべきかな。あの文体を絶対に捨てたくないんだよ。もう少しヒューマニスティックなことを言えば、あの文体はふやけてグチャグチャになってしまう。だからサルトルをタルトルにしたり、ユダヤ人ぶっ殺せみたいなほうにエスカレートするんだね。彼のスキャトロジー好みには、下町庶民の伝統ということがひとつあるでしょう。もうひとつは医者っていう職業にからんでるんじゃないのかな。さっき宇野浩二って言ったけど、『旅』を読んだ時、もう一つ浮かんできた名前は平賀源内なんですよ。

渡辺　なるほど。

永川　風来山人の「放屁論」とか、「痿陰隠逸伝《なえまらいんいつでん》」だとか、あの猛烈なスキャトロジーだね。セリーヌの『なしくずしの死』の中だと、嵐のドーヴァー海峡を船で渡って行くところ、あれはほんとにきたないね（笑）。あれくらい汚い場面が一発書ければ、もう死んだっていいだろう。世界新記録ですよ（笑）。ああいう汚さというのは、ぼくの粗雑な文章史観にしたがうと、医者と坊主の専売でね。平賀源内が医者でしょう。それから、ラブレーも医者でしょう。もうひとり、スウィフトは、これは坊主だな。坊主のなかでも汚いのは、とくにカトリックの坊主ですね。告解というの受けるでしょう。上品な紳士淑女がやって来てほんとに汚いことをしゃべる。人生の暗黒面だけにつきあわされるわけ。医者だってそうだよね。人間の汚い部分に一生懸命つき合って、理想主義者であればあるだけ、何かのはずみにスキャトロジーが噴出する。だからパリの下町とか庶民とかいったことだけじゃなくて、セリーヌの場合は医者の眼で人生を見ているところがある。中上さんは土方だけどね。医者や坊主にくらべると上品なんじゃないかな。（笑）

中上　上品なんですよ。（笑）

永川　それと、セリーヌの場合にね、オーウェルと似てると思うのは、彼の敵意の対象なんだよ。彼にとっての最大の敵はノルマリアンでしょう？　エコール・ノルマルというのは東大出だろうね。東大出の進歩的ないし退歩的文化人か。

渡辺　東大出なんてものじゃないよ、エコール・ノルマルのエリート意識は。（笑）

永川　とにかく、あいつら憎くて憎くてしょうがないという感じ。

渡辺　だから彼の知識人批判というのはすごいね、十把一からげ、シャルル・モーラスからアラゴンまで、もうみんな糞壺へ叩きこむようなものよ。

永川　あんなふうにむきになるのは、やっぱり敵があるんだね。不倶戴天の仮想敵。あいつらだけは絶対許せないという。オーウェルにとってはオックスフォード、ケンブリッジ出の典型的な紳士だった。セリーヌの場合は明らかにエコール・ノルマル出のサルトルとその一味だね。人民のためになんて言いながら原稿売って食っている、そういう奴が許せない。それが彼の創作の原動力になってるし、それで殉教した人だから。そこまで憎みとおすほど大した相手でしたかと、きいてみたい気もするんだけど。（笑）

渡辺　彼は幸か不幸かほんとに全世界を敵にするようにどんどん追いつめられて行ったんだよね。フランスへ帰って来たって、通りへ出れば男の子が「コラボ」といって石を投げる。夜しか表へ出られなかった。で、食うためには原稿なんかあの時代には売れないから医者やってるわけでしょ、それも非合法の医者みたいに夜だけそっと往診してね。それでも駄目であとは奥さんのバレエのレッスンで食ってね。

永川　やっぱり彼は殉教者だよ。君やぼくはもうとてもそうはなれないだろうけどね、中上さんだったらたぶん見込みがある。（笑）

中上　だけどさ、日本ていう文壇の中にいると駄目かもしれない。

渡辺　駄目ね。

永川　文壇でつまはじきされるくらいじゃまだまだ駄目らしくて（笑）。だけどそこまでやらないと言えないという本音があるでしょう、ある種の物書きには？

中上　それはそうですね。

永川　それを書いちゃったってことがセリーヌの不幸なんだね。

階級の向こうにある自然

渡辺　セリーヌの幻想性っていえばさっき言ったように一方には非常に甘ったるいものがある。他方では、現実をわざわざ現実以上にひどく見て書いたかもしれないけども、しかしそれぞれの人の過去とか現在とかいうのは客観的にこれがほんとの過去や現在ですというものはないわけだから、ジードがセリーヌの現実は虚構だと言おうと、やっぱり作家は見たんだと、考えるよりほかないでしょう。一方におけるあの甘っちょろさを見れば、それほど人為的技巧があったとは思えないけどね。

永川　宇野浩二みたいにかなり凄惨なことを書いてた人だって、最終的にはなかなか愛想がいいでしょう。セリーヌほどには憎まれないように出来てたわけですよ。

渡辺　文壇の枠の中で生きたわけだしね。

永川　うん。ところがセリーヌは自分の直接体験にしか頼らない。体験なんて所詮は狭いものだから、幻想もいれなきゃならないだろうけどね。ひとが何を見たとしても、とにかく俺にとっての現実はこうだったと、あくまで自分の体験に密着して書くことによって、あそこまでの毒が出せるというのは凄まじいことだね。あれにくらべたら、たとえば太宰治の怨恨だって割合に糖衣錠で……。

中上　だから、こういうことなんですね。つまり逆に言うんですけど、いまから見ればセリーヌの毒は大したことない、ぼくはね。日本の私小説とセリーヌとよく似ていると思うんですけどね。つまり私小説が向い合ったもの、それは自然だと思うんですが、それとセリーヌが向い合った階級の向こうにある自然みたいなもの、それとの差違だと思うんですよ。順序だって比較して言うと、サドだとぼくは思ったんです。こちらは日本の私小説の自然て言いますね、そうすると、セリーヌが個人と思わなくちゃいかん部分、つまり個人が悪罵を放たなくちゃいかん、呪詛しなくちゃいかんという部分がやはり圧倒的に多すぎて、それ故に……。

永川　それがたまたまベスト・セラー作家になって、結果において公人になったあとでも徹底して私人の口調でものを言う。

中上 いや、ぼくはそう思わないんです。

永川 思いませんか?

中上 思わないんです。それはフランスという国がそういう彼をつくってきたと思うんですよ。すると、日本のほうの、たとえば宇野浩二なんかのこの世界に対する不満みたいなものですね。そうすると、個人の部分はあたう限り少ないという感じがあって、あとは自然という大きな邪悪な存在があって、大雨が降ってやられるとかね、そういう部分のほうが、もっと日本のほうが侵蝕してると思うんです。

永川 大自然と言いかえるなら、もうひとりそこに中間値を置いて話をしましょうか。ギュンター・グラスは、あなた、好きでしょう?

中上 ええ、好きですけども。

永川 セリーヌほどじゃない?

中上 だからセリーヌほどじゃないですね、やっぱりね。

永川 そうですか。自然じゃなくて、あれは政治ですからね。

中上 政治にしても、やっぱり極端じゃないわけですよ。ああいう社会民主主義っていうのは……。(笑)

永川 だけどね、少なくとも『ブリキの太鼓』はいいでしょう?

中上　いや、いいと思いますよ、おもしろいと思いますよ。だけど、あの人の政治のことを言いますとね、政治の社民的な意識っていうのは、自分のものを書く認識の、何て言うか性急さとかね、いろんなものに波及すると思うんです。だからグラスの書くものが……。

永川　だんだんつまらなくなるけどね。

中上　そうですね。だからあの一作が孕《はら》んでいた豊かさみたいなものを殆どフォローできなかったということね、そのできなかったということの才能の乏しさね、それは感じますけどね。

渡辺　それにくらべれば、セリーヌは不幸だったけど幸せだったんだよ、彼は自分が生かせたんだよ。彼はいつだって他者を敵と見なしていたから、いま中上さんが言ったみたいに自然というものが広がらざるを得なくて、あらゆる人間本性から、世界というか自分以外のものすべてを敵にせざるを得なくなるというふうに、じつは『旅』を発表した時点から歴史の流れの中で、宿命づけられていたんだな。その点、ギュンター・グラスなんかは、第一作が出たあと、ある意味では不幸になっていたんだな。

中上　だから、ある意味では作家じゃないんですよね。

渡辺　うん、それはそうだ。

永川　いやあ、あなたの考えてる作家というのは厳しいね。（笑）

中上　ぼくもさ、そろそろどっち行こうかなと。（笑）

永川　『夜の果ての旅』は、噂によるとヨーロッパ最初のベスト・セラーなんだってね。

渡辺　画期的なものだったね。

永川　だからあれで金持になったわけでしょう。ギュンター・グラスやシリトーと同じ苦しいケースだな。

渡辺　だけどそのあと『なしくずしの死』は全然儲からなかった。まあまだ蓄積が残っていて、ソヴィエトにも印税があったけど、そのあと売れた作品はないわけだ、死ぬまでね。プレイアード版が出たのは死後さ。だから生前あれだけ有名であれだけ売れなかった作家もいないんじゃないかな。世の常識から受け入れられない――ことに三〇年代はいまと違うから、淳風美俗意識は牢固として存在するし、ドノエルだって、『なしくずしの死』はさんざん手を入れさせて、しかも自由な国フランスで伏せ字を使って出たんだからね。

中上　いまだったらどうなんですかね。

永川　いまだにね、それはあると思うんです。中上さんなんかセリーヌの方向に振ったほうがいいんじゃないかな（笑）。というのはね、やっぱりかつては、宇野浩二でも、太宰でもね、日本社会という枠組みがカチッとあったわけでしょう。だから彼らはあの程度でも風俗壊乱者であった。これはやっぱり決死的作業で、だからとうてい良い死に方はできないみたいなことがあった。それがいまや、建て前としてはすべてが許される。かなりすごいこと書いても、世間はびっくりしてくれない。たいていの話は、何と言ったっけ、「ちょっといい話」というふうに受けとられる。そうなると逆の一方では、散文はセリーヌの方向に行くんじゃないかと思うんだな。

中上　まっ黒のほうね。

永川　まっ黒の、ほんとにタブーになっているありとあらうる話題を掘り起こそうとする。ひところの野坂昭如や、開高健がそれをやっていたでしょう。たとえばベトナム戦争に関して、世間の常識では言ってならんことを言うとか。それが中上さんだとね、人相風体からみても、もっと烈しくやるんじゃないかと。（笑）

中上　そういうことで言うとね、意図して何かやろうっていうのはジャーナリスティックな文学だと思うんですよね。

渡辺　知識人の文学だよね。

永川　いや、だけど、それは中上さんだってずいぶんいろんなこと考えてしまうでしょう？　文章に出て来たときにそれが意図からはずれていて、はずれたものがプラスになるかマイナスになるかの勝負でね。やっぱり、いろいろ意図しなければ、意図した以外のものも出て来ないんじゃないかな。あなたみたいな実作家にわざわざ言うべきことじゃなくて、当然そうなんだろうけど。最初にぼくはエンプソンの名前を持ちだしましたがね、実はあなたの『枯《かれ》木《き》灘《なだ》』をぼくは一種の田園詩として読んだんです。エンプソンの田園牧歌の概念はものすごく範囲が広いけども、最近ぼくはもっと広く考えたくなってきた。田園とは要するに都市の標準的文化に対抗する何物かであって、都市の文化が多様化し変質するに従って、田園詩のほうも変わるし多様化する。非常に狭い部分では、反エコール・ノルマルとか、反東大とかの意識にもなり得るわけです。あるいは反・進歩的文化人。そっちの境界線はもっと微妙だけど、いまや渡辺一民も、ぼくも、どっちかというと進歩的文化人であるらしい。(笑)

渡辺　ありたくないと思ってるんだけど、そうならざるを得ないっていう宿命はあるんだな。(笑)

中上　だけど都市文化に対するナントカみたいにはぼくは考えないな、それはジャーナリズムの言うことで……。

永川　うん、だから「カウンター何とか」というのが田園詩の本命になると、何に対するカウンターであるかはほんとに混沌としてくる。

中上　いや、カウンター・カルチャーそのものをね、ぼくは考えたことない。自分が好きな部分というのは、何て言うかなやっぱりトータル・カルチャーとかさ、そういうものだと思うんですよ。もうちょっと自信があるんだな。

永川　それはセリーヌの場合だって……。

中上　セリーヌだってそうですよ。彼は作家として思うのは、陣地戦というものですよ。陣地を後退して展開したものが、やっぱりすごかったんだなということがいま考えるとわかるんですよ。いまぼくはことさら陣地戦を展開しなくても、つまり東京でもの書いてね。

永川　ぼくがさっきから馬鹿みたいにオーウェル、オーウェルと言っているのは、たとえばスターリン体制の実体を最初に見抜いたのは、セリーヌやオーウェルみたいにね、汚らしい庶民の視点からものを見ていたひとなんだよ。もっと上の方から眺めてた連中は……。

中上　そういうやつはいっぱいいるじゃないの、中国へ行けば中国ベタほめの記事書いてさ、ソヴィエト行けばソヴィエトベタほめのさ。

永川　いるよ。だけど、それに対抗する側に何があるかと言うと、一般にもっと見っともない光景が展開するだけでね。そういう政治のレヴェルで切れば、どちらもひどく醜悪です。そして庶民感情にいっそう憎まれやすいのは、たいていいつも進歩派だね。社会全体から見れば比較的裕福に暮らしながら、口先だけで比較的感心そうなことを言って稼いでいるというパターンになるから。ユダヤ人の金持のリベラリストと同じことで、憎まれるのが当然でしょう。だけど実際はそうでもない。いまの情勢だと渡辺やぼくていどの微温的進歩派でも、ちょっと方向を振ったほうが商売になるんじゃないのかな（笑）。どうもセリーヌを論じてると、言葉がきたなくなっちゃうけど。

中上　どっちのほうへ振るの？

永川　それはやっぱり……。

中上　右のほうへ。

永川　うん。だからセリーヌが殉教者だと思うのは、彼の場合は左も右もないからだよ。それ以前のところに目を据えて考えているから。そこまで行かないルーツ派というのは、とかく忠君愛国みたいな感心そうなお題目で右翼と繋がってしまうけど。

政治を文学に巻きこむ

中上　セリーヌは、たとえば貧民の中に最初からはいっていてさ、自分はそれと同じ育ちなんだということを——粉飾かどうか知らんけど——やったわけでしょ。

永川　幼少時の貧困というのはかなり粉飾らしいね。

中上　それでそのコードに沿ってずっとやっていたわけでしょ。あの当時、たとえばユダヤを殴れってこともあっただろうし、すると潮が引いていったようにセリーヌは残された杭みたいなもので、他はバーッと引いて行ったんだけどもセリーヌは残っていた——そういうことじゃないでしょうかね。

渡辺　だから、一般に見うけられることだけど政治と文学とを同一次元で思考しようというところに根本的な誤りがあるんですよ。ぼくは一方じゃ、元号法制化とか「戦後を疑う」みたいなことにはさんざん文句つけるよね。ぼくの戦争体験てのがやっぱりあるわけで、そうすると江藤淳なんかの言ってることを黙って聞いちゃいられないってことはある。しかしだからといって、元号法制化論者のいい小説が悪くなるってことは絶対あり得ないわけですよ。いい小説はいい小説でね。簡単に文学を政治に捲き込む人が多いけど、その誤りはもうさんざん昭和初めから戦後にかけてくりかえしてきたわけでしょう。

中上　ぼくはだから今度はこう考えてるんですよ、政治を文学に捲き込んじゃえばいいんだって。

渡辺　それはむずかしいんだ。

中上　たとえばね、石原慎太郎さんが青嵐会に参加してやるでしょ、あれは文学だと思えばいいんだ。それは具体的に絶対取れっこないんだもの、総理大臣になるとかさ。

渡辺　ただね、文学者としての石原慎太郎個人を考えるのならそれでいいけど、文学者でも政治家となるとやはり政治的に判断せざるを得ない側面が出てくるんだよね。

中上　それはそうですよ。それはそれでいいんです。だから小説家としていかに自分は治者にあるかという過程を小説に書くんじゃなしに、現実に彼は書いちゃってるでしょ。やっぱりあれは正しいって感じがしますけどね。そう言うとね、ぼくはまた右翼とか。（笑）

渡辺　いや、ぼくは言わないよ。

永川　だいたい右翼は太ってるな（笑）。……あのね、ぼくはエリオットという詩人が好きじゃないんだけど、彼のマキアヴェリ論には目を開かれた思いでね。マキアヴェリみたいに、そこにあるものをあるがままに見て、それを正直に書くことがいかに危険であるかっていうこと。マキアヴェリズムというと何か悪魔的なことみたいな先入観が強いけど、読んでみるとあれは政治というものの基本常識の教科書であってね。何年かまえにイタリアに行ったとき、シチリア島の古本屋に「君主論」が並んでいて、ものすごく安かったんで買ってみたら、あれが中学の教科書なんだね。ああいうものをイタリアでは中学生に教えてる（笑）。日本では考えられないような権謀術策教育でしょう。江藤淳ならそれを喜ぶかもしれない。彼はむかし、日本における政治と文学なんてテーマが駄目なのは、政治というのが左翼運動の同義語で、実際に国を動かしている政治が脱落してるからだと名論をぶっていた。だけど、マキアヴェリやセリーヌの政治観の根というのは、パワー・ポリティックス以前だね。やっぱり臨床医の目というのか。トロツキーがちゃんと言ってることだけど、セリーヌは政治のことは書かなかった。庶民の感情だけを書いた。つまり、そこから政治が出て来るドロドロの足場のほうを正確に描いた人なんだ、と。

中上　ところがね、文学ってのは非常に毒があるんですよ。文学のコードの上にのっちゃうと、そういうことを言っているドロドロの部分が、たとえばトロツキーのそれを出しますね、するとヒューマニズムになっちゃうんですよ。あるいは理想主義にね。それは文学ではなくなって行くんですよ。そういうことを江藤さんは言ってるわけですよ。もしこれが日本じゃなくてソヴィエトだったとしたらね、ああいうこのソヴィエトの何をもとにしてるんですかね、スターリン主義かな……。

永川　やっぱり家庭の幸福ですよ。

中上　そういう部分をね、ああいう理念のもとに、物がこっちに動かされて行動する——要するにそれはリアルポリティックスになるけどね。ところが日本においてたとえばそういうトロツキーの理論はリアルじゃないわけ。つまり物をどうするかっていうことが、これが政治なんだって認識がないわけ。つまりセリーヌにひっかければ、セリーヌは非常に不幸なんだ。それをトロツキーはそれはそうだって言いますよ。だけどそれを現実の地盤に置き換え、あるいは小説の地盤に置き換えると、ある一方方向へバーッとやるしかないとかね。つまり現実においては、フランスにおけるリアル・ポリティックスの地盤に置き換えると何を言ってるんだってことになりますよね。するとあいつはやられちゃう、そういうことなんだと思いますね。

永川　トロツキーにしてもマルクスにしても、ものすごく物を見ていた人でしょう。それがイデオロギー的教条に翻訳されて行く過程で、おかしなものになるんだな。

中上　だからさっきおっしゃったことをイデオロギーじゃなくて小説の次元に置くとこれはイデオロギーになるんですよ。

永川　うん、そうだね。

中上　そういう魔術ね。文学者がこの魔術に全部ひっかかってるんです。だからこれは駄目になる、魔術にひっかかる人間は全部駄目だよ。

渡辺　そうね。それはよくわかる。

永川　そこから中上さんの話になるんだけど。あなたの『枯木灘』読んで一番感心したのは、落武者の話が妄想として書いてあるでしょう。あれなんだな。つまりさっきのゾラの話が出たけれども、全体小説ってのはたぶんああいうものじゃないんだな。平面的に社会を見て、あらゆる階級を描くとかいうことじゃなくて、裏返すとみんな個人の問題に帰ってくる。個人の中にはありとあらゆる妄想があるし、われわれの心情の片隅にも朝鮮人、ユダヤ人をぶっ殺せみたいなものの萌芽がある。そういう妄想、神話の部分をひっくるめて——しかもすべてが神話になるすれすれの次元でね——直接体験だって個人の心のなかには、主観によって歪んだ神話としてはいってくるんだから、いろんな形の神話を含めざるをえない。だからトータルなものを描くということは、かつて野間宏がやろうとしたことよりもっとずっと重層的な意識構造とからんだ表現形態になるし、これは大変荒唐無稽な、夢みたいな要素だから意味がないとは言えないんだ。そういう面をずうっと書いていらっしゃるあなたが——こんどはちょっと褒めないことを言いますと（笑）——さっきから自然、自然とおっしゃるし、あなたの自然概念はずいぶん広いようですけど、主人公が土方仕事をやってる時の自然描写というのは、セリーヌで言えば砂糖味の強すぎる部分みたいですね。あれだけの長さでまとめるには、ああいう出し方しかないのかもしれないけど。土方仕事はぼくも多少やったことがあるんですよ。大工仕事も大好きだし。日曜大工ていどの経験からみても、肉体労働の賛歌にはもう少し毒がはいって来たほうがいいような気がします。

中上　そうですね。

永川　おれを殴らないでくれ。（笑）

中上　いや、そうですね、というのは違うからそうですねと。作家っていうのはやってしまったもののことはあんまり言いたくないの。次の作品のこと考えてるわけでしょ。『枯木灘』は、いろんなこと知っていても全部書かないんです。たとえば秋幸《あきゆき》という主人公がいますね。入札をやるとか出てきますけど、つまり「資本論」に関することは全部書かないんです。種明しするんじゃないですけど、こういうことがあるんです、これは「資本論」書かなくていい、「ドイツ・イデオロギー」だけでいい。で、労働が奈辺から出て来るんだろうということだけを秋幸に握らしておけば、物語は物語のコードとして展開するだろうという認識があった。それは物語の作者としてのぼくの悪意みたいなもので、秋幸を無知のまま放り出して置こうという感じがあってね。

永川　彼は自分で労働の救いを感じてるからね。

中上　いや、それは違いますよ。

永川　救いってものじゃないんですか？

中上　違いますね。だんだんそういうこと考えてると文学的になるんですよね（笑）。文学的というのはイヤだなあと。

一九七八年九月二五日

（「現代詩手帖」一九七八年十一月号〈特集・セリーヌ〉掲載）

中上健次（一九四六－一九九二）作家。一九七六年、『岬』で芥川賞受賞。七七年、『枯木灘』で毎日出版文化賞、芸術選奨新人賞を受賞。その他の作品に『千年の愉楽』など。

永川玲二（一九二八－二〇〇〇）英文学者。東京都立大学助教授を経て、スペインへ移住。ジョイス『ユリシーズ』の共訳やブロンテ『嵐が丘』の翻訳で知られる。

渡辺一民（一九三二－二〇一三）仏文学者、文芸評論家。立教大学名誉教授。一九八二年『岸田國士論』で亀井勝一郎賞を受賞。主な訳書にフーコー『言葉と物』（共訳）他。

『夜の果ての旅』
「世界の文学」四十二巻　中央公論社　一九六四年刊
中公文庫　一九七八年刊
『夜の果てへの旅』（改版）
中公文庫　二〇〇三年刊

編集付記

一、『夜の果ての旅』は一九七八年、下巻「解説」に示した経緯を経て、生田耕作訳にて中公文庫に収録された。訳者はその後、没する直前まで改訳作業を続けていたが、訳了を見ずに物故（一九九四年）した。『夜の果てへの旅』（二〇〇三年刊）は訳者の残した改訳部分を反映させ（上巻一八〇頁まで）、その意向に従って改題、改版したものである。

一、本書は『夜の果てへの旅』（改版五刷　二〇一五年刊）を底本とした。上巻に座談会「根源での爆発、そして毒　政治以前の下町庶民の立場から」、下巻に巻末エッセイ「夜の果ての旅」をそれぞれ付録として収録し、新装版とした。

一、本作品は「解説」に見られるように、「俗語的な破格の文体で一貫され、露骨・大胆な表現と、反社会的思想で充満」させることをもって、「現代社会の病根を完膚なきまでに摘出」した文学作品である。日本語訳にあたっては、原文のもつ表現を忠実に翻訳することを方針としている。本文中に、現代では差別的とされる表現が多々見られるが、これは人間の内面を抉る原作の文学的意図であり、差別を助長・拡大するものではないと判断した。読者が本作品の意図を汲み取られることを願い、原文のニュアンスをそのまま掲載することとした。

中公文庫

夜《よる》の果《は》ての旅《たび》（上《じょう》）
——新装版《しんそうばん》

1978年3月10日　初版発行
2003年12月20日　改版発行
2021年12月25日　新装版発行

著　者　セリーヌ
訳　者　生《いく》田《た》 耕《こう》作《さく》
発行者　松 田 陽 三
発行所　中央公論新社
〒100-8152　東京都千代田区大手町1-7-1
電話　販売 03-5299-1730　編集 03-5299-1890
URL http://www.chuko.co.jp/

ＤＴＰ　嵐下英治
印　刷　三晃印刷
製　本　小泉製本

Published by CHUOKORON-SHINSHA, INC.
Printed in Japan　ISBN978-4-12-207160-5 C1197

中公文庫既刊より

各書目の下段の数字はISBNコードです。978―4―12が省略してあります。

い-87-1
ダンディズム 栄光と悲惨
生田　耕作
かのバイロン卿がナポレオン以上に崇めた伊達者ブランメル。彼の生きざまやスタイルから〝ダンディ〟の神髄に迫る。著者の遺稿を含む「完全版」で。
203371-9

ク-1-2
地下鉄のザジ 新版
レーモン・クノー
生田耕作訳
地下鉄に乗ることを楽しみにパリを訪れた少女ザジ。ストで念願かなわず、街で奇妙な二日間を過ごす。文学に新地平を拓いた前衛小説。〈新版解説〉千野帽子
207120-9

む-4-11
恋しくて TEN SELECTED LOVE STORIES
村上春樹編訳
恋する心はこんなにもカラフル。海外作家のラブ・ストーリー＋本書のための自作の短編小説「恋するザムザ」を収録。各作品に恋愛甘苦度表示付。
206289-4

む-4-12
極　北
マーセル・セロー
村上春樹訳
極限の孤絶から、酷寒の迷宮へ。私の行く手に待ち受けるものは。この危機は、人類の未来図なのか――読み始めたら決して後戻りはできない圧巻のサバイバル巨編。
206829-2

む-4-3
中国行きのスロウ・ボート
村上　春樹
1983年――友よ、ぼくらは時代の唄に出会う。中国人とのふとした出会いを通して青春の追憶と内なる魂の旅を描く表題作他六篇。著者初の短篇集。
202840-1

む-4-9
Carver's Dozen レイモンド・カーヴァー傑作選
カーヴァー
村上春樹編訳
レイモンド・カーヴァーの全作品の中から、偏愛する短篇、エッセイ、詩12篇を新たに訳し直した〝村上版ベスト・セレクション〟。作品解説・年譜付。
202957-6

ア-8-1
告　白　I
アウグスティヌス
山田　晶訳
幼年期の影響、青年期の放埒、習慣の強固さ……、不安におののく魂が光を見出すまで。初期キリスト教最大の教父による心揺さぶる自伝。〈解説〉松崎一平
205928-3

ア-8-2
告白 II
アウグスティヌス
山田 晶 訳

衝動、肉欲、厳然たる原罪。今にのみ生きる人間の悲惨と悲哀。「とれ、よめ」の声をきっかけとして、劇的な回心を遂げる。西洋世界はこの書の上に築かれた。

205929-0

ア-8-3
告白 III
アウグスティヌス
山田 晶 訳

アウグスティヌスは聖書をいかに読んだのか――西洋世界最大の愛読書を、最高の訳者が心血を注いだ名訳で送る。訳者解説および、人名・地名・事項索引収録。

205930-6

ウ-6-3
アウトサイダー（上）
コリン・ウィルソン
中村保男 訳

ヘミングウェイ、サルトル、ニーチェら「アウトサイダー」を通して、現代人特有の病とその脱出法を探求し、全世界で話題を呼んだ著者25歳の処女作。

205738-8

ウ-6-4
アウトサイダー（下）
コリン・ウィルソン
中村保男 訳

「アウトサイダー」たちを通して、現代人特有の病とその脱出法を探求した名著。下巻ではドストエフスキーの登場人物、アラビアのロレンスらを分析。

205739-5

ウ-7-1
寛容論
ヴォルテール
中川 信 訳

新教徒の冤罪事件を契機に、自然法が不寛容に対して法的根拠を与えないことを正義をもって立証し、宗教を超えて寛容の重要性を説いた不朽の名著。初文庫化。

205424-0

ウ-8-1
国のない男
カート・ヴォネガット
金原瑞人 訳

戦後アメリカを代表する作家・ヴォネガットの、シニカルな現代社会批判が炸裂する遺作エッセイ。この世界で生きる我々に託された最後の希望の書。〈解説〉巽 孝之

206374-7

ウ-9-1
政治の本質
マックス・ヴェーバー
カール・シュミット
清水幾太郎 訳

ヴェーバー「職業としての政治」とシュミット「政治的なるものの概念」。この二十世紀政治学の正典を合わせた歴史的な訳書。巻末に清水の関連論考を付す。

206470-6

ウ-10-1
精神の政治学
ポール・ヴァレリー
吉田健一 訳

表題作ほか「知性に就て」「地中海の感興」「レオナルドと哲学者達」の全四篇を収める。巻末に吉田健一の単行本未収録エッセイを併録。〈解説〉四方田犬彦

206505-5

各書目の下段の数字はISBNコードです。978－4－12が省略してあります。

エ-5-1
痴愚神礼讃 ラテン語原典訳
エラスムス
沓掛良彦 訳
痴愚女神の自慢話から無惨にも浮かび上がる人間の愚行と狂気。それは現代人にも無縁ではない。エラスムスの奇跡的な明晰さを新鮮なラテン語原典訳で堪能されたい。
205876-7

エ-6-1
荒地／文化の定義のための覚書
T・S・エリオット
深瀬基寛 訳
第一次大戦後のヨーロッパの精神的混迷を背景とした長篇詩「荒地」と鋭利な文化論を合わせた決定版。巻末に深瀬基寛による概説を併録。〈解説〉阿部公彦
206578-9

オ-1-2
マンスフィールド・パーク
オースティン
大島一彦 訳
貧しさゆえに蔑まれて生きてきた少女が、幸せな結婚をつかむまでの物語。作者は優しさと機知に富む一方、鋭い人間観察眼で容赦なく俗物を描く。
204616-0

オ-1-3
エマ
オースティン
阿部知二 訳
年若く美貌で才気にとむエマは恋のキューピッドをきどるが、他人の恋も自分の恋もままならない――「完璧な小説家」の代表作であり最高傑作。〈解説〉阿部知二
204643-6

オ-1-5
高慢と偏見
オースティン
大島一彦 訳
理想的な結婚相手とは――。不変のテーマを、細やかに描いたラブロマンスの名作を、読みやすい新訳でおくる。愛らしい十九世紀の挿絵五十余点収載。
206506-2

オ-3-1
一杯のおいしい紅茶 ジョージ・オーウェルのエッセイ
オーウェル
小野寺健 編訳
イギリス的な食べ物を、貧乏作家の悲哀を、酔うことを、自然や動物を、失われゆく庶民的なことごとへの愛着を記し、作家の意外な素顔を映す上質の随筆集。
206929-9

ケ-1-4
ファウスト 悲劇第一部
ゲーテ
手塚富雄 訳
あらゆる知的探究も内心の欲求を満たさないと絶望したファウストは、悪魔メフィストフェレスと魂をかけた契約を結ぶ。〈巻末エッセイ〉河盛好蔵・福田宏年
206741-7

ケ-1-5
ファウスト 悲劇第二部
ゲーテ
手塚富雄 訳
巨匠ゲーテが言葉の深長な象徴力を駆使しつつ自然と人生の深奥に迫った大作を、翻訳史上画期的な名訳で贈る。読売文学賞受賞作。〈巻末エッセイ〉中村光夫
206742-4

シ-1-2
ボートの三人男
J・K・ジェローム
丸谷才一 訳

テムズ河をボートで漕ぎだした三人の紳士と犬の愉快で滑稽、皮肉で珍妙な物語。イギリス独特の深い味わいの傑作ユーモア小説。〈解説〉井上ひさし

205301-4

タ-8-1
虫とけものと家族たち
ジェラルド・ダレル
池澤夏樹 訳

ギリシアのコルフ島に移住してきた変わり者のダレル一家がまきおこす珍事件の数々。溢れるユーモアと豊かな自然、虫や動物への愛情に彩られた楽園の物語。

205970-2

チ-1-3
園芸家12カ月 新装版
カレル・チャペック
小松太郎 訳

園芸愛好家が土まみれで過ごす、慌ただしくも幸福な一年。終生、草花を愛したチェコの作家チャペックによる無類に愉快なエッセイ。〈新装版解説〉阿部賢一

206930-5

チ-1-4
ロボット RUR
カレル・チャペック
阿部賢一 訳

人造人間の発明で、人類は真の幸福を得たはずだった——。「ロボット」という言葉を生み、発表から一〇〇年を経てなお多くの問いを投げかける記念碑的作品を新訳。

207011-0

テ-3-2
ペスト
ダニエル・デフォー
平井正穂 訳

極限状況下におかれたロンドンの市民たちを描いて、カミュの『ペスト』以上に現代的でなまなましいと評される、十七世紀英国の鬼気せまる名篇の完訳。

205184-3

テ-3-3
完訳 ロビンソン・クルーソー
ダニエル・デフォー
増田義郎 訳・解説

無人島に漂着したロビンソンは、持ち前の才覚と粘り強さを武器に生活を切り開く。文化史研究の第一人者が不朽の名作を世界経済から読み解く、新訳・解説決定版。

205388-5

ニ-2-3
ツァラトゥストラ
ニーチェ
手塚富雄 訳

近代の思想と文学に強烈な衝撃を与え、今日なお予言と謎に満ちたニーチェの主著を格調高い訳文と懇切な訳注で贈る。〈巻末対談〉三島由紀夫・手塚富雄

206593-2

ホ-1-5
中世の秋（上）
ホイジンガ
堀越孝一 訳

二十世紀最高の歴史家が、フランスとネーデルラントにおける実証的調査から、中世人の意識と中世文化の生活と思考の全像を精細に描いた不朽の名著。

206666-3

各書目の下段の数字はＩＳＢＮコードです。978－4－12が省略してあります。

ホ-1-6
中世の秋（下）
ホイジンガ
堀越孝一訳
歴史家ホイジンガが十四、五世紀をルネサンスの告知とはみず、すでに過ぎ去ったものが死滅する時季と捉え取り組んだ、ヨーロッパ中世に関する画期的研究書。
206667-0

ホ-1-7
ホモ・ルーデンス
ホイジンガ
高橋英夫訳
人間は遊ぶ存在である――人間のもろもろのはたらき、生活行為の本質は、人間存在の根源的な様態は何か、との問いに対するホイジンガの結論が本書にある。
206685-4

ホ-3-2
ポー名作集
E・A・ポー
丸谷才一訳
理性と夢幻、不安と狂気が綾なす美の世界――短篇の名手ポーの代表的傑作「モルグ街の殺人」「黄金虫」「黒猫」「アシャー館の崩壊」全八篇を格調高い丸谷訳でおさめる。
205347-2

ホ-3-3
ポー傑作集 江戸川乱歩名義訳
E・A・ポー
渡辺温
渡辺啓助訳
全集から削除された幻のベストセラー、渡辺兄弟のゴシック風名訳が堂々の復刊。温《おん》について綴った江戸川乱歩と谷崎潤一郎の文章も収載。〈解説〉浜田雄介
206784-4

ホ-3-4
赤い死の舞踏会 付・覚書（マルジナリア）
E・A・ポー
吉田健一訳
疫病に戦慄する人々を描いた表題作のほか処女作「メッツェンガアシュタイン」など短篇小説十篇と、蔵書の行間に書き込んだ思考の断片「覚書」を収録。
207061-5

モ-9-1
白檀《びゃくだん》の刑（上）
莫《モォ》言《イエン》
吉田富夫訳
膠州湾一帯を租借したドイツ人に妻子と隣人の命を奪われた孫丙は、復讐として鉄道敷設現場を襲撃する。哀切な猫腔の調べにのせて花開く壮大な歴史絵巻。
205366-3

モ-9-2
白檀の刑（下）
莫言
吉田富夫訳
捕らわれた孫丙に極刑を下す清朝の首席処刑人・趙甲。生涯の誇りをかけて、一代の英雄にふさわしい未曾有の極刑を準備する。現代中国文学の最高峰、待望の文庫化。
205367-0

ヨ-1-1
活《い》きる
余華
飯塚容訳
生と死、愛と別れ、時間の神秘。国共内戦や文革という激動の時代を生きた、ある家族の物語。世界で不動の地位を築く中国作家の代表作。〈解説〉中島京子
206686-1